Uma duquesa qualquer

Título original: *Any Duchess Will Do*

EDITORA RESPONSÁVEL
Silvia Tocci Masini

EDITORAS ASSISTENTES
Carol Christo
Nilce Xavier

ASSISTENTE EDITORIAL
Andresa Vidal Vilchenski

PREPARAÇÃO
Andresa Vidal Vilchenski

REVISÃO FINAL
Mariana Paixão

CAPA
Carol Oliveira (sobre imagem de ATeam/ Shutterstock)

DIAGRAMAÇÃO
Larissa Carvalho Mazzoni

Dados Internacionais de Catalogação na Publicação (CIP)
Câmara Brasileira do Livro, SP, Brasil

Dare, Tessa

   Uma duquesa qualquer / Tessa Dare ; tradução A C Reis. -- 1. ed. -- Belo Horizonte : Editora Gutenberg, 2017. -- (Série Spindle Cove, 4)

   Título original: Any Duchess Will Do.

   ISBN 978-85-8235-473-5

   1. Ficção histórica 2. Romance norte-americano I. Reis, A C. II. Título III. Série.

17-06233	CDD-813

Índices para catálogo sistemático:
1. Romances históricos : Literatura norte-americana 813

A **GUTENBERG** É UMA EDITORA DO **GRUPO AUTÊNTICA**

São Paulo
Av. Paulista, 2.073,
Conjunto Nacional, Horsa I
23º andar . Conj. 2301 .
Cerqueira César . 01311-940
São Paulo . SP
Tel.: (55 11) 3034 4468

www.editoragutenberg.com.br

Belo Horizonte
Rua Carlos Tuner, 420
Silveira . 31140-520
Belo Horizonte . MG
Tel.: (55 31) 3465 4500

Rio de Janeiro
Rua Debret, 23, sala 401
Centro . 20030-080
Rio de Janeiro . RJ
Tel.: (55 21) 3179 1975

Série Spindle Cove • Livro 4

TESSA DARE

Uma duquesa qualquer

Tradução: A C Reis   GUTENBERG

Para bibliotecárias e livreiros em todo o mundo que, com livros,
constroem abrigos para almas sensíveis.

Capítulo um

Griff abriu os olhos lentamente. Uma pontada lancinante de dor mostrou que tinha cometido um grave erro. Rapidamente fechou-os de novo e pôs a mão sobre o rosto, gemendo. Algo de muito errado tinha acontecido.

Ele precisava se barbear. Precisava de um banho. Talvez precisasse até vomitar. Mas suas tentativas de se lembrar de alguma coisa da noite passada resultaram em outra pontada de agonia.

Ele tentou ignorar a dor latejante nas têmporas e se concentrou naquela espécie de colchão macio debaixo de suas costas. Aquela não era a cama dele. Talvez nem mesmo fosse uma cama... Seria uma sensação provocada por seu enjoo ou a droga daquela coisa estava se mexendo?

– Griff – a voz chegou até ele através de uma névoa espessa e pastosa. Estava abafada, mas com certeza era feminina.

Pelas barbas do profeta, Halford. Da próxima vez que decidir se deitar com uma mulher depois de meses de seca, pelo menos fique sóbrio o bastante para se lembrar do que aconteceu. Ele xingou a própria estupidez. A duração épica de seu celibato foi, sem dúvida, a razão pela qual se deixou seduzir por... quem quer que ela fosse. Griff não fazia ideia de qual era o nome ou de como era o rosto dela. Só tinha a vaga impressão de uma presença feminina por perto. Ele sentiu o aroma de um perfume indefinido do ar, do tipo que parecia ser caro. Droga. Ele precisaria de joias para sair daquela situação, sem dúvida.

Algo pontudo o atingiu do lado do corpo.

– Acorde.

Ele conhecia aquela voz? Mantendo uma das mãos sobre os olhos, ele tateou com a outra. Pegou um punhado de seda pesada e deslizou os dedos para baixo, até fechá-los em torno de uma meia sobre um tornozelo.

Suspirando um pedido indefinido de desculpa, deslizou o polegar para cima e para baixo.

Um guincho de indignação feminina lhe chegou aos ouvidos, e um objeto inflexível atingiu sua cabeça, com força. À dor latejante no crânio, agora ele podia acrescentar um zunido.

– Griffin Eliot York! Sério!

Maldição. Sem se importar com a enxaqueca ou com a luz do sol, ele se endireitou de súbito, batendo a cabeça de novo, desta vez no teto baixo. Piscando, confirmou a verdade inconcebível: ele não estava em seu quarto. Nem em qualquer outro quarto, mas numa carruagem. E a mulher sentada diante dele era familiar demais, com as duas voltas de rubis no pescoço e o cabelo grisalho penteado com elegância.

– Mãe?

– Acorde. – Ela bateu de novo nele com a sombrinha fechada.

– Estou acordado. Estou acordado. – Quando a mulher preparou outro golpe, Griff ergueu as mãos, rendendo-se. – Bom Deus. Acho que nunca mais vou dormir.

Embora o ar dentro da carruagem estivesse quente como em um forno, ele estremeceu. Com certeza precisava de um banho. Griff olhou pela janela e não viu nada além de grandes extensões de verde, manchadas pelas sombras das nuvens. A sombra curta da carruagem indicava que era meio-dia.

– Onde diabos nós estamos? E por quê?

Ele tentou organizar as lembranças da noite anterior. Essa não era a primeira vez que acordava em um ambiente desconhecido, com a cabeça zunindo e o estômago revirado... mas já fazia muito tempo desde a última vez. Ele pensava que tinha deixado esse tipo de devassidão para trás. Então, o que tinha acontecido?

Griff não tinha bebido mais vinho do que de costume no jantar, mas se lembrava de que quando serviram o peixe, o padrão desenhado na porcelana parecia se mover, ondulando diante de seus olhos. Depois disso, ele lembrava... de nada. Droga. Ele deve ter sido drogado. Sequestrado.

Ele ficou alerta e firmou os pés no chão da carruagem. Quem quer que fossem seus sequestradores, supunha que estariam armados. Griff não tinha uma pistola nem uma faca, mas possuía punhos certeiros, reflexos afiados e sua cabeça estava cada vez mais desanuviada. Sozinho, ele teria se arriscado. Mas os vagabundos também tinham pegado sua mãe.

– Não se preocupe – ele disse para ela.

– Ah, nem em sonho eu me preocuparia. Faz mal para a pele. – Ela tocou o colar de rubis.

Aqueles rubis o fizeram pensar... Que tipo patético de sequestrador usa a carruagem da família e deixa a sequestrada com suas joias que valem milhares de libras? *Com todos os diabos.*

– *Você.*

– Hum? – A mãe levantou as sobrancelhas, inocente.

– Você fez isso! Você pôs algo no meu vinho durante o jantar e me jogou na carruagem. – Ele passou a mão pelo cabelo. – Meu Deus. Não consigo acreditar.

Ela olhou pela janela e deu de ombros. Ou melhor, ela fez a versão duquesa de "dar de ombros" – um movimento que não envolvia nada tão comum ou desajeitado como a flexão dos músculos dos ombros, mas apenas uma leve inclinação da cabeça.

– Você nunca teria vindo se eu *pedisse.*

Incrível. Griff fechou os olhos. Em situações como essa, ele precisava se lembrar de que um homem só tinha uma mãe, e que sua mãe só tinha um filho, que carregou no ventre e em cujo parto sofreu. Mas ele não queria pensar no ventre dela nesse instante – não enquanto ainda tentava, desesperado, esquecer que ela possuía tornozelos.

– Onde nós estamos? – ele perguntou.

– Sussex.

Sussex. Um dos poucos condados na Inglaterra em que ele não detinha nenhuma propriedade.

– E qual o objetivo desta missão tão urgente?

– Nós vamos conhecer sua futura noiva. – Um sorriso curvou os lábios da mãe.

Griff encarou a mãe. Muitos momentos se passaram até que ele conseguisse dizer algo coerente.

– Você é uma mulher ardilosa, diabólica e com excesso de tempo ocioso.

– E você é o 8º Duque de Halford – ela retrucou. – Eu sei que isso não significa muito para você. A vergonha em Oxford, a jogatina, os anos de devassidão sem propósito... Você parece decidido a não ser nada além de uma mancha infeliz na distinta linhagem Halford. No mínimo, precisa começar a próxima geração enquanto eu ainda tenho saúde para moldá-la. Você tem a responsabilidade de...

– De continuar a linhagem. – Ele fechou os olhos e apertou a ponte do nariz. – Foi o que me disseram. Várias e várias vezes.

– Você vai fazer 35 anos, Griff.

– Sim. O que me torna velho demais para ser chamado "Griff".

– O mais importante é que tenho 58 anos. Preciso de netos antes que comece meu declínio. Não é certo que duas gerações da família fiquem gagás ao mesmo tempo.

– Seu declínio? – Ele riu. – Diga-me, mãe, como eu faço para acelerar esse processo? Além de lhe dar um empurrão?

– Ouse! – Ela arqueou as sobrancelhas, achando graça.

Griff suspirou. Sua mãe era... sua mãe. Não havia outra mulher como ela na Inglaterra, e era melhor que o resto do mundo agradecesse por Deus ter jogado o molde no lixo. Como as joias que ela adorava usar, Judith York era uma mistura formidável de refinamento exterior e fogo interior.

Durante a maior parte do ano, eles levaram vidas completamente separadas, só residiam na mesma casa durante os poucos meses da temporada londrina. Aparentemente, até isso era demais.

– Eu fui paciente – ela disse. – Agora estou desesperada. Você precisa casar, e tem que ser logo. Eu tentei encontrar as melhores e mais belas jovens da Inglaterra para tentá-lo. E encontrei, mas você as ignorou. Percebi, afinal, que a resposta não está na qualidade, mas na *quantidade*.

– *Quantidade?* Você está me levando para alguma comunidade utópica de amor livre, em que os homens podem ter quantas mulheres quiserem?

– Não seja ridículo.

– Eu estava sendo esperançoso.

– Você é terrível. – Os lábios dela se comprimiram em uma demonstração de desdém.

– Obrigado. Eu me esforço para isso.

– O que me faz lamentar com frequência. Se você aplicasse o mesmo esforço para... outra coisa.

Griff fechou os olhos. Se havia uma conversa mais enfadonha e repetitiva do que a "Quando você vai se casar?", era a "Você é uma grande decepção". Somente sua família podia considerar "decepcionante" a administração bem-sucedida de uma vasta fortuna, seis propriedades, centenas de empregados e milhares de arrendatários. Impressionante para a maioria dos padrões. Mas na família Halford não era suficiente. A menos que um homem reformasse o Parlamento ou descobrisse uma nova rota comercial para a Patagônia, ele não era grande coisa.

Ele olhou pela janela outra vez. A carruagem parecia estar entrando em uma espécie de vila. Abriu o vidro e descobriu que podia sentir o cheiro do mar. Um frescor marinho, salgado, misturado ao aroma das plantas do campo.

– É um lugar bonitinho – a mãe disse. – Muito limpo e sossegado. Compreendo por que é tão popular entre as jovens.

A carruagem parou no centro da vila, perto de um gramado amplo e agradável, que circundava uma grandiosa igreja medieval. Ele espiou pela janela, olhando em todas as direções. O lugar era pequeno demais para ser Brighton ou...

– Espere um minuto... – Uma suspeita desagradável se formou na cabeça dele. Ela não podia ter... Ela *não* teria.

O criado uniformizado abriu a porta da carruagem.

– Bom dia, vossas graças. Chegamos a Spindle Cove.

– Oh, *saco*.

Quando a elegante carruagem apareceu sacolejando pela rua, Pauline não deu atenção. Muitas carruagens refinadas vinham por esse mesmo caminho, trazendo um visitante ou outro para a vila. Diziam que uma temporada em Spindle Cove era tudo o que qualquer moça bem-nascida precisava para se recuperar de uma crise de autoconfiança. Mas Pauline não era uma moça bem-nascida e seus problemas eram mais práticos. Como o fato de ter pisado em uma poça de barro, salpicando lama na barra de seu vestido. E sua irmã estar chorando pela segunda vez naquela manhã.

– A lista – Daniela disse. – Não está aqui.

Droga. Pauline sabia que não teria tempo de voltar à fazenda. Dentro de poucos minutos precisaria estar na taverna. Era sábado, dia da reunião semanal das mulheres de Spindle Cove, quando a casa de chá e taverna, Touro & Flor, ficava mais cheia. O Sr. Fosbury era um patrão justo, mas ele descontava atrasos do salário, e o pai dela percebia.

Frenética, Daniela vasculhava o bolso, seus olhos marejados de lágrimas.

– Não está aqui, não está aqui.

– Não importa. Eu me lembro de tudo. – Sacudindo as saias para se livrar das gotas de lama, Pauline foi enumerando os itens de cabeça: – Groselhas secas, novelo de lã, um pouco de esponja. Oh, e alúmen em pó. Minha mãe precisa para fazer conservas.

Quando elas entraram na loja Tem de Tudo, dos Bright, encontraram o lugar lotado. As turistas se preparavam para a reunião semanal e as moradoras faziam suas compras. Moradoras como a Sra. Whittlecombe, uma viúva idosa que só saía de sua decrépita casa de fazenda uma vez por semana, para se abastecer de doces e vinho "medicinal". Enquanto Pauline e Daniela se espremiam entre as clientes para entrar na loja, a mulher lhes deu uma fungada desdenhosa.

Pauline conseguiu distinguir duas cabeças muito loiras do outro lado do balcão. Sally Bright estava ocupada com as freguesas e seu irmão mais novo, Rufus, entrava e saía do estoque. Felizmente, Pauline e Daniela eram amigas da família Bright desde sempre, e assim não precisavam ser atendidas na loja.

– Ponha os ovos de lado – Pauline disse à irmã. – Eu vou buscar a esponja e o novelo no estoque. Você pega duas medidas de groselha e uma de alúmen.

Daniela colocou a cesta de ovos vermelhos com cuidado sobre o balcão e foi até uma fileira de barris. Seus lábios se moviam enquanto procurava o rótulo GROSELHAS em um deles. Então ela franziu a testa, concentrada, ao despejar duas medidas em um cone de papel pardo.

Depois de ver que a irmã estava cumprindo a tarefa, Pauline pegou os outros itens necessários no estoque. Ao voltar, Daniela a esperava com os produtos nas mãos.

– Alúmen demais... – Pauline disse, conferindo. – Era para ser só uma medida.

– Ah. Ah, não.

– Está tudo bem – ela disse com a voz calma. – É fácil de consertar. Ponha o excedente de volta.

Pauline torceu para que a irmã não reparasse na expressão de deboche da Sra. Whittlecombe.

– Não sei se vou continuar a fazer minhas compras nesta loja – a velha disse –, onde permitem que garotas abobalhadas fiquem atrás do balcão.

Sally Bright deu um sorriso sarcástico para a mulher.

– Só nos diga quando podemos parar de manter seu láudano em estoque, Sra. Whittlecombe.

– É apenas um tônico para a saúde.

– É claro que sim – Sally disse, seca.

Pauline foi até o livro-caixa para registrar suas compras. Ela adorava essa parte, quando virava as páginas lentamente, demorando-se para examinar as anotações e cálculos de Sally. Algum dia ela teria sua própria loja e cuidaria dos seus livros-caixa. Esse era um sonho que ela não tinha contado para ninguém, nem para sua melhor amiga, era apenas uma promessa que ela recitava para si mesma, quando as horas de trabalho na fazenda e na taverna pesavam em seus ombros... Algum dia.

Pauline encontrou a página correta. Depois do crédito que receberam por trazer os ovos, só deviam seis pence pelo resto da compra. Ótimo.

Blam. Ela rapidamente levantou a cabeça, assustada.

– Minha nossa, garota! Que diabos está fazendo? – A Sra. Whittle-combe bateu no balcão de novo.

– Eu... eu es-estou de-devolvendo o alúmen – Daniela gaguejou.

– Isso n-não é al-alúmen – a mulher debochou do jeito de falar de Daniela. – É açúcar.

Oh, saco. Pauline franziu a testa, sabendo que ela mesma deveria ter feito aquilo, mas queria tanto que a irmã mostrasse para a bruxa velha que era capaz... Agora a bruxa velha ria, triunfante. E, confusa, Daniela sorriu e tentou rir junto.

Pauline sentiu um aperto no coração pela irmã. Elas só tinham um ano de idade de diferença, mas eram tantos de entendimento! De todas as coisas que eram mais difíceis para Daniela do que para outras pessoas – pronunciar palavras terminando em consoantes, subtrair de números maiores que dez –, crueldade parecia ser o conceito mais complicado para ela. O que era uma misericórdia na família de Amos Simms, o pai delas.

– Não o açúcar refinado – Rufus Bright lamentou.

Sally lhe deu um tapa na orelha.

– Eu acabei de abrir o barril – ele disse, se desculpando e esfregando a orelha. – Estava quase cheio.

– Bem, agora está todo estragado – disse, convencida, a Sra. Whittle-combe.

– Eu vou pagar pelo açúcar – Pauline disse, e no mesmo instante ela se sentiu nauseada, como se tivesse engolido três quilos do produto. Açúcar branco refinado era muito caro.

– Você não precisa fazer isso – Sally disse com a voz baixa. – Nós somos praticamente irmãs. Nós deveríamos ser irmãs *de verdade*, se meu irmão Errol tivesse algo na cabeça.

Pauline meneou a cabeça. Ela tinha parado de sonhar com Errol Bright muitos anos atrás, quando se separaram, e não queria se sentir devedora dele.

– Eu vou pagar – ela insistiu. – O erro foi meu. Eu mesma deveria ter feito isso, mas estava com pressa.

E agora ela se atrasaria para o trabalho na Touro & Flor. Aquele dia ficava cada vez pior.

Sally parecia angustiada, dividida entre a necessidade de faturar e o desejo de ajudar uma amiga.

No canto, Daniela finalmente se deu conta das consequências de seu erro.

– Eu ponho de volta – ela disse, retirando material do barril de açúcar e jogando no de alúmen, molhando tudo com suas lágrimas. – Eu posso consertar.

– Está tudo bem, querida. – Pauline se aproximou dela e retirou, com delicadeza, a medida de lata da mão da irmã. – Pode cobrar – ela disse para Sally, com firmeza. – Eu acho que tenho algum crédito no livro-caixa.

Ela não apenas *achava* que tinha crédito. Ela *sabia* que tinha. Várias páginas depois da conta da família Simms, havia uma entrada singela, marcada apenas como PAULINE, que exibia o balanço exato de duas libras, quatro xelins e oito pence. Ao longo dos últimos anos, ela guardou e economizou cada moeda que pôde, confiando a guarda ao livro-caixa de Sally. Aquela era a coisa mais próxima de conta bancária que uma atendente de taverna como ela podia ter. Pauline vinha economizando para algo melhor para ela e para a irmã. Economizando para algum dia...

– Pode cobrar – ela insistiu.

Com alguns rabiscos da pena de Sally, quase todo o dinheiro desapareceu. Sobraram onze xelins e oito pence.

– Eu não cobrei o alúmen – Sally murmurou.

– Obrigada. – Isso não ajudava muito, na verdade, mas já era algo. – Rufus, você poderia, por favor, acompanhar minha irmã até em casa? Eu estou atrasada para o trabalho, e ela está chateada.

Rufus, parecendo envergonhado de seu comportamento anterior, ofereceu o braço a Daniela.

– Claro que posso. Venha, Danny. Eu a levo na carroça.

Quando Daniela resistiu, Pauline a abraçou e sussurrou:

– Vá para casa, querida, e à noite eu levo seu penny.

A promessa iluminou o rosto de Daniela. A tarefa diária dela era recolher os ovos, contá-los e examiná-los, preparando-os para a venda. Como remuneração, Pauline lhe dava um penny por semana.

Toda noite de sábado, ela via Daniela guardar a moeda, com cuidado, em uma lata de chá velha e batida. Então sacudia a lata e sorria, satisfeita com o som de chocalho. Era um ritual que agradava as duas. Na manhã seguinte, a mesma moeda, tão valorizada, era colocada na cesta da igreja – todo domingo, sem falha.

– Vá com ele. – Ela se despediu da irmã com um sorriso que demonstrava uma alegria que Pauline não sentia.

Depois que Rufus e Daniela saíram, a Sra. Whittlecombe cresceu de satisfação.

– Que sirva de lição para você, por trazer uma tonta para a vila.

– Vá com calma, Sra. Whittlecombe – disse um cliente. – Você sabe que elas fazem o que podem.

Pauline se contraiu por dentro. Aquela frase, não. Ela a tinha ouvido inúmeras vezes ao longo da vida. Sempre com aquele tom de pena, em geral acompanhada de um suspiro: *Não dá para esperar muito das garotas Simms... Você sabe que elas fazem o que podem.*

Em outras palavras, ninguém esperava que elas fizessem algo certo. Como podiam? Duas garotas indesejadas em uma família sem filhos homens. Uma simplória e a outra sem qualquer atrativo feminino.

Só uma vez, Pauline queria ser conhecida não por suas *boas intenções*, mas por ser *boa* em algo. E esse dia não seria hoje. Não só porque tudo tinha dado errado, mas também porque, ao encarar a Sra. Whittlecombe, Pauline não conseguiu encontrar nenhuma boa intenção dentro de si. A raiva cresceu dentro dela, como uma planta com espinhos afiados e seiva amarga.

A velha colocou duas garrafas de tônico em sua sacola de compras. As duas tilintaram de um modo que só aumentou a fúria de Pauline.

– Da próxima vez, mantenha aquela *coisa* em casa.

As mãos dela se fecharam em punhos ao lado do corpo. É claro que ela não bateria em uma velha do mesmo modo que tinha feito com os garotos que as provocavam na escola, mas o movimento foi instintivo.

– Daniela não é uma coisa! Ela é uma pessoa!

– Ela é uma simplória. Não deve sair de casa.

– Ela cometeu um erro, do mesmo modo que todos cometem. – Pauline estendeu a mão para o barril de açúcar branco estragado. Era dela agora, não? Ela pagou pelo barril todo. – Por exemplo, todo mundo sabe que eu sou muito desajeitada.

– Pauline – Sally pediu. – Por favor, não.

Tarde demais. Com uma explosão irada, ela jogou o conteúdo do barril para cima. A loja foi coberta por uma explosão branca, e a Sra. Whittlecombe foi pega no centro da tempestade de açúcar, onde ficou tossindo e praguejando em meio a uma nuvem do produto. Quando a poeira baixou, ela parecia a esposa de Lot, mas transformada em uma estátua de açúcar, em vez de sal.

A sensação de vingança divina que tomou Pauline quase valeu todo aquele dinheiro suado. Quase. Ela jogou o barril vazio no chão.

– Oh, céus. Que burrice a minha.

Griff observou a mãe, que mantinha aquele sorriso convencido nos lábios. Dessa vez ela tinha ido longe demais. Aquilo não era só uma intromissão, era algo diabólico.

Spindle Cove, a cidade das solteironas. Ele nunca tinha estado nesse lugar, mas conhecia bem sua reputação. Era nesse vilarejo litorâneo que as solteironas bordavam e as tuberculosas encontravam a cura.

Aceitando a mão do criado, a duquesa desceu da carruagem.

– Este lugar está fervilhando de jovens bem-nascidas e solteiras.

Ela gesticulou na direção de uma pensão. Uma placa pendurada sobre a porta de entrada anunciava que ali era a QUEEN'S RUBY.

Griff arregalou os olhos para as venezianas verdes e as floreiras com gerânios nas janelas. Preferiria nadar com os tubarões. Ele se virou e caminhou na direção oposta.

– Aonde você está indo? – a mãe perguntou, indo atrás dele.

– Ali. – Ele indicou, com o queixo, uma taverna do outro lado da praça. Focando na placa sobre a porta vermelha, ele leu o nome, Touro & Flor. – Vou tomar uma caneca de cerveja e comer algo.

– E quanto a mim?

Griff fez um gesto exagerado.

– Fique à vontade. Pegue uma suíte na hospedaria. Aproveite as saudáveis brisas marinhas. Mando a carruagem para buscá-la dentro de algumas semanas. – E acrescentou baixo: – Ou alguns anos.

O criado seguiu-os, a um passo respeitável atrás, segurando a sombrinha aberta para proteger a duquesa do sol.

– Absolutamente não! – ela disse. – Você vai escolher uma noiva e será hoje.

– Você não entende qual tipo de moça é enviada para esta vila? As que não conseguem casar!

– Exatamente. É perfeito. Nenhuma delas irá rejeitá-lo.

As palavras da mãe fizeram com que Griff parasse e se virasse para encará-la.

– *Me* rejeitar?

Por razões óbvias, ele evitava discutir seus casos com a mãe. Mas a razão pela qual ele se mantinha celibatário nos últimos meses não tinha nada a ver com ser rejeitado pelas mulheres. Havia muitas mulheres – lindas, sofisticadas, sensuais – que o receberiam de braços abertos em sua cama quando ele quisesse. Griff teve vontade de dizer isso, mas um homem não pode dizer essas coisas para a mãe.

Entretanto, ela não pareceu ter dificuldade para interpretar o silêncio dele.

– Não estou falando de carnalidade, mas de seu potencial como marido. Sua reputação deixa muito a desejar. – Ela raspou alguma coisa da manga dele. – E tem o problema com a idade.

– Que problema com a idade? – Griff estava com 34 anos. Pelos cálculos dele, seu pênis ainda tinha, pelo menos, umas três décadas de bom funcionamento.

– É claro que sua aparência é boa – ela continuou. – Mas existem homens mais bonitos.

– Tem certeza de que você é minha mãe?

Ela se virou e continuou andando.

– O fato é que a maioria das damas da sociedade desistiram de você como marido em potencial. Uma vila cheia de solteironas desesperadas é exatamente o que precisamos. Você tem que admitir, esse lugar funcionou muito bem para aquele seu amigo malandro, Lorde Payne.

Pelo amor de Deus. Então era essa a explicação para aquilo. Malditos fossem aquele patife do Colin Sandhurst e sua esposa quatro-olhos, amante de livros. No ano anterior, seu antigo amigo de jogatina foi mantido preso, sem dinheiro, naquela vila litorânea, e escapou ao fugir com uma intelectual. O casal tinha até parado em Winterset Grange, o retiro rural de Griff, em sua rota para a Escócia. Mas a situação dos dois era completamente diferente. Griff não estava desesperado por dinheiro, nem por companhia. Casamento simplesmente não era seu destino.

A mãe o encarou, séria.

– Você estava esperando pelo amor?

– O quê?

– É uma pergunta simples. Você evitou se casar, durante todos esses anos, porque estava esperando se apaixonar?

Uma pergunta simples, ela disse. Mas a resposta não era.

Ele poderia tê-la levado para a taverna, pedido algumas taças grandes de vinho e explicado tudo em uma hora ou duas. Explicado que ele não se casaria na próxima temporada, nem em qualquer outra. O único filho dela não seria apenas uma mancha na distinta linhagem Halford, mas o literal fim da linha, e o legado da família que ela tanto estimava estava condenado à obscuridade. A esperança de ter netos seria frustrada.

Mas ele não conseguiu fazer isso. Nem mesmo nesse dia em que ela estava tão irritante. Era melhor continuar sendo um malando dissoluto, porém recuperável, do que partir o coração da mãe.

– Não – ele respondeu, sincero. – Não estou esperando pelo amor.

– Bem, isso é conveniente. Nós podemos resolver a situação em uma manhã. Não se preocupe em encontrar a beleza mais refinada da Inglaterra. Você pode encontrar uma garota – qualquer garota –, que eu mesma irei refiná-la. Quem melhor para preparar a futura Duquesa de Halford do que a atual Duquesa de Halford?

Eles chegaram à entrada da taverna e a mãe olhou para a maçaneta da porta. O criado se adiantou para abri-la.

– Oh, veja – ela disse ao entrar. – Que sorte. Elas estão aqui.

Griff olhou. A cena era mais abominável do que ele poderia ter imaginado. Aquele lugar nem parecia uma "taverna", mas uma casa de chá. Moças lotavam o estabelecimento, reunidas ao redor das mesas, com os rostos franzidos de concentração. Elas pareciam estar ocupadas com uma das tarefas absurdas que passavam por "realização" feminina nos dias de hoje. Enfeites de papel, ao que parecia. E elas nem estavam usando folhas novas, contentavam-se em arrancar páginas de livros para fazer seus adornos estranhos para bules e bandejas de chá.

Ele olhou para a pilha mais próxima de volumes: *A Sabedoria da Sra. Worthington para Jovens* era o título de um deles. Assustador.

Isso era tudo que ele tinha evitado durante anos. Uma sala cheia de mulheres jovens, solteiras e sem graça, dentre as quais era esperado que ele encontrasse uma noiva adequada.

Cutucada pela amiga, uma jovem se levantou e fez uma mesura.

– Podemos ajudá-la, madame?

– Vossa Graça.

– Madame? – A jovem franziu a testa.

– Eu sou a Duquesa de Halford. Você deve se dirigir a mim como "Vossa Graça".

– Ah, entendo. – Enquanto a amiga que a tinha cutucado abafava uma risadinha nervosa, a moça de cabelos claros tentou de novo: – Podemos ajudá-la, Vossa Graça?

– Apenas fique ereta, garota. Para que meu filho possa vê-la. – Ela virou a cabeça, examinando o restante do salão. – Todas vocês, de pé e em sua melhor postura!

Griff sentiu uma dor aguda penetrar em seu crânio quando as pernas das cadeiras arranharam as tábuas do chão. Uma por uma, as moças se levantaram, obedientes.

Ele notou algumas marcas de varíola e alguns dentes tortos. Mas nenhuma delas era horrível. Algumas eram apenas... frágeis. Outras estavam bronzeadas de sol, o que era deselegante.

– Bem – a duquesa disse, andando até o centro da sala com passos longos. – Joias brutas. Em alguns casos, *muito* brutas. Mas todas são de boas famílias, então, lapidando um pouco... – Ela se virou para o filho. – Pode escolher, Halford. Escolha qualquer garota que lhe agradar, e eu irei transformá-la em duquesa.

Todas as bocas no salão se abriram. Todas, menos a de Griff. Ele massageou as têmporas latejantes e começou a pensar em um breve discurso. *Senhoritas, eu lhes imploro. Não deem atenção a esta maluca. Ela está próxima de seu declínio. Está ficando caduca.*

Mas então, ele pensou... Uma saída rápida seria bondade demais para com a mãe. Com certeza a punição adequada seria o oposto disso: fazer exatamente o que a mãe lhe pedia.

– Você afirma que pode transformar qualquer uma destas garotas em duquesa?

– É claro que posso – a mãe afirmou.

– E quem será o juiz do seu sucesso?

– A Sociedade, é claro. – Ela arqueou uma sobrancelha. – Escolha sua jovem e ela será celebrada até o fim da próxima temporada de Londres.

– Celebrada por Londres, você diz? – Ele deu uma risada ambígua.

Griff vasculhou a taverna uma segunda vez, planejando se declarar louca e instantaneamente apaixonado pela pirralha mais tímida, desajeitada e grosseira do lugar, para então ver sua mãe gaguejar e se desesperar.

Contudo, pelos olhares divertidos que as jovens trocaram, Griff sentiu que havia mais coragem e inteligência naquela sala do que sua primeira impressão tinha indicado. Aquelas mulheres não eram tolas. E embora cada uma delas tivesse seus defeitos e imperfeições – quem não tem? –, nenhuma era inadequada de um modo chocante e insuperável.

Droga. Ele queria tanto ensinar uma lição à mãe intrometida. Mas, a julgar pela situação, ele pensou que talvez fosse melhor apenas murmurar um pedido de desculpas e arrastar a duquesa de volta para a carruagem, deixando-a no asilo de Bedlam no caminho de casa.

E então, com um ranger das dobradiças e uma batida na porta dos fundos... A salvação dele chegou.

Ela entrou, tropeçando, pela entrada dos fundos da taverna, ofegante e com o rosto vermelho. Suas botas e a barra do vestido estavam salpicadas por uma quantidade assustadora de lama, e um pó branco estranho recobria todo o resto.

Um avental de atendente estava pendurado em seu pescoço, um pouco folgado. Quando ela pegou as faixas e as amarrou na cintura, o aperto dos laços revelou um corpo magro, quase de garoto. Ela não era exatamente um violão, estava mais para um fagote.

– Já passa das 10 horas, Pauline – veio uma voz masculina na cozinha.

– Perdão, Sr. Fosbury – ela respondeu. – Não vou me atrasar de novo.

A dicção e o sotaque dela não eram apenas de alguém sem instrução e do interior – eram estranhos. Quando ela se virou, Griff entendeu a razão. Ela segurava um grampo de cabelo entre os dentes, como um charuto, enquanto falava.

A atendente atrasada pegou outro grampo de cabelo e, quando seus olhos verdes e inteligentes encontraram os de Griff, ela congelou no ato de enfiar aquele grampo no volume de cabelo empilhado sobre a cabeça.

Deus, aquele cabelo. Ele já tinha ouvido mulheres descrever seus penteados como "coques" ou "tranças". Mas o que estava diante dele só podia ser chamado de "ninho". Griff estava certo de ter visto folhas de grama e pedaços de palha perdidos ali.

Era evidente que ela esperava entrar sem ser notada. Mas, em vez disso, ela se tornou, de repente, o centro das atenções. Aquele pó branco misterioso grudado nela... captava a luz, reluzindo. Griff não conseguia desviar os olhos.

Enquanto os olhos da moça ofegante alternavam entre Griff, a mãe dele e as outras jovens que ocupavam o salão, o penteado inacabado dela desmoronou. Mechas de cabelo solto escorreram por seus ombros, rendendo-se à gravidade ou à indignidade. Ou a ambas.

Esse seria o momento em que a atendente baixaria a cabeça e fugiria do salão, para esperar pela ira de seu chefe. Sem dúvida haveria choros e soluços. Mas, pelo jeito, não seria assim com aquela garota, que parecia ter orgulho suficiente para passar por cima da etiqueta e do bom senso.

Jogando o cabelo de lado para distribuir igualmente as mechas cor de conhaque, ela virou o rosto e cuspiu de lado o último grampo.

– Saco – ele a ouviu murmurar.

De repente, Griff se pegou segurando um sorriso. Ela era perfeita. Grosseira, sem instrução, completamente deselegante. Um pouco bonita demais. Uma garota mais sem graça serviria melhor aos seus propósitos. Mas apesar da beleza, ela teria que servir.

– Ela – ele declarou. – Eu fico com ela.

Capítulo dois

O príncipe de outra garota chegou. Esse foi o primeiro pensamento de Pauline quando entrou, apressada, e avistou o cavalheiro bem-vestido à frente da porta. Ela via isso acontecer de tempos em tempos naquela vila. As jovens aristocratas buscavam refúgio em Spindle Cove pelas razões mais estranhas. Faltava-lhes refinamento ao tocar harpa, ou a cor de seus olhos não estava na moda, na Corte, nessa temporada. E então – para completo espanto de todas, a não ser de Pauline –, algum belo conde, visconde ou oficial aparecia e se casava com elas. Nenhum deles sequer olhava para a atendente da taverna.

Assim, qual lady esse cavalheiro buscava? Quem quer que fosse, estaria com a vida ganha. Tudo na aparência daquele homem – dos botões de marfim às perfeitas luvas de couro – anunciava sua riqueza como se através de trompetes. E se as roupas dele gritavam "fortuna", tudo dentro delas anunciava poder. Era fácil para um cavalheiro ficar mole e barrigudo, mas não esse. O casaco verde-escuro, sob medida, revelava ombros largos e músculos definidos nos braços. O rosto era forte, também. O nariz tinha uma inclinação ousada, o maxilar era anguloso e a boca, confiante. Não havia nada de bonito em suas feições, mas observadas em conjunto, exerciam uma inegável atração masculina.

Resumindo, não era difícil olhar para aquele homem. Mas, mesmo que fosse, Pauline não conseguiria desviar seus olhos, porque ele também não tirava os olhos dela. E o modo como ele a encarava – como se ela fosse a resposta para todas as perguntas que ele nunca pensou em fazer – colocou seu coração em um ritmo mais acelerado que o de uma lebre aprisionada.

– Ela – ele declarou. – Eu fico com ela.

– Você não pode escolhê-la – uma mulher mais velha respondeu, evidentemente irritada. – Essa é a atendente.

Pauline deu um breve olhar para a mulher, classificando-a como uma senhora grisalha de pequena estatura, mas grande presunção. Ela tinha a coluna ereta, o que era bom, para sustentar a quantidade indecente de joias que trazia no pescoço.

– Ela é uma garota – o homem respondeu, calmo, ainda olhando para Pauline. – Ela é uma garota e está nesta sala. E você disse que eu podia escolher qualquer garota desta sala.

– Ela não estava na sala quando eu disse isso.

– Mas está na sala agora. E agora que eu a vi, não tenho olhos para ninguém mais. Ela é perfeita.

Perfeita? Pauline olhou pela janela, esperando que um porco entrasse voando por ali. Um porco tocando lira e falando galês.

O cavalheiro andou na direção dela, deslizando confiante pelo salão. Enquanto ele se aproximava, cada passo pesado e rítmico a tornava mais consciente do cabelo desgrenhado, coberto de açúcar, e da barra do vestido suja de lama. Pauline procurou se acalmar com os sinais da humanidade imperfeita dele. Mais de perto, dava para ver que a barba estava por fazer e que seus olhos estavam vermelhos – por pouco sono ou muita bebida, ou ambos.

Pauline inspirou lentamente. As roupas dele carregavam o aroma evanescente de alguma colônia almiscarada masculina. Esse aroma a envolveu, aquecendo-a em lugares secretos e baixos.

– Diga-me seu nome – ele disse em uma voz baixa e... magnética, aparentemente. Ela sentiu que cada pessoa daquele salão se inclinou na direção dele, para entender melhor suas palavras.

– Meu nome é Pauline, senhor. Pauline Simms.

– Sua idade.

– Vinte e três.

– Você é casada ou noiva?

– Não, senhor. – Ela engoliu uma risada de espanto. – Não sou.

– Excelente. – Ele inclinou a cabeça. – Eu sou Griffin Eliot York, 8º Duque de Halford.

Um duque?

– Oh, Senhor – ela murmurou.

– Na verdade, Simms, o que você deve dizer é "Vossa Graça".

Ela baixou os olhos para as tábuas do chão e fez uma mesura desequilibrada.

– Vossa Graça.

Com um aceno, ele dispensou a tentativa dela de mostrar deferência e continuou:

– Minha mãe está cada vez mais impaciente com minha condição de solteiro. Ela me instruiu a escolher qualquer mulher desta sala, com a promessa de que conseguiria transformá-la em uma duquesa. Eu escolhi você.

– Eu?

– Sim. Você é perfeita.

Perfeita. Essa palavra de novo. A cabeça de Pauline não conseguia lidar com tudo isso ao mesmo tempo. Ela precisava dividir a informação em blocos menores. Aquele homem incrivelmente atraente, autoconfiante e cheiroso era o 8º Duque de Halford. Dentre todas as mulheres daquela sala, ele escolheu a atendente, ela própria, para ser sua futura duquesa. *Você é perfeita.*

Arrepios correram da nuca de Pauline até a sola de seus pés, deixando-a sem fôlego. Ou o mundo todo tinha virado de cabeça para baixo, ou depois de 23 anos nunca sendo boa o bastante... aos olhos de um homem... aos olhos daquele *duque*... ela era perfeita.

A duquesa lançou um olhar frio para o filho.

– Desnaturado. Você vive para me contrariar.

– Não sei do que você está falando – ele respondeu, calmo. – Estou fazendo exatamente o que você me pediu.

– Seja honesto!

– Eu estou sendo honesto. Escolhi uma garota. Aqui está ela. – O duque fez um gesto que foi do cabelo desgrenhado de Pauline até seus sapatos enlameados, cobrindo-a de humilhação. – Vá em frente. Transforme-a em duquesa.

Então Pauline entendeu tudo. Ela *era* perfeita aos olhos dele. Perfeitamente horrorosa. Perfeitamente deselegante. Perfeitamente errada para ser uma duquesa. E ao fazer dela um exemplo, o duque pretendia ensinar uma lição à mãe intrometida. Que inteligente da parte dele. Além de ofensivo e insuportável.

Isso é culpa sua, Pauline. Por um instante breve e maluco, você foi uma tonta.

Ela parou de considerá-lo atraente. Mas ele continuava cheirando muito bem, maldito fosse.

Houve um momento de silêncio que ninguém no salão ousou interromper. Era como se todas ali fossem espectadoras da partida decisiva de algum campeonato, e o duque tivesse marcado um ponto crítico. Todas as cabeças se viraram para encarar a duquesa, esperando sua próxima jogada. Mas ela não tinha nenhuma intenção de recuar.

– Muito bem, então. Vamos falar com os pais da garota.

Jogada ousada, pensou Pauline. Dois pontos para a mãe.

– Eu adoraria. – Halford endireitou o casaco. – Mas preciso voltar a Londres imediatamente, e estou certo de que Simms não pode abandonar o emprego.

– Claro que posso – Pauline disse.

O duque e a mãe se voltaram para ela, evidentemente irritados por ela ousar interrompê-los. Mesmo que ela fosse o assunto da conversa.

– Eu posso abandonar meu emprego a qualquer momento. – Ela cruzou os braços. – Aliás, eu não preciso de um emprego, não é? Não se vou me tornar uma duquesa.

O duque lançou um olhar pasmo para ela. Era óbvio que ele não esperava essa reação. Devia imaginar que ela começaria a gaguejar, para protestar, e depois fugiria, corando, para a cozinha. Que azar o dele. Griff tinha escolhido a garota errada.

Ela sabia, claro, que o duque pretendia escolher a "garota errada", mas ele tinha escolhido a "garota errada" *de verdade*. Pauline gostava de rir tanto quanto qualquer pessoa, mas ela já tinha perdido muito nesse dia, e não podia abrir mão dos últimos fiapos de seu orgulho.

– Sr. Fosbury – ela falou na direção da cozinha, desamarrando as tiras do avental. – Estou indo embora. Acredito que não volto mais hoje. Vou levar este duque até minha casa, para que possa pedir minha mão em casamento.

Isso fez Fosbury emergir da cozinha, com uma expressão de espanto no rosto, enquanto limpava as mãos enfarinhadas no avental.

Pauline deu uma piscada para tranquilizá-lo, depois se virou para a duquesa com um grande sorriso.

– Vamos então, Vossa Graça? – Ela deu uma risadinha exagerada. – Oh, perdão. Você prefere que eu a chame de "mãe"?

Uma vibração de risadas abafadas passou pelo salão. A expressão de constrangimento aristocrático no rosto da duquesa foi imensamente satisfatória. Qualquer que fosse o jogo insensível e obstinado que aquele duque e sua mãe estavam jogando, eles tinham acabado de encontrar em Pauline a terceira jogadora. E mais: Pauline iria vencer.

Virando os olhos para o duque, ela o inspecionou sem nenhum pudor. Isso não foi problema, o homem era mesmo um belo espécime masculino, dos ombros largos às coxas esculpidas. Se ele podia examiná-la, por que ela não podia fazer o mesmo?

– Minha nossa – ela empregou seu sotaque caipira mais carregado enquanto inclinava a cabeça para admirar a curva do traseiro aristocrático dele. – Vou me divertir muito com você na noite de núpcias.

Os olhos dele chisparam por um breve momento, mas o bastante para fazer com que ela se contraísse por dentro. Provocar um duque seria um crime punível com enforcamento? Com toda certeza ele possuía os meios e o poder para fazê-la se arrepender disso. Mas quando todas as jovens de Spindle Cove irromperam em uma gargalhada violenta, Pauline soube que tudo iria ficar bem. Ela não era da turma de Spindle Cove, era uma empregada, não uma jovem aristocrata que passava uma temporada ali. Ainda assim, as outras ficariam do lado dela.

A Srta. Charlotte Highwood se levantou e falou em defesa dela:

– Vossas Graças, estamos honradas com a visita, mas não podemos ficar sem Pauline hoje.

– Então nós temos um conflito – o duque disse –, porque não pretendo ficar longe dela.

A determinação sombria nas palavras dele fez com que sensações estranhas agitassem Pauline. Ele pretendia continuar com aquela farsa? A teimosia devia ser tão prevalente na família do duque quanto nos olhos verdes dela.

A duquesa inclinou a cabeça na direção da porta.

– Muito bem, então. A carruagem está esperando.

E foi assim que Pauline Simms, atendente da taverna e filha de um agricultor, se viu levando um duque e a mãe dele para tomar chá em casa. Bem, e por que diabos não? Se aqueles aristocratas queriam constrangê-la na frente de toda Spindle Cove, era justo que sacrificassem um pouco de seu próprio orgulho. Estava ansiosa para ver a cara da duquesa quando parassem em frente à casa humilde de sua família. Poderia fazer bem para eles saber como pessoas comuns vivem – sentando em banquetas rústicas e bebendo chá em louça lascada. Ela e Sally Bright ririam dessa história pelo resto de suas vidas.

Depois de passar instruções ao cocheiro, Pauline se juntou aos dois dentro da carruagem. Ela passou a mão pelo assento de couro de vitelo, maravilhada. Nunca tinha tocado um vitelo de verdade, que fosse assim macio.

Ela teve certeza de que nunca alguém da classe dela andou como passageiro dentro daquele veículo. A julgar pela forma como o duque e a duquesa cerravam os lábios, nenhum dos dois estava contente por ter a companhia de uma atendente de taverna coberta de açúcar e com botas enlameadas. E isso só serviu para deixar Pauline ainda mais decidida; ela iria extrair até a última gota de diversão daquela experiência.

Durante a viagem de dez minutos até a casa na fazenda, ela se divertiu comportando-se de modo impróprio. Pulou no assento, testando as molas; brincou com o fecho da janela, subindo e descendo o vidro uma dúzia de vezes.

– O que o seu pai faz, Srta. Simms? – a duquesa perguntou.

Além de gritar, xingar, ficar furioso e fazer ameaças?

– Ele é agricultor, Vossa Graça.

– Um arrendatário?

– Não, ele é dono da terra. Cerca de dez hectares.

É claro que dez hectares não representavam nada para um aristocrata dono de terras, e menos ainda para um duque. Era provável que Halford tivesse mil vezes isso.

Quando a carruagem saiu da vila, eles passaram pelo campo dos Willet. O filho mais velho do Sr. Willet estava trabalhando na plantação de lúpulo. Pauline baixou a janela pela décima-terceira vez, pôs o braço para fora e acenou com alegria. Então colocou o polegar e o indicador na boca e assobiou alto.

– Gerry! – ela chamou. – Gerald Willet, olhe! Sou eu, Pauline! Vou ser uma duquesa, Ger!

Quando se acalmou dentro da carruagem, viu que o duque e a mãe trocaram um olhar. Ela apoiou o cotovelo na janela, cobriu a boca com a mão e riu.

Ao se aproximarem da casa, Pauline bateu no teto da carruagem para avisar o cocheiro, e quando a carruagem parou, estendeu a mão para a maçaneta da porta.

– Não. – Com o cabo em forma de gancho da sombrinha, a duquesa a segurou pelo pulso. – Temos gente para fazer isso.

Pauline congelou, aturdida. Ela *era* uma das pessoas que faziam esse tipo de coisa, ou a velha tinha se esquecido?

O duque afastou a sombrinha.

– Pelo amor de Deus, mãe. Ela não é uma ovelha desgarrada.

– Você a escolheu, e me disse para fazer dessa jovem uma duquesa. As lições já começaram.

Pauline deu de ombros. Já que a mulher insistia, ela podia esperar e deixar que o criado abrisse a porta, baixasse o degrau e a ajudasse a descer com suas luvas brancas.

Depois que a duquesa apeou, seguida pelo filho, Pauline fez uma mesura exagerada.

– Bem-vindos a nossa humilde casa, Vossas Graças.

Ela abriu o portão e os conduziu pelo quintal. No mesmo instante, o ganso foi atrás deles, grasnando e batendo as asas. Ninguém conseguiria convencer Major de que ele não era superior a um duque. A duquesa tentou congelar a ave com o olhar, mas logo recorreu à sombrinha como arma de defesa.

– Chega, Major! – Pauline bateu as mãos e levou os convidados para dentro da casa. – Por aqui, Vossas Graças. Não fiquem acanhados. Nossa casa é sua. Somos todos uma grande família, agora.

A verga da porta era baixa e o duque, alto. Ele teria que se abaixar para não bater a cabeça. Ele parou antes da soleira. Por um momento, Pauline pensou que o duque daria meia-volta e retornaria para a carruagem, em direção à Londres. Mas não. Ele se curvou e passou pela entrada com um movimento primoroso.

Ela teve que sorrir ao ver o duque arrogante literalmente se curvando para entrar na casa da família dela.

Uma vez lá dentro, as visitas passaram os olhos pela residência pequena e pouco mobiliada. Não era difícil julgar todo o lugar com apenas uma olhada. A casa tinha apenas uns doze passos de extensão. Uma lareira de pedra, alguns armários, mesa e cadeiras. Cortinas desbotadas esvoaçavam diante das duas janelas frontais. Na parede lateral, uma porta levava ao único quarto. Uma escada dava acesso ao mezanino, onde Pauline e Daniela dormiam.

A porta dos fundos levava à área externa, local em que a família se lavava. Borrifos recentes de água indicavam que alguém se lavou depois do almoço.

– Mãe – Pauline entoou –, venha ver quem eu trouxe da Touro & Flor. O 9º Duque de Halstone e a mãe.

– Halford – a duquesa a corrigiu. – Meu filho é o 8º Duque de Halford. Ele também é Marquês de Westmore, Conde de Ridingham, Visconde Newthorpe e Lorde Hartford-on-Trent.

– Oh. Certo. Acho que eu também devia aprender a falar tudo isso, né? Quer dizer, já que vai ser meu nome, também. – Ela deu um sorriso largo para o duque. – Gostei disso.

Os lábios dele tremeram um pouco. Se de irritação ou divertimento, ela não se arriscou a adivinhar.

– Vocês não vão se sentar? – Pauline perguntou à duquesa.

– Eu não.

– Se precisar usar a privada – ela cochichou –, é só sair por aquela porta, dar a volta na pilha de lenha e virar à esquerda, no cercado dos porcos.

– Pauline? – A mãe dela entrou pela porta dos fundos, enxugando as mãos em uma toalha.

– Mãe, aí está você! Papai voltou para o campo?

– Não – disse Amos Simms, aparecendo na mesma porta pela qual a mãe tinha acabado de entrar. – Ele não voltou. Ainda não.

Pauline prendeu a respiração enquanto seu pai observava o duque e depois a duquesa. Por fim, ele voltou o olhar ameaçador para Pauline. Um formigamento surgiu, de repente, no meio nas costas dela. Ela pagaria pela brincadeira, sem dúvida.

– O que significa tudo isto? – o pai quis saber.

Pauline estendeu o braço na direção das visitas.

– Pai, eu lhe apresento Sua Graça, o 8º Duque de Halford, e a mãe dele. Quanto ao que estão fazendo aqui... – Ela se virou para o duque. – Vou deixar que Sua Graça explique.

Ah, que ótimo. A garota queria que ele explicasse.

Griff suspirou e passou a mão pelo cabelo. Não havia uma explicação satisfatória que ele pudesse dar. Não fazia ideia do que estava fazendo naquele casebre.

Uma coisa pontuda o cutucou na altura do rim, empurrando-o para frente. Aquela maldita sombrinha de novo! *Ah, sim.* Ele se lembrou. Havia uma razão para estar ali, e a Própria Razão precisava de uma lição decisiva sobre como cuidar da própria vida. Ele arrancou a sombrinha das mãos da duquesa e a ofereceu à mãe de Pauline.

– Por favor, aceite este presente como nosso reconhecimento pela sua hospitalidade.

A Sra. Simms era uma mulher pequena, de ombros curvados. Ela parecia tão desvanecida e amarrotada quanto o pano de prato em suas mãos avermelhadas. A mulher olhou para a sombrinha fechada, parecendo estupefata com o cabo de marfim.

– Eu insisto. – Ele levantou o objeto, que a Sra. Simms pegou, relutante.

– É m-muita gentileza, Vossa Graça.

– Nunca faça visitas de mãos abanando. Minha mãe me ensinou isso. – Ele deu uma olhada para a duquesa. – Mãe, sente-se.

Ela fungou.

– Eu acho que...

– Aqui. – Ele enganchou o pé em um banco rústico e o puxou de sob a mesa. As pernas do móvel arranharam o chão de terra coberto de palha. – Sente-se aqui. Você é uma visita nesta casa.

Ela sentou, arrumando as volumosas saias ao seu redor. Mas não pareceu muito satisfeita com isso.

Pelo próximo minuto, Griff aprendeu como era a sensação de ser um animal em exposição, com a família Simms reunida os observando de boca aberta.

– Sra. Simms – ele disse, afinal –, talvez possa fazer a gentileza de nos oferecer uma bebida. Eu preciso dar uma palavrinha com seu marido.

Com evidente alívio por ser dispensada, a Sra. Simms arrastou a filha para a cozinha. Griff afastou uma cadeira de vime da mesa e sentou. Ao se sentar na outra cadeira, o fazendeiro corpulento semicerrou os olhos.

– O que eu posso fazer por Vossa Graça?

– Diz respeito à sua filha.

– Eu sabia – Amos Simms grunhiu. – O que essa garota fez agora?

– Não é algo que ela tenha feito. É o que a minha mãe gostaria que ela fizesse.

Simms deu um olhar astuto para a duquesa.

– Sua Graça está precisando de uma copeira, então?

– Não. Minha mãe gostaria de ter uma nora. Ela acredita que eu preciso de uma esposa, e afirma que pode transformar sua garota – ele acenou na direção da cozinha – em duquesa.

O fazendeiro ficou em silêncio por um instante. Então o rosto dele se abriu em um sorriso com falhas entre os dentes. Ele riu de um modo baixo e seboso.

– Pauline – ele disse. – Uma duquesa.

– Espero que não se ofenda, Sr. Simms, se eu admitir que tenho dúvidas quanto ao sucesso dessa empreitada.

– Uma duquesa... – O fazendeiro meneou a cabeça e continuou rindo.

O tom grosseiro e sinistro da risada daquele homem fez Griff se remexer na cadeira. Claro que essa era uma ideia absurda, mas, ainda assim, um pai não deveria defender sua própria filha?

– Eis minha oferta. – Griff pigarreou. – O homem tem apenas uma mãe, e eu decidi fazer a vontade da minha. E se eu levasse sua filha para Londres? Lá, minha mãe faria o possível para transformá-la de atendente de taverna a uma lady refinada e pronta para ser a esposa de um duque.

Simms riu de novo.

– É claro que, na possibilidade muito mais provável de tudo isso dar errado, nós lhe devolveremos sua filha. No mínimo ela voltaria para casa com alguns vestidos novos e tendo conhecido as coisas boas da vida.

– Minha filha não precisa de vestidos novos. Nem das coisas boas da sua vida.

Então a filha em questão voltou para pôr a mesa. A louça que colocou diante de Griff era, possivelmente, a xícara mais feia que ele já tinha visto – uma peça de porcelana mal pintada, sem dúvida feita em alguma fábrica de segunda linha e passada por muitos donos. Mas antes de soltar o pires, ela o girou para que a flor patética na xícara ficasse de frente para ele, e o lascado do pires ficasse escondido.

O significado do gesto não passou despercebido por Griff. Ela era orgulhosa, sem dúvida. Também tinha a língua afiada e era ousada o bastante para enredar um duque e sua mãe-dragão. Nenhuma dessas características eram qualidades desejáveis em uma atendente, muito menos em uma noiva. Mas eram qualidades que Griff apreciava em geral, e ele começava a admirar esta Pauline Simms. Só um pouco, e só para si mesmo. Durante os poucos minutos na cozinha, ela tinha prendido o cabelo. Sua figura continuava sendo pouco notável, mas agora ele podia ver que ela era mais do que apenas um pouco bonita; ela tinha as maçãs do rosto altas, o nariz delicado e olhos puxados nos cantos, como os de um gato. Bem atraente, na verdade, de um modo rústico e rural. Todos os agricultores deviam ser loucos por ela.

Você jurou não se envolver com mulheres, uma voz o lembrou.

Bem, esse juramento precisava ser bem analisado. Ele tinha jurado não se *envolver* com mulheres. Isso não significava que iria arrancar os próprios olhos. Um pouco de admiração descomprometida nunca fez mal a ninguém – e ele desconfiava que poderia fazer certo bem àquela mulher em especial.

– Se você está decidido, nós podemos conversar – Simms disse e coçou o queixo. – Mas não posso deixar que leve-a embora assim, de qualquer jeito.

Ótimo, Griff pensou. Nenhum pai bom da cabeça deveria deixar uma filha bonita e inteligente ir embora assim, com tanta facilidade.

– Venha cá, Pauline – o fazendeiro ergueu a voz.

Ela obedeceu, a boca formando uma linha tensa.

– Veja as mãos dela – Simms disse, pegando a filha pelo pulso e apresentando a mão e o antebraço dela para serem inspecionados por Griff.

Os dedos dela eram esguios e graciosos, mas a palma mostrava calos e cicatrizes provocados pelo trabalho servil – um trabalho mais vigoroso do que servir chá a solteironas. Sem dúvida ela também ajudava no trabalho da fazenda.

Simms sacudiu o pulso da filha, fazendo-a abanar a mão para cima e para baixo.

– Ninguém tem a mão tão pequena, nem um braço tão fino. – Ele fez um círculo com o polegar e o indicador, circundando com facilidade o punho delgado da filha. – Tenho uma égua a ponto de parir. Ninguém mais nesta fazenda consegue enfiar o braço lá dentro e puxar o filhote, se for necessário.

O fazendeiro deslizou o círculo formado por seus dedos pelo braço de Pauline, até chegar ao cotovelo, demonstrando visualmente as profundidades equinas que sua filha de braços finos teria que explorar.

Ter perdido o café da manhã começava a parecer uma bênção para Griff.

– Dê uma olhada nisto – Simms disse. – Ela pode alcançar até o útero.

– *Pai!* – Pauline puxou o braço.

– Isso aí vale alguma coisa – o pai dela disse. – Não posso deixá-la ir sem uma compensação. Adiantada.

Inacreditável. O Sr. Simms era um fazendeiro. Pobre, de fato, mas não miserável. Ele possuía dez hectares. Sua casa era humilde, mas segura. Ninguém estava passando fome debaixo daquele teto. Então um nobre estranho entrava nessa casa e ele oferecia, para todos os efeitos, vender a filha?

E quanto à segurança da garota? E quanto à reputação dela? Griff não era o tipo de nobre que comprava uma virgem para deflorar, mas o Sr. Simms não tinha como saber disso. Esse era o ponto em que qualquer pai decente – diabos, qualquer pai de verdade – exigiria pelo menos alguma garantia de segurança. Se antes não mandasse Griff e sua proposta feudal para o quinto dos infernos. Mas não o Sr. Simms. O que fez Griff perceber que ele era um pai terrível e homem pior ainda. O fazendeiro não estava nem um pouco preocupado com a saúde ou a reputação da filha. Não, ele só queria uma compensação adiantada por seu trabalho quando a égua parisse.

– Essa é sua única objeção? – ele perguntou, dando ao fazendeiro uma chance de se redimir.

– Claro que não. – O Sr. Simms franziu a testa.

Graças a Deus.

– Tem o salário que ela traz para casa – o homem continuou. – Preciso dessa quantia também.

– O salário dela.

Griff sentiu uma necessidade repentina de bater em algo. Algo com uma camisa grosseira, botas enlameadas e um sorriso ganancioso. Era isso. Sua mãe teria que aprender a lição de outro modo, ou em outro momento. Griff precisava ir embora. Se aquela conversa não terminasse naquele instante, acabaria mal.

Utilizando-se de algum tipo de reserva ancestral de compostura ducal, ele se levantou.

– Acredito que este plano não foi bem concebido. As chances de sua filha ter sucesso na Sociedade de Londres são minúsculas, e os riscos para ela são muito grandes. – Ele se encaminhou para a porta da casa, parando apenas para pegar a mãe pelo cotovelo e colocá-la de pé. – Se nos dá licença, eu e minha mãe vamos...

– Cinco – o fazendeiro disse.

– Desculpe?

– Eu a deixo ir por cinco libras.

Griff só conseguiu olhar para ele.

– Bom Deus, homem – ele disse, afinal. – Está falando sério?

– Tudo bem, então. – Simms estalou o pescoço. – Você pode ficar com ela por quatro libras e oito xelins. Mas nem uma moeda a menos.

Maldição. Griff passou a mão pelo rosto. Agora parecia que ele estava regateando o preço da garota, decidido a arruiná-la pelo menor preço possível.

– Que barganha excelente – ironia escorria das palavras da duquesa. – Eu não acredito que você possa encontrar uma escolha mais econômica.

– Espero que esteja satisfeita – Griff disse.

A duquesa arqueou uma sobrancelha, voltando a censura para ele.

– Você está?

Não. Ele não estava, se sentia um canalha de primeira. Tinha se julgado tão esperto, escolhendo a atendente em meio à multidão de solteironas. E depois ele invadiu a casa dela e a obrigou a ver o próprio pai colocar o preço de quatro libras e oito xelins em sua saúde e felicidade. Mesmo para Griff, aquilo era muito baixo.

A Srta. Simms apareceu de novo, aproximando-se da mesa com a chaleira nas mãos. Seus olhos se encontraram, e os dela lhe contaram algo ousado e sem nome, em tons de verde. No fundo de alguma floresta virgem e inexplorada havia uma vinha daquela cor, esperando para ser descoberta. E havia algo de essencial na natureza daquela garota, que era muito, muito melhor do que aquele lugar.

Então Griff observou uma reveladora sequência de eventos. Um barulho veio dos fundos da casa. Praguejando baixo, Pauline Simms pisou em falso e chá quente caiu no chão de terra.

– Pauline, eu lhe disse que... – O fazendeiro levantou a mão, ameaçador.

Parada a quatro passos de distância, Pauline – a garota que sabia enfrentar um duque – se encolheu.

Griff tinha visto o bastante.

– Mãe, vá para a carruagem. – Ele desfez a objeção dela com um gesto contido, então se virou para a garota. – Srta. Simms, uma palavrinha lá fora. A sós.

Capítulo três

Pauline o seguiu pela porta da frente e os dois continuaram até o lado da casa – o lado sul, onde não havia janelas para que a família os espiasse. A duquesa também não conseguia ver esse canto de onde estava, na carruagem. Eram apenas os dois, sozinhos com uma macieira que estava atrasada em sua florada, e aquela situação ridícula.

Pauline esperava que os dois pudessem dar uma boa risada e seguir cada um para seu lado. Estava quase na hora de começar suas tarefas do entardecer, e já tinha aguentado duques suficientes por um dia.

Parecia que ele também tinha se cansado. Andava pelo quintal com passadas longas, para frente e para trás.

– Tomei uma decisão. – Ele arrancou um galho seco que estava pendurado na macieira e bateu com ele na cerca. – Simms, você virá comigo para Londres esta tarde.

Ela ficou sem ar.

– Mas... mas por quê? Por qual motivo?

– Treinamento para duquesa, é claro.

– Mas você não pode querer *mesmo* se casar comigo.

Ele parou, de repente.

– É claro que não pretendo me casar com você.

Bem, ela ficou feliz por isso ficar claro.

– Vamos acertar logo algumas coisas – ele disse. – Eu posso usar roupas finas e ser dono de uma carruagem esplêndida, e entrei na sua vida como se fosse um furacão. Talvez até mesmo um furacão romântico, para olhares destreinados. Mas isso não é um conto de fadas, e qualquer um que me conheça pode lhe dizer... que eu não sou um príncipe.

– Com todo respeito, Vossa Graça – ela riu um pouco –, não criei nenhuma expectativa contrária. Faz muito tempo que parei de acreditar em contos de fadas.

– Desconfio que você seja prática demais para esse tipo de coisa.

Ela concordou.

– Estou preparada para trabalhar duro pelas coisas que quero na vida. – Infelizmente, seus ganhos de um ano de trabalho duro estavam espalhados por seus cabelos e vestido.

– Ótimo. Porque o que estou lhe oferecendo é um emprego. Pretendo contratá-la como uma espécie de dama de companhia para minha mãe. Venha para Londres, submeta-se ao "treinamento de duquesa" dela e prove ser uma catástrofe absoluta. Isso não deve exigir muito esforço da sua parte.

Pauline mexeu a boca, mas nenhuma palavra saiu.

– Em troca do seu trabalho, vou lhe dar mil libras. – Ele apontou o galho de macieira para a casa. – E você nunca mais vai ter que depender desse homem.

Mil libras.

– Vossa Graça, eu... – Ela nem sabia o que dizer, se chamava aquela proposta de intolerável, absurda ou de um sonho que se tornava realidade. Impossível era a melhor palavra.

– Mas eu não posso... Não posso.

Ele se aproximou. O sol produziu manchas cor-de-âmbar nos olhos castanhos dele.

– Você pode e vai. Vou fazer com que isso aconteça.

Ela se virou para olhar a casa, frustrada com a atitude mandona dele e com aquele aroma irresistivelmente atraente. O cheiro dele era tão confiável.

– Não se preocupe com roupas e suas coisas – ele disse. – Deixe tudo para trás. Você terá tudo novo.

– Vossa Graça...

Ele bateu o galho na própria bota.

– Não banque a indecisa. O que a mantém aqui? Um emprego servindo chá para solteironas? Trabalho na fazenda e um lugar para dormir num mezanino frio? Um pai abrutalhado, ávido para vendê-la por cinco libras?

Ela cerrou os dentes.

– Cinco libras não é pouco para gente como nós.

E mesmo que não fosse uma grande quantia, cinco libras era mais do que "completamente sem valor", que era o que seu pai pensava das mulheres.

– Seja como for – ele disse –, cinco libras é bem menos do que mil. Até uma garota de fazenda, sem nenhum estudo, sabe fazer essa conta.

Pauline meneou a cabeça. Incrível. Quando ela pensava que o duque já tinha esgotado as maneiras de insultá-la ou diminuí-la, ele vinha com uma ofensa nova.

– Minha mãe tem tempo demais à disposição – ele disse. – Ela precisa de uma protegida para levar às compras e treinar a dicção. Eu preciso que ela se distraia e deixe de bancar a casamenteira. É uma solução simples.

– Simples? Você quer me levar para sua casa... comprar tudo novo para mim... e me pagar mil libras. Tudo isso só para curar sua mãe da mania de interferir?

Ele confirmou, encolhendo os ombros.

– Eu não chamaria isso de simples, Vossa Graça. É muito mais fácil dizer para ela que não quer se casar, não acha?

– Eu acho que você gosta de ser difícil. – Ele semicerrou os olhos. – O que a torna a candidata ideal para este emprego.

Pauline se sentiu dividida sobre como receber aquela declaração. Para variar, ela era ideal para alguma coisa. Infelizmente, ela era uma *dificuldade* ideal.

Apesar de tudo, a oferta dele a tentou de um modo perverso. Pela primeira vez na vida, ela não fracassaria ao tentar ser boa em algo. Ela teria sucesso em ser ruim. Pauline não iria ouvir que ela "faz o que pode" – o duque não queria que ela fosse boa em nada.

– Nada disso importa – ela disse, afinal. – Não posso sair de Spindle Cove.

– Estou lhe oferecendo segurança financeira pelo resto da vida. Tudo que peço, em troca, é algumas semanas de impertinência. Pense nisso como sua chance de escrever o conto de fadas da mulher prática. Venha para Londres na minha carruagem extravagante. Compre belos vestidos novos. Não mude nem um pouco. Não se apaixone por mim. No fim, nós nos separamos, e você viverá com conforto para sempre. – Ele olhou para a carruagem. – Só diga sim, Srta. Simms. Nós precisamos partir.

O que seria necessário para convencê-lo? Ela levantou a voz, pronunciando cada palavra da melhor forma que uma garota do campo, sem instrução, podia:

– Eu. Não. Posso. Ir.

Ele também levantou a voz:

– Bem, eu não posso partir sem você.

O mundo, de repente, ficou muito silencioso. O duque ficou imóvel. Ela poderia acreditar que ele era uma estátua, não fosse pela flor de macieira caída sobre o ombro dele e pela brisa que mexia o cabelo castanho ondulado. Em algum lugar acima deles, um passarinho cantou, chamando uma companheira.

– Por que não? – Ela engoliu em seco.

– Não sei.

O duque inclinou a cabeça e a encarou com nova concentração. Pauline tentou não corar nem se remexer enquanto os passos lentos e medidos dele o colocaram a centímetros dela. Tão perto que ela podia distinguir os pontos individuais de barba no maxilar dele. Eram mais claros que o cabelo – quase ruivos, naquela luz.

– Tem alguma coisa em você. – A mão sem luva dele foi até o cabelo de Pauline, puxando-o com delicadeza. Uma chuva de cristais caiu no chão. – Alguma coisa... em você toda.

Minha nossa. Ele a estava tocando... sem permissão, ou qualquer razão lógica. E isso deveria ter sido chocante, mas o mais surpreendente foi como pareceu natural. Simples e sem esforço, como se ele fizesse esse tipo de coisa todos os dias.

Ela não se incomodaria de ser tocada assim todos os dias, Pauline pensou. Como se houvesse algo precioso e frágil por baixo da dureza de seu cotidiano, esperando para ser descoberto.

Ele espanou mais pó branco do ombro dela.

– O que é isto? Você está coberta com esta coisa.

– É açúcar – a resposta dela saiu num sussurro.

Ele levou o polegar à boca, provando, distraído. Os lábios dele se torceram com a surpresa desagradável.

– Açúcar misturado com alúmen – ela emendou.

– Estranho, mas combina. – Ele estendeu a mão para ela de novo, dessa vez aproximando o dorso dos dedos.

Ela percebeu que se inclinava para frente, procurando o toque dele.

– Pauline? – uma voz familiar os interrompeu. – Pauline, quem é esse homem?

Ela deu um salto para trás e se virou, vendo Daniela esticando a cabeça de trás da parede da casa. Depois de um instante de conflito interno, Pauline acenou para a irmã se aproximar. Não havia modo mais fácil de explicar o motivo de sua recusa do que deixando-o ver por si mesmo.

– Vossa Graça, permita-me apresentar-lhe minha irmã, Daniela. – Ela se voltou para a irmã. – Daniela, nosso visitante é um duque. Isso quer dizer que você tem que fazer uma mesura e chamá-lo de "Vossa Graça".

– Boa tarde, Vossa Graça – ela disse e fez uma mesura.

As palavras saíram carregadas e quase incompreensíveis, como acontecia sempre que Daniela estava nervosa. Sua língua não era tão desenvolta com estranhos.

– O duque estava de partida.

– Adeus, Vossa Graça. – Daniela fez outra mesura.

Pauline o observava com olhos atentos, esperando. As pessoas da classe dele mandavam seus parentes com problemas para asilos ou pagavam alguém para cuidar deles no sótão – qualquer coisa para escondê-los. Ainda assim, ele conseguiria perceber. Todo mundo percebia momentos depois de conhecer Daniela.

A raiva familiar cresceu dentro dela, rápida e defensiva – uma reação desenvolvida após anos aguentando insultos e desfeitas. Por reflexo, a mão dela se fechou em um punho.

Era provável que ele não recorresse a xingamentos. Retardada, idiota, abobada, pateta. Essas palavras não eram condizentes com a posição de um duque, eram? Mas ele teria alguma reação. As pessoas sempre tinham. Mesmo gente bem-intencionada encontrava algum modo de ofender Daniela, tratando-a como um animalzinho ou um bebê, em vez de uma mulher adulta.

O mais provável era que o duque torcesse a boca de desgosto ou desviasse o olhar, fingindo que ela não existia. Talvez ele fizesse um esgar ou estremecesse, e isso daria a Pauline a medida de raiva necessária para conseguir mandá-lo embora.

Mas ele não fez nada disso. Ele falou com um tom sem afetação, bastante trivial:

– Srta. Daniela, é um prazer.

Em seguida, Pauline assistiu ao duque – bom Deus, um maldito *duque* – levar a mão da irmã à boca e beijá-la.

Que Deus a ajudasse, mas pelo mais breve dos instantes, Pauline se apaixonou por aquele homem. Não importou a promessa de mil libras, ele poderia ficar com a alma dela por um xelim.

Ela fechou os olhos por um instante, procurando no fundo do coração qualquer motivo para não gostar dele. O mais bobo e mesquinho lhe chegou aos lábios:

– Você não beijou a *minha* mão.

– É claro que não. – Ele olhou para o membro em questão. – Eu sei onde você a colocou.

O rosto dela corou quando Pauline se lembrou da "demonstração" feita pelo pai.

– Imagino que ela seja o motivo de sua relutância – ele comentou.

Pauline concordou.

– Não posso deixar minha irmã, e ela não pode sair de casa.

Depois de um instante de reflexão silenciosa, ele se voltou para a garota.

– Srta. Daniela, eu quero levar sua irmã para Londres.

Daniela empalideceu. O queixo dela começou a tremer. As lágrimas já estavam quase caindo.

– Vou trazê-la de volta – ele disse. – Você tem minha palavra. E um duque nunca falta com sua palavra.

Pauline ergueu uma sobrancelha, cética.

Ele deu de ombros, admitindo a improbabilidade de sua afirmação.

– Bem, este duque em particular não falta com a palavra.

– Não! – A irmã a abraçou tão apertado que Pauline cambaleou. – Não vá. Não quero que você vá.

Ela sentiu o coração apertar até doer. Elas nunca tinham se separado, nem mesmo por uma noite. O que o duque podia chamar de temporário, para Daniela pareceria uma eternidade. Ela passaria cada instante da separação se sentindo abandonada, péssima. Mas no fim do sofrimento... *Mil libras.*

Elas poderiam fazer qualquer coisa com mil libras. Fugir do pai seria só o começo. Poderiam ter uma casa só delas. Criar galinhas e gansos, contratar um homem, de vez em quando, para o trabalho pesado. Com prudência, só os juros seriam suficientes para mantê-las alimentadas e abrigadas.

E ela poderia abrir sua loja. *Sua loja.* Era tão bobo como ela pensava nisso. Ela poderia até chamá-la de *Empório dos Unicórnios de Pauline*, pela probabilidade que tinha se se tornar realidade. Isso sempre foi um sonho distante. Mas com mil libras, esse dia poderia chegar logo.

– Pelo amor de Deus – a voz do duque interrompeu seus devaneios. – Você de novo, não.

Major, o velho ganso briguento, os tinha encontrado de novo, e não perdeu tempo em mostrar que o duque não era bem-vindo. A ave esticou o pescoço ao máximo e estufou o peito, assumindo uma postura de guerra. Então abaixou o bico e atacou a bota do duque.

Usando o galho de macieira, Halford desviou o ganso com um golpe rápido. Ele apertou a ponta cega do ramo no peito da ave enfurecida, mantendo-a à distância.

– Este animal está possuído pelo espírito de um cossaco com gastrite.

– Major não gosta de você – Pauline disse. – Ele é muito inteligente.

Com um voo breve, Major conseguiu se libertar, e então eles recomeçaram a duelar, duque *versus* ganso.

Halford mantinha os pés leves, com uma perna à frente e outra atrás, manuseando o ramo como se fosse um florete.

– Ameaça alada. Vou comer seu fígado.

Major também proferiu suas ofensas. Eram incompreensíveis aos ouvidos humanos, mas ainda assim veementes.

Ao lado de Pauline, Daniela parou de chorar e começou a rir. O aperto no peito de Pauline diminuiu.

– Daniela – ela a disse. – Leve Major para o galinheiro, por favor. Depois volte aqui.

A irmã abriu os braços e espantou o ganso na direção dos fundos da casa. Quando Daniela não podia mais ouvi-los, Pauline cruzou os braços e encarou o duque.

– Se eu concordar com isto... – Ela desejou que sua voz não tremesse. – Se eu for com você, me traz de volta em uma semana?

– Uma *semana*? – Ele jogou o galho de lado. – É inaceitável.

– É o único modo de eu concordar. Tem que ser uma semana. Nós temos um tipo de ritual aos sábados, eu e Daniela. Ela vai conseguir entender, se eu prometer estar de volta no próximo sábado. Ela vai saber que não estou indo embora para sempre. – Quando ele hesitou, Pauline insistiu. – Posso lhe garantir que consigo me provar catastrófica em uma semana.

– Oh, eu não duvido disso. – Ele parou para pensar. – Uma semana, então. Mas temos que sair imediatamente.

– Assim que eu me despedir da minha irmã.

Ela se virou e olhou por cima do ombro. Daniela já estava voltando do galinheiro.

– Preciso de um penny – Pauline disse. – Rápido, me dê um penny.

Ele enfiou a mão no bolso, tirou uma moeda e colocou na mão estendida dela.

– Isto não é um penny – ela disse ao examinar a moeda. – É um soberano.

– Não tenho nada menor.

– Duques e seus problemas. Já volto. – Pauline revirou os olhos.

Pauline puxou a irmã de lado e endireitou as costas. O único modo de impedir que Daniela se desmanchasse era mantendo a própria firmeza. Não podia haver hesitação em sua decisão. Precisava ser forte pelas duas, como sempre.

– Aqui está seu dinheiro pelos ovos desta semana. – Ela abriu a mão de Daniela e colocou a moeda, fechando-lhe os dedos sobre o soberano antes que ela pudesse notar que a cor era diferente. – Quero que vá até nosso quarto e guarde a moeda na lata de chá nesse instante. Amanhã, coloque-a na cesta de oferendas da igreja.

Daniela concordou.

– Agora eu vou com o duque – Pauline a informou. – Para Londres.

– Não.

– Sim. Mas só por uma semana.

– Não vá. Não vá. – As lágrimas correram pelas faces coradas de Daniela. *Não chore assim, eu lhe peço. Não consigo suportar.*

Pauline quase desistiu. Para se distrair, ela pensou na moeda de ouro apertada na mão da irmã e imaginou mil dessas moedas, empilhadas em belas fileira. Dez por dez por dez... Se ao menos conseguisse explicar para Daniela o que isso significava para as duas e como iria melhorar a vida delas dali para frente. Mas a irmã não suportaria ouvir falar de mais mudanças, ela precisava de rotina, tranquilidade. Tarefas conhecidas que a fariam aguentar aquela semana.

– Eu volto no próximo sábado para lhe dar seu dinheiro pelos ovos. Prometo. Mas você tem que fazer por merecer esse penny. Enquanto eu estiver fora, você tem que trabalhar duro. Não pode ficar jogada na cama chorando, está me ouvindo? Recolha os ovos todos os dias. Ajude nossa mãe com a cozinha e a casa. Quando a semana terminar, vou estar de volta. Vou me sentar com você na igreja, no próximo domingo. – Ela segurou o rosto redondo de Daniela. – E nunca mais irei deixar você.

Ela deu um abraço apertado na irmã, que soluçava, e a beijou no rosto.

– Agora entre.

– Não. Não vá.

Não adiantava prolongar aquele sofrimento. A separação não ficaria mais fácil. Pauline soltou a irmã e se afastou. Os soluços de Daniela a acompanharam enquanto ela passava pelo portão e andava até a trilha, onde a bela carruagem do duque a esperava.

– Pauline? – veio a voz da mãe, chamando-a da entrada da casa.

– Eu volto para casa em uma semana, mãe. – Ela não ousou olhar para trás.

Ao se preparar para entrar na carruagem, sua perna falhou. O duque lhe estendeu a mão, que estava sem luva. Quando aqueles dedos fortes se fecharam sobre os dela, um tremor percorreu pelo seu corpo.

– Você está bem? – ele perguntou e colocou a outra mão na base da coluna dela, apoiando-a.

Pauline inspirou fundo. O toque firme de Halford a fez querer derreter de encontro a ele, procurando consolo. Ela afastou a tentação.

– Estou bem – ela respondeu.

– Se precisar de mais tempo para...

– Não preciso.

– Você não quer falar com ela? – ele perguntou.

Não. Não, isso só tornaria tudo pior.

Era inútil explicar. O que importava se ele pensasse que Pauline era dura e insensível? Ela não precisava da aprovação dele. Estava fazendo aquilo pelo dinheiro.

– Minha irmã sempre chora, mas é mais forte do que parece. – Ela soltou a mão dele e subiu a escadinha da carruagem por conta própria. – E eu também.

Era preciso muito para impressionar Griff. Ele esteve muitas tardes na Corte, nas quais assistiu a militares e dignitários serem galardoados com faixas, cruzes, títulos e mais por serviços prestados à Coroa. Alguns provavelmente mereciam as honrarias; muitos, não. Toda aquela pompa e cerimônia o tinham insensibilizado àquela altura, e Deus sabia que ele próprio não era dado a heroísmos. Mas gostava de acreditar que sabia reconhecer bravura quando a via.

Griff sabia que tinha testemunhado um verdadeiro ato de coragem naquele momento. A garota era feita de aço. Ele pôde sentir na palma da mão. E isso era bom, porque se ela iria passar os próximos dias com a Duquesa de Halford, Pauline Simms precisaria ser forte.

– Você tem uma semana – ele disse para a mãe, ao se acomodar na carruagem.

– *Uma semana?* – Duas manchas vermelhas surgiram nas faces dela, combinando com os rubis no pescoço.

– Uma semana. A família Simms não pode ficar sem ela por mais tempo que isso.

– Não é possível eu conseguir isso em uma semana.

– Se nosso Criador Divino conseguiu fazer a terra, o céu e todas as criaturas em seis dias, acredito que você conseguirá fazer de Pauline uma duquesa.

Ela bufou de indignação.

– Você sabe muito bem que eu não...

– Espere. Guarde esse pensamento. – Griff levou a mão ao bolso interno do casaco. Quando não encontrou nada, proferiu uma imprecação leve e remexeu nos bolsos do colete.

– O que você está procurando? – a mãe perguntou.

– Lápis e um pedaço de papel. Você estava para dizer que não é Deus, ou algo assim. Eu quero registrar a citação exata, a data e a hora. Uma placa comemorativa gravada vai ser pendurada em cada aposento da Casa Halford.

Ela apertou os lábios em uma linha fina.

– Você afirmou que podia transformar qualquer mulher na mais cobiçada de Londres. Se conseguir isso com a Srta. Simms em uma semana, eu me caso com ela. – Ele apontou um dedo para mãe. – Mas se esta empreitada fracassar, você nunca mais vai me incomodar com o assunto "casamento". Nem nesta temporada, nem nesta década. Ou nesta vida.

Ela o fuzilou com o olhar, em silêncio. Griff sorriu, sabendo que tinha encurralado a mãe. Ele se recostou no assento e cruzou as pernas, esticando o braço no encosto do banco.

– Se as condições são inaceitáveis para você, posso mandar a carruagem voltar agora mesmo.

Ela não fez objeções e ele não mandou a carruagem voltar. A viagem continuou, e Griff fingiu dormir enquanto a mãe fazia uma extensa palestra sobre a valorosa história da família. Foi uma litania de heróis, legisladores, exploradores, intelectuais... desde os ancestrais remotos nas Cruzadas até seu pai, o grande diplomata falecido.

Quando a narrativa da duquesa estava próxima da parte em que contava sobre a decepção que o dissoluto Griff era, eles pararam para trocar os cavalos e jantar perto de Tonbridge. Graças a Deus.

– Esta – a mãe informou à sua nova protegida quando desceram da carruagem – é uma das melhores estalagens da Inglaterra. As salas de jantar privativas são incomparáveis.

A Srta. Simms fez caretas divertidas ao entrar no estabelecimento.

– Eu diria que a Touro & Flor é um lugar superior para o meu dinheiro. Mais acolhedor, com certeza.

– Uma duquesa não procura uma estalagem que seja acolhedora – a mãe dele opinou. – Uma duquesa é bem-vinda em qualquer lugar, a qualquer hora. Ela confia que o estabelecimento manterá os outros longe.

– Sério? – Quando eles foram conduzidos à sala de jantar, a Srta. Simms se virou para o criado impassível. – É isso mesmo?

O criado puxou uma cadeira, mantendo os olhos fixos na parede em frente. Ela deu um olhar divertido para o criado inexpressivo e agitou a mão diante dos olhos dele.

– Olá! Tem alguém aí?

O homem permaneceu imóvel como uma estátua de madeira, até que ela desistiu e sentou.

Griff também sentou e chamou o garçom com um olhar, para quem pediu uma variedade de pratos. Ele estava faminto.

– Maldição. – A Srta. Simms suspirou, pondo os cotovelos na mesa e apoiando o queixo na mão. – Estou faminta.

A duquesa bateu no tampo da mesa.

– O que foi agora? – a jovem perguntou.

– Primeiro, tire os cotovelos da mesa.

A Srta. Simms obedeceu, levantando os cotovelos um centímetro acima da superfície da mesa.

– Segundo, cuidado com o que diz. Uma lady nunca utiliza expressões grosseiras e blasfemas. E você irá eliminar *essa* do seu linguajar de uma vez por todas.

– Qual expressão?

– Você sabe a que estou me referindo.

– Hum... – Dramaticamente pensativa, a Srta. Simms pôs um dedo nos lábios e olhou para o teto. – Estou faminta?

– Não.

– Bem, estou confusa – ela disse. – Não me lembro de ter dito outra coisa. Sou apenas uma garota simples do campo. Impressionada pelo esplendor deste estabelecimento inóspito. Como vou saber que expressão não devo dizer se Vossa Graça não esclarece?

Uma pausa se estendeu enquanto todos esperavam para ver se a duquesa podia ser levada a repetir um jargão tão comum como "maldição".

Griff se recostou na cadeira, feliz em aguardar para ver o que iria acontecer. Ele não lembrava de outro momento tão divertido em um jantar de família.

Sua mãe estava precisando de alguém para controlar. Ela não conseguia intimidá-lo, e os criados da Casa Halford eram bem treinados e estoicos demais. Ele tinha flertado com a ideia de dar para a mãe um cãozinho levado, mas isso era muito melhor, porque a Srta. Simms não iria urinar no carpete.

Talvez, quando essa semana acabasse, ele contrataria outra acompanhante impertinente para sua mãe. Mas da próxima vez ele encontraria uma que não fosse tão bonita.

A garota brilhava. *Brilhava*, diabos. Griff não podia evitar de encará-la. Horas de viagem na carruagem não tinham desalojado os cristais de açúcar que recobriam o corpo dela, e seus olhos não conseguiam parar de procurá-los. Eram como grãos de areia brilhante costurados no cabelo dela, colados em sua pele. Até mesmo em seus cílios.

O pior de tudo era que um cristalzinho tinha se instalado bem no canto de sua boca. A atenção que aquele cristal exigia tinha passado há muito de mera distração para algo enlouquecedor. Era claro, ele pensou, que em algum momento do jantar a Srta. Simms o recolheria com a língua, fazendo-o sumir. Caso contrário, Griff se sentiria tentado a se inclinar para frente e cuidar do assunto ele mesmo.

– Srta. Simms – a mãe dele disse –, se você acha que pode me enganar para me fazer repetir suas vulgaridades, ficará decepcionada. É suficiente dizer que gírias, blasfêmias e imprecações não têm lugar no vocabulário de uma lady. Muito menos no de uma duquesa.

– Oh. Eu entendo. Então Vossa Graça nunca xinga.

– Claro que não.

– Palavras como maldição... saco... diabos... merda... com os infernos... – ela pronunciou as palavras com calma, demorando-se em sua tarefa. – Elas não passam pelos lábios de uma duquesa?

– Não.

– Nunca?

– Nunca.

A Srta. Simms franziu a testa, pensativa.

– E se a duquesa pisar em um prego? E se uma rajada de vento arrancar a peruca de Vossa Graça? Nem mesmo assim?

– Nem mesmo quando uma garota do campo impertinente provoca uma ira crescente na duquesa – ela respondeu, calma. – Uma duquesa pode se utilizar de todas as maneiras de evitar imprecações e expressões de frustração. Mesmo diante a um aborrecimento extremo, ela sufoca qualquer tipo de ejaculações.

– Ora – a Srta. Simms disse, com os olhos arregalados. – Espero que duques não precisem obedecer às mesmas regras. Não pode ser saudável para um homem sempre sufocar suas ejaculações – ela concluiu, maliciosa.

No mesmo instante, Griff contrariou a regra de não pôr os cotovelos na mesa, abafando um gargalhada com a palma da mão e a disfarçando com um acesso de tosse. A violência da reação o pegou de surpresa. Ele não conseguiu lembrar da última vez em que tinha rido com tanto gosto, que lhe desse dor nas costelas. Quanto a isso, ele não conseguia lembrar da última vez que se sentiu tentado a se debruçar sobre a mesa e tomar uma boca suculenta e inteligente em um beijo. Há vários meses que ele vinha sufocando... tudo.

– Deixe sair, Vossa Graça. Vai se sentir melhor. – Ela olhou para ele com falsa preocupação e um tímido sorriso de cumplicidade.

Oh, ele gostava daquela garota. Ele gostava muito dela. E isso o preocupou intensamente.

Capítulo quatro

Droga. Faltou pouco. Ela quase o fez rir.

O duque contratou a atendente de taverna para provocar sua mãe, mas em algum momento dos últimos minutos, Pauline tinha ficado muito mais interessada em provocar ele próprio.

Apesar de toda sua postura de "tanto faz", parecia que ele se importava com alguma coisa. Nas horas que se passaram desde que eles partiram de Spindle Cove, uma nuvem de melancolia pareceu se formar em volta dele. Pauline queria dispersá-la, não por caridade, mas porque a infelicidade de Halford a deixava muito consciente de sua própria tristeza.

Pauline já estava morrendo de saudades de casa. Ela imaginou se Daniela já tinha parado de chorar e se conseguiria dormir sozinha no mezanino... Talvez a mãe delas subisse para acalmá-la depois que o pai tivesse adormecido, levando um prato de manjar para a filha.

Ela disse para si mesma que seria assim, o que a reconfortava. Quando voltasse para casa, independente e rica, sua irmã poderia comer uma grande tigela de manjar todas as noites. E por falar em comida... na mesa diante dela, os atendentes da estalagem serviram um verdadeiro banquete. O estômago de Pauline roncou. Mal tinha comido o dia todo, e nunca lhe serviram uma refeição como aquela.

– Srta. Simms – a duquesa disse. – Diga-me que pratos vê sobre a mesa.

Pauline olhou desconfiada para a mulher, imaginando que tipo de teste a outra tinha em mente. A refeição colocada diante dela era composta de diversos pratos, mas nenhum deles era exótico. Pauline sabia dizer o nome de todos com facilidade.

– Presunto – ela respondeu. – Carne e pudim Yorkshire. Frango assado. Ervilhas, batatas assadas e um tipo de sopa...

A duquesa bateu na mesa.

– Errado. Está tudo errado.

– Tudo? – Pauline arregalou os olhos para o objeto diante dela com a forma indubitável de presunto. Se aquilo não era um presunto, o que poderia ser?

– É *pr*esunto, Srta. Simms – a duquesa enfatizou o *pr.* – Presunto, não "pesunto". Pudim Yorkshire, não "pudinhê". Frango assado, não "frangu assadu". Depois do jantar vou lhe passar exercícios de dicção. Muito úteis para soltar os lábios e a língua.

Bem, isso parecia... absolutamente terrível. No momento, Pauline estava mais interessada em usar os lábios e a língua para comer. Ela estendeu a mão para a faca enfiada no *pr*esunto e a usou para puxar a travessa para perto.

Batidas na mesa. A duquesa, outra vez.

– O que foi que eu fiz agora? – Pauline perguntou. – Eu não disse nada.

– São suas ações! – a duquesa respondeu, lançando um olhar para o presunto. – Uma duquesa não se serve, Srta. Simms.

– Muito bem. – Pauline se virou para o garçom. – Você aí. Pode por favor...

Batidas. A mãe de Halford olhou feio para ela, de novo.

– Uma duquesa também não pede para ser servida.

Pauline olhou desesperada para o prato vazio.

– Então como, pode me dizer, uma duquesa faz para comer?

– Observe.

Pauline ergueu a cabeça e observou.

– Está me olhando com atenção? – a duquesa perguntou.

– Sim, Vossa Graça.

– Só vou fazer isto uma vez. Uma duquesa nunca se repete, compreende?

A esta altura, Pauline tinha certeza de que sua cabeça estava mais quente que a tigela de sopa coberta. A duquesa parecia uma versão falante de *A Sabedoria da Sra. Worthington para Jovens*. Pauline começou a entender do que fugiam as moças que chegavam a Spindle Cove para uma temporada à beira mar.

– Estou observando – ela disse.

A duquesa lançou um breve olhar de esguelha – ou, pelo menos, foi o que pareceu – para o criado que os atendia. Então ela inclinou a cabeça, de modo quase imperceptível, na direção da comida.

Os atendentes se colocaram em movimento e começaram a servir comida nos pratos deles.

– Louvado seja – Pauline murmurou.

– Obrigado, Simms – o duque respondeu, pegando a faca de cortar carne. Então se virou para Pauline. – Acredito que podemos aproveitar sua expressão como nossa oração de agradecimento.

– Os criados servem os vegetais, a sopa, o peixe e todos os outros pratos – a duquesa explicou. – Os cavalheiros à mesa cortam as carnes.

Como se para demonstrar, o duque colocou uma fatia grossa e rosada de presunto no prato de Pauline.

– Dado seu emprego anterior – a duquesa disse –, eu imaginava que a senhorita já soubesse disso tudo.

– A etiqueta não é muito rígida em Spindle Cove – Pauline disse. – De qualquer modo, só tem mulheres às mesas. Se elas esperassem que um cavalheiro as servisse, morreriam de fome.

– Estou vendo que temos muito trabalho pela frente. E quanto aos seus talentos? Você canta, Srta. Simms?

– Não.

– Toca algum instrumento?

– Nenhum.

– Fala algum idioma? Sabe desenhar, pintar, bordar ou produzir alguma coisa digna de uma lady?

– Receio que não, Vossa Graça. Sou completamente errada para a posição de duquesa. – Ela deu um sorriso maroto para Halford.

Mas em vez de corresponder com um sorriso, ele a olhou com uma expressão fria de desaprovação. Pauline não entendeu aquele olhar, que a perturbou.

– Srta. Simms – a duquesa continuou –, não existe uma combinação mágica de qualidades que compõem uma duquesa bem-sucedida. Beleza é útil, mas não essencial. Inteligência também é desejável. Note que eu disse inteligência, não esperteza. Esperteza é como ruge; usado em demasia faz a mulher parecer comum e desesperada. Inteligência é saber como aplicá-lo.

O duque se reclinou na cadeira. Ele parecia ter abandonado a refeição para encarar Pauline com aquele olhar intenso.

Ela pegou uma garfada de batatas, obscena de tão grande, e a enfiou na boca. Não conseguia entender a razão do mau humor repentino dele. Não foi exatamente para isso que ele a contratou? Ele queria que Pauline tivesse maus modos, não?

– Por fim – a duquesa continuou –, a qualidade mais importante que uma Duquesa de Halford precisa ter é esta: fleuma.

– Fleuma? – Pauline ecoou, engolindo a comida. – É proibido falar de fome na mesa, mas podemos falar de fleuma? – Ela cutucou um pedaço de presunto. – Se é fleuma que você quer, posso lhe dar. Aprendi a cuspir com os garotos da fazenda. O truque é começar no fundo da garganta e...

A duquesa se deteve bem quando estava para colocar uma colher de sopa de aspargos na boca. Ela olhou para o caldo grosso e esverdeado, então largou a colher.

– Não é nada disso, Srta. Simms. Fleuma é autoconfiança. Serenidade. Impassibilidade. A capacidade de manter a calma, não importa o que aconteça. Nunca subestime o poder da fleuma.

Ah, então ela estava falando do modo como ela e o duque se encararam à tarde na Touro & Flor – nenhum dos dois queria mostrar fraqueza. O modo como eles inspecionaram a casa na fazenda com apenas um olhar, assimilando todo o ambiente sem nem virar a cabeça.

A duquesa cortou sua carne com movimentos delicados.

– Desconfio que fleuma será nosso maior desafio.

– Acho que você tem razão nisso.

Sempre que alguém magoava Daniela – ou qualquer pessoa que ela amasse –, Pauline sentia aquela vinha espinhosa de raiva crescer em seu peito. Ela não acreditava que algum dia conseguiria suprimir essa reação, nem queria tentar.

– De que serve título e riqueza – ela perguntou –, se a pessoa não pode nem ser dona de suas emoções? Os aristocratas não podem sentir nada?

– Oh, nós podemos *sentir* – a duquesa respondeu. – Mas não podemos dar a impressão de que somos *dominados* por nossos sentimentos.

– Entendo. Seria intoleravelmente comum ficarmos sentados aqui, discutindo abertamente nossas emoções sobre, sei lá, amor e casamento.

– É claro.

– É muito mais refinado sequestrar o filho e então instigar uma farsa, durante uma semana, com uma atendente de taverna. É isso?

Ela tinha certeza de que o duque iria sorrir disso, mas não. O olhar dele agora queimava na pele dela, como a luz do sol através de uma lente.

– Não sei se gosto de fleuma. – Ela pegou outro bocado de comida, para falar, de propósito, com a boca cheia. – Na verdade, tenho certeza de que não gosto.

– Pela última vez, Srta. Simms, isso não é um prato à mesa, que pode ser aceito ou recusado. Se você vai aprender a ser uma duquesa, fleuma é uma exigência.

– Então veremos quem desiste primeiro.

– Eu nunca desisto. Uma duquesa tem gente para desistir por ela.

Pauline meneou a cabeça. Aquela semana seria um desafio, mas divertido, pelo menos. A duquesa tinha um senso de humor. Contudo, a mulher subestimava Pauline se achava que conseguiria intimidá-la.

Oh, ela sabia que o orgulho era forte entre os Halford. Na carruagem tinha ouvido sobre a ascendência da família. Extensivamente. Sem dúvida, uma duquesa nascida de gerações de riqueza, casada com uma linhagem ainda mais nobre, acreditaria ser indômita. Mas Pauline tinha conquistado sua teimosia lutando duro por ela a cada dia. Ao fim daquela semana estava a perspectiva de uma vida nova, independente. Ela não seria desviada desse objetivo. Nem mesmo por uma duquesa. Fosse no inferno ou na alta sociedade, ela ganharia aquelas mil libras.

Por fim, eles acabaram se dedicando ao jantar. Quando terminaram, os criados removeram os pratos salgados da mesa e os substituíram por uma variedade de frutas e queijos. Uvas, ameixas, nectarinas. Pauline viu uma sobremesa que lhe deu água na boca: camadas de framboesas, pão de ló, creme batido, tudo visível na travessa de vidro. E então, completando aquela abundância avassaladora de doces, o criado pôs diante dela uma escultura de manjar branco. O fôlego abandonou seu corpo, deixando-a apenas com uma dor aguda.

Oh, Danny. A onda de saudades de casa a invadiu com uma força tão violenta que ela não aguentou mais, nem por mais um momento. Ela afastou a cadeira da mesa e saiu dali, correndo na direção das escadas.

Aquilo foi um erro. Ela precisava ir embora. Precisava ir para casa. Quantos quilômetros eles tinham viajado? Vinte e cinco? Trinta? Ela estava de barriga cheia e o tempo estava bom. Se começasse agora, chegaria em casa andando ao raiar do dia.

– Srta. Simms? – a voz do duque ecoou no poço da escada, detendo-a no patamar. – Está se sentindo mal?

– Não – ela disse, enxugando apressadamente os olhos antes de se virar para ele. – Não, estou bem. Perdoe-me por sair da mesa daquele jeito.

Passos lentos o conduziram escada abaixo.

– Não precisa se desculpar. Foi o ponto máximo de uma exibição perfeita de mau comportamento. Parabéns. Mas minha mãe ficou preocupada com sua saúde.

– Estou bem, mesmo. Foi só o manjar.

– O manjar? – Ele franziu a testa. – Eu acho essa coisa nojenta, mas nunca me fez derramar lágrimas.

Ela sacudiu a cabeça.

– É a sobremesa favorita da minha irmã. É claro que estou sentindo falta dela desde que partimos, mas quando o manjar apareceu na minha frente, foi...

– Foi quando você sentiu – ele completou a frase, chegando a seu lado no patamar. – De uma vez. A ausência dela.

– Isso mesmo – ela concordou. – Por um instante, foi como se o ar virasse lama. Eu não conseguia...

– Respirar – ele disse. – Sei como é a sensação.

– Sabe?

Talvez soubesse mesmo, ela pensou, examinando as linhas finas nos cantos dos olhos dele e o cansaço que se acumulava logo abaixo, como sombras. Ela acreditou que ele conhecesse de perto aquele sentimento de solidão e desolamento – talvez até mais do que ela.

– Aguarde um momento – ele disse. – Vai passar.

De súbito, o patamar da escada ficou muito quente e pequeno. As paredes pareciam empurrar os dois um em direção ao outro. Ela teve consciência do tamanho dele e de seu calor masculino. De sua poderosa boa aparência. E daquele aroma persistente da colônia almiscarada.

– É melhor nós voltarmos – ela disse.

– Espere. Você tem uma coisa... – ele encostou a ponta do dedo no canto de sua própria boca. – ...aqui. Um pouquinho de açúcar, eu acho.

Pauline se encolheu. Que constrangedor. Ela passou a língua lentamente de um canto a outro da boca, depois repetiu o gesto.

– Saiu?

– Não. – Ele arregalou os olhos.

Ela levou a mão até a bochecha.

– Espere. Deixe que eu faço. – Ele estendeu um braço e apoiou a palma da mão no rosto dela, passando o polegar no canto da boca de Pauline.

Misericórdia. Ela estava o mais longe de casa que já tinha ido em toda vida, perdida em um oceano imenso e solitário de emoções. E o toque dele em sua pele, tão quente e decidido... foi como se alguém lhe jogasse uma corda. Uma ligação.

O toque dele deslizou, delicado, abaixo do lábio inferior dela.

– Você – ele disse, com suavidade – tem uma boca e tanto.

– Já me falaram. É meu pior defeito, eu acho.

– Não sei se concordo.

Ela forçou um tom alegre.

– Eu tenho muitos defeitos para escolher. Impertinência, teimosia, orgulho. Praguejo demais e sou terrivelmente desajeitada.

– Bem. – Ele deteve o dedo e virou o rosto dela para si. – Esta semana, todos esses defeitos a tornam perfeita.

Ele *tinha* que dizer algo maravilhoso. Ela tentou sorrir, mas não funcionou. Suas emoções estavam caóticas, indo e voltando entre temor e empolgação, enquanto uma voz maluca dentro dela insistia que Pauline precisava manter os lábios muito, muito parados... Porque aquele homem estava prestes a beijá-los.

Pauline tinha sido beijada uma ou duas vezes. Ela sabia como o rosto de um homem se transformava quando se preparava para o ato. As pequenas linhas ao redor da boca desapareciam e a cabeça se inclinava com sutileza para o lado. As pálpebras ficavam pesadas, baixando o bastante para revelar os cílios escuros.

O olhar dele se concentrou com intensidade em sua boca e ele se aproximou. Esse era o momento em que ela precisava fazer algo. Fechar os olhos, se desejava ser beijada. Ou dar um passo rápido para trás, caso não quisesse.

Ela *não deveria* querer. Ela detestava pensar nas safadezas que duques mulherengos podiam esperar de garotas que trabalhavam em tavernas, e ela não queria passar uma impressão errada. Mas fazia muito tempo que ela não era beijada, e ainda mais tempo que não ouvia palavras tão gentis como as que ele tinha acabado de falar.

No fim, ela escolheu uma atitude ambígua, permanecendo absolutamente imóvel. E ele não a beijou.

Halford afastou a mão e passou por Pauline, continuando a descer a escada com passos barulhentos.

– Simms, dê lembranças à minha mãe.

– Mas aonde você vai?

– Vou cavalgando na frente, para Londres – ele disse por sobre o ombro. – Esta noite.

Griff conseguiu arrumar um cavalo jovem nos estábulos da estalagem. O animal não se comparava ao baio de sangue quente que tinha em casa, mas parecia forte e impaciente, pronto para uma cavalgada puxada pelo campo. Iria servir.

A lua erguia-se brilhante e redonda no céu, pronta para iluminar sua jornada. Griff pulou na sela, ignorando a finura dos arreios emprestados e a sensação de aperto do casaco nos ombros. Aqueles não seriam os quilômetros mais agradáveis que ele cavalgaria, mas conforto não era sua prioridade nessa noite.

Ele precisava se afastar. Uma coisa muito íntima tinha acabado de acontecer na escadaria da estalagem. Uma coisa íntima, quente, doce, provocadora e vulnerável. Os lábios dela estavam tão macios, da cor de framboesas maduras. E brilhavam por onde ela tinha passado a língua. Tremendo de emoção. Ele poderia tê-los beijado. Ele quis beijá-los, mais do que queria continuar respirando.

Santo Deus. Diabos. Ele pensava ter parado com isso. Durante meses ignorou convites e insinuações de mulheres de toda cidade. Uma atendente de taverna espertinha, suja de lama, coberta de açúcar, com um vestido barato e sem graça não poderia ser a perdição completa dele.

Enquanto colocava o cavalo em um trote ligeiro, ele percebeu que não tinha criado uma estratégia muito boa para viver o resto de sua vida como o Novo, Não Muito Melhorado, Só Um Pouco Menos Interessante, Griffin Eliot York. Durante os últimos meses ele esteve absorvido demais por outras emoções para sentir qualquer privação sensual. As sensações moderadas que sentiu foram dominadas por exercício físico e uma eventual masturbação sem entusiasmo.

Analisando a situação, parecia ridículo acreditar que ele – ele! – pudesse permanecer celibatário pelo resto de sua vida. Ele devia saber que esse dia iria chegar, quando seu pênis negligenciado se levantaria, interessado, e acenaria com um animado "Ei, você, lembra de mim?". E sua sorte quis que esse dia fosse hoje.

Havia algo em Pauline Simms que o fascinava. Ela era tão desafiadora no orgulho que sentia de suas origens humildes, mas ao mesmo tempo precisava de aprovação.

Aquilo era um arranjo comercial, Griff procurou se lembrar. Ele tinha contratado a garota para enlouquecer sua mãe, não para enfeitiçá-lo. A esperteza dela e aqueles olhos vivos de gata não deviam ser tentações. Faziam parte de um conjunto de habilidades que ela precisava usar no emprego. Do mesmo modo que um pedreiro precisa ter músculos, capacidade de calcular e mãos firmes.

Pensar em empregados ajudou-o a levar sua mente para tarefas mundanas. Ele precisava avisar a criadagem da sua casa que a duquesa estava levando uma hóspede. Felizmente, a Sra. Thomas, a governanta, era assustadoramente eficiente. Algumas palavras e tudo estaria pronto antes da chegada da Srta. Simms: quarto, empregada, refeições, banho.

Deus, sim. A garota precisava de um banho. Um banho de verdade. Não uma enxaguada rápida para lavar toda aquela doçura brilhante. Mas de um banho quente o bastante para amolecer os calos de suas mãos e dar vida àqueles belos cabelos cor de conhaque. Com um pedaço novo de sabão perfumado para se esfregar e tolhas grossas e macias para envolver seu corpo esguio e reluzente.

A imagem que surgiu na mente dele era tão vívida, tão rica nos detalhes de cada textura da pele ensaboada... que ele teve que parar o cavalo no meio da estrada para se recuperar.

O tamborilar pesado dos cascos do animal cessaram, mas suas costelas sentiam o martelar furioso de seu pulso. *Por que ela? Por que agora?*

Como aconteceu com todos os porquês que ele lançou à escuridão nos últimos meses, não houve resposta. Apenas uma coisa ficou clara: aquilo não daria certo. Talvez ele conseguisse correr na frente da tentação, nessa noite, mas pela manhã a tentação estaria morando debaixo do teto dele.

Só havia uma coisa a ser feita, precisava fazer uma visita ao chegar à cidade. Ele se ajeitou na sela, debruçando-se sobre o pescoço da montaria, instando assim o animal a correr mais rápido. No meio de sua jornada por Kent, tirou o cavalo da estrada principal e tomou uma trilha sinuosa e familiar.

Ele se aproximou da vila na primeira luz cinzenta da manhã. Era um amontoado de casinhas envoltas pela neblina. Uma campina brilhante de orvalho oferecia jacintos e primaveras a quem quisesse colher. Griff deixou o cavalo pastar enquanto esticava as pernas, colhendo as flores silvestre que conseguia encontrar. Não era muita coisa, mas parecia de mau gosto aparecer de mãos abanando.

Quando a alvorada surgiu no horizonte, ele percebeu que estava enrolando. Era estupidez ficar ansioso. Caminhou até além da igreja com campanário branco e da área fechada por muros atrás dela. O portão enferrujado do cemitério se abriu com um rangido das dobradiças, e Griff andou até a terceira fileira de túmulos, até encontrar uma sepultura simples.

Griff permaneceu ali por vários minutos, calado e imóvel, antes de se agachar para depositar o buquê simples diante da cruz de calcário.

Quando tentou se levantar, não conseguiu. A tristeza o agarrou com uma dor selvagem e incapacitante. Como se uma broca perfurasse seu coração. Aquilo o esvaziou, deixando-o com um buraco dolorido no peito... que, ele sabia, jamais poderia ser preenchido. *Isso é o que acontece quando se cede aos desejos.*

Depois de longos minutos, ele conseguiu respirar novamente. Antes de se levantar para partir, beijou a ponta dos dedos, que em seguida apertou contra a pedra fria e áspera. Pronto. Tentação dominada.

Capítulo cinco

– Srta. Simms – a duquesa disse. – Seu nariz vai abrir um buraco no vidro da janela. Duquesas não ficam boquiabertas.

Com a repreensão, Pauline se acomodou no assento da carruagem. Depois de viajar a noite toda, elas chegaram à movimentada periferia de Londres no início da tarde, e precisaram de mais três horas para atravessar as ruas e pontes congestionadas e chegar à Casa Halford. Ela ficou de nariz grudado na janela do veículo o tempo todo, admirando, de olhos arregalados, o cenário urbano. Tanto vidro. Tantos tijolos. Tanta sujeira. E tanta, tanta gente.

A carruagem entrou em uma região de casas mais refinadas, muitas das quais ficavam de frente para praças arborizadas com cercas-vivas aparadas com esmero. Elas deviam estar se aproximando da casa do duque.

Pauline já tinha estado em casas elegantes antes. Bem, pelo menos em *uma* casa refinada; Summerfield, a residência de Sir Lewis Finch. A governanta de Sir Lewis às vezes contratava empregadas adicionais para arrumar a casa no Natal ou na Páscoa. Summerfield era uma mansão grandiosa, com diversas alas e cheia de curiosidades de todos os tipos. Cada uma daquelas bugigangas empoeiradas era inestimável – pelo menos, as garotas contratadas deviam manuseá-las como se fossem tesouros.

Quando a carruagem parou diante da Casa Halford, Pauline estava convencida de que nada ali seria novidade. Bem... ela estava errada. Nada em sua vida, seus sonhos ou contos de fadas a tinha preparado para aquilo. E ela não tinha ideia de como faria para não ficar boquiaberta.

Para começar, a casa era imensa. Quatro andares e extensa o bastante para que alguém que quisesse vê-la por inteiro tivesse que ficar do outro lado da praça. Perto como estava, ao descer da carruagem, Pauline teve que inclinar a cabeça até quase tocar nas costas. Ela sentiu seu maxilar afrouxar, era impossível não ficar boquiaberta.

Então, com o sol se pondo por trás do horizonte irregular da cidade, ainda raiou por um último momento, espalhando seu brilho pela praça. Os raios cor-de-âmbar desceram diretamente sobre a Casa Halford, parecendo coroá-la. Os vidros de cada janela cintilaram como a faceta de um diamante, e a fachada de granito branco pareceu banhada em ouro.

Pauline ficou assombrada, então a porta foi aberta e ela ficou mais estarrecida ainda. Ela seguiu a duquesa por um corredor de oito criados uniformizados. Depois que cruzaram a soleira, havia mais criados em posição no hall de entrada. Cozinheira, governanta, criadas, copeiras, camareira.

O interior da casa era igualmente impressionante. Pinturas em cada espaço disponível das paredes, relógios requintados badalando as boas-vindas, estofamento suntuoso em qualquer lugar que uma pessoa pudesse pensar em se sentar. Era realmente demais para assimilar tudo com os olhos, mas ela não precisava. Pauline podia sentir a elegância daquela casa na sola dos seus pés. O piso de madeira era lixado e encerado com maestria, e os carpetes... ah, os carpetes eram tão espessos e macios que faziam seus passos suspirar de gratidão.

Pauline foi apresentada à governanta, Sra. Thomas – uma mulher que, em qualquer outra circunstância, teria lhe dado um balde e um escovão, mandando-a esfregar o chão. Mas hoje ela recebia Pauline como hóspede. Até mesmo fez uma mesura.

– Deixe-me lhe mostrar seu quarto, Srta. Simms.

Enquanto seguia a governanta, Pauline desejou deixar uma trilha de migalhas de pão, porque nunca encontraria o caminho de volta sozinha. Direto, a partir da entrada, subir a escada, à direita no alto, fazer a curva para chegar ao segundo lance da escada mais estreito; então à esquerda no corredor com lambris – o com papel de parede com padrão verde... ou seria azul? Seria mais fácil à luz do dia.

Ela contou as portas ao passar. Uma, duas, três... Quando a governanta parou diante da quarta porta, tudo era um grande borrão. O quarto estava escuro e ela ficou grata por permanecer dessa forma.

Pauline aceitou ajuda para se despir, ficando de roupa íntima para limpar a poeira da viagem de seu corpo. Em seguida, subiu na cama mais macia e quente em que já tinha se deitado. Enquanto fechava os olhos e esticava as pernas para as profundezas calorosas das cobertas, teve a vaga noção de que alguém esteve ali com carvão em um aquecedor de cama momentos antes de ela entrar. Que serviço excelente. E, pela primeira vez na vida, Pauline o estava recebendo. Teria sido tolice tentar fazer aquilo parecer real, então ela caiu de bom gosto no mundo dos sonhos.

Durante várias horas ela não soube de mais nada.

Ela acordou na escuridão e percebeu que não conseguiria voltar a dormir. Deveria estar se sentindo exausta... E estava, na verdade. Suas juntas doíam devido às longas horas na carruagem, ainda que a suspensão do veículo fosse macia, e a cabeça dela estava sobrecarregada de tentar abarcar tantos conceitos inacreditáveis. Mas ela simplesmente não conseguia dormir.

Estava na casa de um duque. Mas é claro que um duque não a chamava de casa, certo? Casa era uma palavra muito comum e humilde. Ele devia chamá-la de "residência". No campo, era uma "propriedade". Mansão Sei Lá o Quê, Castelo Faz-de-conta.

Ela puxou um canto da tapeçaria pesada que cobria o dossel e espiou o quarto escuro. Felizmente, a lua estava quase cheia, e o brilho leitoso que entrava pelas janelas (eram *três janelas* em um quarto só!) fornecia luz suficiente para que ela pudesse ver o quarto que sua exaustão, antes, a tinha impedido de explorar. Conseguiu enxergar até o pé da cama e o banco forrado encostado nela, e o carpete macio e bordado, seus vermelhos e dourados orientais suavizados pela noite. O padrão de lótus parecia se estender por quilômetros. Se forçasse a vista, conseguia ver a ponta da penteadeira e perceber, pendurado na parede, o espelho de corpo inteiro reluzente, com moldura dourada. Este se apoiava em dois querubins esculpidos em mármore. Querubins levados, era evidente que eles nunca dormiam.

Pauline deu um assobio curto e abafado, que ecoou no teto artesoado. Nossa, o quarto era como uma caverna. Aquele único quarto podia engolir a casa inteira de sua família, e aquele era um quarto de hóspedes, ela acreditava que nem devia ser o melhor. Como deviam ser os outros aposentos?

Em uma mesa lateral, ela avistou um serviço de chá, deixado ali para quando ela chegasse. Pauline imaginou que deveria ter pedido que o retirassem, mas naquele momento ficou feliz por não ter feito isso. Um gole de chá frio com limão talvez acalmasse seus nervos. Ela soltou a colcha e a enrolou nos ombros antes de descer da cama.

– Upa!

A descida foi longa. Ela aterrissou com um baque, enrolando-se na colcha e caindo no chão. Mas não se machucou, até o carpete dali era mais macio do que o colchão de sua casa.

Achando graça, arregalou os olhos para a escadinha no pé da cama. Pauline se esqueceu de ter subido por ali. Imagine só, uma escada para subir na cama. A cama do duque devia ter tantos colchões de plumas que, provavelmente, devia precisar de seis a oito degraus. Ao deitar, era provável que ele mergulhasse em lençóis de cetim e travesseiros de penas, envolto em uma camisola de veludo púrpura. Essa ideia a fez rir.

Uma imagem surgiu na mente dela, vívida como a luz do dia e real demais. O Duque de Halford, com seus membros masculinos espalhados por uma cama larga. Nada de veludo. Nada de escadinha para subir na cama. Nada de colchão de penas ultramacio. Apenas o cabelo castanho desgrenhado, os bíceps contraídos ao redor de um travesseiro, e lençóis brancos e macios, luminosos à luz do luar, enrolados ao redor dos quadris. Ou talvez um pouco mais baixo, abraçando a curva de um traseiro firme e musculoso.

Ela tentou afastar aquela imagem, mas não teve sorte. Isso encerrava o assunto. Com ou sem chá frio, ela não conseguiria voltar a dormir.

Pauline se levantou do chão, apertou a colcha ao redor dos ombros e se aventurou no corredor.

Estava mais escuro ali. Pauline ficou parada por um momento, tentando lembrar da sequência de curvas feita pela governanta. Ela bem que tentou prestar atenção, mas estava tão exausta e impressionada... Para não mencionar seu assombro diante das fileiras de retratos antigos, que em alguns locais se acumulavam em colunas de três quadros. Tantas dezenas de ancestrais ilustres. As garotas de Spindle Cove diriam que, com certeza, aquele lugar estaria lotado de fantasmas.

Em algum lugar acima dela, madeira rangeu. Uma corrente de ar frio passou por seu pescoço, e Pauline engoliu em seco. Esquerda. Ela teve certeza de que elas tinham vindo da esquerda. Avançou lentamente nessa direção, mantendo uma mão estendida para apoiar os dedos na parede. A cada doze passos, a ponta de seus dedos caía da parede para a reentrância de madeira de uma porta. Uma, duas, três... ela contou seis antes de parar. Já deveria ter chegado à escadaria.

Um clarão repentino a congelou onde estava. Congelou seu coração, também. Que Duque de Halford fantasmagórico do passado era aquele? Abaixando-se, ela ergueu a mão para proteger os olhos da chama ofuscante e semicerrou os olhos, espiando por entre os dedos entreabertos.

– Simms?

Ela encontrou o 8° – e único vivo – Duque de Halford assombrando a própria casa. Ele trazia uma lamparina em uma das mãos. Com a outra, fechou uma porta, e Pauline ouviu uma chave girar na fechadura.

– O que você está fazendo? – ele quis saber, guardando a chave no bolso. O tom raivoso dele a surpreendeu.

– Boa noite também, Vossa Graça. Minha viagem até Londres foi ótima, obrigada.

Mas ele não quis saber de brincadeiras.

– Por que você está xeretando meus aposentos particulares?

– Eu não sabia que estes eram seus aposentos particulares. E não estava xeretando. Eu virei no lugar errado, só isso. Vou voltar por onde vim. – Ela se virou para ir embora.

Ele a pegou pelo braço, fazendo-a se virar para encará-lo.

– Foi minha mãe que mandou você fazer isso?

Pauline nem soube como responder. Mandou-a fazer o quê? Dormir? Virar no lugar errado em uma casa imensa e escura?

– Você está tentando roubar alguma coisa? Responda com uma palavra.

– Não. – Ela endireitou as costas.

– Então é melhor se explicar. Você está de pé quando deveria estar dormindo, em um corredor que não tem motivo para visitar. – Ele levantou a lamparina e a examinou. – E você está com uma expressão de culpa no rosto.

– Bem, você tem uma expressão de arrogância e engano no seu.

Isso não era bem verdade. A lamparina iluminava as superfícies bem marcadas do rosto dele e jogava sombras de cansaço sob seus olhos. O castanho de suas íris estava dominado por um preto frio e vazio. Ele não tinha nada de arrogante, não naquele instante.

O que quer que ele estivesse fazendo naquele quarto trancado, era particular. Ela o tinha surpreendido em um momento de fragilidade. E como um homem grande e forte como ele não podia admitir que tinha seus momentos de fragilidade, ele a faria se contorcer e gemer.

Pauline suspirou.

– Duques e seus problemas.

– Não gosto da sua impertinência, Simms.

– Ah, mesmo?

Halford a puxou para perto e ela sentiu o coração disparar. Seu pé descalço roçou o dele. O choque do contato viajou por todo o corpo dela.

– Minha impertinência é o motivo de eu estar aqui, lembra? Foi por causa dela que você me escolheu em um salão repleto de mulheres bem-nascidas. Porque eu sou perfeitamente errada. Tudo o que você nunca iria querer em uma mulher.

Ele deslizou o olhar pelo corpo dela.

– Eu não diria isso.

O movimento forçado do pomo-de-adão dele chamou a atenção de Pauline, puxando seu olhar para baixo, para a reentrância bem definida na base do pescoço dele.

Os pulmões dela escolheram esse momento para não trabalharem. Ela segurou a respiração por tanto tempo que ficou um pouco tonta.

– Pode me mandar para casa amanhã, se quiser. Mas vai descobrir que eu não roubei nada. Não estou aqui para roubar. E mesmo que estivesse pensando nisso – e não estou –, sou inteligente o bastante para não tentar na minha primeira noite aqui. Eu conheci sua governanta. Estou certa de que ela tem uma lista do que há em cada gaveta de cada armário, e que faz um controle regular de tudo. Se eu quisesse roubar, esperaria para fazer isso no meu último momento. Se não quer me dar crédito por honestidade, pelo menos me dê por inteligência.

– Não vou lhe dar crédito por nada até ouvir a verdade.

– Eu já disse a verdade. – Ela apertou mais a colcha ao redor dos ombros. – Não estava conseguindo dormir. Pensei em ir até a biblio...

– Biblioteca – ele a interrompeu, completando a palavra por ela. Sarcasmo respingava de sua voz. – Sério? É nisso que você quer que eu acredite? Estava procurando a biblioteca.

Por que ele parecia tão incrédulo?

– Sim – ela respondeu. Mas àquela altura, tudo que ela desejava era voltar para o quarto e acabar com aquele interrogatório. A insônia dela só podia estar curada. Aquele homem era exaustivo.

– Muito bem. – A mão dele apertou o braço de Pauline enquanto ele a conduzia pelo corredor. – Se é a biblioteca que você está procurando, eu mesmo a levo até lá.

Aquilo não estava saindo como Griff havia planejado. Ele pensava estar protegido contra tentações. Mas não contava com a própria tentação se materializando em um corredor escuro ao lado de seu quarto, bem depois da meia-noite. De novo com o cabelo solto, e enrolada nas roupas de cama como se tivesse acabado de fazer sexo, esgueirando-se pelos aposentos privados dele, ainda mais sedutora à luz da lamparina do que sob o sol da tarde.

Claro que só podia ser um truque das sombras. Os cílios dela não podiam ter a mesma extensão que a unha do polegar dele. Isso não seria possível.

Talvez os cílios crescessem com cada mentira que ela contava. Sério? A *biblioteca*? De todas as desculpas tolas e esfarrapadas que ela podia inventar.

Griff a fez marchar pelo corredor, enrolada naquela colcha, depois a levou escada abaixo e por uma curva. Quando chegaram à porta correta, ele a escancarou, para dar um efeito dramático.

– Aí está a biblioteca. – Ele lhe entregou a lamparina.

Arregalando os olhos, ela entrou na sala, usando a luz para clarear o caminho.

– Escolha os livros que quiser – ele disse. – Eu espero.

Ela ficou parada no centro da sala, virando-se lentamente. Assombrada, sem dúvida. Mesmo ele devia admitir que era uma coleção impressionante. Como devia ser, tendo sido reunida por uma dúzia de gerações. A sala tinha a altura de dois andares e um formato hexagonal, devido a um capricho do quinto duque. Ele foi um arquiteto amador, além de naturalista e outras coisas grandiosas. Um dos lados do hexágono servia de entrada, mas prateleiras de livros cobriam as outras cinco, do chão ao teto altaneiro.

– Vá em frente – ele insistiu.

– Eu posso mesmo tocar neles? – ela sussurrou.

– Mas é claro. Alguém precisa fazer isso.

Porém, ela continuou embrulhada na colcha torcida, o rosto virado para as vigas.

– Eu nem sei por onde começar.

– Que tipo de livro você gosta? – ele perguntou, sem se preocupar em disfarçar a presunção da voz. – Você é uma grande leitora de Filosofia? História? Ciências?

– Eu gosto principalmente de poesia. Mas não tenho nenhuma pretensão de ser uma grande leitora, Vossa Graça.

Pronto. Ela admitiu fácil assim.

– Ainda assim, você afirmou estar procurando a biblioteca – ele disse, cruzando os braços.

– Sim. Eu queria ver os livros, não ler. Eu esperava dar uma olhada na sua coleção. Talvez fazer uma lista.

Afinal, ela se arriscou à frente e passou o dedo pela lombada de um volume fino, com capa de couro. Ela nem o tirou da prateleira, apenas o tocou – cautelosa, como se o livro pudesse desaparecer em uma nuvem.

– Como eles estão organizados, você sabe?

– Na verdade, não. Desconfio que seja mais ou menos por assunto. Meu avô inventou um sistema de classificação e fez um catálogo, mas nunca me dei ao trabalho de tentar entendê-lo. Não costumo usar a biblioteca.

Ela levantou a lamparina e se voltou para ele, arregalando os olhos, sem acreditar.

– Você está dizendo que mora nesta casa, com todos estes livros – ela fez um gesto largo com a mão da lamparina –, e nunca lê?

Ele deu de ombros, fazendo de conta que não se importava com o ponto sensível que ela tinha tocado.

– Sou um constrangimento para meus antepassados. Sei bem disso.

– Quanto custa um livro, afinal?

Ele desistiu de tentar estabelecer ligações entre as perguntas dela. Estava tarde demais.

– Isso vai depender de muitos fatores, eu acredito. A natureza do livro, a qualidade da encadernação. Romances podem ser adquiridos por uma ou duas coroas, enquanto que uma coleção de nove volumes sobre a História de Roma...

Ela fez um gesto, dispensando a explicação dele.

– Acho que não quero ler sobre a História de Roma.

– Os romanos não eram tão aborrecidos como você está pensando. – Aulas de História foram uma das poucas coisas de que ele gostou em seus estudos.

– Se você diz... Mas eu duvido que até a maior leitora de Spindle Cove queira passar suas férias lendo nove volumes desse assunto.

Griff observou-a pegar com agilidade a escada com rodízios, ainda segurando a lamparina. A Srta. Simms pendurou a lamparina em um gancho feito para isso mesmo e inclinou a cabeça para examinar os títulos dos livros nas prateleiras. Seu cabelo caiu para um lado em uma cascata cintilante, como conhaque sendo servido. Ela tinha um pescoço lindo – uma curva suave e elegante de marfim.

– Você pretende levar alguns livros quando voltar a Spindle Cove? – ele perguntou.

– Quantos eu puder. Sabe, é assim que pretendo gastar minhas mil libras, ou parte delas, de qualquer modo. Eu vou... Bem, não importa.

– Como assim, não importa? Você vai gastar seu dinheiro em livros e depois...?

– Se eu lhe contar, você vai rir. – Ela suspirou. – E se você rir, vou odiá-lo para sempre.

– Eu não vou rir.

Ela olhou desconfiada para Griff.

– Tudo bem, talvez eu ria – ele admitiu. – Mas você só vai me odiar por um ou dois dias.

– Eu planejo levar livros para casa para abrir uma biblioteca circulante.

– Uma biblioteca circulante – ele repetiu, sem rir... de modo ostensivo.

– Isso. Pretendo alugar os livros para as moças que forem passar as férias lá. E como tenho pouca experiência com bibliotecas, esperava tirar algumas ideias da sua. Acredita, agora, que eu estava fora do quarto com um objetivo honesto e não para xeretar ou roubar?

Ele acreditou nela. Uma biblioteca circulante para solteironas? Nem mesmo uma mentirosa obstinada poderia inventar aquela história de repente.

– Muito bem. Eu peço desculpas – ele disse. – Eu a julguei mal.

– Você pede desculpas? – Ela olhou para ele, parecendo chocada. – Essas são palavras que eu nunca esperava ouvir de seus lábios.

– Então você me julgou mal. – Talvez os defeitos dele fossem muitos, mas ninguém podia dizer que Griff não os admitia abertamente.

– Pode ser. – Ela mordeu o lábio. – Está bem, então. Já que estamos conversando, talvez Vossa Graça possa sugerir um livro. O que você costuma ler?

– Não leio muita coisa além de correspondência das propriedades. Parece que nunca encontro tempo para isso.

Para demonstrar, ele pegou um jornal na mesa lateral e o jogou de lado, sentindo uma pontada de culpa. A cada manhã, Higgs se dava ao trabalho de passar a ferro aquela coisa, página por página. Griff mal olhava para o jornal.

Então ele foi até a grande escrivaninha da sala e acendeu um par de velas. Havia um relógio quebrado que ele tinha vontade de consertar... uma das curiosidades de Viena que seu pai havia comprado. Na verdade, ele deveria ter nascido filho de um artesão. Griff sempre se sentia mais à vontade, mais capaz, quando ocupava as mãos. As perguntas dela o acompanharam.

– Mas se você tivesse tempo para ler, o que escolheria?

– Peças de teatro – ele respondeu, sem nenhum motivo especial, apenas para se livrar da pergunta.

– Oh, peças. Seria bom ter algumas na biblioteca. As moças de Spindle Cove gostam de encenar peças. – Mantendo a colcha ao redor dos ombros com a mão, ela usou a outra para empurrar a escada até outro conjunto de prateleiras. – Você vai ao teatro com frequência?

– Ultimamente, não.

– Mas ia no passado, então. – Um interesse genuíno aqueceu a voz dela. – Por que parou de ir? Faz quanto tempo?

A mão dele apertou um parafuso que ele estava soltando do relógio. Ninguém o questionou sobre isso, nem mesmo sua mãe. Primeiro, ele ficou surpreso, como se lhe jogassem um balde de água fria no rosto, mas depois que a afronta inicial passou, ele se sentiu estranhamente aliviado. Quase grato.

Os amigos de Griff, seus colegas e os outros aristocratas do clube... todos deviam ter notado sua ausência da sociedade no ano passado. Mas ainda que tivessem se questionado quanto aos motivos e especulado entre eles, ninguém tinha lhe perguntado o porquê. Griff não sabia se lhes faltava coragem ou interesse.

Pauline Simms teve a coragem. E interesse, ao que parecia. A pergunta inocente dela aqueceu um lugar, dentro dele, que há muito havia esfriado.

Por um instante ele se sentiu tentado a responder, mas logo afastou a ideia. Um homem com a riqueza e a posição social dele nunca poderia falar de suas tribulações pessoais para uma atendente de taverna sem parecer um completo ridículo. A Srta. Simms tinha sido criada na pobreza, com uma irmã simplória para proteger e um pai violento do qual não podia fugir. Apesar de tudo, ela manteve o orgulho e um senso de humor afiado. Uma garota assim deveria ficar com pena dele, porque o duque perdeu a temporada de primavera no Teatro Real, quando ela nunca foi ao teatro nem por uma única noite?

Pauline debocharia dele por suas lamúrias, e faria muito bem. Griff até podia ouvi-la: *Duques e seus problemas.*

Ele começou a soltar outro parafusinho da tampa de trás do relógio.

– Não entendo por que isso seria da sua...

– Da minha conta – ela completou por ele. – Eu sei. Você tem razão. Não é da minha conta, mas não pude deixar de perguntar. É muito estranho, Vossa Graça. Mesmo em meio a todos esses volumes velhos e mofados da biblioteca... eu acho que você é o livro mais difícil de ler desta sala. Assim que acho que consegui entendê-lo, você me deixa confusa outra vez.

– Simms, eu sou um homem. Não sou tão complicado.

Ele colocou o relógio de lado, com a intenção de pôr fim àquele interlúdio literário e mandá-la de volta ao quarto. Mas ao erguer os olhos, ele a viu. Por *completo*. E ele perdeu a voz.

Ela estava empoleirada no segundo degrau mais alto da escada. A colcha tinha escorregado e se transformado em uma nuvem macia no chão. Pauline Simms flutuava acima dela – um filete de mulher, coberta pela camisola de algodão mais fina que ele já tinha visto. Aquela coisa já tinha sido usada, lavada e remendada tantas vezes, que parecia um rendado de teias de aranha, não um tecido de verdade. E quando ela colocou o corpo na frente da lamparina... A camisola ficou transparente por completo.

Griff podia ver tudo. Ela não parecia em nada com um garoto. Não, ela era uma mulher. Os seios pequenos e redondos como maçãs eram encimados por mamilos escuros. A barriga era lisa. Quando ela se pendurou na escada, esticando-se na ponta dos pés para alcançar outro livro, a curva da silhueta dela foi para ele como uma canção conhecida. O pé em arco, a panturrilha esguia, a coxa suavemente mais grossa... e um traseiro redondo, palpável.

O corpo dela não era uma figura curvilínea como as de Rubens. Nenhum artista a pintaria descansando sobre lençóis brancos. Havia algo de selvagem e fundamental nela, que inspiraria artistas a retratar uma ninfa ou dríade dançando. Ela possuía um corpo que sempre mostraria suas melhores qualidades em movimento. E nu. Que ótimo. Agora a imaginação dele se agitava com pensamentos de Pauline Simms nua *e* em movimento.

Ela se virou na escada, encarando-o.

Olhos, ele disse para si mesmo. *Concentre-se nos olhos.* Ela tinha olhos lindos, com aquele tom surpreendente de verde-folha e os cílios inacreditáveis de tão compridos. Griff não podia deixar seu olhar vaguear para nenhuma outra parte. Não para os seios empinados, nem para o provocante triângulo escuro aninhado entre as coxas.

Maldição. Griff era um homem, como tinha acabado de dizer para ela. Não era complicado. A reação em seu baixo-ventre era pura, simples, com mais de dez centímetros extras de honestidade. Estava claro que ela não tinha noção de sua aparência. Não podia ter. Do contrário, ela pularia daquela escada no mesmo instante e se cobriria.

— Onde estão os romances? — ela perguntou, tranquila, apoiando o cotovelo no degrau mais próximo.

Um pensamento insidioso ocorreu a ele. Se ela não sabia por que Griff a encarava, ele podia ficar olhando pelo tempo que quisesse. Podia observar todos os detalhes dela e guardar visões suficientes para alimentar suas fantasias por meses.

— Acho que os romances estão ali — ele respondeu, brusco, apontando para a parede em questão. Então ele colocou o relógio desmontado à frente dos olhos, como um escudo, bloqueando-a. Atrás do mecanismo, ele ergueu os olhos na direção do teto. Era melhor que alguém lá em cima acrescentasse um ponto na sua caderneta de boas ações, talvez agora o total de sua vida somasse cinco ou seis.

— Você tem algum favorito para me recomendar? — ela perguntou.

— Não. — Ele suspirou com impaciência. Griff desejou que ela parasse de ser tão amigável, enquanto ele se esforçava para parar de despi-la mentalmente. Na cabeça dele, ela estava a dois botões de ficar arruinada por completo.

– Eu também não leio muitos romances – ela disse. – Os poucos que tentei pareceram florestas para mim... eu sempre me perdia. Prefiro poesia, quando consigo encontrá-las. Pequenos buquês de belas palavras, fáceis de entender e manter consigo. Tivemos uma mulher em Spindle Cove, certo verão, que se achava uma poetisa. Os poemas dela eram horrorosos, mas eu gostava dos livros que ela deixava por perto. Eu decorei meus versos favoritos, para poder recitá-los para minha irmã.

– E quais eram seus favoritos? – ele perguntou, feliz por deixá-la falar, para que parasse de lhe fazer perguntas.

Ela ficou em silêncio por um instante, antes de responder.

– Eu gosto deste: "a donzela me pegou no bosque, onde eu dançava alegremente. Em uma caixa dourada, me trancou na estante".

Griff tinha quase terminado de soltar a tampa do relógio, mas seus dedos ficaram mais lentos.

Simms continuou, a voz ganhando uma textura aveludada, sonhadora.

– "A caixa era feita de ouro, pérolas e cristal, que brilhava muito. Por dentro, abria-se para um mundo, com uma linda noite de luar. Outra Inglaterra eu vi ali. Outra Londres com seus jardins. Outro Tâmisa e outras colinas. E outro canteiro com aroma de jasmins."

Ele fitou o relógio aberto diante de si. Não parecia mais um relógio, mas uma caixa. Com uma janela secreta para uma linda noite de luar. Uma Londres diferente, em uma Inglaterra diferente. Um mundo totalmente diferente.

Ele estava encantado... só um pouco.

– A história fica toda errada a partir daí – ela disse, pesarosa. – Mas eu adorei essa parte. Uma caixa de ouro, pérolas e cristal, com um mundo secreto lá dentro. É algo lindo de imaginar quando estou lavando os copos da taverna. Ou, você sabe, quando estou com o braço dentro de uma égua.

Ele levantou os olhos do relógio por uma fração de segundo. Tempo suficiente apenas para captar o olhar malicioso e encantador que ela lançou para ele.

– O que você acha? – ela perguntou. – Isso vai funcionar?

Não. Não, sua criatura encantadora. Isso nunca, jamais, irá funcionar.

– Você está falando da biblioteca circulante, imagino.

– Eu já planejei tudo, sabe – ela concordou. – Tem uma loja vazia na praça da vila, onde costumava ficar o boticário. Já está cheio de prateleiras e tem um balcão firme. Só precisa de um pouco de sol e cera nas madeiras. Talvez cortinas de renda, e uma cadeira ou duas para quem quiser sentar. – Ela entortou a boca. – Mas beleza não presta para nada, se a ideia do negócio não for boa.

– E você quer a *minha* opinião?

– Se você vai me pagar mil libras, eu imagino que não quer me ver desperdiçando o dinheiro.

Ele riu.

– Você não imagina quantos milhares eu já desperdicei.

– Só me dê sua opinião sincera. Por favor.

Ele apertou os olhos enquanto soltava uma peça do relógio.

– Honestamente, a senhorita está perguntando para a pessoa errada. Não tenho dúvida de que as solteironas farão fila por seus poemas e romances. Mas os únicos livros que já procurei foram os obscenos.

Ela se balançou no degrau da escada.

– Oh, Vossa Graça. Você é brilhante.

Griff se recostou na cadeira, espantado. Nunca, em toda sua vida, alguém tinha dito isso para ele. A não ser em uma cama.

– Em que sou tão brilhante, afinal?

– Uma biblioteca circulante cheia de livros obscenos. É disso mesmo que eu preciso! Quero dizer, nem todo livro deve ser obrigatoriamente escandaloso, mas muitos deles devem ser. Em casa, as moças podem ter todos os livros decorosos que quiserem, não é? Elas vão a Spindle Cove para quebrar as regras.

Griff lembrou das moças naquela taverna, arrancando, alegres, páginas de um livro de etiqueta, com as quais faziam adornos para bandejas de chá. Sim, dava para imaginar que romances tórridos e panfletos radicais pudessem fazer sucesso em um lugar desses.

E por fazer uma sugestão impensada, agora ele seria responsável por induzir à perdição toda uma vila de solteironas. Aquilo com certeza representava um ponto alto ou baixo em sua vida. Exatamente qual, ele não estava certo.

– Onde estão os *obscenos*? – Ela inclinou a cabeça para trás, espiando nos recantos mais inacessíveis da sala. – Imagino que estejam em uma prateleira alta. Ou você tem um armário trancado em algum lugar?

Ele riu.

– Se minha biblioteca tivesse uma seção secreta constituída de livros inadequados para jovens damas, você não poderia esperar que eu lhe dissesse onde está.

– Por que não? Eu não sou uma lady. Nem sou tão inocente.

Não diga isso.

– Está muito tarde, Simms.

– Muito cedo, na verdade.

– Basta dizer que está muito escuro. E você não está muito vestida, e estamos a sós. – Se, além disso, os dois começassem uma busca por literatura erótica...? Aquela camisola fina dela não sobreviveria por muito tempo. – Não tenho impulsos nobres, lembra?

Ela ficou corada.

– Pode me ajudar a fazer uma lista, pelo menos?

Ele tamborilou os dedos na escrivaninha.

– *Moll Flanders, Fanny Hill, O monge*, uma boa tradução de *l'École des Filles*. Esses já são um bom começo.

– Pronto – ela disse e fechou os olhos.

– Você não quer anotar?

– Não preciso. Tenho uma boa memória.

Ela se inclinou bastante para um dos lados enquanto vasculhava a prateleira, parecendo flutuar acima dele. A sombra núbil da silhueta dela quase deixou Griff ofegante. Sim, ele já tinha lido sua quota de livros obscenos, e nenhum deles o afetou tanto. Ele ficou duro como a mesa de mogno.

– Arrá! Aqui está um que vou levar para cama comigo. – Ela tirou um livro da prateleira. – *Métodos de contabilidade e escrituração.*

– Esse deve ser bom para lhe dar sono. – Ele riu. – Mas é uma boa ideia. Mantenha excelentes registros escritos, ainda que você tenha boa memória. Não aceite crédito. Se for emprestar, sempre exija um depósito. Poucos se comparam à aristocracia quando se trata de fugir de suas obrigações financeiras.

Ela lançou um olhar desconfiado para ele.

– Você não foge das suas dívidas, foge?

– Pelo que eu soube, sou o quarto homem mais rico da Inglaterra. Nunca precisei fugir.

– Oh. Ótimo. – Ela aproximou o manual de contabilidade e inclinou a cabeça, inspirando fundo. Quando Simms notou o olhar dele, pareceu envergonhada. – Eu gosto do cheiro dos livros. Isso é estranho?

– Sim. Um pouco.

Mas ele achou cativante, também. De um modo estranho. Aquilo tinha ido além de uma conversa noturna na biblioteca, transformando-se em algo no limite do flerte, talvez até mesmo em um tipo incomum de amizade – marcada por uma violenta atração carnal da parte dele.

Seja o que houvesse entre eles... precisava terminar ali mesmo, naquele instante. Ele pôs o relógio desmontado de lado e se levantou da cadeira, confiante de que as sombras esconderiam sua excitação.

– Está na sua hora de dormir, Simms. Está tarde e tenho certeza de que minha mãe planejou uma programação repleta de exercícios inúteis para amanhã.

– Não se preocupe. Estou preparada para ser uma catástrofe.

– Ótimo.

Ela apagou a lamparina e desceu dois degraus.

– Só para provar, não vou nem mesmo fazer uma mesura ao sair desta sala.

– É um começo excelente. Mas se quiser chocar de verdade, pode começar a me chamar de Griff.

– Mesmo? – Ela se virou para ele.

Ele estremeceu. Um erro de cálculo da parte dele. Griff sugeriu aquilo como um toque de falta de educação, mas a expressão lisonjeada dela o lembrou de que esse tipo de intimidade poderia se mostrar perigoso. Por falar em perigo...

– Cuidado – ele a alertou. – O último degrau é bem...

Ela soltou uma exclamação e se desequilibrou.

– Oh, saco.

Capítulo seis

O tempo desacelerou. Uma fração de segundo mostrou a Griff como o acidente seria. Os dedos dos pés dela escapariam do último degrau. Ela deixaria o livro cair, fazendo um movimento desesperado com a mão, talvez roçando o corrimão da escada com a ponta dos dedos. Mas não conseguiria se segurar de verdade, o impulso a faria continuar, e então ela cairia de cara no chão.

Está certo que a queda seria de menos de um metro, e sem dúvida ela sobreviveria, inteira e sem ferimentos. Mas quando chegou a essa conclusão, seu corpo já estava em movimento.

Pondo uma mão nas costas do sofá, ele pulou o móvel com um movimento fluido. Esse obstáculo superado, ele saltou o divã com agilidade. Abrindo bem os braços, Griff deslizou até parar em frente à escada. Bem a tempo de evitar a queda de Pauline, que bateu com tudo contra o peito dele. Griff a segurou em seus braços. E então – embora ela estivesse bem – ele não conseguiu soltá-la.

– Minha nossa! – Ela suspirou, admirando a extensão que Griff tinha acabado de percorrer. – Foi um feito atlético e tanto.

– Não foi nada.

A única resposta masculina possível, claro. Na verdade, ele desconfiava ter estirado um músculo em algum lugar entre o pulo sobre o sofá e o salto sobre o divã... mas depois ele se preocuparia com essa dor. Outras sensações exigiam sua atenção imediata.

Bom Deus. Apenas observar as formas dela tinha sido um deleite, mas isso era uma sombra pálida se comparado à emoção de tocá-la. Os mamilos dela eram tão assertivos quanto a personalidade de sua dona, cutucando

Griff através do tecido fino da camisola. Eles exigiram a atenção dele. Mais do que isso: eles exigiram respeito. Diabos, ele iria venerá-los.

– Não pareceu "nada". – Os braços dela enlaçaram o pescoço de Griff. – Você está ofegante.

– Você também – ele observou.

– É verdade. – Ela lhe deu um sorriso tão doce e envergonhado que parecia pertencer a outra garota. – Seus reflexos são muito impressionantes.

Que dádiva, essa observação. Em uma situação como aquela, Griff normalmente responderia com algo sugestivo como "você não faz ideia" ou "são anos de prática, querida". Mas ele não conseguiu proferir nenhuma de suas cansadas insinuações sedutoras. Uma ideia absurda, então, lhe ocorreu; que sua vida inteira, desperdiçada com esportes e lazer, praticando esgrima ou boxe, quando poderia estar criando um legado, tinha-o preparado para esse momento especial. Para essa garota especial, que precisava que Griff impedisse sua queda.

– Eu não conseguiria ver você se machucar – ele disse, sem entender nada.

– Eu pensei que você não tivesse impulsos nobres.

– Acredite em mim – ele a encarou no fundo dos olhos e disse, sem qualquer sensualidade ou ironia –, não tenho.

Se ele possuísse um pingo de decência, já a teria largado momentos atrás. Malicioso como era, Griff adorou o modo como ela se pendurava em seu pescoço. Como se o mundo ao redor deles fosse um deserto imenso e gelado, e o calor do corpo dele fosse a única chance que ela tinha de sobreviver. Foi tão fácil acreditar, naquele momento, que Simms precisava dele. Que precisava de seu toque, de sua boca, de seu hálito quente. De sua pele febril e nua por cima dela toda.

Incrível o que contorções acrobáticas e o desejo masculino podiam criar. Ele tinha quase se convencido de que beijar os lábios doces e suculentos dela *era* a coisa nobre a fazer. Quase. Mas não por completo.

– Vou soltar você agora – ele disse.

Ela concordou. E então ela colou os lábios nos dele. Com mil bênçãos e maldições... A garota *o beijou*.

O beijo quebrou sobre ele como uma onda no mar agitado. Seus sentidos se abriram como comportas. Os lábios dela eram tão macios. Tinham gosto de framboesas. Ela cheirava a tecido de algodão seco ao sol. A pele dela era como um borrão exuberante de creme rosado, aos seus olhos estarrecidos e ainda abertos.

Mesmo quando o beijo terminou, seu choque doce ressoava em cada um dos nervos de Griff. Impulsos primitivos ecoaram.

Mais. De novo. Agora. Desejo era um velho conhecido dele. O pulso acelerado, o gosto dela em sua língua, o repentino intumescimento no baixo-ventre... Ele conhecia muito bem todas essas sensações. Mas houve algo mais nessa tempestade de sentimentos. Um tamborilar profundo e contínuo na região do coração. *Ela*, o órgão sussurrou. *Eu fico com ela.* Essa parte era nova e aterrorizante. Brusco, ele a colocou de pé. Então se virou para o outro lado, esfregando a boca.

– O que diabos foi isso?

– Pensei que Vossa Graça teria mais experiência no assunto... Mas eu acredito que foi um beijo.

– Isso não deveria ter acontecido. – Ele passou a mão pelo cabelo.

– Não, não. Foi... foi bom.

– Você chama isso de bom? – Ele se virou para encará-la.

– Não. Bom, não. Foi mais algo como "oportuno". – Ela engoliu em seco. – Você não pode negar que havia uma tensão crescendo entre nós. Eu pensei que o beijo poderia ajudar.

– Ajudar... – Ele a encarou, sem acreditar no que ouvia.

– Bem, agora acabou, como pode ver. – Ela se virou para o lado e deu de ombros. – Acabou. E é óbvio que não foi nada especial. Nós não temos que nos preocupar com qualquer atração.

Não foi nada especial? Não se preocupar com qualquer atração?

Era incrível como aquela garota sabia acabar com o orgulho dele. Griff pensou em dar um abridor de cartas para ela e dizer-lhe que continuasse a eviscerá-lo.

Ela se abaixou para pegar o livro que tinha derrubado e o apertou junto ao peito, preparando-se para sair.

– Boa noite, Vossa Graça.

Deixe-a, ele disse para si mesmo. *Deixe-a ir.*

– Você não pode se basear nesse beijo. – Ele deu um passo à frente, abandonando a lógica e o bom senso, caindo de cabeça na tolice completa.

– Não posso? – ela perguntou.

– Não. Esse não foi um beijo de verdade. Foi mais uma colisão de lábios. Se eu a beijasse para valer, Simms, você teria motivo para se preocupar.

– Eu teria?

Ele se aproximou dela devagar, falando com a voz baixa e sensual:

– Teria. Um beijo de verdade mexeria com seus lugares mais íntimos. Faria com que você passasse a noite toda acordada em sua cama. Agitada, desconfortável, com... – Ele fez uma pausa, procurando pelo equivalente feminino de uma ereção latejante. – Palpitações.

Ela ergueu a sobrancelha, achando graça, e covinhas se formaram em suas bochechas.

– Palpitações?

– Sim – ele disse em um tom definitivo. – Palpitações.

Simms abafou uma risada.

Bom Senhor. Aquilo não estava acontecendo com ele. Não aquele tipo de conversa. *Palpitações?* Que palavra estúpida. Mas agora ele estava envolvido e não podia recuar. Ele se lembrou de quem era o duque naquela sala. Ela era só uma atendente de taverna. Era hora de os dois se lembrarem disso.

Só que ela não era *apenas* uma atendente de taverna, era uma atendente com ambições, um aguçado tino para os negócios, um bom gosto assustador em poesia e... curvas sedutoras que faziam suas mãos doerem de vontade de explorá-las.

Ela era deliciosa. Madura como framboesas. *Ela*, veio de novo aquele sussurro em sua mente. *Pare com isso*, Griff respondeu.

– Palpitações – ela repetiu.

Ele aquiesceu. Griff nem ligava que ela estivesse debochando dele. Ele queria que Simms repetisse a palavra muitas vezes, porque cada repetição vinha com uma visão erótica da língua dela, que provocava uma loucura nele.

Ela mordeu o lábio, enquanto refletia.

– Eu acredito que nunca experimentei palpitações, Vossa Graça. Talvez sejam exclusivas de mulheres das classes mais altas. Eu não possuo esse tipo delicado de natureza feminina.

– Isso é uma bobagem. – Ele deslizou a mão até a nuca de Simms, entrelaçando seus dedos nos fios sedosos do cabelo dela. E então a puxou para um beijo.

Ah. Então *essas* são as palpitações.

E aquela, Pauline deduziu, era a ideia que ele fazia de um beijo de verdade. Um abraço com calor e determinação, que estivesse sob domínio total dele. Halford controlava o ângulo do pescoço dela e a proximidade de seus corpos – e o ritmo lento e enlouquecedor de sua língua, que deslizava entre os lábios dela, de um lado para outro.

Ele a beijou com um vigor implacável, como se estivesse lhe aplicando um castigo que ela merecesse. Vinte chibatadas com uma língua forte e sensual. Mal sabia ele que isso era exatamente o que ela queria, o que desejava com cada osso e músculo de seu corpo pequeno e esguio.

Sim, obrigada. Vou querer outro.

Aqueles poucos momentos depois que Pauline o tinha beijado estavam entre os mais sofridos da vida dela. Ele pareceu ficar tão horrorizado e perturbado. Ela não sabia no que estava pensando quando fez isso, só que se sentia muito grata por ele ter aberto aquela biblioteca imensa e inestimável para ela, uma atendente. Por ter ouvido os sonhos mais secretos dela sem fazer pouco – e, ainda, aperfeiçoando-os ao lhe dar aquela ideia brilhante e obscena.

Ele não podia saber. Não quanto aquilo significava.

E *ainda* ele tinha executado aquela manobra ousada, heroica, para impedi-la de cair.

Quando Pauline viu o duque tão de perto, um brilho nos olhos dele sugeriu a ela um pensamento estranho: aquela dificilmente era a primeira noite que ele passava assombrando os corredores, acordado até tão tarde, tão sozinho. Também pensou que ele não tinha ficado tão incomodado com o surgimento dela quanto queria que Pauline acreditasse. E que ele podia estar precisando de um beijo... e também de um pouco de salvação.

É claro que, antes de admitir algo assim, ele andaria descalço sobre um leito de pregos. Ela deveria ter imaginado como ele reagiria. Todos os homens tinham orgulho, e os duques eram os piores. "Admitir fraqueza" devia estar no mesmo nível de "luta de cócegas" e "caça de lesma" entre as atividades menos favoritas dele.

Então ele reagiu dessa forma. Um beijo que era controlado, dominador, possessivo. E Pauline não podia dizer que se importava, nem um pouco.

Ele a segurava com tanta força, agarrando o tecido de sua camisola com a mão, enquanto a outra fazia um redemoinho em seu cabelo. Mais tarde ela teria que escová-lo até seu braço doer, mas cada escovada valeria a pena. As sensações que corriam por seu couro cabeludo dançavam naquele limite delicioso entre o prazer e a dor.

O peito dele era uma parede sólida de calor, inflamando-a e deixando seus mamilos duros e carentes. Nada separava seus corpos, a não ser algumas camadas finas de tecido, mas ainda assim ela não se sentia próxima o bastante. Pauline se esfregava nele na esperança de amenizar sua aflição. O prazer corria até seu íntimo.

Quando ela passou os braços ao redor das costas dele, Halford grunhiu, encorajando-a. O som profundo e vibrante percorreu o corpo dela e se acomodou como um zunido sedutor entre suas coxas. Ela se aninhou ainda mais perto.

– Assim... – ele murmurou de encontro aos lábios dela. – Assim... está certo.

E estava mesmo. O modo como eles se encaixavam parecia tão, tão certo. Não mais apenas ele que a beijava, os dois estavam se beijando, tendo prazer, dando consolo e conhecendo o gosto um do outro.

A boca dele ficou mais suave sobre a dela e seus movimentos ficaram lânguidos, lúdicos. As línguas se envolveram em uma dança lenta e sensual. Pauline agarrou o tecido da camisa dele, quente pelo contato com a pele, e deslizou seus dedos por ele. Tão flexível, com tanta força por baixo. Uma curiosidade selvagem a tomou. Ela queria saber tudo a respeito dele. O corpo seria tão bronzeado quanto o rosto ou branco como mármore esculpido? O peito tinha pelos ou era liso? O que impulsionava aquele tamborilar feroz de seu coração?

Pauline disse a si mesma para interromper suas perguntas por ali, lutando para prender sua imaginação antes que esta descesse ainda mais por aquele corpo. Mas ele não parecia ter esse tipo de preocupação. Ele desceu a mão ousada, exploradora, pela coluna dela. Um arrepio de prazer acompanhou a carícia, deslizando pelas vértebras. Quando ele chegou ao traseiro dela, a mão de Halford encontrou uma curva que ela não sabia que possuía, e ele a reclamou para si com um aperto possessivo. Pauline saboreou o gemido de satisfação dele. Que maravilhoso. Ela estava acostumada a pensar em seu corpo como um conjunto de pontas e ângulos, mas ele a fazia se sentir macia.

Ela nunca tinha se sentido assim, em toda sua vida. Tão desejada, tão necessária, e por um homem que não deveria necessitar de nada.

Quando ele finalmente interrompeu o beijo, deixou os lábios dela inchados e doloridos. O canto de sua boca estava arranhado pela barba dele, e Pauline levou a língua até lá para amenizar a dor. Ela sentiria esse beijo por horas. Possivelmente anos.

– Simms. Eu fiz mal. – Ele soltou um suspiro irregular.

Ela riu um pouco.

– Se *isso* foi mal feito, não sei se conseguiria sobreviver a algo bem-feito.

– Não, não. Fiz mal como seu empregador. Não gostaria que pensasse que tenho o hábito de assediar as empregadas. – Ele se virou de lado e passou a mão pelo cabelo castanho. – Eu não tenho dificuldade para encontrar companhia. Nunca preciso me...

– Rebaixar a isso? – Magoada, ela se abaixou para pegar a colcha caída.

– Se está querendo me dispensar com delicadeza, não está conseguindo.

Por que os homens têm que estragar tudo? A resposta era simples, ela imaginou: porque as mulheres, tolas, lhes dão essa oportunidade.

– Escute. Só estou tentando dizer que não vai acontecer de novo. E eu sinto muito.

– Sente muito por ter me beijado? Ou sente porque não vai acontecer de novo?

Ele se aproximou e ajeitou a colcha ao redor dela.

– Pelas duas coisas.

Sob a luz trêmula da vela, o rosto dele assumiu aquele mesmo olhar assombrado e solitário. Se ele não tinha mesmo dificuldade para encontrar companhia – e depois daquele beijo ela acreditava nisso –, por que ele não estava dando prazer a uma amante, divertindo-se com uma viúva, ou corrompendo uma virgem nessa noite?

Para um homem sem desejo de casar, ele não estava aproveitando sua liberdade.

– Foi só um beijo. – Ela pegou uma vela acesa na escrivaninha. – O que é um beijo ou dois? Isso não foi nada.

Ele se virou para ela e a encarou.

– Você ouviu o que disse?

– O quê?

– Você disse "não foi nada", e não "num foi nada".

– Não disse, não. Eu disse "não foi nada". Não... – Pauline ficou boquiaberta. – Minha nossa. Eu disse mesmo. "Não foi nada". – Ela testou mais algumas palavras: – *Livro. Leite. Quente.*

– Vamos apenas... – O duque levantou a mão. – ...parar com o exercício por aí.

Pauline cobriu a boca com a mão e riu.

– Oh, não. Isso só pode ser sua culpa. Sua mãe disse que tudo era uma questão de soltar a língua e os lábios.

Ele a encarou, sombrio.

– Não se preocupe, Vossa Graça. Não importa como se pronuncia. Não foi nada, mesmo. Só um beijo.

Mentirosa, o coração dela saltou. *Foi muito mais.*

– Eu já fui beijada antes – ela continuou. *Mentirosa, mentirosa. Você nunca foi beijada assim.* – Eu sei que não preciso dar muita importância a isso. Não é motivo para preocupação – ela concluiu.

Mentirosa, farsante, sem-vergonha.

– Você tem razão – ele concordou. – Nós dois temos nossos objetivos. Você tem uma livraria obscena para abrir e eu tenho que continuar com minha vida libertina, livre das amarras do casamento. O único modo desta semana dar errado é se terminar com nós dois noivos, encaminhados para o casamento, e Deus sabe que isso não vai acontecer.

Ele fechou as portas e se virou para ela. Seus olhos se encontraram no espaço dourado e quente acima da chama da vela.

Pauline forçou uma risada. Esta saiu estridente, louca e ridícula, e ela desejou poder culpar alguém por isso.

– Ah, céus. Não se empolgue tanto, Griff. O beijo não foi *tão* bom.

Então ela subiu correndo a escadaria, tentando deixar para trás as acusações que seu peito proferia.

Mentirosa, mentirosa, mentirosa, mentirosa.

Capítulo sete

No meio da manhã seguinte, Pauline tinha reunido uma lista e tanto das coisas que duquesas não faziam. Duquesas não xingavam, não cuspiam, nem se serviam à mesa; elas não se curvavam em nenhum sentido da palavra, nem falavam de seus órgãos internos em público. Mas, do lado positivo, duquesas não tinham que ajudar nas tarefas do lar. Elas não tiravam água do poço, não alimentavam as galinhas, não ordenhavam as vacas, nem corriam atrás de um leitão solto no quintal. Duquesas não faziam seu próprio café da manhã nem o de ninguém. Essa parte era ótima.

E quando a Duquesa de Halford invadiu seu quarto, Pauline acrescentou mais um item à lista: Duquesas não batem na porta.

Ela tomou um susto e enfiou o manual de contabilidade debaixo do travesseiro antes de levantar da cama. Não queria explicar como aquele livro tinha chegado em suas mãos. Mesmo tendo passado as últimas duas horas revivendo a cena na memória. *Oh, aquele beijo.* Seus lábios ainda formigavam.

– Fico feliz por ver que está acordada – a duquesa disse –, ainda que tão cedo.

Tão *cedo?*

– São quase 11 horas manhã. Estou acordada há séculos. – Nunca, em toda sua vida, Pauline dormiu além das 6 horas da manhã. Ela virou a cabeça e olhou pela janela. – Metade do dia já passou.

– Você está acostumada com o horário do campo. Nós utilizamos uma programação diferente na cidade. O horário de despertar começa ao meio-dia. O almoço pode acontecer às 15 horas. A noite só está começando às 21 horas. E a ceia à meia-noite é *de rigueur.*

– Se está dizendo... – Pauline acordava ao alvorecer todos os dias, sem falha. As manhãs seriam, então, seu horário de leitura. Talvez ela pudesse fazer algumas visitas à biblioteca, quando terminasse o livro de contabilidade.

– Meu filho raramente levanta antes do meio-dia. – A duquesa suspirou. – Mas é por isso que estamos começando cedo. Temos muito trabalho pela frente.

Pauline passou os olhos pelo quarto.

– Eu teria me vestido, mas não encontrei minha roupa.

– Ah, *aquilo*. – A duquesa fez um gesto de pouco caso. – Nós queimamos.

– Vocês *queimaram*? Era o meu melhor vestido para o dia a dia. – Ela tinha mais dois, um dos quais era só para ir à igreja.

– Ele nunca mais seria o seu melhor. De agora em diante, vai se vestir com mais apuro. Mais tarde vamos às lojas, mas por ora pedi à minha modista que enviasse algumas amostras. Vou chamar Fleur e iremos vesti-la.

– Que maravilha, Vossa Graça.

O entusiasmo de Pauline foi parar no carpete. Dois minutos depois de começar a se despir, na noite anterior, ela percebeu que não se dava bem com Fleur. Ou melhor, Fleur não se dava bem com ela.

A camareira tinha cabelo dourado e olhos azuis de centáurea, e entrou flutuando pelo quarto como um floco de neve. Perfeita, clara e fria.

– Humpf! – Fleur exclamou. Esse era um som muito francês e não parecia muito elogioso ao rosto, ao cabelo, à roupa ou à personalidade de Pauline.

O cocheiro e o criado dos Halford presenciaram tudo em Spindle Cove, e Pauline sabia como a fofoca passava rapidamente de um empregado para outro. A essa altura todos sabiam que ela era uma simples garota de fazenda, que não merecia a atenção da camareira de uma lady. Claro que os criados ficariam ressentidos com ela, pelo trabalho extra que estava dando.

Fleur desembrulhou uma série de caixas, de onde tirou várias roupas de baixo e três vestidos quase idênticos.

– São todos brancos – Pauline disse.

– É claro que são brancos – a duquesa respondeu.

Nunca, em toda sua vida, Pauline tinha usado um vestido branco. Talvez nem mesmo em seu próprio batizado. Branco era a cor das ladies, porque só elas conseguiam manter limpo um vestido branco. Se ela tivesse feito a tolice de costurar um vestido claro para si, em casa, a peça teria ficado cinza em três lavadas. Tirando aventais e meias, tudo que ela possuía era marrom ou azul-escuro.

Não mais. Primeiro ela foi coberta com uma roupa de baixo branca como a neve, depois foi apertada quase até a morte por um espartilho. A duquesa escolheu o mais simples daqueles vestidos: um modelo matinal com cintura alta e camadas de musselina transparente. Fleur o ergueu sobre a cabeça de Pauline. O tecido claro desceu como uma nuvem, envolvendo-a em uma beleza etérea. Ela observou seus braços, tão bronzeados e sardentos comparados com a musselina imaculada. A duquesa avaliou Pauline com um olhar de cima a baixo.

– Que bom que serviu nos ombros. É ótimo que você seja esbelta.

Esbelta? Pauline pensou que aquela era uma forma generosa de descrever seu corpo. A duquesa a tinha elogiado.

Depois de remexer na cintura folgada do vestido por alguns momentos, Fleur pegou uma faixa verde-jade e a passou pela cintura de Pauline, amarrando-a apertado e fazendo um laço nas costas.

– Humpf. – Dessa vez, Fleur pareceu satisfeita.

– Sim, muito melhor – a duquesa concordou. – O que podemos fazer com o cabelo dela?

Não muita coisa, pareceu ser a opinião de Fleur.

Depois que o cabelo de Pauline foi penteado e preso em um coque simples, ela ficou encarando um reflexo nada familiar no espelho da penteadeira. Nenhum fio de cabelo fora do lugar, nenhuma mancha na renda de seu vestido.

A duquesa dispensou Fleur com algumas palavras em francês, depois olhou para o reflexo de Pauline no espelho.

– Vou fazer algo que nunca faço. Vou falar sobre o meu filho com você.

Pauline ficou boquiaberta, mas mesmo que soubesse o que dizer, a expressão da duquesa a impediu de proferir qualquer coisa.

– Eu sei, eu sei. Mas não posso conversar com meus pares sobre essas coisas, e nunca confiaria na criadagem. Estou ficando desesperada com Griff, e não tenho ninguém com quem conversar.

Griff?

– Ele mudou desde o outono passado. Notei isso no dia em que ele chegou a Londres. Meu filho era um malandro quando garoto. Depois que cresceu, tornou-se um jovem dissoluto, sempre jogando cartas com os amigos ou organizando festas descabidas em nossa propriedade de Winterset Grange. E sempre esteve rodeado de mulheres.

Sem dúvida, Pauline pensou. *A noite passada a tornava uma dessas mulheres?*

– Mas no ano passado, tudo mudou. Ele nem abriu Winterset no inverno. Ficou na cidade. Por qual motivo, não consigo imaginar. Ele não vai mais aos clubes, não assiste a espetáculos, não mostra interesse nos amigos nem na sociedade. E ainda tem esse quarto trancado.

– Um quarto trancado, Vossa Graça?

Pauline tentou não revelar como seu interesse no assunto aumentou. Com tudo o que aconteceu na biblioteca, depois, ela quase tinha esquecido de tê-lo surpreendido no corredor, na noite passada. Ele se comportava mesmo como um homem com algo a esconder.

Ele também beijava como um homem que ansiava por carinho e consolo. Mas ela não iria contar *isso* para a duquesa.

– Um quarto trancado – a duquesa confirmou. – Ele mantém um quarto, em seus aposentos particulares, trancado dia e noite. Apenas ele tem a chave. E não deixa nem as empregadas entrarem para tirar pó. É tão... perverso. Quem sabe o que ela está guardando ali?

– Espero que não seja uma coleção de cabeças cortadas. Talvez ele viaje pelo interior à caça de atendentes de taverna impertinentes, e eu serei a de número onze.

A duquesa bufou.

– Você não é a número onze. Você vai ser a primeira, e única, noiva de Griff.

– Mas eu sou uma plebeia.

– A linhagem Halford é robusta o suficiente para suportar a libertinagem do meu filho. Pode até mesmo sobreviver a uma plebeia como duquesa. Mas irá terminar, para sempre, sem um herdeiro homem.

– Mas o duque ainda dispõe de décadas para ter um filho. Você não acredita, honestamente, que ele irá se casar comigo.

– Ele *tem* que casar. Eu não posso esperar décadas. Você não compreende. – A duquesa parou por um instante. – Eu esperava que não chegasse a isto, mas agora vejo que não tenho escolha.

A mulher enfiou uma mão no bolso e a retirou, segurando algo pequeno e peludo.

– Pronto – ela declarou. – Veja só isso.

Pauline olhou para o objeto. Uma coisa tricotada, sem propósito determinado, feita de lã amarela. Parte parecia uma touca, outra, uma luva. Mas nenhuma parte estava bem-feita.

– O que é isso? – Pauline perguntou.

– É um terror! É isso o que é. Eu nem sei como isso acontece. Não faço nada do tipo desde que era uma garota de 14 anos. Mesmo na época era só bordado e crochê. Nunca tricô. Mas toda noite, durante os últimos meses, eu me sento à noite, com a intenção de ler ou escrever cartas, e três horas depois aparece uma *coisa* deformada e peluda no meu colo.

Pauline abafou uma risada.

– Vá em frente, ria. É ridículo. – A duquesa pegou a coisa tricotada e a revirou nas mãos. – É uma touca para uma cobra de duas cabeças? Uma luva para três dedos artríticos? Nem eu sei, e fui eu que fiz essa coisa. Que vergonha. Não posso deixar os empregados verem, claro. Tenho que escondê-las em uma caixa de chapéu e depois levá-las para o Hospital dos Abandonados às terças-feiras.

Pauline riu alto ao ouvir isso.

– Uma vida de elegância, controle e joias, reduzida a isto. – Ela levantou a luva distorcida e a balançou diante de Pauline. – Isto! É um absurdo.

– Talvez Vossa Graça devesse consultar um médico.

– Não preciso de pó nem tônico, Srta. Simms. – A duquesa se afundou em uma cadeira e apertou o novelo de lã no peito. A voz dela ficou mais suave. – Eu preciso de netos! Bebezinhos fofos e brincalhões para absorver todo esse afeto que está crescendo dentro de mim. Estou desesperada por netos e não sei o que vai acontecer comigo se eles não vierem. Uma manhã dessas Fleur virá me acordar e me encontrará sufocada por um cachecol com metros de extensão. Que destino!

Pauline pegou o tricô das mãos da duquesa e o examinou.

– Não está tão ruim, em alguns lugares. Eu posso lhe ensinar a fazer o punho da forma correta, se quiser.

A duquesa arrancou a peça de Pauline e a enfiou no bolso.

– Mais tarde eu vou aceitar suas lições de tricô. Esta semana você vai aprender a ser uma duquesa comigo.

– Mas, Vossa Graça não entende. Eu nem mesmo...

Pauline calou a boca. Estava na ponta da língua dela a frase, *Eu nem mesmo quero me casar com ele.*

Mas algo a impediu de dizer isso em voz alta. Um impulso para poupar os sentimentos da duquesa, ela decidiu. Nenhuma mãe gosta que maltratem seu filho, e seria impossível explicar por que uma atendente de taverna recusaria a oportunidade de casar com um duque.

De qualquer modo, explicações não eram necessárias. O duque em questão nunca se casaria com ela.

– Ele está me pagando – ela soltou, afinal. Pauline não achou justo deixar a pobre mulher com esperança. Afinal, Halford não a tinha feito jurar segredo. – Ele está me pagando para ser uma catástrofe. Para frustrar todas as suas tentativas de me refinar.

A duquesa bufou com delicadeza.

– Foi isso o que ele lhe disse porque é isso o que ele está dizendo para si mesmo. Griff não consegue admitir que está fascinado por você. E você também é orgulhosa. Se eu a acusasse de já estar apaixonada por ele, você também negaria.

– Eu... eu nego mesmo! Porque não é verdade!

Enquanto falava, Pauline sentiu o coração martelar no peito. *Mentirosa, mentirosa, mentirosa*. Ela *estava* apaixonada. Estúpida e impossivelmente apaixonada por cada coisinha a respeito do duque. Não, não do duque, do homem. Pelo modo como ele a ouvia com interesse genuíno, como impediu que ela caísse, e como a beijou com tanta paixão. O cheiro delicioso e viciante dele. Naquela manhã mesmo, Pauline fantasiou roubar da lavanderia a camisa suja dele para que pudesse escondê-la debaixo do travesseiro.

Oh, Deus! Isso era terrível. Ela sentia até mesmo *palpitações*.

Fleur voltou para o quarto com uma bandeja forrada de veludo, que colocou sobre a penteadeira.

Pauline ficou boquiaberta. A bandeja estava coberta de joias de todas as formas e cores, reluzentes em todos os tipos de arranjos: colares, pulseiras, brincos, anéis. Mas não eram de todos os tamanhos. Não, cada gema era uniforme e assustadoramente imensa.

– Isso é tudo – a duquesa disse, dispensando Fleur mais uma vez.

Ela se voltou para a bandeja de joias.

– Pérolas, não. Hoje, não – ela murmurou, empurrando de lado um cordão de esferas iridescentes do mesmo tamanho. – Topázio seria errado. E vão ser necessários alguns anos antes que você possa usar diamantes ou rubis.

Diamantes ou rubis? Aquela mulher iludida falava como se um dia todas essas joias fossem ser dela. Pauline não sabia como convencer a duquesa da verdade.

– Vossa Graça não me ouviu? – ela perguntou com um sussurro alto. – Gri... quero dizer, o duque está me pagando para fracassar. Ele só quer dar uma lição na senhora, para que nunca mais queira obrigá-lo se casar.

A mulher colocou as mãos nos ombros de Pauline. Seus olhares se encontraram no espelho.

– Quanto ele lhe prometeu?

– Mil libras.

A duquesa não pareceu impressionada. Ela colocou as mãos no rosto de Pauline e puxou para cima, alongando a coluna dela até a moça ficar ereta como uma vara.

– Pronto. Com a postura correta, você possui um pescoço maravilhoso para joias. – Ela inclinou a cabeça de Pauline para um lado e para outro. – Nunca deixe que lhe mandem usar esmeraldas só porque seus olhos são verdes. Isso é ideia de gente sem imaginação. Pensando só na cor, seus olhos são mais parecidos com peridoto. Mas peridoto sempre me parece lamentavelmente burguês.

– Não é comum alguém me dar conselhos sobre joias, Vossa Graça – Pauline disse, a voz abafada pelas mãos da duquesa emoldurando seu rosto. – Esta é a primeira vez.

A duquesa a soltou, virou-se e pegou um colar de pedras roxo-claro e filigrana de ouro na bandeja forrada de veludo.

– Esta é sua pedra: ametista – ela disse enquanto arrumava a joia no pescoço de Pauline. – Rara, majestosa, mas delicada o bastante para uma mulher jovem.

Enquanto as pedras se moldavam às saliências e reentrâncias de sua clavícula, Pauline fitou o espelho, fascinada. A duquesa estava certa – a cor da ametista ficava bem nela. O tom de violeta destacava os dourados de seu cabelo e lançava uma sombra rosada nas faces. Mas podia ser que o rosado viesse de sua agitação. Ela mal podia acreditar que algo assim estivesse tocando sua pele.

– Então meu filho lhe ofereceu mil libras – a duquesa disse. – Este colar, apenas, vale dez vezes isso.

Santa... Dez. Mil. Libras. Dez vezes mil libras. O número um seguido de quatro zeros. Pendurado no pescoço *dela*.

De repente, ela se sentiu tomada por um medo irracional e poderoso. O terror era tanto que ela não conseguia se mexer nem respirar. Se ela ousasse sequer mover a cabeça para um lado, a corrente podia se quebrar e toda aquela coisa inestimável cairia em uma fenda do assoalho – e nunca mais seria encontrada.

– Tenha em vista o prêmio maior, minha garota – a duquesa disse.

Pauline não pôde evitar de encarar a mulher grisalha pelo espelho. Estranho. Até então ela não pensava que a duquesa fosse louca.

– Vossa Graça, isso não vai dar certo. – Ela apontou para seu próprio reflexo. – Eu não sou o que ele quer, muito menos o que precisa. Ele é o 8° Duque de Halford, e eu uma atendente de taverna. Completamente errada. Só me escute falando. Olhe para mim.

– Não sou eu que preciso olhar para você. – A duquesa removeu o colar de ametista e o recolocou na bandeja, então gesticulou para Pauline levantar. – Venha. Nós vamos fazer uma experiência.

Estupefata, Pauline levantou da cadeira e a seguiu. Elas desceram até o térreo e a duquesa a conduziu até um salão grande e aberto. Quando entraram no aposento, ela se virou para Pauline e pôs um dedo sobre os lábios, pedindo silêncio.

Os tapetes tinham sido enrolados para as laterais do salão, e logo Pauline viu por quê. O aposento não era mais um salão de festas, mas uma espécie de ginásio.

Bem no centro, o duque e um oponente mascarado se enfrentavam. Os dois homens vestiam calças estofadas e apertadas na coxa, um colete estofado e uma camisa branca aberta. Os dois empunhavam uma espada esguia e brilhante. Nenhum dos dois notou que elas entravam.

– *En garde* – disse o homem mascarado.

A resposta foi um clangor de espadas.

Pauline observou os dois espadachins trocar golpes e fintas. A admiração a deixou sem fala.

Enquanto o oponente usava um capacete com uma trama metálica para proteger o rosto, as feições do duque estavam visíveis. Ela podia admirar cada ruga de concentração, cada gota de suor na testa dele. O esforço fez com que o cabelo dele grudasse na cabeça, em cachos castanhos, e com que a camisa colasse no tronco. A musculatura se revelava através do tecido branco e úmido, o que lhe dava a aparência de uma escultura de mármore ganhando vida. Braços, ombros, pernas, bunda... O físico dele era todo lindo.

O oponente mascarado disparou uma estocada em direção ao tronco do duque, mas este a desviou com um movimento ágil de sua lâmina e contra-atacou. Suas investidas e estocadas possuíam a elegância de uma dança, carregada de força mortal.

Enquanto os dois duelavam, as paredes ecoavam os sons impressionantes do aço cortando o ar e das lâminas estalando uma contra a outra. E o mais empolgante de tudo, os grunhidos de homens atléticos, causados por seu esforço físico. O espaço todo vibrava com energia viril.

Se Pauline vinha sofrendo de palpitações desde o beijo, aquela cena levou essas sensações a algo ainda mais profundo. Oscilações? Abalos? Ela preferia não encontrar um nome para isso.

No centro da sala, os homens travaram as espadas. A ponta brilhante estava a centímetros do rosto de Halford e, ao contrário de seu oponente, ele não usava uma máscara de metal para se proteger. Um movimento súbito da lâmina poderia arranhá-lo ou cegá-lo.

Cuidado, ela quis gritar. Mas a duquesa pôs a mão no braço de Pauline, contendo-a.

Enfim, com um rugido primitivo, os dois se separaram; cada um recuou vários passos. Enquanto enxugava o suor da testa, o duque virou, por um breve instante, a cabeça na direção das mulheres. Foi o bastante. Ele a viu.

Mesmo do outro lado do salão, Pauline sentiu o momento em que o olhar dele travou com o seu. O calor intenso fez sua pele formigar.

Halford deve ter sentido mais do que um formigamento, porque enquanto ele ficou ali, congelado onde estava, a lâmina de seu oponente cortou-lhe o braço. Uma linha de sangue vermelho rapidamente manchou a camisa dele.

– Oh! – Pauline levou as duas mãos à boca, horrorizada.

Por sua vez, a duquesa emitiu um som de satisfação.

– Eu diria que a experiência foi um sucesso.

Capítulo oito

Griff gemeu de dor, deixando a espada cair e apertando o ferimento com a mão livre.

– Droga, Del.

– Não é culpa minha. Por que você parou de defender? – O amigo empurrou a máscara de proteção para trás e passou os olhos pelo salão. Quando encontrou a Srta. Simms, ele abriu um grande sorriso. – Olá... Estou vendo, agora.

Olá, mesmo. Pauline fez uma mesura e Griff lhe deu um aceno rápido. Ele não deveria estar tão surpreso, mas não a via desde a biblioteca, na noite anterior, quando passaram todo aquele tempo conversando. E depois se abraçaram. E então se beijaram como amantes que estiveram aprisionados em celas separadas durante dez anos e seriam enforcados ao amanhecer.

Bom Deus. Bom Deus.

Ele tinha resolvido, hoje mesmo, procurá-la para ter uma conversa breve e profissional para acertar as coisas, garantindo que aquilo não aconteceria outra vez. Mas a conversa não deveria acontecer dessa forma. Os dois deveriam estar a sós, mas de forma segura. Quando ele estivesse tão exausto, após horas de prática vigorosa de esgrima, que não conseguiria nem pensar em desejo, e quando ela não estivesse tão... tão daquele jeito.

Você está bem?, ela articulou com a boca.

Não. Não, ele não estava bem. Griff se sentia devastado.

Ontem mesmo ela tinha lhe virado a cabeça com seu comportamento inadequado e todos aqueles cristais brilhantes de açúcar. No momento ela não brilhava; a Srta. Simms usava um vestido branco tão translúcido e puro que o calor bronzeado de sua pele brilhava através dele. Ela *resplandecia*.

Griff sempre adorou isso: o efeito natural de uma mulher sobre ele. Antes ele vivia por esses momentos de atração natural, instintiva. Quando uma fonte de feminilidade celestial entrava no ambiente e seu compasso interno se recalibrava. Era uma mudança sublime de seu caos interno para uma determinação objetiva. A diferença entre *Minha nossa, e agora?* e... *Ela. Eu fico com ela.*

Maldição. Ele a queria. Quis desde o primeiro instante. Griff compreendeu isso nesse momento, em que alguma parte amortecida dele começava a voltar à vida. Mas esse era o pior momento possível, e ela era a mulher menos provável. Qualquer efeito que Simms tivesse sobre ele, Griff precisava garantir, com toda certeza, que ninguém naquele salão – nem sua mãe, nem seu amigo, nem Pauline Simms – percebesse. Bem, a não ser pelo sangramento.

Virando-se para o lado, ele usou a lâmina da espada para cortar uma tira de tecido de sua camisa, que usou para aplicar sobre o ferimento.

– Vossa Graça. – Del estendeu uma perna à frente e fez uma reverência profunda para a duquesa.

– Lorde Delacre – ela respondeu, inclinando a cabeça.

– Vossa Graça faria a gentileza de me apresentar sua bela amiga?

Não comece, Griff pediu em silêncio. *Não com ela.*

Ele e Del tinham uma longa história de duelar pelas conquistas. Nos momentos mais inexperientes de sua juventude, eles até transformaram isso em competição, com apostas e um complexo sistema de pontuação. Fazia tempo que Griff tinha deixado isso tudo para trás, mas não havia como saber no que dizia respeito a Delacre. Talvez ele ainda estivesse contando seus pontos.

– Esta é minha convidada – a duquesa disse. – Srta. Simms, de Sussex.

– Srta. Simms de Sussex – Del disse. – É um verdadeiro prazer conhecê-la. Eu sou Lorde Delacre, de onde quer que me queiram menos. – Ele pegou a mão de Pauline e a beijou.

Ela arqueou uma sobrancelha para Griff, e foi como se ele pudesse ouvi-la provocando-o: *Você não beijou minha mão.*

Mas eu a salvei de cair e quebrar a cara, ele respondeu, também com um movimento de sobrancelha.

Por um momento, eles começaram a compartilhar um sorriso. Então foi como se os dois se lembrassem dos beijos que tinham se seguido a esse resgate... Para não mencionar da intimidade implícita em se conversar através de movimentos de sobrancelha enquanto outras pessoas observavam.

O pescoço dela ficou vermelho. Griff olhou para o lado.

– Não se preocupe com ele, Srta. Simms – disse Delacre. – Nós dois somos espadachins experientes. Os melhores de Londres. Temos que ser.

– E por quê? – ela perguntou.

– Porque somos os maiores libertinos. – Del piscou para ela. – Uma reputação de excelência na esgrima é a melhor defesa contra ser desafiado para um duelo. Nenhum homem, não importa o quão enraivecido esteja, colocaria a escolha de armas nas nossas mãos. – Ele colocou de lado a lâmina de treino. – Faz tempo que está em Londres, Srta. Simms?

– Cheguei ontem, meu lorde.

– Os pais da Srta. Simms não puderam apresentá-la à Sociedade – a duquesa interveio. – Então eu me ofereci para ajudar a garota a se refinar, na cidade.

– A julgar pelo corte no braço de Halford, eu diria que o começo é bem promissor – Delacre disse. Com a voz mais baixa, ele disse à duquesa: – Eu sei o que Vossa Graça está tramando. E como fiz um juramento de sangue para defendê-lo de todas as armadilhas do casamento, deveria me opor. Mas para variar, Vossa Graça, acredito que possamos ser aliados. Não há como negar que ele tem se comportado como um monge durante toda a temporada. Só que menos divertido.

– Eu ouvi isso – Griff disse.

Del o ignorou e continuou a se dirigir à duquesa em tom de confidência.

– É claro que não estamos totalmente de acordo. Você é a mãe dele, quer vê-lo casado. Como amigo, meu objetivo é diferente. Eu me conformaria vendo-o...

– *Del* – Griff o advertiu.

– ...sair de casa – Delacre concluiu, levando a mão ao peito com expressão de inocência. – Vendo-o sair de casa. O que você pensou que eu pretendia dizer? Você tem uma mente suja, Halford. Doente.

Irritado, Griff balançou a espada, uma ameaça muda, testando o braço ferido. Com amigos assim...

– Isso é ótimo. – Delacre bateu palma. – A Srta. Simms precisa ser apresentada à cidade. E Halford precisa usar...

– *Del.*

– ...as pernas. – Delacre levantou as mãos, bancando o inocente. – É óbvio que todos precisamos ir à festa dos Beaufetheringstone, esta noite.

– Tenho certeza de que vou dizer esta frase apenas uma vez na vida... – A duquesa suspirou e acrescentou: – Delacre, sua sugestão é excelente.

– É uma sugestão terrível – Griff resmungou.

– Até de noite, então. – Delacre recolheu suas coisas e fez uma reverência rápida. – Preciso ir. Tenho que incomodar três pessoas antes do chá, senão meu dia parece desperdiçado. – Da porta, ele apontou o dedo para Griff. – Mais tarde, você vai me agradecer por isso.

Oh, irei arrancar suas tripas por isso.

– Mas eu acabei de chegar – Pauline disse. – Não tenho nada para vestir.

– Garota – a duquesa arqueou a sobrancelha –, você tem tão pouca fé em mim.

Griff conhecia a mãe. Ele sabia como ela funcionava quando tinha um objetivo. Mas mesmo que ela conseguisse fazer a Srta. Simms parecer uma jovem lady, não conseguiria consertar o sotaque da garota, seu comportamento, a etiqueta deplorável e sua total falta de refinamento. Não em apenas um dia.

Ele não ficou preocupado. Não muito.

♔

Algumas horas mais tarde, Pauline entendeu por que o duque podia gastar mil libras em uma semana de distração para a mãe e ainda achar o preço bom. A duquesa conseguia gastar essa quantia em uma tarde. Duas vezes.

Primeiro, elas visitaram a modista – uma senhora de idade com turbante que parecia melhor preparada para adivinhar o futuro do que para costurar. Ela observou Pauline com olhos pintados, dramáticos.

– Oh, Vossa Graça – a mulher disse, em tom de desespero. – O que é isto que trouxe para mim?

– Ela precisa de guarda-roupa para uma semana – a duquesa respondeu. – Amostras com ajustes servem para hoje, mas vamos precisar de algo melhor para amanhã. Vestido matinal, de passeio e para a noite. Um vestido de baile para sexta-feira. E ela precisa estar arrebatadora. Sem comparação.

– Arrebatadora? Isto? – A modista estalou a língua. – Está pedindo demais.

A duquesa arqueou a sobrancelha e olhou severamente para a mulher.

– Eu não estou *pedindo*.

A sala congelou com um silêncio tenso.

Finalmente, a modista bateu as mãos e uma horda de assistentes se aproximou.

Pauline bancou o espantalho durante horas, parada de braços abertos enquanto costureiras fugazes a circundavam. Elas mediram cada centímetro de seu corpo com fitas, dos punhos aos tornozelos, e a cobriram com amostras de tecidos cintilantes.

Depois que as costureiras terminaram de picá-la com alfinetes, elas foram para a loja de tecidos, quando Pauline aprendeu quantos eram os tons de rosa: dezenas. A duquesa se debruçou sobre uma bobina após outra de cetim em tons de coral, rosa, framboesa, e um desagradável e flamejante que Pauline só conseguia descrever como "assadura". A duquesa comprou vários cortes de tecido e mandou entregar na modista.

Então elas foram ao armarinho. Depois à chapeleira e à luvista. Quando Pauline já tinha experimentado uma dúzia de pares de sapatos que lhe apertavam os dedos, chegou à uma conclusão: ter a aparência elegante e bem-cuidada exigia uma quantidade ridícula de trabalho.

Enquanto a duquesa orientava os criados em seus esforços para prender catorze pacotes e caixas de chapéu no alto da carruagem, Pauline voltou sua atenção para uma loja ao lado. Uma agitação feliz cresceu em seu peito. Era uma livraria.

Ela espiou através da treliça de losangos de vidros, absorvendo avidamente cada detalhe e gravando-o na memória. Na vitrine, o livreiro tinha feito uma exposição de títulos geográficos – em sua maioria, memórias de viagem de cavalheiros ricos. No centro jazia um atlas, aberto em um mapa colorido do mar Mediterrâneo. Notou o modo cuidadoso com que os volumes ainda não encadernados estavam arrumados nas prateleiras. Era impossível de identificar os títulos daquela distância. Estariam organizados alfabeticamente por título ou autor? Ou agrupados por assunto, talvez? Talvez estivessem organizados por meio de um método diferente.

Pauline lançou um olhar para a duquesa. Ela estava, ainda, ocupada com os pacotes.

– Não, não – ela dizia ao criado. – Esse tem que ir por cima. Não me importa que seja o maior. Ele não pode ser esmagado.

Uma dupla de senhoras saiu da livraria, virando-se para caminhar na outra direção. Pauline espiou pela vitrine outra vez. Ela não viu nenhum outro cliente na loja. Depois de escrever algumas linhas em um livro-caixa, o livreiro desapareceu por uma porta nos fundos.

A curiosidade de Pauline foi maior do que seu bom senso. Enquanto a duquesa cuidava dos pacotes, Pauline abriu a porta da livraria e entrou. Ela só ficaria por um momento.

Oh, mas poderia ter permanecido por semanas. O cheiro mais magnífico a alcançou quando entrou. Tinta, cola, couro e papel novo – tudo combinado com a quantidade certa de mofo. Era a mistura perfeita de conhecido e novo, como a sensação reconfortante de entrar na cozinha perfumada de temperos do Sr. Fosbury na época de Natal.

Além da vitrine, ela viu o balcão da livraria, com uma série de títulos identificadas como NOVAS EDIÇÕES. Amostras de vários tipos de encadernação em couro estavam expostas para a escolha dos clientes – preto, verde, vermelho, azul-escuro e um pedaço de couro de vitelo claro, tão lindo quanto inviável.

Ela caminhou até a prateleira e tocou na lombada de um volume. Um livro de poesia.

Pauline não tinha muito em comum com as aristocratas que visitavam Spindle Cove. Mas ela compartilhava do amor que elas tinham pela palavra impressa. Parecia que qualquer jovem com problemas para encontrar seu lugar na vida – fosse uma lady ou uma criada – podia encontrar um lar mais feliz nas páginas de um livro.

– Quem está aí?

O livreiro entrou pela porta dos fundos. Quando seu olhar afiado encontrou Pauline, ela tirou a mão do livro de poesia, cobrindo os dedos com a outra mão, como se os tivesse queimado. O homem a mediu, desconfiado.

– O que você quer, garota? Se está vendendo bolos ou laranjas, entre pela porta de serviço.

– Não, eu... Eu não tô vendendo nada. – A indelicadeza do sotaque dela ofendeu seus próprios ouvidos. Não importava o vestido novo, ela se entregou no mesmo instante. – Não estou vendendo nada – ela repetiu, preocupando-se em falar as palavras corretamente. – Só queria dar uma olhada nos livros.

O livreiro bufou.

– Se está procurando romances repugnantes, vai encontrá-los mais adiante, no Leadenhall. Não permito que garotas fiquem sujando meus livros.

– Estou acompanhando a Duquesa de Halford. Ela está à minha espera lá fora.

– Ah, é mesmo? – O homem riu. – Imagino que a Rainha de Sabá tinha outros planos para hoje. Agora saia ou vou expulsá-la com a vassoura. Este lugar não é para você.

Ela não conseguiu se mexer. As palavras dele a lançaram em uma lembrança antiga e dolorosa. Um livro arrancado de suas mãos rígidas. A dor que parecia partir sua cabeça ao meio. Palavras ríspidas e o zumbido nos ouvidos. *Isso não é para você, garota.*

Ela quis revidar, enfrentar o livreiro. Mas como? Pauline não tinha nada. Nenhuma moeda para gastar. Nem sotaque instruído ou conhecimento para provar que as suposições dele estavam erradas.

Ela foi acometida por uma tentação poderosa, infantil, de jogar um livro no homem, mas isso seria menos dramático que o açúcar, e seria uma ofensa ao livro.

Então ela apenas virou e saiu, as faces queimando e os dedos tremendo.

Algum dia, ela prometeu a si mesma, *serei dona da minha própria loja, repleta de livros adoráveis. E será um lar para mim e Daniela, e para qualquer um que precisar. Ninguém será colocado para fora.*

Na rua, a carruagem Halford parecia um bolo de quatro camadas, com caixas e pacotes amarrados sobre todas as superfícies disponíveis. Dentro da carruagem, a duquesa acenou para ela.

– Venha, Srta. Simms.

Pauline obedeceu. Ela aprendeu uma coisa em sua rápida pesquisa na livraria. Tendo visto os preços nas plaquetas, ficou sabendo uma coisa... Mil libras podiam comprar um grande número de livros.

Estava na hora de colocar de lado todos os pensamentos sobre beijos, palpitações e duques assombrados. Ela tinha sido contratada com um objetivo – ser um desastre – e não podia falhar.

Capítulo nove

Quatro anáguas. Pauline nunca sonhou que uma mulher pudesse usar quatro anáguas. Principalmente todas ao mesmo tempo.

Observando seu reflexo no espelho, ela decidiu que seria mais correto dizer que as anáguas é que a vestiam. Suas saias cor-de-marfim a deixavam tão grande que ela não sabia se passaria pelo vão da porta. Ela pensou que teria sorte se sobrevivesse à noite sem atropelar cachorros ou criancinhas. Que Deus a ajudasse caso ela precisasse se aliviar.

Conforme Fleur dava os últimos retoques em seu cabelo, Pauline encarava melancolicamente uma xícara de chá. Aquela seria uma noite longa e sedenta.

— Escute-me com atenção — a duquesa disse. — Há muita coisa em jogo esta noite.

Pauline concordou.

— Se você deseja conquistar a admiração da Sociedade, todos precisam vê-la. Nada de se esconder nos cantos ou atrás dos vasos de palmeiras.

Lembrete: ser a melhor amiga dos vasos de palmeiras.

— Mas embora seja imprescindível ser vista, é menos importante ser ouvida. Converse com as mulheres, mas não demais. Isso também vale para os cavalheiros, mas em dobro.

Qual parte? Conversar, ou não demais?

— Esta noite, você vai aparecer diante da nata da sociedade londrina. Deixe que a vejam como uma jovem dona de certo frescor. Uma pétala translúcida, envolta em mistério. Alguém que as pessoas adorariam dizer que conheceram, mas isso não aconteceu de verdade. Está me entendendo?

Ah, sim. Completamente.

No corredor, ela diminuiu o passo. Pauline não estava acostumada a usar saias tão pesadas, nem sapatos de salto. Seu modo de andar lembrava o de um potro recém-nascido, com pernas bambas. Talvez um potro recém-nascido e bêbado de aguardente.

Ao se aproximar da escada, o salto do sapato enganchou na borda do carpete, quase jogando-a no chão. Pauline se segurou em um aparador e sofreu durante vários segundos, em pura agonia, enquanto uma pastorinha de porcelana se balançava para frente e para trás, decidindo se cairia ou não.

– Srta. Simms. – Vários passos à frente, a duquesa se virou para encará-la. – Esqueceu como se anda?

– Eu sei andar – ela grunhiu para a pastorinha sorridente. – Só não sei como fazer isso vestindo todas estas coisas.

– Primeiro, fique ereta.

Pauline obedeceu, embora sentisse vontade de chutar para longe aqueles sapatos malvados e voltar para seu quarto.

– Pare de pensar nos seus pés. Imagine que há um cordão amarrado no seu umbigo – a duquesa aconselhou. – Agora deixe que ele a puxe para frente.

Incrível. Embora a sugestão da duquesa parecesse simples, funcionou. Quando Pauline se concentrou no meio do corpo, todas as outras partes se encaixaram. Seus pés se moveram um após o outro, e seus ombros ficaram naturalmente retos. Ela se sentiu mais alta e confiante. Flutuando.

Quando se aproximaram da escadaria, ela sentiu um nó no estômago. Sua cabeça produziu uma visão – a mais tola das fantasias, sem dúvida –, de que o duque estaria ao pé da escada, esperando por elas. Esperando por Pauline.

Oh, ela esperava que ele estivesse lá. Esperava que ele erguesse o rosto e a visse, e então a observasse, arrebatado, descer suavemente cada um daqueles vinte e quatro degraus, como se fosse uma névoa sedosa. Quando ela alcançasse o último degrau, ele pegaria sua mão e a beijaria com aqueles lábios fortes e apaixonados. E então ele sussurraria uma palavra só, reverente e contida: *Perfeita*.

Era uma fantasia ridícula e completamente absurda. E ela queria tanto que acontecesse que mal conseguia respirar. Depois daquele encontro com o livreiro, mais cedo, bem que ela gostaria de uma nova injeção de confiança.

Pauline chegou ao alto da escadaria. O duque não estava lá embaixo. Assim, ele não assistiu a Pauline rolar as duas dúzias de degraus, e quando enfim aterrissou, bruscamente, não houve beijos nem cumprimentos.

Elas tiveram que esperar, socadas dentro da carruagem, com saias gigantescas e tudo mais, por dez minutos inteiros antes que ele, afinal, se juntasse a elas.

– Francamente, Griff – a duquesa disse.

Mas ele não se desculpou.

– Eu precisava terminar uma carta.

Ele olhou de relance para Pauline e depois virou o rosto para o lado. E assim acabavam as fantasias de arrebatá-lo com sua beleza radiante. No escuro do interior da carruagem, com a cabelo puxado para trás com força e todas aquelas anáguas enroladas a sua volta, era provável que ela parecesse um camundongo afogado em um prato de merengue.

Dois minutos após partir da Casa Halford, a carruagem parou de novo.

– Chegamos – a duquesa anunciou.

– Sério?! – Pauline exclamou. – Nós poderíamos ter vindo andando.

A duquesa só lhe deu um olhar, e Pauline não precisou de tradução. *Duquesas não andam.*

Após apearem da carruagem, os três se juntaram a uma pequena multidão de pessoas bem-arrumadas que aguardavam em frente à porta da mansão.

– O que está acontecendo? – ela sussurrou para o duque, tentando não olhar para a horda de pessoas elegantes. – Por que paramos aqui?

– É um congestionamento. Estamos todos esperando ser anunciados pelo mordomo.

– Ele vai me anunciar pelo nome?

– É claro – o duque respondeu.

– Mas... faz vários anos que sirvo aristocratas em Spindle Cove. Todas me conhecem pelo nome. E se alguma delas estiver aqui, esta noite?

– Simms é um nome comum. E Sussex é um lugar grande.

– Elas têm olhos, além de orelhas. E se alguém me reconhecer?

– Então a verdade virá à tona, o jogo ficará mais interessante e todos vamos rir às custas da minha mãe. – Ele endireitou o casaco. – Mas, falando sério, do modo que você está hoje? Ninguém irá reconhecê-la.

Ele a mediu com um olhar demorado e possessivo. E, pela primeira vez nessa noite, Pauline pôde ver Halford bem iluminado e sem pressa.

Minha nossa. Fazia três dias que eles se conheciam. Podia mesmo ser essa a primeira vez que ela o via recém-banhado, barbeado e bem-vestido?

Parecia que sim. Se pudesse pensar que esses cuidados básicos não poderiam melhorar muito a atração masculina que ele exercia... mas melhorou. E como. O casaco preto e as calças creme ajustavam-se no corpo dele como uma segunda pele, abraçando cada contorno de seus ombros largos e suas coxas musculosas. Os pequenos toques de elegância – o rosto bem-barbeado, o cabelo penteado e a gravata ornamental – serviam para enfatizar a força bruta que jazia por baixo de tanto refinamento.

Ele estava mais lindo do que nunca. E o cheiro dele... Oh, ele tinha o aroma de um cheiro excitante e febril. Quando Halford se aproximou, ela inspirou. Aquela colônia almiscarada inebriante – o criado pessoal dele devia usá-la nas camisas, ao passá-las –, estava misturada com aromas de sabão e pele limpa de homem.

O que mais a abalou foi o brilho de fome no olhar dele enquanto a admirava. Como se fosse uma fera medindo sua presa. Avaliando o ponto mais macio para cravar seus dentes.

Será que ele havia se alimentado hoje?, ela se perguntou, de modo repentino e absurdo. Mas ela se deteve antes de fazer a pergunta a ele. Parecia uma pergunta zelosa demais para se fazer, e ela não estava ali para zelar por ele. Não importa o quão tentador fosse. *Lembre-se disso, Pauline.*

– Como está seu braço? – ela arriscou sussurrar. Ela não pôde evitar de se preocupar um pouco.

– Está bem. Não foi nada.

– Mas eu o vi sangrar.

Ele dispensou a preocupação dela com um gesto rápido da mão.

– Não se preocupe com meu braço, Simms. Precisamos conversar sobre seus seios.

O rosto dela ficou quente como brasa. Pauline olhou ao redor para ver se ninguém tinha ouvido.

– Eles parecem ter inchado e dobrado de tamanho. – Ele os avaliou descaradamente. – Eu deveria chamar um médico. Isso não pode ser saudável.

Pauline corou novamente.

– Você sabe muito bem que isso é efeito do espartilho. Minha saúde é perfeita.

A não ser por aquelas palpitações desagradáveis no peito. E pela dificuldade repentina de respirar na presença dele.

Halford estalou a língua.

– É melhor que sua conduta seja deplorável.

Isso não seria difícil.

Quando eles, enfim, entraram na casa, um criado lhes ofereceu uma bandeja com cálices de ratafia. Pauline voltou atrás em sua decisão de não ingerir líquidos nessa noite. Ela aceitou um cálice e tomou um longo gole.

Aquilo desceu como um chute nas costelas. Alguém tinha batizado aquela bebida com muito álcool.

– Maldição! – ela exclamou, engasgada com o gosto que ficou na boca.

O ambiente ficou silencioso. Em todo o hall, pessoas vestidas com elegância se viraram para encarar Pauline.

– Tem razão, Srta. Simms – a duquesa interveio, virando o rosto para a grande pintura de uma embarcação na parede oposta. – Mármore. Essas colunas são feitas de mármore.

Aos poucos a conversa voltou ao normal, mas Pauline não acreditou que a duquesa tivesse enganado alguém.

Uma senhora bem-vestida de meia-idade se aproximou, ladeada por duas cópias mais jovens de si, suas filhas, era óbvio. As três mulheres fitaram o duque com interesse antes de encararem Pauline.

– Vossas Graças – a mãe cumprimentou. – Que prazer vê-los aqui esta noite. Por favor, quem é sua encantadora amiga?

– Srta. Simms – a duquesa respondeu –, estas são Lady Eugenia Harrowes e filhas.

– Encantada. – Pauline fez uma mesura. – Lady Harrowes. Srtas. Harrowes.

Apenas umas poucas palavras e ela se entregou. As duas jovens elegantes deram risinhos por trás de seus leques. Se as duas riam na sua cara, Pauline só podia imaginar o que falariam depois.

– De onde você é, Srta. Simms? – a mãe perguntou.

– Sussex, minha lady.

– E quem é sua família?

– O pai dela é proprietário de terras – a duquesa interveio. – Os pais não podiam acompanhá-la a Londres, então eu a convidei para uma visita.

– Oh, Vossa Graça. – Lady Harrowes torceu a boca para Pauline. – Seu coração é tão grande.

Ela e as filhas se afastaram em uma onda de risadinhas, fazendo Pauline se sentir imersa em seu escárnio.

– *Harrowes*, garota – a duquesa a repreendeu, puxando-a de lado. – O nome da família delas é *Harrowes*.

– O que foi que eu disse? – Pauline perguntou, franzindo o nariz.

– Lady Horrores.

– Oh. – Estremecendo, ela procurou Lady Harrowes na multidão. A julgar pela boca retorcida da mulher e pelo olhar arrogante que deu em sua direção, Pauline ficou em dúvida se Horrores não lhe era mais adequado.

– Não, não – o duque disse. – Para mim, soou mais como Lady Hors-D'oeuvre. De qualquer modo, Horrores combinou com ela. A família toda é vil, e já estava na hora de alguém dizer isso para elas. – Ele pegou o cálice da mão de Pauline e o esvaziou com um único gole. – Vejo que vou me divertir esta noite.

O evidente prazer que ele tirava dos tropeços dela não a satisfez como deveria. Pauline tentou ignorar seu orgulho ferido. Satisfazer seu empregador era bom. Era com isso que ela tinha concordado – o conto de fadas da garota prática. Nada de transformação mágica. Nada de romance arrebatador. Apenas trabalho duro, bem-feito, e a loja de seus sonhos como recompensa. Então por que ela ficava esperando por algo mais? Talvez a ratafia estivesse embotando seu cérebro.

O incômodo que Pauline sentia só aumentou quando eles seguiram em frente e ela viu o elegante salão de festa. O teto se apoiava em muitas colunas – imensos pilares brancos que se elevavam vários metros. Ela nunca tinha visto tantas velas queimando no mesmo lugar.

– Não estou pronta para isto – ela choramingou.

– É claro que não está – ele disse. – É por isso que está aqui.

Ele ofereceu o braço e Pauline colocou a mão enluvada na curva do cotovelo dele. Então o mordomo anunciou o grupo deles do alto da escada.

– Sua Graça, o Duque de Halford. Sua Graça, a Duquesa de Halford. Srta. Simms, de Sussex.

Todos no salão lotado se viraram na direção deles. Pauline sentiu inúmeros olhares curiosos sobre si ao descer o curto lance de escada.

– O que acontece agora? – ela murmurou através do sorriso forçado.

– Nós vamos dar uma volta pelo salão – ele respondeu. – Depois iremos nos separar pelo resto da noite. Você vai ficar com a minha mãe.

– Onde você vai estar?

– Por aí.

Quando eles terminaram a volta pelo salão, ela fechou os olhos por um instante e pensou em forrar aquelas prateleiras do boticário com lindos livros novos, em dividir pratos de manjar com Daniela e em contar as mil libras que o duque lhe daria.

Distraída, ela não reparou na faixa de cera derretida no chão. Seu pé escorregou, de repente.

Saco, saco, saco.

O duque apertou o braço, puxando-a para perto e mantendo-a de pé. Dava para dizer que ele tinha executado o movimento sem pensar. Aqueles reflexos rápidos, de novo.

Ela se recuperou e eles pararam perto da tigela de ponche. A duquesa se afastou, iniciando uma conversa com uma mulher que usava um turbante enfeitado com penas de avestruz. Ela fez um gesto para que Pauline a acompanhasse.

– Vossa Graça – ela sussurrou para Griff. – Você precisa soltar meu braço agora.

– Não posso.

– Você não precisa bancar o cavalheiro bem agora. Sim, é assustador enfrentar todos esses estranhos, e tenho certeza de que o resto da noite vai ser uma aula de humilhação, mas foi para isso que me contratou essa semana. Deixe-me ir trabalhar.

– Eu... não consigo – ele disse e demonstrou, afastando-se alguns centímetros até que um ponto de tensão entre eles o puxou de volta. – Meu botão ficou preso.

Pauline tentou se afastar dele mas encontrou a mesma resistência. Com um olho na multidão curiosa, ela fitou o lugar em que a manga dele se prendia a sua lateral.

– Ah, não.

O vestido tinha sido ajustado com tanta pressa, que as costureiras deviam ter deixado um vão na costura. Quando ele a ajudou, momentos antes, o botão do punho do casaco enganchou em um fio solto. Estava totalmente enrolado, não dava para dizer quantas voltas o fio tinha dado.

– Eu vou me soltar – ele disse, com calma, colocando uma taça na mão livre dela e enchendo-a de ponche, só para que os dois tivessem algo para fazer. – Não tema. Transformei em profissão a arte de não me enrolar com mulheres.

Ele tentou de novo, pegando a manga com a mão livre e dando-lhe um puxão firme. Ele não conseguiu se soltar, mas Pauline sentiu o estalo tenebroso de um ponto de costura arrebentando. O ponche dela caiu da taça de prata, voltando à tigela.

– Não faça isso! – Ela agarrou o braço dele, mantendo-o parado. – Você vai rasgar a costura. Meu vestido vai se desfazer.

Não. Ele não faria isso.

Pauline passou os olhos pelo salão. Ela e o duque estavam parados ali, de braços dados e conversando baixo, por um minuto inteiro. As pessoas começavam a reparar. Todo mundo os observava, principalmente as mulheres. Algumas pareciam estar com inveja, como se desejassem ser elas de braços dados com Griff. Mas outras tinham uma expressão possessiva, como se já tivessem frequentado a cama dele.

Pauline teve certeza de que não importava a qual grupo essas mulheres pertenciam, todas adorariam vê-la sendo humilhada. E embora soubesse que esse era o objetivo da noite, isso seria...

– Você não faria – ela disse.

– Eu não faria – ele confirmou. – Quando eu arranco o vestido de uma mulher, prefiro estar a sós com ela. – Ele inclinou a cabeça na direção de um conjunto de portas do outro lado do salão de baile. – Vamos até o jardim para resolver isto.

Com o braço apertado à mão de Pauline, ele começou a conduzi-la de volta através do salão que tinham acabado de atravessar. Contudo, dessa vez eles não conseguiram progredir sem entraves. Outros convidados os detinham, chamando o duque para uma palavrinha ou duas de conversa. Ou três ou quatro ou cinco.

Pauline se limitou a respostas monossilábicas e sorrisos educados, tímidos, sem querer prolongar a conversa. O mais enlouquecedor foi que, quanto menos ela falava ou interagia, mais favorável era a reação das ladies e dos cavalheiros.

– Você precisa parar com isso – Griff disse, afastando-a de duas irmãs tagarelas.

– Parar com o quê?

– Parar de ser recatada.

– Só estou tentando ser breve – ela respondeu.

– Sim, mas é aí que está errando. Não existe nada como o silêncio para fazer com que você caia nas graças de gente pretensiosa. Isso dá espaço para que as pessoas falem delas mesmas.

– Halford! – Um cavalheiro de rosto vermelho apareceu do nada, detendo-os.

Deus do céu. Como era possível que eles tivessem andado tão pouco? As portas do jardim ainda pareciam estar a vinte metros de distância.

O homem sacudiu a mão livre de Griff com vigor.

– Não vejo você há séculos, seu malandro. Os boatos diziam que você tinha, finalmente, sucumbido à sífilis. – Ele deu um sorriso cheio de dentes para Pauline. – Quem é esta?

– Srta. Simms, de Sussex. Ela está em Londres como convidada da minha mãe. Srta. Simms, este é o Sr. Frederick Martin.

O cavalheiro fez uma reverência e em seguida deu uma piscadela para Griff.

– Você está bem possessivo com ela, não?

– Ela é nova em Londres, ainda está se ambientando.

No canto, a pequena orquestra soltou os primeiros acordes de uma valsa.

– Mas é claro que você me permite roubá-la para uma dança. – Martin estendeu a mão com uma luva branca e se curvou. – Srta. Simms, concede-me o prazer?

Pânico tomou o peito de Pauline.

– Oh, não posso.

– Halford não liga. Quando se trata de mulher, ele é sempre generoso.

Pauline não soube bem o que o homem queria dizer com essa observação, mas não gostou de ouvi-la.

– Ela não vai dançar com você. – O duque suspirou alto. Ele pareceu não conseguir acreditar nas palavras que estava para dizer. – Ela me prometeu esta dança.

Com isso, ele a afastou do Sr. Frederick Martin e a arrastou para a pista de dança. Pauline tentou não deixar o medo transparecer em seu rosto.

– O quê? Espere. Eu nem sei como...

– Só me acompanhe. É o único modo de conseguirmos escapar.

Eles saíram valsando pelo salão. Devido ao modo como a manga dele estava presa no vestido, Griff teve que manter o braço em um ângulo que o fazia parecer uma asa de galinha. Sem a mão nas costas dela, ele não conseguia conduzi-la do modo certo. Pauline teve que segui-lo na pista de dança com passinhos curtos, na ponta dos pés.

Enfim, eles chegaram às portas do jardim.

– Eu nunca tinha visto alguém valsar assim – observou uma senhora idosa.

– É uma variação húngara, madame. – Ele abriu a porta para Pauline. – A última moda em Viena.

Pauline não conseguia parar de rir quando eles chegaram ao jardim.

– Você pensa rápido, tenho que reconhecer.

– Agora, dê-me a liberdade – ele disse. – Solte-me.

– Você fala como se fosse culpa minha. É o seu botão. E só prendeu porque você foi superprotetor. Se tivesse me deixado cambalear um pouco, já poderíamos estar voltando para casa.

Ela colocou a mão livre entre os dois, mas logo percebeu que só conseguiria inspecionar direito a situação se estivesse sem as luvas.

– Minha luva – ela estendeu a mão para ele. – Ajude-me a tirá-la.

Primeiro ele desamarrou a fita que a prendia no cotovelo, depois começou a soltar a dúzia de botõezinhos que se estendiam do cotovelo ao punho. Fechá-los, no início daquela noite, tinha exigido dez minutos de muita dedicação de Fleur, a camareira francesa.

Ele os soltou em dez segundos.

– Algo me disse que você já fez isso antes – Pauline comentou, arqueando as sobrancelhas.

– Uma ou duas vezes.

Ou mil, ela imaginou.

Ele segurou o punho dela e levantou a mão até a boca, pegando o dedo médio da luva com os dentes. Então ele a puxou lentamente.

O movimento foi sensual, hipnotizador até. Quando ficou com a mão livre, Pauline não soube o que fazer com ela.

– Oh. Isso. – Ela colocou a mão entre eles, explorando o lugar em que o botão dele se encontrava com a costura de seu corpete. Ao toque, a situação parecia desesperadora. As tentativas de Pauline fazer uma avaliação visual eram frustradas por seu peito inflado artificialmente, que lhe obstruía a visão.

– Eu conseguiria enxergar melhor se não fosse por este espartilho ridículo – ela disse.

– Também sou bom em tirar espartilhos.

Pauline lhe deu um olhar de repreensão, mas ele não viu. Griff estava ocupado demais encarando os seios dela com seu olhar escaldante.

– Ra-ram – ela pigarreou.

– Desculpe. Sou homem. Esse tipo de coisa nos distrai.

Ela corou, satisfeita, embora se esforçasse para não se sentir assim. Homens podiam se distrair com facilidade, mas era raro que fosse Pauline a distraí-los.

– Que bom, então, que eu ainda tenho um pouco de concentração – ela disse. – Você precisa tirar o casaco. Assim vai ficar com as duas mãos livres. E se mesmo assim não conseguirmos soltar o botão, posso esperar aqui enquanto você vai buscar uma tesoura ou faca.

– Eu sabia que podia contar com sua inteligência.

Ele tentou desvencilhar o braço do casaco, mas não teve sucesso. A manga era justa, e o braço dele não era magro.

– Preciso do meu criado para fazer isto.

– Deixe que eu lhe ajudo. Sou uma criada, afinal.

– Segure o punho. – Ele estendeu a mão para ela.

Ela obedeceu e eles começaram a segunda dança absurda da noite: o duque ondulando o braço enquanto ela tentava segurar a manga – enquanto se preocupava em não deixar que o outro punho dele se soltasse e destruísse seu corpete. Toda vez que ele puxava o braço, também trazia Pauline para frente. Eles ficaram rodando em um círculo pequeno e inútil. Se a primeira valsa deles foi uma variação húngara, esta devia vir da Lua.

– Eu deveria trocar meu alfaiate por um menos preciso – ele grunhiu.

– Eu poderia tentar soltar pelo outro lado.

Virando-se de frente para ele o melhor que pôde, Pauline deslizou a mão por baixo da lapela, passando pela frente de seda do colete e sentindo a parede firme de músculo por baixo. O coração dela gaguejou quando ela roçou algo que parecia muito com um mamilo, mas ela prosseguiu, intrépida, subindo com a mão até o ombro dele em uma tentativa de soltar o casaco do corpo dele.

– Levante o braço um pouco.

Ele se encolheu, como se sentisse cócegas.

– Fique parado – ela disse. – Sou boa nisso, lembra? – Virando o braço e mexendo os dedos, ela conseguiu ir mais longe. – Ninguém consegue enfiar o braço tanto quanto eu.

– Santo Deus, Simms. Meu braço não é um bezerro, para ser parido.

– Estou quase lá. – Ela deslizou os dedos pela dobra do ombro e desceu um pouco pela manga.

– *Simms.*

Ela levantou os olhos. Eles estavam a poucos centímetros um do outro. Os lábios dele estava muito, muito próximos dos dela.

Sem querer, ela contraiu os dedos, enfiando as unhas no bíceps dele. Halford estremeceu.

– Oh – ela inspirou, consternada. – Sinto muito. Esqueci do seu ferimento.

– Não se trata do meu braço, Simms, mas de tudo. Estamos sozinhos no jardim enquanto um baile está acontecendo. Não consigo parar de olhar para seus seios e sua mão está... violando meu casaco. Está na hora de encararmos a verdade. Com relação às tentativas de evitar envolvimento, esta não está funcionando. Não mesmo.

– Mas... mas poderia ser pior.

– Não consigo ver como.

Ela não soube o que a fez dizer as próximas palavras. Elas apenas saltaram de seus lábios:

– Você poderia estar me beijando.

Capítulo dez

– *Beijar* você! – Griff exclamou. Ele tentou falar como se as palavras expressassem um sentimento distante, falado em um idioma estrangeiro, desconhecido, e não a mesma coisa que ele estava pensando.

Pauline estava tão perto, era tão quente. Os dois estavam enrolados e as mãos hábeis e impertinentes dela tocavam-no todo, lembrando-lhe de quanto tempo fazia que não era tocado, acariciado, tentado. Quanto tempo fazia que ele não recebia alguma atenção.

A desgraça disso tudo era que a atenção dela não lhe servia de consolo. Pelo contrário, aquilo o provocava, excitava. Inflamava não apenas o ferimento no braço, mas as câmaras esvaziadas e sensíveis do coração dele.

– Você tem razão – ele concordou. – Beijar é, sem dúvida, o que tornaria este momento ainda pior.

– Oh, Senhor. – Ela foi para frente até a testa tocar no peito dele. Depois ergueu a cabeça um pouco e a deixou cair para frente de novo. Após algumas repetições do movimento, ele compreendeu o significado por trás do gesto estranho. O peito dele era a parede de tijolos em que ela estava batendo a cabeça.

Blam, blam, blam.

– Isto é terrível – ela gemeu. – Não posso fracassar nisto também. Não posso. Minha vida antes já era bem ruim. Que tipo de pessoa incompetente e desgraçada fracassa em fracassar?

– Não estou entendendo.

Ela fungou um pouco, usando o lenço que se projetava do bolso dele para limpar o nariz – sem tirá-lo do bolso.

– Em Spindle Cove – ela disse –, eu e minha irmã somos conhecidas como as garotas Simms que têm boa *intenção*. Dizem isso porque nós não conseguimos *fazer* nada direito.

Os seios dela estavam, então, pressionados contra o peito dele, macios e tensos. Ele redistribuiu o próprio peso de um pé para outro. Não ajudou.

– Passar por humilhação não é novidade para mim – ela continuou. – No dia em que você apareceu na Touro & Flor, eu estava tendo a pior manhã da minha vida. Tudo deu errado. E eu concordei em vir a Londres com você porque essa era minha chance. Claro, eu pensei, ser um desastre social é *a única* coisa que eu sei fazer direito. Sou especialista nisso – a voz dela fraquejou. – Mas olhe só para isto. Não consigo ter sucesso nem em fracassar.

Ela remexeu a mão presa no fundo da manga dele. Aqueles seios contra o peito dele se agitaram como em uma dancinha.

Griff inspirou fundo. Ele tinha que assumir o controle da situação, e logo, ou perderia a cabeça de uma vez.

– Escute, Simms. Vamos ficar calmos.

Ele enviou uma mensagem mental para baixo: *Isso também vale para você.*

– Primeiro, tire sua mão da minha manga.

Ela obedeceu e ele sofreu a mesma tortura, só que ao contrário, enquanto ela arrastava os dedos por seu ombro e pelo peito. Mas depois que isso foi feito, ele pôde recuar um passo, colocando alguma distância entre eles, que ficaram, assim, enroscados em apenas um lugar.

Ele acenou com a cabeça para um banco próximo.

– Agora sente e me dê um instante que eu vou resolver isso.

Ele tirou suas próprias luvas e começou a explorar a ligação entre sua manga e o corpete dela. Griff encontrou o lugar em que seu botão tinha enganchado. A essa altura, aquela coisa tinha se enrolado várias vezes. Ele virou o botão para um lado e para outro, procurando alguma folga, resistindo ao impulso de puxar. Pressa só tornaria tudo pior. Aquele era um trabalho que exigia paciência. Paciência e força de espírito.

Deus, o que ela estava fazendo com ele. O cabelo cor de conhaque fazia com que Griff ansiasse por um drinque. Ele inspirou fundo. Que erro. Ela cheirava a sabonete francês, pó de arroz e algodão novo. Isso o fez querer, desesperadamente, saborear a pele nua dela. Percorrer com a língua a encosta delicada do pescoço, até a curva elegante do ombro. Para então descer... Descer, descer, descer.

– Eu havia planejado uma dúzia de maneiras de ser um desastre essa noite – ela disse com a voz baixa. – Pensei muito bem nelas todas.

– Que seriam...?

– Comer muito mais do que uma lady deveria, só para começar. Os cavalheiros detestam que uma lady se satisfaça.

– Nós detestamos? – Aquilo era novidade para Griff.

– É claro que detestam. – Ela lhe deu um olhar incrédulo. – Depois, eu iria dar muitas opiniões, sobre tudo. Uma lady nunca manifesta suas opiniões.

– Isso não pode ter sido ensinado pela minha mãe. Aquela mulher nunca teve uma opinião que não fez questão de compartilhar com todo mundo.

– Não aprendi isso com sua mãe. Eu li num livro. – A voz dela assumiu um tom afetado. – "A não ser bigodes, existem poucas coisas que cavalheiros consideram menos atraentes em uma lady do que opiniões políticas." Bem, eu não consegui fazer um bigode crescer, mas estou preparada para fazer seis comentários ultrajantes sobre a Lei dos Cereais.

– A Lei dos Cereais? – Ele não pôde evitar de rir.

– Você não acha inconveniente?

– Eu acho que você está superestimando, e muito, a capacidade dos homens conversarem sobre a Lei dos Cereais quando confrontados com uma visão destas.

Ele deixou seu olhar cair para o peito dela, o lugar que esteve, a noite toda, querendo admirar. Dois montes macios e claros pressionados nos limites do decote dela, como duas almofadas. A atenção dele ficou se alternando entre os dois.

– Tudo bem – ela disse com um sussurro divertido. – Eu também não consigo parar de olhar para eles. Este espartilho é uma proeza de engenharia.

– Eu acho que é feitiçaria.

– Você está certo quanto à ilusão. Veja. – Ela pegou a mão dele e a levou até o peito.

Griff congelou, sentindo o desejo disparar dentro de si.

– Tem enchimento de algodão no espartilho – ela disse. – Está sentindo?

Ela manteve a mão sobre a dele, moldando-a ao redor da bola de tecido e pele macia.

– Sim. – Ele engoliu em seco. – Estou sentindo.

Ele também conseguia senti-la. Quente, maleável e sedutora.

– Você vê? Não é real. Outro ponto negativo para mim. – Ela adotou aquele tom de voz estranho de novo: – "Uma lady que usa de artifícios para chamar a atenção de um cavalheiro *nunca* conseguirá a admiração dele."

Com profunda relutância, ele deixou a mão cair do seio dela.

– Acredite em mim, neste momento, eu bem que gostaria que você pudesse diminuir minha admiração. No momento, minha admiração está bem... grande.

Ela o fitou no fundo dos olhos e soltou:

– Eu não sou virgem.

Diabos. Com isso, a ereção dele foi ao máximo, com uma velocidade digna de um espadachim. Quando pensou melhor, ele não teve certeza de que poderia desembainhar uma espada de verdade com aquela rapidez. Se ele estivesse vestindo uma braguilha de metal, seu membro teria batido nela com um tinido audível.

– Isso não ajuda – ele disse. – O que a faz pensar que poderia ajudar? Eu também não sou virgem.

– Eu não pensei que você fosse, mas...

– Mas nada. Eu esperava ouvir algo como: "Eu tenho uma doença de pele nojenta", ou "Eu crocito como uma coruja quando tenho um orgasmo". Essas coisas seriam impedimentos. Não sei se o segundo exemplo é forte o bastante, na verdade. A curiosidade pode vencer o receio.

– Mas nobres não querem uma mulher que tenha perdido a virtude. A Sra. Worthington foi muito clara.

– Quem é essa pessoa terrivelmente mal informada que você fica citando? Sra. Wo-quem?

– Ela escreveu um livro de etiqueta. Você nunca ouviu falar? A *Sabedoria da Sra. Worthington para Jovens*. Foi lendo esse livro que eu fiquei sabendo exatamente o que uma jovem lady pode, ou não, fazer.

– Minha mãe que lhe deu isso? – O título parecia um pouco familiar, mas ele não acreditava que um livro assim pudesse pertencer à sua biblioteca.

– Não, não. Faz anos que eu o leio. Há cópias dele por toda Spindle Cove. A Srta. Finch, que agora é Lady Rycliff, queria retirar todas as cópias de circulação. Existem centenas delas na nossa vila, empilhadas por toda parte.

Griff franziu a testa, lembrando da primeira tarde na vila.

– Certo. Eu me lembrei. Havia pilhas desse livro. As moças estavam arrancando as páginas para decorar bandejas de chá.

Ela concordou.

– Elas tentam encontrar utilidade para o livro. As páginas eram usadas para fazer cartuchos de pólvora para a milícia, mas depois que a guerra acabou, elas começaram com a decoração de bandejas.

Griff não entendeu a lógica daquilo, mas não quis interrompê-la.

– De qualquer maneira – ela continuou –, alguns anos atrás eu levei um exemplar que estava na taverna para casa. Eu sabia que ninguém sentiria falta, e eu nunca tinha tido um livro. Eu precisava descobrir o que deixava aquelas ladies tão bravas. Pelo menos metade do livro é mesmo bobagem, concordo. Mas o resto tem apenas conselhos práticos. Receita de água de flor de laranjeira. Como escrever convites para festas e costurar suas próprias luvas de seda. Sugestões para conversa durante jantares sociais. Ler esse livro foi como espiar um mundo diferente através de uma janela, até... – ela baixou os olhos – ...até que meu pai o tirou de mim.

– Seu pai?

– Ele encontrou o livro. Eu o peguei com o olhar fixo na capa. Meu pai não lê muito bem, sabe. Mas, ainda assim, ficou encarando o título por muito tempo. Ele não precisou ler as palavras para entender o que aquilo significava: que eu queria algo mais.

Estendendo o braço, ela puxou uma folha de um galho baixo e a enrolou entre os dedos.

– Durante toda minha vida, ele não fez segredo de que eu era uma decepção. Ele queria um filho homem para ajudar na fazenda, e nunca escondeu o fato de que me achava uma inútil. Mas quando encontrou o livro... pela primeira vez, ele percebeu que eu podia não estar feliz com a vida que ele tinha me dado. Ah, isso o deixou tão bravo.

Griff também estava começando a ficar furioso. Não com ela. Nunca com ela.

– O que ele fez com você? – Griff perguntou.

Ela hesitou.

– Pode me dizer.

– Ele pegou o livro. – Pauline olhou para a folha de árvore em seus dedos. – E disse, "Isto não é para você, garota". E então ele me bateu no rosto... com o livro.

Vou matá-lo. Essa intenção ganhou vida no peito de Griff antes que sua mente pudesse conceber as palavras. Ele começou a criar fantasias complexas de como pegaria um cavalo e uma espada, para depois cavalgar até Sussex e ter um encontro muito curto com Amos Simms. Um que começaria com "Seu bastardo cara de rato" e terminaria em sangue.

Griff calculou quanto tempo a viagem iria demorar e quanta luz do dia ele teria ao chegar. E refletiu se permitiria que o homem implorasse por misericórdia, ou se iria diretamente ao...

– Eu tinha 19 anos – ela disse.

Ele fechou os olhos e inspirou fundo, obrigando-se a abandonar seus pensamentos a respeito daquele vilão distante que merecia ser destruído. Ele devia se concentrar na mulher que precisava dele ali, naquele momento.

– Dezenove – ela repetiu. – Uma mulher feita. Eu ajudava com a fazenda e ganhava um salário para a família. E ele me bateu no rosto como se eu fosse uma criança, só por querer evoluir. Aprender. – Ela deixou a folha cair no chão. – Então ele jogou o livro na lareira.

Griff soltou uma imprecação e deslizou pelo banco para mais perto dela. Ele tinha desistido de soltar o botão. Não dava a mínima para as pessoas na festa, para o que poderiam pensar ou concluir. No momento, seu único objetivo, nesse jardim – na vida, talvez – era protegê-la. E fazer com que ela se *sentisse* segura, o que, ele desconfiava, seria uma tarefa mais difícil. Pessoas demais tinham decepcionado Pauline nesse sentido.

– Mas não teve importância. – Ela levantou o queixo, corajosa. – Eu consegui outro exemplar. Dessa vez, eu o escondi em outro lugar. Quando esse livro desapareceu, arrumei outro. E depois outro e mais outro. Até que encontrei um modo de vencê-lo de uma vez por todas.

– Como?

Um sorriso curvou os lábios dela.

– Eu decorei o texto. Página por página, de uma ponta à outra. Guardei a coisa toda na memória. Ele não pode arrancar isso de mim, pode?

Com a ponta do dedo, ele virou o rosto dela para si. Os olhos de Pauline brilhavam com o reflexo das tochas. Ela era linda e corajosa.

Griff ficou assombrado com o louco caleidoscópio de emoções que Pauline inspirava nele. Violência, admiração, desejo ardente. A ternura que preencheu o coração dele era quase grande demais. Nenhuma mulher jamais fez com que ele sentisse essas coisas. Não todas de uma vez.

Ele aninhou o queixo dela em sua mão e acariciou a face linda que tinha recebido tratamento tão abominável.

– Você nunca mais vai voltar para esse homem.

– Não, não vou – ela disse. – Vou ter minha própria biblioteca circulante, abastecida com todos os livros que uma dama recatada nunca deveria ler. – Ela deu uma olhada para a casa. – Assim que eu conseguir voltar para esse salão de festas e fazer por merecer.

Ele estudou o perfil delicado dela, espantado com a força e a determinação gravadas ali. Pauline não devia saber como era impressionante. Talvez... Oh, droga. Talvez ele devesse dizer para ela. Abraçá-la, fazê-la olhar para ele e contar a verdade:

Você é linda. Inteligente. Está me virando do avesso e não gosto disso. Não quero gostar de você. Já sofri demais com mulheres que invadiram meu coração e depois de uma semana me abandonaram. Mas se eu não disser essas palavras agora mesmo, serei o mais baixo dos seres. Então aqui vai: você é extraordinária.

– Seu alfinete – ela disse.

– O quê? – A mente dele deu cambalhotas. Foi como se cavalos selvagens estivessem arrastando seus pensamentos para Patetaburgo, na Estupidolândia e, de repente, parassem bem diante de um precipício assustador.

– Seu alfinete. – Ela fitou, esperançosa, o diamante preso na gravata dele. – É a solução. Nós podemos usá-lo para cortar os fios.

Certo. Ela era inteligente demais para seu próprio bem. Os dedos dela voaram para a gravata dele e começaram a puxar o diamante.

– Como se solta isto?

– Tem um fecho. – Ele enfiou os dedos nas dobras de tecido para encontrá-lo. – Aqui. Eu seguro a parte de baixo e você o gira.

Ela segurou a cabeça do alfinete com a ponta dos dedos e começou a soltá-la.

– Cuidado agora – ele disse. – Vá devagar.

Do modo como aquela semana estava indo, não seria de admirar se ela soltasse o alfinete, escorregasse para frente no banco e enterrasse a ponta afiada em uma das artérias vitais dele.

– Está quase solto – ela disse.

Ele adorou o modo como as sobrancelhas delicadas de Pauline se moviam com a concentração, ou como o lábio inferior dela se dobrava sob os dentes. Ah, aquilo era mau. Finalmente, o alfinete dourado se soltou.

– Arrá! – Ela o segurou diante dos olhos, que brilharam de triunfo, como se ela tivesse soltado a espada da pedra ou como se aquilo fosse a chave para a caverna de Aladdin. O sorriso dela poderia ter iluminado a noite. – Nós conseguimos!

Ele não teve sorte. Ela errou as artérias vitais de Griff, mas enterrou aquela coisa no coração dele.

– Pronto – ela disse, soltando o botão. – Nosso acordo está salvo. Estamos livres um do outro.

– Não estou certo disso.

Ele a puxou para perto e tomou sua boca em um beijo. Griff se perdeu nela, certificando-se de que o gosto de sua boca continuava o mesmo, apesar da roupa nova e elegante; que embora as curvas do corpo dela pudessem ser apertadas e moldadas para exibição pública, ele sabia como elas eram: macias, quentes, fortes e cheias de vida. Ele a beijou, faminto, implacável, provando o sabor natural de framboesas maduras dos lábios dela, que ainda carregavam um toque inebriante de licor. Ele foi mais longe e mais rápido do que qualquer homem decente iria, porque esperava que, a qualquer momento, ela o afastasse. Mas não, Pauline apenas correspondeu ao beijo, trazendo-o para mais perto com uma inclinação da cabeça e um suspiro suave, etéreo. Tão generosa, tão dolorosamente delicada.

Quando ele se curvou para lhe beijar o pescoço, os dedos dela mergulharam em seu cabelo, enviando descargas de prazer pela coluna dele. Encorajado, ele desceu a mão para apalpar o seio, mas apalpou um punhado de enchimento de algodão.

– Maldito espartilho – ele grunhiu.

– Pensei que você gostasse do espartilho.

– Eu gosto disto. – Ele deslizou um dedo por baixo do decote dela. – Eu gosto de você.

Ela suspirou enquanto ele descia mais os dedos, desenhando a curva do seio redondo. Griff encontrou o bico teso do mamilo dela e o acariciou para um lado e para outro. Quando procurou a boca de Pauline de novo, a passada tímida da língua dela abalou-o por completo. Ela o acariciou mais uma vez e ainda outra. Como se o estivesse pintando com doçura em pinceladas lentas.

Um rugido baixo e selvagem de desejo cresceu dentro do peito dele. Griff queria enfiar as mãos por baixo daquele tecido incômodo e explorar a pele sedosa dela. Sentir o corpo nu junto ao seu. Fazê-la soltar sons de prazer que ainda não conhecesse.

Ele queria... *mais*. Horas, dias e noites disso; nenhum instante de solidão. Mas ele sabia que isso não funcionaria. Alguns dos momentos mais solitários de sua vida tinham se passado enroscado em alguém. Talvez ela não fosse inocente por completo, mas não importava. Ele se recusava a arrastar aquela alma doce e determinada para a depravação. Griff interrompeu o beijo e se afastou.

– Griff...

– Eu não deveria ter feito isto. – Ele tirou a mão do corpete e roçou os lábios dela em um beijo fugaz. – Eu sei que nós concordamos que isto...
– ele inclinou a cabeça e a beijou de novo, demorando-se – ...não deveria acontecer de novo. Porque é uma má ideia... isto.

Ele lhe deu um último beijo rápido.

Ela continuou com os olhos fechados. Aqueles cílios longos pareciam leques sobre as maçãs do rosto.

– O que é mesmo essa coisa que não estamos fazendo? Quem sabe você pode demonstrar mais *uma* vez.

Pelos anjos no céu. Ele queria demonstrar durante horas, em todo o corpo dela. Esse era o problema. Ele a beijou na ponta do nariz, uma vez.

– Isso.

Pauline abriu os olhos e o verde brilhante deles o devastou.

– Você é um provocador cruel – ela disse.

– Você é uma mocinha impertinente.

– Bem. – Ela sorriu e deu de ombros, satisfeita. – Era *isso* que você queria.

Sim. Maldição, era mesmo. Parecia que, depois de anos seduzindo todas as mulheres sofisticadas e experientes de Londres, uma atendente de taverna impertinente era exatamente o que ele queria. Mas Griff jurou para si mesmo, naquele instante... que nunca teria aquela mulher.

Capítulo onze

– A noite passada foi perfeita!

A duquesa despejou uma espiral precisa de mel sobre sua torrada com manteiga. Pauline imaginou, por um instante, se Vossa Graça tinha escolhido o pendente de citrino que usava no pescoço para combinar com o café da manhã. Mas colocou a questão de lado, era melhor resolver um enigma de cada vez.

– Perfeita? – ela repetiu. – A noite passada? Mas foi terrível! *Eu* fui terrível!

– Minha garota, não podemos discutir com os resultados. – Ela passou a mão por cima de uma salva de prata cheia de envelopes lacrados. – Já chegaram tantos convites.

– Isso não faz nenhum sentido...

– Faz *todo* sentido. Pense em pedras preciosas. Algumas gemas são valorizadas por seu corte e sua lapidação exclusivos, outras são cobiçadas por colecionadores mesmo que cheias de defeitos, apenas porque são muito raras.

– Mas eu não sou nem um pouco rara – Pauline protestou. – Sou exatamente o oposto. Sou comum.

A duquesa deu uma bufada contrariada sobre sua torrada.

– Ele *dançou* com você.

– Durante dez segundos inteiros. Talvez quinze.

– Foi mais que suficiente. Você não entende, meu filho nunca dança. Fazia anos que ele não dançava com uma moça solteira, com o objetivo exato de evitar especulações.

– Mas... – Pauline suspirou. – Ele só dançou comigo para escapar do amigo inconveniente.

– Vocês dois desapareceram no jardim e, quando voltaram, a gravata dele estava desarrumada.

– Nós *tivemos* que tirar o alfinete dele. O botão do duque ficou preso na minha costura e ele não conseguia soltar.

– Oh, eu sei que ele não conseguia se soltar. – A duquesa puxou um jornal dobrado de sob a pilha de envelopes. – Exatamente como foi noticiado no *Tagarela*: "O Duque de Halford, Enfim Amarrado".

Ah, não. Pauline se encolheu enquanto lia a coluna de fofocas do jornal. Como a duquesa tinha dito, estava repleta de especulações sobre o duque e a "misteriosa Srta. Simms".

Pauline não conseguiu se empolgar com sua fama repentina porque estava nervosa com o maior medo de qualquer garota comum como ela: perder o emprego.

Se a duquesa estava feliz com os resultados da noite passada, Pauline sabia que o duque não estaria.

Ele não poderia culpá-la pelo jornal de fofocas, poderia? Se aquela noite tinha terminado em qualquer coisa que não humilhação, a culpa era toda dele. Foi *ele* que a pegou quando Pauline escorregou, enrolando-se em seu vestido. Foi *ele* que dançou com ela, guiando-a até o jardim. Foi *ele* que a beijou. E a tocou com tanto carinho.

A duquesa jogou o jornal de lado.

– Fizemos um progresso excelente, mas ainda temos muito chão pela frente. E você está com os cotovelos na mesa.

Pauline os retirou a contragosto.

– Esta manhã nosso objetivo é talento.

– Talento?

– Da próxima vez que você comparecer a um evento social, vai ficar mais de uma hora. Como acontece com todos os jovens presentes, você pode ser chamada para se apresentar.

– Apresentar? – Pauline riu.

Oh, aquilo seria uma piada. Sua preocupação quanto a ter sucesso por acaso naquele treinamento de duquesa derreteu no mesmo instante – como a manteiga espalhada sobre seu pão quente e marrom, tostado uniformemente em um ponto perfeito. Nada de pão queimado naquela casa.

– Você pretende me transformar em uma mulher talentosa em apenas uma manhã? Isso é impossível.

– Eu pretendo encontrar o talento natural que você já possui. Deve existir *um*.

Pauline parou com a torrada a meio caminho da boca.

– Vossa Graça...

Ela colocou a torrada de lado, de repente sentindo-se desconfortável. A duquesa pensava que ela possuía um talento oculto. Ela, Pauline Simms. Era tão estranho – e ao mesmo tempo maravilhoso – ter alguém que acreditava nela, ainda que um pouquinho.

Embora Spindle Cove fosse cheia de mulheres não convencionais, nenhuma delas tinha tirado algum tempo para conhecer Pauline. Sua própria mãe era uma sombra triste e derrotada de mulher. Ela nunca teve alguém como a duquesa em sua vida – uma presença feminina forte, que não apenas *acreditava* que ela poderia ser algo mais que mulher de fazendeiro ou atendente de taverna, mas que exigia que ela *tentasse*.

Quanto mais ela dava valor à confiança que a duquesa demonstrava, contudo, mais Pauline se preocupava em como aquela semana iria terminar. Ela detestava a ideia de ver os sonhos da mulher desfeitos.

– Por favor, acredite quando eu lhe digo – Pauline começou –, nada matrimonial, nem de longe, vai suceder entre mim e o duque. Apenas... não vai acontecer. Apesar disso, Vossa Graça, estou começando a gostar de *você*, que tem sido gentil comigo em vários momentos, e eu sei que possui um bom coração por baixo de toda essa fleuma. Eu não quero que você crie grandes expectativas, só para ter seus planos arruinados.

Como resposta, a duquesa apenas lhe deu um sorrisinho. Ela pegou uma colher e começou a bater no ovo que jazia no suporte esmaltado. Uma delicada treliça de rachaduras apareceu na casca lisa do ovo.

Tap, tap, tap.

Pauline pegou sua colher e deu uma pancada forte e seca em seu ovo. Ela não sabia de que outra forma fazer a duquesa ouvi-la.

– Vossa Graça precisa me levar a sério. Estou tentando lhe dizer para desistir de sua esperança de ter netos – pelo menos concebidos por mim –, e você come calmamente um ovo cozido. Está perdendo a audição?

– De modo algum. Eu a ouço com perfeição.

– Mas está sorrindo.

– Estou sorrindo porque você disse "grandes expectativas" e "planos arruinados". Não "gandes" nem "planus".

Pauline cobriu a boca com a mão, chocada. Diabos. A duquesa estava certa. Ela *tinha* falado corretamente. O que estava acontecendo com ela?

Pauline sabia a resposta para essa pergunta. *Griff* estava acontecendo com ela. Quando o duque a beijava, sua cabeça girava, seus joelhos derretiam... e sua dicção melhorava. Língua solta e tudo mais.

– Maldição – ela murmurou na palma da mão.

A duquesa soltou um suspiro fraco e gesticulou para a criada pedindo mais chá.

– Mas seus "ãos" ainda precisam melhorar.

Griff acordou com a batida de... 9h30. Horas antes do normal. Ele sempre foi o tipo de pessoa que se sentia melhor à noite, e no último ano tinha se tornado um verdadeiro vampiro. Com muita frequência, ele ia para cama quando o sol raiava e acordava bem depois do meio-dia. Mas o fiasco da noite anterior tinha deixado claro que ele não podia cochilar durante outro dia de conspirações de sua mãe. Como foi que ontem deu tão errado?

Tudo começou com o vestido. Aquele maldito e inocente, translúcido e encantador, vestido branco. Ela tinha virado sua cabeça, e o resto do dia foi um erro após outro.

Se ele não tivesse perdido a concentração com Del, não teria se machucado. Se não tivesse se machucado, nunca teria concordado em ir ao baile. Se eles não tivessem ido ao baile, ele não teria estado com ela naquele jardim escuro e perfumado, deslizando os dedos pelas curvas tentadoras e contemplando atos de insanidade romântica.

A resposta para essa situação era simples: nada de vestidos novos. Nada de vestidos atraentes. Também nada de beijos, isso era óbvio. E, o mais importante, nada de surpresas.

Enquanto caminhava pela casa à procura delas, Griff passou por uma quantidade incomum de lixo. Detritos estranhos entulhavam todos os ambientes. Todos os tipos de atividades abandonadas apressadamente, como se os ocupantes da casa fugissem de um vulcão em erupção.

No salão, ele encontrou vários instrumentos de crochê e tricô jogados no divã e na mesa. Na sala matinal, um cavalete abandonado exibia uma aquarela arruinada. Ali perto, alguns lápis de desenho jaziam cruelmente partidos ao meio.

Ele escutou uma melodia abafada e andou na direção da sala de música. Quando entrou, não encontrou ninguém, mas cada instrumento do local, da harpa ao cravo, tinha sido descoberto, espanado e tocado.

Onde estavam os criados? Por que não estavam arrumando aquelas salas?

E ele continuou a ouvir aquela melodia estranha e lenta. Como se fosse uma caixa de música bêbada descendo em uma espiral mortal. A música terminou e foi seguida por um aplauso entusiasmado.

– Bravo, Srta. Simms – ele ouviu.

– Pode tocar outra para nós? – outra pessoa disse.

A melodia recomeçou e, com passos lentos e silenciosos, Griff acompanhou os sons até a sala de jantar. Ele abriu um pouco a porta.

Na outra extremidade da sala, viu Pauline Simms. Ela estava diante de cerca de quinze taças de água alinhadas sobre a mesa, cada uma com um volume diferente de água. Pauline batia nas taças com dois garfos. Griff não soube dizer se eram garfos de picles ou ostras. Então decidiu que essa preocupação absurda com garfos era o motivo pelo qual não era uma pessoa matinal. De qualquer modo, ela estava criando uma melodia animada com esses garfos, como se cada nota fosse parte de uma música.

Não era de admirar que a casa estivesse uma bagunça. Os criados da Casa Halford estavam reunidos à volta dela, assistindo à apresentação, parecendo arrebatados à espera de cada nota musical que emanava daquelas taças. Nenhum deles reparou em Griff parado à porta.

A música era apenas uma parte do espetáculo. Enquanto tocava, Pauline fazia caretas muito divertidas. Expressões delicadas de concentração, pontuadas por caretas dramáticas irresistíveis quando errava uma nota. Quando uma mecha de cabelo se soltou e ficou pendurada diante da testa, ela soprou, afastando-a sem perder o ritmo.

Ela estava se esforçando muito – demais, com dedicação total – para criar aquele espetáculo. Era absurdo, ridículo e completamente encantador.

Todos na sala estavam encantados, e Griff não podia dizer ser imune ao feitiço de Pauline. Ela estava magnífica.

Quando a última nota silenciou, todos os criados aplaudiram.

– Isso foi Handel, minha garota – a mãe dele disse, radiante de satisfação. – Como foi que você aprendeu essa peça?

– Escutando a professora de música da vila. – Ela deu de ombros. – As aulas de piano eram na Touro & Flor.

– Isso é musicalidade nata – a duquesa disse. – Você poderia traduzir essa habilidade para qualquer instrumento verdadeiro, com prática.

– Mesmo? Mas, Vossa Graça, não há tempo para pratic... – a voz foi sumindo quando ela levantou o rosto e viu Griff, parado no vão da porta.

Seus olhares se enroscaram. Sem perder o contato visual com Pauline, ele pôde sentir todos os outros do ambiente se virando em sua direção. Griff soube que tinha uma fração de segundo para tomar uma decisão. Ou ele seria pego encarando a Srta. Simms, exposto como o tolo enfeitiçado e cheio de desejo que era, em frente a sua mãe e todos os criados, ou podia fazer o que fazia melhor: esconder suas emoções por trás de uma máscara de presunção e indiferença.

Na verdade, não havia escolha. Ele iria bancar o cretino. Griff começou a aplaudir com palmas lentas e afetadas, e continuou por muito tempo depois que a sala silenciou. Por muito tempo depois que o sorriso tímido e cativante dela desaparecera. Ele deixou um último aplauso ecoar na sala silenciosa.

– Isso... foi... magistral, Simms – ele disse com seu tom de voz mais aborrecido, com ar de superioridade. – Com toda certeza você irá se destacar da turba de debutantes.

Ela baixou a cabeça, parecendo constrangida.

– É só um truque velho que aprendi na taverna. Algumas noites têm menos movimento. A duquesa perguntou do meu talento musical e isso é tudo.

– Você também faz malabarismos com canecas de cerveja? Transforma guardanapos de mesa em dobradura de garças?

– Eu... não. – Ela pôs os garfinhos sobre a mesa.

– Que pena.

– Com licença – ela murmurou e saiu correndo da sala de jantar pela outra porta.

Griff fitou o lugar vazio que ela deixou. Não esperava que Pauline ficasse tão abalada. Ela queria ser um fracasso, não?

Depois que ela se foi, todos os criados presentes se viraram em sua direção. Aqueles olhos soltavam raios de pura irritação.

– O que foi? – ele perguntou.

Higgs pigarreou, uma censura sutil.

Bom Deus. Ele tinha perdido os criados, sua lealdade. Fácil assim.

– Sério – Griff disse. Ele, que estava encostado no batente da porta, se endireitou, assumindo sua postura ducal. – *Sério*. Sou patrão de vocês há anos. Em alguns casos, décadas. Aumentos anuais de salário, presentes de Natal, dias de descanso. Então a Srta. Simms bate um garfinho em algumas taças e todos vocês ficam do lado dela?

Silêncio.

– Vocês, serventes, deixem de ficar parados e vão... servir.

Um desfile carrancudo de criados e camareiras passou por ele saindo da sala, deixando-o a sós com a mãe.

A duquesa abriu a boca para falar, mas ele ergueu a mão espalmada.

– Pode deixar que eu falo – ele disse. Griff era o duque, único responsável por seis propriedades, uma imensa fortuna familiar e aquela casa. Ele pretendia afirmar essa autoridade.

– Não sei o que mais você planejou para Simms esta manhã, mas pretendo participar. Chega dessa conspiração com compras em segredo, apenas para me surpreender com vestidos novos e sonatas em taças de água. Fui claro?

– Sim. – Ela levantou o queixo.

– Ótimo. – Ele bateu as mãos. – Então, o que está programado para hoje, agora que a música acabou? Seja o que for, vou acompanhá-las. Mais compras? Aulas de etiqueta? Alguma tentativa de expor a garota a arte ou cultura?

– Caridade – ela disse.

– Caridade?

– Sim. Terça-feira nós vamos ao Hospital dos Abandonados, que eu visito todas as semanas.

O Hospital dos Abandonados. Griff sentiu um peso no estômago. De todos os lugares, ele não tinha desejo nenhum de passar o dia em um orfanato.

– Você só tem uma semana com Simms. Por que não falta esta terça-feira?

– Porque isso é parte essencial dos deveres de qualquer duquesa; caridade para com os desafortunados. – Ela franziu a testa. – É parte essencial dos deveres de um duque, também.

Então ele notou aonde a mãe ia com aquilo e não gostou.

– Pensando bem – ele disse –, não posso ir.

– Oh. Por que não?

– Tenho um compromisso urgente. Acabei de lembrar.

Ela apertou os olhos.

– Um compromisso urgente com quem?

– Com... – Ele fez um gesto indeterminado no ar. – Alguém que precisa me ver. Com urgência. O administrador da propriedade.

– Ele fica em Cumberland.

– Eu quis dizer o advogado da família. – Ele olhou para a mãe de cima para baixo. – Decidi diminuir sua mesada quinzenal.

Ela bufou.

– Muito bem, então. Você pode discutir o assunto com ele hoje. O escritório fica em Bloomsbury, bem em frente ao Hospital dos Abandonados.

Griff suspirou. Droga.

Capítulo doze

Pauline ficou assombrada. Parecia que, em Londres, os órfãos viviam em esplendor palaciano.

O Hospital dos Abandonados era um edifício grande e majestoso em Bloomsbury, rodeado por pátios arborizados, com acesso através de um portão formidável. Dentro do prédio, os corredores e salões eram decorados suntuosamente com pinturas e detalhes esculpidos.

Enquanto caminhavam até o centro do salão principal, Pauline sentiu cãibra no pescoço, de tanto olhar para cima, na direção das obras de arte. Mas qualquer dor no pescoço era preferível à indiferença de Griff.

Ela não conseguia nem olhar para ele. Não depois daquela humilhação na sala de jantar. Não era como se ela se orgulhasse de extrair notas musicais do cristal, mas houve tanta malícia naquelas palmas lentas e presunçosas. Ela esperava que ele se mostrasse contrariado depois da noite passada, mas não estava preparada para crueldade. *Homens*. Criaturas tão caprichosas.

Ela devia ter aprendido a lição com Errol Bright. Sempre que eles conseguiam escapar por uma hora ou duas para ficarem juntos, o rapaz era carinhoso e cheio de promessas apaixonadas. Mas quando se cruzavam na vila, ele a tratava como a mesma Pauline de sempre. Primeiro ela se convenceu de que isso era romântico – eles tinham uma paixão secreta e ninguém podia saber. Enfim, ela percebeu a verdade dolorosa. Os momentos carinhosos de Errol eram apenas isso: momentos. Na verdade, ele nunca quis mais do que esses momentos de diversão. E agora ela tinha cometido o mesmo erro com Griff.

Na noite passada ele a fez se sentir linda e desejada, mas nessa manhã fez com que se sentisse insignificante e estúpida. Sem dúvida ela faria bem em seguir o conselho da duquesa: encontrar sua fleuma e se recusar a sentir qualquer coisa.

Mas Pauline não era assim. E se ela se perdesse de si mesma nessa semana, não teria mais nada.

Enquanto andavam pelo Hospital dos Abandonados, a duquesa declamava um monólogo contínuo:

– Esta instituição foi fundada no século passado por Sir Thomas Coram e vários dos homens mais importantes de Londres; nobres, comerciantes, artistas cujo trabalho você pode ver exposto. O quinto Duque de Halford era um dos mantenedores originais, e cada um de seus sucessores continuou a tradição.

Pauline não acreditou que o *atual* Duque de Halford desse importância para aquilo. Ele estava tão ansioso para ir embora daquele lugar, que Pauline e a duquesa praticamente corriam para acompanhar as longas passadas dele. Pauline não entendia por que ele tinha ido com elas, se preferia não estar ali.

Depois que passaram pelas salas públicas e chegaram à residência propriamente dita, a decoração do edifício tornou-se muito mais austera. Ficou óbvio que o esplendor palaciano era para exibição e não para benefício dos abandonados.

Eles passaram por um grande jardim com centenas de crianças. Todos meninos, vestindo uniformes marrons idênticos, e dispostos, bem-comportados, em filas.

– São tantos – Pauline murmurou.

A duquesa concordou.

– E esses são apenas os garotos em idade escolar. Na outra ala há um número semelhante de meninas. E centenas de crianças mais novas estão espalhadas por toda a periferia. Elas são aceitas bebês, quando as mães as deixam, e ficam conosco até encontrarmos famílias adotivas para elas. Depois voltam para nós, quando chegam à idade escolar.

– E então são retiradas dessas famílias também? Isso parece uma crueldade dupla, perderem não só a mãe que os trouxe ao mundo, mas também a única mãe que conheceram.

– Mesmo assim, estão em melhor situação que muitos – a duquesa disse. – As necessidades básicas deles são atendidas, e ainda recebem educação. Quando têm idade suficiente, recebem ajuda para encontrar empregos no comércio ou em serviços. Nossa própria Margaret, que é copeira na Casa Halford, foi criada aqui, bem como vários cavalariços e jardineiros da propriedade em Cumberland.

– É muita bondade sua pensar neles.

– Nós temos um dever, Srta. Simms. Para pessoas privilegiadas como nós, não basta ter boas intenções, é preciso fazer o bem.

Essas palavras atingiram um ponto sensível de Pauline. Por toda sua vida sonhou em melhorar a vida dela e de sua irmã. Até aquele momento ela não tinha conseguido isso, mas a Duquesa de Halford possuía poder, convicção e recursos para fazer o bem para inúmeras pessoas necessitadas. Isso ia muito além de colocar moedas na caixa da igreja.

De repente, o duque parou de andar.

– O que esse órfão infeliz está usando?

Ele acenou com o queixo para um banco no corredor. Nele estava uma criança, um garoto de talvez 8 ou 9 anos. Ele vestia o mesmo uniforme marrom que os outros órfãos, mas trazia na cabeça um objeto disforme, tricotado com o tom mais infeliz de verde.

Para Pauline, aquele desastre de lã parecia uma manga arrancada, mas o garoto tinha enfiado a coisa na cabeça. O objeto, que tinha um tom de verde apodrecido, a envolvia com um abraço torto, cobrindo a sobrancelha e a orelha de um lado, e ficando bem acima da têmpora do outro.

Pauline segurou o riso. Aquilo só podia ser obra da duquesa.

– O que é isso? – o duque insistiu.

– Acredito que seja um gorro – Pauline sugeriu.

– É uma aberração. – O duque se aproximou do menino. – Você aí, rapaz. Dê o gorro para mim.

O garoto se encolheu diante dele, levando a mão à cabeça e protegendo o rosto com a outra. Era provável que ele assumisse essa postura defensiva com frequência. Pauline notou que ele era um garoto pequeno. Pálido e magro, com um hematoma desbotado no lado esquerdo do rosto. Apanhava dos garotos maiores, sem dúvida.

– Você não quer me dar isso? Tudo bem. – Halford retirou seu chapéu de feltro com aba e o estendeu. – Pegue.

– O q-quê? – o menino gaguejou.

– Estou lhe oferecendo uma troca justa. Meu belo chapéu novo por seu... sua coisa.

O garoto, perplexo, tirou o gorro tricotado e os dois fizeram a troca.

– Vá em frente – o duque disse, depois que o garoto tinha o chapéu em mãos. – Pode colocar.

O menino obedeceu e colocou o chapéu do duque na cabeça. A coisa lhe desceu até as orelhas, mas empurrando-o para trás e olhando no vidro de uma janela próxima, ele conseguiu examinar seu reflexo.

Provavelmente porque ele estava se esticando, na ponta dos pés, mas... Pauline podia jurar que o garoto parecia ter ficado uns dez centímetros mais alto. Ela sentiu uma pontada perigosa no coração.

– Qual é o seu nome? – o duque perguntou.

– Hubert. Hubert Terrapin.

– Foi aqui que lhe deram esse nome?

O garoto concordou, melancólico.

– Bem, pelo menos o chapéu fica bem em você – disse o duque. Ele fez uma bola com a coisa de lã verde. – Levante a cabeça, então. Eu sei que você foi abandonado, mas com certeza as coisas não podem ser tão ruins quanto isto.

A duquesa pigarreou, impaciente, e o grupo continuou pelo corredor.

Enquanto caminhava, Pauline não pôde evitar de espiar o duque. Seu descontentamento com ele era uma coisa tão fugaz. Ao menor sinal de decência da parte de Halford, a raiva dela começava a passar.

Pauline apertou a mão em um punho. Então ele tinha dado um chapéu para um órfão. E daí? Ele possuía dezenas de chapéus e podia comprar dezenas mais. Distribuir dinheiro por aí não fazia dele um homem bom, só mostrava que era rico. Um homem rico com feições atraentes e fortes. Sem chapéu para esconder seu cabelo castanho e macio.

Ele deu uma olhada rápida para Pauline.

– Você não vai colocar? – ela perguntou, inclinando a cabeça para o "gorro" verde nas mãos dele. – Foi uma troca justa.

– É provável que esteja cheio de piolhos – ele disse e fez uma careta.

– Impossível – a duquesa protestou. – Esta instituição possui padrões rígidos de limpeza.

– Os padrões daqui são baixos – ele resmungou. – Isto é inaceitável. Eu sei que eles não têm dinheiro, são uns fedelhos destituídos, sem nada no mundo, mas precisam que lhes permitam manter a dignidade.

O estômago de Pauline revirou quando ela olhou para a duquesa, sabendo que o pacote que a outra carregava debaixo do braço estava, provavelmente, cheio de aberrações de lã como aquela – todas deformadas e inúteis. Mas cada uma delas era produto de esperança e amor materno.

Os insultos de Griff podiam não ser intencionais, mas com certeza deviam magoar a mãe. Aquela ferida era profunda.

Manchas coradas surgiram nas maçãs do rosto altas e aristocráticas da duquesa, mas essa foi a única reação que ela mostrou.

– Não estamos aqui para reclamar da noção de estilo dos abandonados. Hoje estamos aqui para inspecionar o berçário. Venham.

O berçário? Ao ouvir isso, Griff hesitou.

– Não.

– O quê? – A mãe se virou para ele.

– Eu disse não. Um homem tem que estabelecer algum limite e o meu fica no fim deste piso. – Ele gesticulou para os ladrilhos debaixo de suas botas. – Antes da porta do berçário.

– Vossa Graça não gosta de bebês? – a Srta. Simms perguntou.

– Não muito. Coisinhas barulhentas e fedidas, na minha experiência limitada. Acredito que já visitei estas instalações o bastante por hoje.

– Nós praticamente demos a volta toda nesta ala – a duquesa disse. – Se a sua intenção é sair, vai ser mais rápido se formos através do berçário.

– Eu sei muito bem o que você está fazendo. – Ele fitou a mãe com um olhar duro. – Você planeja me fazer entrar nessa sala e colocar uma criatura barulhenta e pegajosa nos meus braços, porque acredita que essa experiência vai me deixar vibrando de desejo de produzir minha própria criaturinha barulhenta e pegajosa. Talvez existam homens com quem essa artimanha funcione, mas posso lhe dizer que não vai funcionar comigo. – Ele começou a voltar por onde tinha vindo. – Estarei na carruagem.

– Espere. – Com uma mesura rápida na direção da duquesa, Pauline se juntou a ele. – Eu também vou. Dei uns espirros de manhã e não quero passar um resfriado para os bebês.

– Simms, você deveria ficar com a minha mãe.

– Você também. – Ela caminhou ao lado dele pelo corredor, dando três passos para cada dois dele. – Você não gosta de estar aqui, não é?

– Não, não gosto.

– Você poderia ser um pouco mais agradável. – Ela meneou a cabeça. – Estou começando a entender a frustração da duquesa e a ficar do lado dela.

– Minha família tem apoiado esta instituição desde a fundação. Não tenho nenhuma intenção de interromper essa tradição.

– Mas você poderia fazer mais.

– Muito bem. Vou doar uma quantia extra para aquisição de vestuário de outono. – Ele balançou o gorro em sua mão. – Não podemos deixar que esse tipo de coisa aconteça.

– Não precisa ser tão ofensivo, sabe. – Ela pegou o gorro dele. – É feio, com certeza. Mas também é evidente que foi feito com amor.

– Feito com amor? *Isso?* Foi feito com incompetência, se não com malícia.

– Você não entende... – Ela suspirou. – Você não está me entendendo, nem sua mãe. Quando eu disse que você poderia fazer mais, não quis dizer dinheiro. Você pode doar seu tempo e sua atenção.

Ele meneou a cabeça.

– Os médicos e as administradoras daqui não querem nada de mim a não ser uma contribuição constante.

– Eles parecem contentes com o envolvimento da sua mãe. Ela faz visitas regulares e traz... coisas.

Quando eles voltavam na direção do salão principal, passaram por uma sala vazia. Pauline notou um rosto familiar encolhido no canto.

– Hubert – o duque disse. – É você de novo?

O garoto se aproximou deles, triste e sem chapéu.

– O que aconteceu com seu belo chapéu novo? – Pauline perguntou. Mas o corte recente no lábio do menino revelava o que tinha acontecido. – Um garoto mais velho tomou de você, não é?

O menino fez que sim com a cabeça.

Ela puxou Griff de lado e sussurrou para ele.

– Griff, é isso que estou falando. Você pode fazer algo por ele.

Ele abriu as mãos vazias.

– Não tenho outro chapéu.

– Não, não. Agora há pouco você impressionou este menino e não teve nada a ver com o chapéu. Você falou com ele e o tratou como uma pessoa que *vale* alguma coisa. Converse com ele agora. Dê algum conselho masculino ou ensine-o a lutar. Isso pode ser benéfico para você, também. É bom se sentir útil de vez em quando.

Griff deu um olhar ansioso para a saída.

– Simms, você parece ter se esquecido de que é minha empregada. Eu a contratei para distrair minha mãe, não para me dar conselhos.

– Muito bem. Considere isso um bônus.

Bom Deus. A impertinência dela não tinha limites?

– Você é um homem poderoso – ela continuou. – E não é só por causa do seu dinheiro ou do seu título. Você tem a capacidade de fazer as pessoas se sentirem valorizadas, quando não está tentando fazê-las se sentir um lixo.

Ela não entendia. Ele queria ajudar o garoto, queria mesmo, mas não tinha condições de oferecer qualquer encorajamento agora. Aquele lugar perturbava suas vísceras. Todos aqueles passinhos infantis pisoteavam seu coração...

– Desculpe – ele disse, brusco. – Não tenho tempo.

Oof. O soco pareceu ter vindo do nada, embora, racionalmente, Griff soubesse que devia ter se originado na ponta do braço direito dela. Contudo, não havia dúvida quanto ao local que tinha acertado – bem no estômago dele.

Griff recuou um passo, desequilibrado.

– Hubert – ela disse, sem nunca tirar os olhos dos de Griff –, como Sua Graça não tem tempo, eu mesma vou lhe dar lições de luta.

– Simms, você não pode estar falando sério.

– Oh, mas eu estou. – Ela tirou as luvas com os dentes e as jogou de lado. Então, ela começou a rodeá-lo, com os punhos levantados, provocando-o. – O quê? Não vai se defender?

– Você sabe muito bem que não posso machucar uma mulher.

– Oh, por favor. Você é totalmente capaz de machucar uma mulher. É especialista nisso, eu diria. – Pauline fingiu dar um soco nas costelas dele, depois se afastou.

Era óbvio que ela estava brava com ele por motivos que não tinham a ver com chapéus e crianças abandonadas. Griff ficaria feliz em deixar que ela o socasse mais tarde, mas não aceitava aquela discussão ali, naquele momento.

– Para mim, chega. – Ele levantou as mãos.

– Ah, não, claro que não. – Ela se pôs na frente ele, bloqueando sua única rota de fuga. – Se não tem coragem para dar um soco, sei que pode encontrar outras maneiras. Que tal me xingar? Ofender minhas origens? Oh, já sei. Talvez possa começar com aquele aplauso lento, asqueroso.

– É disso que se trata? – Ele apertou os olhos para ela. – Você está chateada porque não aplaudi seu pequeno concerto com taças de água?

– Não – ela respondeu, na defensiva. Então pensou melhor. – Em parte. Você me magoou de propósito essa manhã.

– Nós temos um acordo, Simms. Você concordou em ser um fracasso. Estou lhe pagando muito bem pelo esforço. Pensei que era isso o que você queria.

– Sim, mas...

– Se os termos do nosso contrato não são mais satisfatórios, posso lhe mandar de volta para Sussex.

– Eu aceitei uma semana de escárnio da Sociedade. Não de você.

– Muito bem. Considere isso um bônus – ele disse.

– Oh, seu... – Com um grunhido, ela disparou um novo soco.

Desta vez ele estava preparado. Griff deteve o punho dela com a mão, cobrindo o pequeno bolo de dedos e segurando-o com firmeza.

– Eu lhe contei tudo ontem à noite. – As palavras que ela sussurrou continham farpas. – Meus sonhos, meus segredos. Tudo. E essa manhã você me tratou como se eu não fosse nada.

– O que você quer, Simms? – ele perguntou com a voz baixa. – O que você está querendo ouvir? Eu devo dizer que você é igual a qualquer lady bem-criada?

– Claro que não. Eu não quero ser parecida em nada com aquelas Horrores Harrowes, nem ninguém do tipo.

– Ah. – Ele concordou lentamente. – Estou entendendo. Você não quer ouvir que é igual a elas, quer ouvir que é *melhor*.

Ela não respondeu.

– Eu preciso considerar seu concerto de taças mais encantador do que qualquer ária italiana. Proclamar que seus modos rústicos do interior são um sopro de ar fresco na minha vida nublada de pecados. – Ele riu. – O que mais? Talvez você espere ouvir que sua pureza é o mais raro e inebriante dos perfumes. Seu cabelo cheira a grama, seus olhos são como discos de céu sem nuvens e, por Deus, você me faz *sentir* coisas. Coisas que eu não sentia há anos, ou nunca senti. – Dramático, ele levou a mão livre ao peito. – O que é esta agitação estranha no meu coração? Será que pode ser... amor?

Pauline ficou olhando para os botões do colete dele, incapaz de encará-lo.

Em algum lugar do cérebro de Griff, um fragmento de razão gritou que ele estava sendo um canalha e estragando tudo. Mas ele não estava agindo pela lógica, nesse momento. Griff estava dividido entre dois impulsos: a necessidade de afastá-la da ferida aberta que Pauline não parava de cutucar e do desejo impossível de puxá-la para perto, de possuí-la por completo.

Acima de tudo, ele precisava ir embora daquele lugar antes que ficasse cego e louco de tristeza.

– Eu a contratei por um motivo, Simms. Não estou procurando uma garota sem os vícios da cidade para me ensinar o significado do amor e me dar um objetivo na vida. E se você está procurando um cavalheiro bem-aventurado que adore seu espírito cheio de vida... talvez encontre algum aqui, em Londres, mas não serei eu.

– Que discurso... – ela sussurrou, aproximando-se. – Eu até que poderia acreditar, não fosse o modo como você me beijou ontem à noite.

A raiva dela era quente e palpável. Excitante.

– Oh, Simms. Que tipo de libertino incompetente você acha que sou? Já beijei muitas mulheres sem gostar nada delas.

Hum. Acredito que nunca vi um tom de verde assim. Esse foi seu último pensamento coerente enquanto encarava os olhos dela. Então o punho esquerdo de Pauline atingiu seu rosto, explodindo seu mundo com fogos de artifício vermelhos e dolorosos. Ele cambaleou alguns passos para trás, o crânio ecoando como um sino. *Bem, ele fez por merecer isso.* Quando sua visão recuperou o fogo, Griff a viu falando com o garoto.

– Essa é sua primeira lição, Hubert. – Ela estava agachada diante do garoto de olhos arregalados. – Não se preocupe com uma luta justa. A vida não é justa, ainda mais num lugar como este. Se você tiver uma oportunidade, aproveite-a. Não precisa ser correto com valentões.

– Eu cresci numa fazenda, sabe – ela continuou. – Um lugar pequeno e pobre. Cuidar das galinhas sempre foi tarefa minha. Pintinhos recémnascidos são as criaturas mais fofas, macias e, aparentemente, inocentes do mundo. Mas são animaizinhos selvagens. Eles matam seus irmãos e irmãs a bicadas se perceberem alguma fraqueza.

Enquanto a escutava, Griff sentiu suas próprias defesas baixando.

– É a mesma coisa em lugares como este – ela prosseguiu. – As bicadas vêm de baixo para cima. Os maiores atormentam os pequenos e os pequenos vão encontrar alguém menor para atormentar, e assim por diante. É a natureza dos pintinhos e também das crianças. Não fique sonhando que isso vai mudar. Você não vai conseguir bater em todos os valentões, e nem toda reza ou paciência do mundo irá convencê-los a mudar de atitude. Mantenha a cabeça erguida e garanta o que é seu. Sua comida, sua educação. Não desperdice nada que lhe derem. O pão vai direto para sua barriga, e tudo que aprender você pode guardar aqui. – Ela tocou a ponta do dedo na têmpora dele. – Guarde tudo, porque depois que está dentro de você, é seu. Ninguém vai conseguir tirar de você. Nenhum valentão da escola, nenhum professor mal-intencionado...

Nenhum pai violento, Griff acrescentou em silêncio. Ele a imaginou com uma mecha de cabelo pendurada sobre a face esbofeteada, enquanto decorava, escondida, lições de etiqueta e poesia entre uma obrigação e outra da fazenda. Lendo as mesmas palavras uma vez após a outra, até que estivessem armazenadas, guardadas dentro dela, onde ninguém poderia roubá-las.

– Nem mesmo um duque – ela concluiu.

Hubert observou o vestido de seda dela, com um laço grande.

– Você, minha lady? Cuidou de galinhas em uma fazenda?

– Cuidei. E quando criança, aguentei minha cota de surras. Mas fiquei com o que era meu, como lhe disse. Foi assim que cheguei até aqui. E se está impressionado comigo agora... – Ela se levantou e bateu no ombro do garoto. – Venha me ver na semana que vem. Vou estar mais rica do que nunca.

Com um olhar furioso para Griff, ela saiu da sala.

Ele foi atrás, mancando um pouco por causa da dor no... em tudo. Por Deus, o que essa mulher estava fazendo com ele? Ele perseguiu os passos curtos dela pelo corredor, alcançando-a na entrada principal do edifício.

– Escute – ele começou a falar, segurando-a pelo braço no alto da escada. – Essa manhã eu não estava tentando ser o pintinho selvagem, nem o valentão que dá bicadas ou seja lá com o que você me comparou.

– Não se desculpe, por favor. Senão vou me sentir obrigada a me desculpar por socá-lo, e não quero me desculpar por isso. Nem um pouco.

– Não estou me desculpando, só explicando. Eu não pretendia ferir seus sentimentos, Simms. Mas se eles são mesmo assim tão frágeis, não deveria deixar que eu me aproximasse deles. Já lhe disse que não sou um príncipe.

Ela endireitou os ombros, aparentemente tomando alguma decisão.

– Você tem razão, eu fui avisada. E não deveria ligar para o que você pensa.

Não, espere, ele teve vontade de se contradizer. *Eu retiro o que disse. Você deveria ligar. Por favor, ligue para o que eu penso.*

Porque ele pôde ver no rosto dela que, como se não fosse nada, Pauline tinha decidido que não precisava dele. Ela seguiria o conselho que tinha acabado de dar para Hubert: completar sua semana de trabalho, pegar as mil libras e nunca mais pensar nele.

Griff *queria* que ela pensasse nele. Não só durante essa semana, mas sempre. Que cretino ele tinha sido, atraindo-a com todos aqueles elogios que ela podia querer ouvir. Griff se enxergou com clareza, então. Era ele quem ansiava por aprovação. Ele queria que Pauline lembrasse dele muito tempo depois que aquela semana acabasse, como o duque atraente e benemérito que a levou para Londres e mudou sua vida. Não importava que outras decepções acrescentassem ao legado de sua família, Griff poderia se consolar se soubesse que havia uma livreira nos confins de Sussex que o idolatrava. Que acreditava que ele possuía um coração puro, cavalheiresco, de ouro – ou pelo menos prata – escondido debaixo da arrogância e dos pecados.

Ela deveria ser a única coisa boa que ele tinha feito. E no momento Pauline olhava para Griff como se ele fosse um inseto.

– Você tem *toda* razão – ela disse enquanto eles saíam pelo portão da frente, onde ela parou no meio do caminho. – É claro que sim. Eu fui uma tola, desejando que você gostasse de mim, que me aprovasse. Para começar, se você aprovasse algo em mim, não teria me contratado.

– Isso não é verdade.

Agora que os dois estavam fora do orfanato, ele conseguiu respirar outra vez. Havia muita gente por perto para ele fazer o que realmente queria – puxá-la para si, para um abraço que poderia reconfortar ambos. Ele se conformou em ajeitar a manga dela.

– Você não entende, Simms.

– Oh, eu entendo perfeitamente – ela disse, olhando para a mão dele em sua manga. – Você tem instintos bons e generosos, mas estão sufocados debaixo de toda essa fleuma aristocrática. Você está tão asfixiado com isso que tem medo de gostar de qualquer coisa. Ou, pelo menos, tem medo de mostrar que gosta.

Começou a chover então. Gotas pesadas e frias que atingiam a calçada com força audível. Em instantes, a umidade colou a roupa nas costas dela e grudou mechas de cabelo em seu rosto, fazendo-a parecer pequena e solitária.

– Simms...

Ela se afastou do toque dele.

– O que foi, Griff? O quê? Você tem algo para me dizer agora? No meio de uma rua movimentada, com gente por perto... E não em um jardim escuro, nem em uma sala trancada?

– Eu... – Ele apertou os dentes. – Muito bem. Eu gosto de você.

– Você "gosta" de mim.

– Gosto. Na verdade, eu gosto de você muito mais do que deveria. E gosto exatamente porque você *é* toda errada.

Ela o encarou, apertando aqueles deliciosos lábios cor-de-framboesa. Horas demais tinham se passado desde que ele a beijou. Ele praguejou.

– Não estou explicando direito. Não estou acostumado a fazer esse tipo de discurso. Mas podemos declarar uma trégua? Encontrar algum lugar para que possamos...

Antes que ele pudesse concluir o raciocínio, uma mulher vestindo uma capa escura, disforme, chegou correndo até Griff. Ela parecia um corvo surgido do nada.

– Por favor, meu senhor. Eu n-não posso... – Ela soltou um soluço no fundo do peito. – Por favor.

Ela saiu correndo com a mesma rapidez, e Griff precisou de vários instantes para registrar que ela tinha deixado algo para trás... Um bebê. Aninhado em seus braços. *Oh, Jesus.*

Olhos azuis, cinzentos, dedinhos agitados. Não dava para perceber nariz nem pescoço, só dobrinhas, da cabeça aos dedinhos dos pés. Cristo, por que todos eles tinham que ser tão parecidos?

– Oh, meu Deus – Pauline disse. – A pobre mulher.

– Por q... – Ele afastou um pouco a criança do corpo. Os braços dele estavam congelados pelo choque. – Onde ela está? Aonde ela foi?

– Não sei. Ela devia estar querendo deixar a criança. Deve ter ficado com medo de entrar.

Griff vasculhou o entorno movimentado com o olhar, esperando, tolo que era, que um lampejo de lã escura se destacasse da multidão que usava lã escura. Era provável que ela estivesse por perto, que o observasse naquele instante – aquele nobre rígido, inútil, a quem tinha confiado seu filho – enquanto sentia o arrependimento crescer.

A criança soube que algo de errado tinha lhe acontecido. Ela uivou para Griff, com o rosto enrugado e vermelho, abanando, raivosa, os punhos fechados. Gotas de chuva borrifaram seu rosto e seu cobertor. Ela abriu tanto a boca que seus lábios pareceram sumir. As gengivas sem dentes e a linguinha estavam escarlates de fúria.

Você é um maldito duque, o bebê pareceu gritar para ele. *Com 1,80 m de altura, 80 kg. Faça algo, seu inútil. Dê um jeito nisto!*

– O que nós devemos fazer? – Pauline perguntou.

– Eu...

Griff não sabia. Ele queria, de todo coração – ainda que este fosse uma casca vazia –, acalmar os nervos da criança. Mas não conseguiu. Ele simplesmente não conseguiu.

Ele passou o bebê para os braços de Pauline, murmurou algumas palavras de desculpa, das quais não se lembraria mais tarde, virou e saiu andando na chuva.

– Vossa Graça! Griff, espere!

Ele podia ignorar os gritos dela, mas os lamentos da criança ficaram mais altos que a algazarra das ruas, que o metralhar da chuva. Aqueles berros de acusação sem palavras o seguiram por todo caminho até a rua.

Assombraram-no por quilômetros.

Capítulo treze

Bem cedo, na manhã seguinte, Pauline acordou ainda no escuro. Ela enrolou o corpo com um robe, acendeu uma vela e desceu a escada até a biblioteca.

Não encontrou o homem com quem passou a noite agitada se preocupando e sonhando. Mas encontrou algo quase tão interessante. Os livros obscenos.

Ela pegou um volume da prateleira, acendeu o fogo da lareira e se acomodou.

Cerca de uma hora depois estava imersa em um encontro escandaloso – o amante de uma leiteira tinha colocado as mãos debaixo das saias dela e subia cada vez mais, determinado – quando a porta da biblioteca se abriu com uma corrente de ar gelado.

Ela se assustou e ergueu a cabeça. Sua atenção foi tirada bruscamente da história, como uma folha de papel arrancada. Fragmentos de luxúria continuavam grudados nela. Pauline estava tão corada que ficou preocupada com a possibilidade de seu rosto estar brilhando.

Ainda bem que o intruso não era um criado nem a duquesa. Era apenas Griff. Mas ela não podia chamá-lo de "apenas Griff". Ele nunca seria "apenas" nada. O intruso era Griff, o homem que mudou sua vida, que confundia seu coração e com frequência a enlouquecia.

E ela não sabia como eles tinham ficado, depois de tudo o que aconteceu no dia anterior.

Ele deu um breve olhar sombrio para ela. Pauline não soube dizer se ele estava feliz por vê-la ou o contrário.

– Você, acordada a esta hora? – ele disse.

Ela fechou o livro com o dedo no meio, marcando a página.

– Eu acordo cedo todas as manhãs. No fundo, sou uma garota do campo. Parece que não consigo dormir depois das 5 horas.

Quando ele tirou o casaco e o pendurou nas costas da cadeira, ela reconheceu como o casaco que ele usava da última vez que o viu. O rosto estava com a barba por fazer. Ele também continuava sem chapéu, e parecia tão infeliz como quando a deixou no portão da frente do Hospital dos Abandonados, com um bebê aos berros nos braços.

O que quer que ele tivesse feito durante a noite, a atividade não o animou.

– Você acabou de chegar? – ela perguntou, esperando não parecer muito controladora ou... bem, muito *esposa*.

Ele concordou.

Que bela ilustração das diferenças entre eles. Essa hora significava um despertar mais cedo para ela, mas uma chegada tardia para ele. Os dois eram, literalmente, noite e dia. Mas mesmo a noite e o dia se encontram em algum momento.

– Por onde você andou? – ela perguntou.

A resposta dele foi um suspirou lento e cansado.

– Simms, eu honestamente nem sei.

– Oh. – Ela engoliu em seco. – Bem, estou feliz por você estar aqui agora.

Sem falar nada, ele atravessou a sala até a escrivaninha, enrolou as mangas desabotoadas e acendeu duas velas. Em seguida sentou e observou o mecanismo quebrado do relógio que tinha deixado ali na noite passada.

– Espero que sua noite tenha sido mais animada do que a minha – ela disse, tranquila. – Depois do jantar, sua mãe me fez ler a Bíblia para melhorar minha dicção. Ela me disse para ler apenas as palavras com *R*. Rei, Israel, Raquel. Um tédio. – Ela mostrou o livro que tinha em mãos e o abriu na página em que estava. – Agora que encontrei os livros obscenos, o exercício ficou mais interessante. Du*r*o como g*r*anito. Encont*r*o ca*r*nal.

Quando mesmo isso não conseguiu extrair um sorriso dele, Pauline colocou o livro de lado e se enrolou sobre a cadeira. Apoiando o queixo nos joelhos, ela o observou através do véu da escuridão.

Alguma coisa estava muito, muito errada. Em uma palavra (com dois *erres* no meio, a propósito – ela parecia só pensar nisso, agora), ele estava horrível. E parecia assombrado, também; até mais do que na primeira noite.

Parte dela desconfiava que ele precisava de um ab*r*aço.

Mas ela não sabia como fazer aquilo. Tentar não parecia muito aconselhável, por várias razões. Porém havia algo que ela podia fazer por ele – uma habilidade aprendida ao longo de anos de prática.

Ela levantou da cadeira, andou até o bar no canto da sala e serviu um drinque para ele.

– Quando eu comecei a trabalhar na taverna, anos atrás, o Sr. Fosbury me disse que eu tagarelava demais. – Ela observou o líquido âmbar encher o copo. Ao tampar a garrafa, ela fez a voz grossa, imitando o patrão: – "Pauline", ele me disse, "você tem que aprender a diferença entre os homens que entram querendo conversar e os homens que só querem ser deixados em paz".

Após atravessar o tapete com passos lentos e cuidadosos, ela colocou o copo sobre a mesa, a centímetros do cotovelo de Griff. Ele não olhou para a bebida nem para ela, apenas esfregou o rosto cansado e observou o relógio quebrado. Como se encarando a coisa por tempo suficiente ele pudesse fazer as engrenagens se colocarem em movimento. Talvez até fazendo o tempo voltar.

– Eu segui o conselho dele – ela continuou – e aprendi a tomar cuidado com minhas conversas. Mas também aprendi que o Sr. Fosbury tinha errado numa coisa. Existem homens que querem conversar e outros que não. – Tomando coragem, ela colocou a mão no ombro de Griff. – Mas nenhum deles quer ficar sozinho.

Ele inspirou fundo. O ombro forte, coberto pela camisa de algodão, subiu e desceu debaixo da mão dela.

Pauline contou em silêncio até cinco, o mais lentamente que seus nervos permitiam. Nada. Muito bem, então. Ela tinha lhe dado uma chance. Meneando a cabeça, recolheu a mão e se virou.

– Vou deixá-lo a sós, então.

– Não.

A ordem áspera a congelou onde estava. Ele virou a cadeira para que ficassem de frente um para o outro, estendeu os braços para pegá-la pela cintura e a puxou para perto, entre suas pernas abertas.

Então ele se inclinou para frente, lenta e inexoravelmente, até sua testa encontrar a barriga dela.

– Não – ele disse junto ao umbigo dela. – Não me deixe.

Tomada por uma emoção inefável, ela passou os dedos pelo grosso cabelo castanho dele.

– Não vou.

– Eu sinto muito.

– Eu... eu sei.

Eles permaneceram assim por um longo tempo. Encostados. Respirando. Aquecendo um ao outro no escuro. A gratidão tomou o coração dela. Até então Pauline não tinha percebido como esteve preocupada com ele. Não até esse momento, em que ele estava seguro em casa... com ela.

– Como ela está? – Griff murmurou.

Algo lhe disse que ele não se referia à duquesa.

– A criança?

Ela sentiu o movimento de confirmação em sua barriga.

– O bebê é um menino. E está bem. Eu o levei para as cuidadoras. Elas o vestiram com roupas limpas e encheram a barriguinha dele com leite. Ele já deve estar batizado a esta altura, imagino.

– Espero que tenha se dado melhor que o Hubert nessa questão de nome.

Ela sorriu e acariciou de novo o cabelo dele.

– Eu não deveria ter deixado você. – Ele suspirou alto. – Eu só...

– Não seja tão duro consigo mesmo. É óbvio que aquele lugar o deixa nervoso. Muitos homens grandes e fortes já entraram em pânico por causa de uma criança chorona.

Ele levantou a cabeça e deu um olhar inquisitivo para ela.

E o cérebro tolo, de menininha, de Pauline escolheu esse momento para decidir que ele era o homem mais lindo que já tinha visto. Talvez porque ele fosse o único homem a já ter olhado dessa forma para ela. Segurando-a com aqueles braços fortes, esculpidos, enquanto a derretia com aquele olhar quente.

– Podemos voltar à conversa de antes de tudo isso? – ela sussurrou. – Nós estávamos parados junto ao portão. Você dizia o quanto gostava de mim e pediu uma trégua. E eu... – Ela tocou de leve o rosto dele. – Eu estava para me desculpar por isto.

– Não precisa. Eu mereci os socos e merecia mais. Durante a maior parte da minha vida eu fui um cretino de primeira. Nesse último ano tenho tentado ser menos, mas acredito que não consegui. Só fui promovido de primeiro-cretino para canalha-de-esquadra.

– Não sei se concordo. – Ela arrumou uma mecha desgrenhada do cabelo dele. – Você teve seus bons momentos essa semana. Evitou que eu caísse não uma, mas duas vezes. Você foi perfeito com a minha irmã. E desconfio de que, quando me ofereceu este emprego, você *pensou* que estava fazendo isso para me salvar.

Agora ela já não tinha tanta certeza. Agora se perguntava se não estaria ali para salvá-lo.

– De qualquer modo – ele disse –, eu lhe devo desculpas por tudo que aconteceu hoje. Incluindo as taças de água.

– Não foi nada de mais, mesmo. – Ela riu um pouco. – Só um truque bobo de taverna.

– Eu também sei alguns truques constrangedores de festa.

– Sabe?

– Ah, sim. – Ele a soltou e se reclinou na cadeira. – Eu sei dar prazer a duas mulheres com minhas mãos amarradas às costas. De olhos vendados.

– Exibido!

– Se eu estivesse me exibindo, isso significaria que eu tenho orgulho disso. Não estou me exibindo.

Oh, Deus. A expressão no rosto dele deixou claro para Pauline que ele não estava mesmo. As imagens que surgiram na cabeça de Pauline a deixaram um pouco nauseada. E muito, muito curiosa.

– Eu encontrei os livros obscenos – ela disse. – E tenho perguntas.

– Oh, Senhor. – Ele esfregou o rosto com as duas mãos. – Não, Simms. Não.

– Mas você é a única pessoa que eu tenho para perguntar. E me deve, pelas taças de água.

– Muito bem. – Ele deixou as mãos caírem. – Você tem perguntas? Aqui estão algumas respostas: "sim", "não" e "somente com muita lubrificação". Aplique-as às suas perguntas como quiser.

Ela estendeu o braço e deu um tapa de brincadeira no ombro dele.

– É que o livro faz tudo parecer tão ridículo. Toda essa pulsação e o latejar divino; e o êxtase sem paralelo com a fundição cataclísmica de duas almas em uma.

– Fundição cataclísmica? Qual livro diz isso?

– Deixe a fundição para lá – ela disse. – Mas todo o resto. A parte do êxtase sem paralelo. Isso... deve mesmo ser assim?

Ele suspirou.

– Essa pergunta, em especial, é mais bem respondida pela experiência.

– Mas eu tive experiência. – Pauline se encolheu. – Um pouco. E não foi nada disso. Nenhum êxtase. Nem mesmo palpitações. É por isso que eu pergunto se os livros estão mentindo, ou... ou se eu sou o problema.

– Simms. – Ele se levantou da cadeira e a fitou nos olhos.

Pauline precisou de muita determinação para não desviar o olhar, mas a expressão dele deixava claro que não responderia se ela não o encarasse. Então ela deixou a borda da escrivaninha, ficou de frente para ele e o fitou.

Então esperou, ansiosa.

– O problema não é você – ele disse.

Na cabeça de Griff, os sinos de alerta tocavam às centenas. Ele não devia estar tendo aquela conversa. Diabos, ele nem deveria estar ali sozinho com ela. Mas esse era um momento em que ele precisava estar com alguém. E, por Deus, ela precisava ouvir a resposta.

— O problema não é você — ele repetiu.

— Então os livros *exageram* mesmo — ela disse.

— Não estou dizendo isso.

— Fiquei confusa. — Ela franziu o nariz.

— Não existem respostas simples. Pode ser um êxtase divino? Pode. Pode ser uma provação melancólica? Também. É como uma conversa. Com a pessoa errada a conversa *pode* parecer forçada, superficial. Um tédio só. Mas às vezes você encontra alguém com quem a discussão flui. Suas ideias nunca acabam. A sinceridade não provoca constrangimento. Vocês surpreendem um ao outro e a si mesmos.

— Mas como encontrar essa pessoa sem... sem ter que conversar com a cidade inteira?

Griff deu uma risada seca.

— Que pergunta. Se encontrar a resposta, engarrafe-a e venda. Você vai ter a loja mais bem-sucedida da Inglaterra. Eu mesmo vou ser seu cliente.

Ele tinha "conversado" com muitas mulheres, ao longo da vida, mas não se orgulhava disso. Oh, ele já se orgulhou, e as mulheres tiveram pouco do que reclamar. Mas ele percebeu que era uma coisa fria, quando o melhor que podia dizer para a parceira de cama não era "eu te amo", nem "eu gosto de você", mas apenas "eu a desprezo um pouco menos do que me desprezo".

Mas Griff foi sincero quando disse, no portão do Hospital dos Abandonados, que *gostava* de Pauline. Ele conseguia conversar com ela como não fazia há muito tempo com nenhuma outra pessoa. E qualquer homem que a tivesse deixado escapar era um maldito idiota.

Ele estendeu a mão e emoldurou aquele rosto lindo, delineando o lábio inferior dela com o polegar.

— Eu não sei muitas respostas, mas posso lhe dizer isto: o problema não é você. — Ele se aproximou dela, sentindo a escuridão comprimir e aquecer o espaço entre eles.

— Griff. — Ela levou a mão ao pulso dele. — Eu não estava pedindo isso.

— Eu sei — ele respondeu e se inclinou, baixando a cabeça para o beijo. A expectativa do sabor dela fez o pulso dele acelerar.

– Mas...

– Simms. Você fez uma pergunta. Não me interrompa enquanto estou demonstrando.

Ele pairou um centímetro acima dos lábios dela... então pensou melhor. Um beijo não era o que ela precisava. Um beijo lhe dava muito espaço para se esconder. Ela precisava vê-lo e ver a si mesma, notar como era linda e sensual.

Griff passou as mãos pelas curvas do corpo dela, delineando-as por cima do robe. A pequena exclamação de prazer que ela soltou o empolgou.

– Eu acho que tive um sonho assim – ela sussurrou. – Noite passada.

– Não me diga isso. – A visão de Pauline sonhando, agitada, debaixo de lençóis brancos...

– O que eu deveria lhe dizer, então? Que você é o homem mais atraente que já conheci e que o mero aroma da sua colônia deixa minhas anáguas em fogo?

– Você deveria me mandar para o inferno. – As mãos dele procuraram o laço do robe que ela vestia. Ele parou, com um dedo enrolado na faixa. – Mas você me diria, se fosse isso que estivesse sentindo?

– Você ainda não me conhece? – Ela sorriu.

Ele puxou a faixa amarrada, trazendo Pauline para perto.

– Eu só sei que estou desesperado para tocá-la. Toda.

Só isso, ele disse para si mesmo. *Só tocar*. Griff se permitiria fazer isso e mais nada. Ele desfez o nó da faixa e abriu o robe, expondo a camisola branca que havia por baixo. Esta era nova, nem de perto tão frágil e translúcida como a que ela tinha usado na primeira noite. Mas ficou igualmente excitado.

Griff deslizou as mãos pelo corpo dela, para cima e para baixo, segurando os seios por cima do tecido, depois descendo até os quadris e as coxas. O algodão ficou mais macio e quente com a fricção, moldando-se às formas dela. Ele encontrou os mamilos e os provocou com os polegares, acariciando-os até ficarem tesos. Griff soltou um botão, depois outro. Só o bastante para que pudesse afastar o tecido, flexionar os joelhos e, finalmente – *finalmente!* –, beijá-la do modo como tinha desejado fazer naquele jardim escuro.

Enquanto abria caminho com a boca até o pescoço de Pauline, ele desceu uma das mãos até o sexo dela e trabalhou os dedos entre as coxas, massageando o tecido até conseguir acomodar o sexo dela em sua palma. Mesmo através do tecido ele pôde sentir que Pauline estava quente e molhada para ele.

Bom Deus, possuí-la seria tão fácil. Era só soltar alguns botões das calças, levantar a camisola e deslizar diretamente para ela. Eles seriam um só em segundos.

– Nada além do seu prazer – Griff prometeu para eles dois, massageando-a com a base do polegar e apertando a ponta dos dedos através do tecido, molhando-o com a umidade do corpo dela.

– Eu lhe dou minha palavra. Não quero tirar nada de você. Só lhe dar.

Griff pensou que deveria tê-la carregado até o divã ou deitado no tapete, mas foi egoísta. Ele a queria toda para si. Todo o peso dela em seus braços, todo o calor dela em seu corpo. Não queria dividi-la com um sofá ou tapete, nem mesmo com algo tão insignificante quanto uma cadeira.

Enlaçando-a com o braço, ele a prendeu junto a si. Com a outra mão, Griff explorou o sexo dela. Desesperado para desvendar os segredos de Pauline.

Havia poucas coisas que lhe satisfaziam mais na vida do que dar prazer a uma mulher. De certa forma, era como montar um quebra-cabeça. Toda mulher tinha a mesma anatomia, mas as partes cruciais eram de todos os formatos e tamanhos, dispostas de formas diferentes, e reagiam individualmente aos toques e carícias. A mesma técnica que funcionava com uma mulher podia não funcionar com outra. O processo de descoberta era instrutivo e inebriante.

Mas quando ele triunfava – quando encontrava o toque exato para aplicar no lugar certo pelo tempo que a mulher precisava –, ah, a doce emoção do sucesso. Vitória é uma droga que vicia. Ele adorava sentir uma mulher se desfazer em seus braços. Amava sentir o sexo dela amolecer e derreter-se por ele, para depois apertá-lo com mais força do que uma mão. Ele adorava aprender cada expressão e som que anunciava o orgasmo dela. Algumas mulheres suspiravam, outras choravam, riam, ganiam, imploravam, gritavam. Algumas ficavam maliciosamente gratas depois do prazer, outras tornavam-se deliciosamente tímidas.

Griff não sabia como Pauline reagiria ao atingir seu clímax, mas precisava, desesperadamente, descobrir. Bem no fundo, ele esperava transcendência. Algo completamente diferente de tudo que tinha vivenciado até o momento.

Ele segurou a barra da camisola e a puxou para cima.

– Você pode dizer não – ele murmurou.

– Eu não quero.

Graças a Deus. Ele enfiou a mão por baixo do tecido, deslizando um toque paciente e lento pela coxa dela. Quando chegou à abertura, a paciência o abandonou. Precisava estar dentro dela de algum modo. Ele a abriu e enfiou um dedo no calor apertado e molhado.

Ela arfou e apertou as mãos nele. A dor deliciosa das unhas dela o enlouqueceu.

– Está com medo? – ele perguntou, detendo-se. – Quer que eu pare?

– Sim, estou com um pouco de medo. – Ela levantou o rosto para ele e engoliu em seco. – Mas não, não quero que você pare.

Ele a beijou de novo, sincronizando as investidas da língua com as da mão. Entrando devagar e saindo da mesma forma. Quando sentiu que ela estava pronta, Griff colocou mais um dedo. Os músculos íntimos dela se esticaram e contraíram ao redor dos dedos, agarrando-o com força. O pau dele latejava em vão dentro das calças, aprisionado em um doloroso estado de excitação.

Pauline se aninhou perto de Griff, sua barriga pressionando a crista dolorida da ereção dele. Não era, nem de perto, tudo que ele desejava, mas a fricção lhe forneceu um pouco de alívio.

Ela interrompeu o beijo e descansou a cabeça no ombro dele, respirando com dificuldade, de boca aberta. Seus quadris se contorciam contra a mão dele, procurando o movimento e a posição que mais lhe dessem prazer.

Griff começou a sussurrar junto à orelha dela. Ele sabia que ela tinha passado do ponto da coerência, então disse coisas tolas que lhe vinham à mente: como ela era linda ao luar e como sentia orgulho da coragem dela. Como ela o encantou naquela primeira noite. Como adorava o pescoço e os olhos verdes e inteligentes dela. Como ela era recoberta por uma doçura que ele fantasiava passar horas abençoadas lambendo e se deliciando.

– Aqui – ele sussurrou, deslizando o polegar para cima e para baixo na abertura dela. – Eu a provaria aqui. Você deve ser tão doce. E então...

Ele enfiou os dedos até o fundo e, com o polegar, Griff massageou o botão inchado no alto do sexo dela.

– Griff – ela suplicou.

– Isso – ele disse. – Isso mesmo.

Ela começou a respirar de um modo entrecortado, encantador. Como se fosse uma escala ascendente no piano. E então ela gozou com um gemido perfeito, estremecendo.

Um som maravilhoso, aquele gemido. Os músculos íntimos de Pauline se contraíram deliciosamente ao redor dos dedos dele. Mas de modo geral, o orgasmo dela não foi a experiência épica, transcendente que ele esperava.

O que o deixou sem fôlego foi sua própria reação. Algo completamente novo. O surto de emoção que ele sentiu não foi apenas o triunfo habitual de dar prazer a uma mulher. Uma fonte insuportável de ternura jorrou dentro de seu peito, misturada com carinho e proteção. O impulso de não apenas dar prazer a Pauline, mas acalentá-la, guardá-la. Griff deu vários beijos no alto da cabeça dela, como se pudesse, assim, expulsar o excesso doloroso de emoção.

– O problema não é você – ele murmurou, encostando o nariz no delicioso lóbulo da orelha dela. – Quem quer que ele fosse, era um pateta. Ou um bruto. Ou era só jovem demais para saber o que estava fazendo. Mas o problema não é você. Entende?

Ela ficou agarrada à camisa dele por longos momentos, com a respiração forçada. Enfim, levantou o rosto para Griff.

– Você vai me levar para o quarto?

Ele nunca quis tanto algo como aquilo. Apenas levá-la para o quarto, deixar que seu mundo explodisse e lidar com os destroços mais tarde.

– Eu não espero nada – ela emendou. – Não estou pedindo promessas. Só quero saber como acontece quando isso é bom. E talvez eu passe a vida toda sem ter outra chance de descobrir. Não sou uma lady que precisa preservar a reputação. Ninguém se importa.

Diabos. *Ele* se importava. Griff se *importava*, e não podia mais negar isso. Ele a tinha levado para sua casa, tomando-a sob sua proteção. Lady ou não, queria tratá-la bem.

As mãos dela deslizaram pelo peito dele, depois desceram pelos braços. Pauline deu um beijo delicado no pescoço dele.

– Griff, por favor.

O pau dele latejava, ansioso, em plena concordância. *Ela*, seu coração estúpido sussurrou. *Eu escolho ela.* Mas por baixo disso tudo, corria pelas veias dele um medo gélido, escuro, pesado. O risco era grande demais para os dois. Ele não poderia possuí-la assim, já que Pauline nunca seria sua de verdade. Isso seria perigoso e traria meses de desespero.

– Não posso. – Ele acariciou o cabelo dela. – O problema não é você. Eu a desejo mais do que você pode saber e de maneiras que não consegue nem imaginar. Mas não posso.

Então ele a soltou bruscamente... porque esse era o único modo que o faria soltá-la.

Capítulo catorze

Pauline desceu tarde para o café da manhã. Ela pensou em pular essa refeição, alegando dor de cabeça ou exaustão, mas não quis levantar questionamentos. Não sabia nem como faria para olhar para a duquesa nessa manhã; a mulher tinha a percepção de um falcão. Pauline teria que tomar cuidado com cada movimento, palavra e olhar para evitar qualquer desconfiança.

Ao se aproximar da sala do café da manhã, ela parou no corredor por um momento para se preparar. Então ouviu vozes vindo da sala, tanto da duquesa quanto de Griff. *Droga.* Ele não deveria estar acordado assim tão cedo. Como Pauline faria para lidar com isso?

Do mesmo modo como ele estava lidando, ela pensou. Depois da interação deles durante o concerto de taças de água, na manhã anterior, ela sabia que Griff não teria nenhuma dificuldade. Ele mal notaria a presença dela, sem dúvida.

Na verdade, esse era, provavelmente, o motivo pelo qual ele tinha aparecido para o café da manhã... Griff devia estar preocupado que ela pudesse revelar, enquanto comia, que tinha se jogado nele, sem nenhum pudor, poucas horas antes. Ele devia estar querendo abafar qualquer especulação.

Apenas finja que nada aconteceu, ela disse para si mesma. *Você não estava a sós com Griff na biblioteca. Ele não a acolheu no abraço mais carinhoso e terno de sua vida. E, principalmente, não levantou suas saias e lhe deu um prazer delicioso enquanto sussurrava palavras mais ternas e excitantes que acariciaram seu ouvido.* A lembrança era tão vívida que Pauline mordeu a mão para controlar suas reações.

Depois que conseguiu firmar sua determinação, Pauline saiu do corredor e entrou na sala do café da manhã. Ela manteve os olhos no chão.

– Perdão por meu atraso, Vossas Graças. Eu dormi de...

O som das pernas da cadeira arranhando o piso a interrompeu, congelando seu sangue.

Ah, não. Ele não tinha feito isso. Ela levantou o rosto, horrorizada. Ele tinha.

O 8º Duque de Halford tinha se levantado no momento em que Pauline entrou na sala. Sem pensar, aparentemente, porque ele não podia ter a intenção de fazer algo assim. Cavalheiros levantavam-se quando damas entravam, eles não se levantavam para criadas.

Nenhum homem jamais tinha se levantado para Pauline. Nenhuma vez, em toda sua vida. Aquela foi a melhor e mais emocionante sensação. Mas no que dizia respeito à vontade de Pauline ser discreta, aquilo foi um desastre completo.

Então Griff piorou a situação, ele inclinou a cabeça em um tipo de reverência.

– Srta. Simms.

– Ora – a duquesa disse, arqueando uma sobrancelha.

Aquelas três letras falaram muito. Sua Graça entendeu tudo. No mínimo, entendeu que *algo* tinha acontecido. Pauline só podia rezar para que os detalhes continuassem sendo apenas um esboço incompreensível na imaginação da duquesa.

– Sente-se, Srta. Simms – Griff disse.

Ela negou com a cabeça.

– Depois de Vossa Graça.

– Vocês dois, permaneçam como estão – a duquesa disse e se levantou da cadeira. – Eu estava mesmo indo para a sala matinal, assim poupo-lhes o trabalho de se levantarem de novo.

– Temos alguma aula esta manhã, Vossa Graça? – Pauline perguntou.

– Não. – A duquesa lançou um olhar estranho para ela. – Hoje é quarta-feira, dia em que fico em casa para receber visitas. Estou esperando muitas damas curiosas esta manhã.

– Vossa Graça quer que eu a acompanhe?

– É melhor deixá-las curiosas, eu suponho. Se quiserem ver você de novo, poderão fazê-lo na festa em Vauxhall Gardens esta noite. Por ora, pode ficar à vontade.

Pauline fez uma mesura quando a duquesa saiu. Assim que a mulher se foi, ela sussurrou para Griff:

– O que pensa que está fazendo, levantando para mim? Não deveria fazer isso. Você viu a cara da duquesa. Como ficou convencida. Ela pensa que alguma coisa mudou entre nós.

– *Tudo* mudou entre nós.

Tudo mudou dentro dela ao ouvir essa declaração. Seus órgãos internos pareciam correr, agitados.

– Quando terminar de comer, pegue suas coisas – ele disse. – Nós vamos sair.

– Nós? Sair? Para onde? – Pauline percebeu que parecia estar latindo como um cachorro, mas as perguntas ferviam em sua cabeça.

– Você e eu. Vamos sair de casa. – Ele fez uma demonstração de caminhada com os dedos. – Temos uma incumbência a cumprir. Você tinha outros planos para esta manhã?

Pauline estava imaginando uma ou duas horas de leitura, depois um belo cochilo.

– Não tenho nenhum plano – ela respondeu.

– Ótimo. Encontre-me no hall de entrada quando estiver pronta.

Pauline ainda não sabia o que a noite passada tinha significado para Griff, ou para ela própria. Mas não podia recusar a oportunidade de passar algum tempo com ele nesta manhã. Ela queria estar com Griff mais do que desejava estar em qualquer outro lugar.

Em seu coração, ela sabia que estava à beira de algo emocionante e traiçoeiro, em que corria sério risco de cair.

Tome cuidado, Pauline. Nada pode resultar disso.

Mas ela decidiu que, só hoje, ignoraria seus alertas internos e dançaria na beira do precipício das desilusões. Tinha plena certeza de que conseguiria se equilibrar nessa borda por algumas horas sem se apaixonar perdidamente por esse homem.

Afinal, era só uma incumbência.

Exceto que não era só uma incumbência.

Ah, não. Era algo muito melhor. E muito pior. Ele a levou a uma livraria. *Aquela* livraria.

Quando a carruagem parou diante da conhecida loja em Bond Street, o coração de Pauline executou as acrobacias mais estranhas dentro do peito. Ele tentou afundar e flutuar ao mesmo tempo.

Palavras cruéis ecoaram em sua memória: *Vou expulsá-la com a vassoura.*

– Por que você me trouxe aqui? – ela perguntou, apoiando-se na mão de Griff, que a estendeu para ajudá-la a descer da carruagem.

– É uma livraria. Se você pretende abrir uma biblioteca circulante, não precisa de livros? As opções não são muitas na frutaria nem no armarinho. – Ele a puxou pela mão. – Venha, vamos comprar todas as obras obscenas, escandalosas e licenciosas deste lugar.

Ele a puxou na direção da entrada, mas Pauline resistiu. Griff ficou confuso.

– Se você é orgulhosa demais para aceitar um presente – ele disse –, posso descontar das suas mil libras.

– Não é isso.

– O que é, então?

Ela lutava com a própria relutância. A intenção de Griff era boa. Mais do que isso. Ele a levou até ali com o objetivo de fazer com que os sonhos dela se tornassem realidade.

– Não existe outra livraria em Londres? Maior e com mais opções? Esta parece muito pequena.

– A Snidling's é a melhor. Minha família é cliente daqui há gerações. Eles oferecem encadernações sob encomenda da melhor qualidade. Isso é importante para sua biblioteca circulante. Você vai precisar de livros que durem bastante tempo.

Ela sentiu um aperto no coração ao perceber o quanto ele tinha pensado naquilo. Essas eram as compras extravagantes que ela ansiava fazer, não aquela tempestade de tecido rosa na modista, nem as horas gastas examinando bandejas de ouro e joias. E o fato de que ele entendia o que isso significava para *ela*...

– Você estava certa ontem – ele disse, a voz mais branda. – Sobre Hubert e o chapéu. Eu não posso apenas lhe entregar mil libras, lavar as mãos e ir embora. Se este é o seu sonho, preciso garantir que irá se arriscar.

Oh, Griff.

– Não posso entrar aí – ela soltou.

– Mas é claro que pode.

– Não, eu quero dizer que... não sou bem-vinda.

– O que a faz dizer isso? – ele perguntou, sério.

Ela não tinha outra alternativa que não contar a verdade para ele. Enquanto Pauline relatava o acontecido, o rosto de Griff foi ficando impassível, pétreo. Era difícil admitir a humilhação, mas se ela iria recusar a ajuda dele, Griff merecia saber o porquê.

– Agora você sabe por que não posso entrar. Não nessa loja.

Ele não respondeu. Não com palavras. Quando o criado abriu a porta, Griff a fez entrar com a mão firme.

O livreiro veio correndo de trás do balcão para receber o duque com uma grande reverência.

– Vossa Graça. Que honra.

Griff retirou o chapéu e o colocou sobre o balcão.

– Como posso servi-lo esta manhã, Vossa Graça?

– Esta é a Srta. Simms, amiga de minha mãe. Ela quer adquirir alguns livros para sua biblioteca pessoal. Acredito que você a conheceu no começo dessa semana.

Snidling se virou para Pauline e movimentou a língua como um réptil.

– Hum... receio não me lembrar, Vossa Graça. Por favor, perdoe-me.

– Entendo. Esta é uma loja movimentada.

– Sim, sim. Muita gente entra e sai, como sabe. Não tenho como me lembrar de todos os rostos.

Cobra. Pauline percebeu que ele a reconheceu. O olhar dele ficava se desviando em sua direção, e manchas vermelhas começavam a aparecer em seu rosto.

Ela estava a ponto de desafiar as mentiras do homem. Pauline não tinha medo dele. Não agora, com um duque a seu lado. Dessa vez, ela iria se defender.

Mas a mão de Griff tocou as costas dela, transmitindo uma mensagem clara: *Deixe comigo.*

– Então você não lembra da Srta. Simms? – ele repetiu a pergunta.

– Receio que não, Vossa Graça.

– Deixe-me agitar sua memória – o duque disse, atribuindo à palavra "agitar" um tom de ameaça. A voz dele estava tranquila, aristocrática, superior, dotada de uma qualidade cortante.

Pauline pensou que aquela era a voz mais excitante que já tinha ouvido.

– Você conversou com ela – Griff continuou, inalterado – sobre laranjas, Leadenhall, Rainha de Sabá e expulsar pragas com vassouras.

O gaguejar do homem se tornou um tremor violento – quase tão violento quando a vermelhidão de suas faces.

– Vossa G-G-Graça, eu humildemente peço desculpas. Eu não fazia ideia de que a jovem lady...

– Não é para mim que deve pedir desculpas.

– Claro que não, Vossa Graça. – O homem asqueroso se virou para Pauline, mal olhando-a nos olhos. – Srta. Simms, por favor, aceite minhas sinceras desculpas. Eu não fazia ideia. Eu sinto muitíssimo se você interpretou minhas palavras de modo que possa tê-la ofendido.

– Bem? – O duque se virou para ela. – Você aceita as desculpas dele, Srta. Simms?

Pauline fuzilou o livreiro com os olhos. Aquele era o pior e mais falso pedido de desculpas que tinha visto. Dizer "sinto que tenha se ofendido" não era o mesmo que pedir desculpas pela ofensa. Ela não acreditava que ele estivesse nem um pouco arrependido, e se estivesse sozinha e se sentindo corajosa, teria dito isso para ele.

Mas ela estava com Griff e ele pretendia que aquele fosse um passeio agradável. Parte do conto de fadas dela.

– Acho que sim – ela se contentou em dizer, em voz baixa.

– Muito bem, então. – Griff bateu palmas. – Vamos começar. Vá anotando, Snidling.

O alívio do livreiro foi evidente. Ele correu para trás do balcão e abriu uma página nova em seu livro diário, ao mesmo tempo que molhava a pena na tinta.

Griff começou a ditar, pronunciando títulos e autores com uma excitante voz de tenor.

– Vamos começar com as Sras. Radcliffe e Wollstonecraft. E todos os poetas modernos. Byron e sua turma. *O monge, Moll Flanders; Tom Jones;* uma boa tradução de *L'École des Filles... Fanny Hill.* Duas cópias desta última.

Snidling levantou a cabeça.

– Vossa Graça disse que estes livros são para a biblioteca pessoal desta jovem lady?

– Sim.

– Vossa Graça, se eu puder sugerir...

– Não – Griff o cortou. – Você não pode oferecer sugestões. Vai continuar a anotar os títulos que eu disser.

Pauline sentiu a boca secar. Minha nossa. Se ele arrancasse toda a roupa do corpo e ameaçasse o livreiro com a ponta de uma espada cintilante, com todos os músculos contraídos de raiva... ela não o consideraria mais atraente do que neste momento.

Ele continuou listando títulos e ditando nomes. Tudo aquilo era desconhecido para ela.

– Acredito que isso seja suficiente para o começo – ele disse, depois que a lista preenchia duas páginas completas. – Agora, as encadernações.

Griff se virou para Pauline e acenou para que se aproximasse e examinasse as amostras de couro. Ao se aproximar dele, seu coração entrou em disparada. Na noite anterior ele tinha deslizado as mãos ásperas e ávidas pelos seios dela, penetrando-a com os dedos imorais. Mas nada – nenhuma das emoções da noite anterior – podia se comparar a esse momento.

Ela se colocou ao lado dele, impulsionada pela força plena e assustadora de sua adoração. Como ele não podia perceber? Como o mundo podia não ter mudado ao redor deles? Ela se sentia atingida por um raio, mas ele continuava falando naquele mesmo tom impassível.

– Você precisa usar encadernação Marrocos, é claro – Griff disse. – É a melhor. Com o título gravado em folha de ouro na capa e na lombada. Você tem alguma cor predileta?

– Cor predileta? – Ela se perdeu no olhar profundo e inquisidor dele. – Eu... eu gosto de marrom.

– Marrom? – Ele bufou. – É muito comum.

– Se você diz... – Pauline passou o dedo apaixonado pela amostra de couro bege que tinha admirado no outro dia. Tão macio quanto parecia, mas nada prático. Ela tentou se concentrar nas amostras de Marrocos que ele tinha sugerido.

– Acho que vermelho é melhor – ela decidiu. – Vermelho para todos eles. – Ela levantou uma amostra de pelica flexível e vermelha. – Vermelho é a melhor cor para livros obscenos, não acha?

– Sem dúvida.

– E as pessoas vão saber, só de olhar, que os livros vieram da minha biblioteca. Vai ser uma boa propaganda.

– Vermelho, então. Com guardas marmorizadas e gravação a ouro. Anote isso, Snidling.

O livreiro anotou nas margens, ávido. Pauline podia ver que ele já estava calculando os lucros escandalosos que teria só com aquele pedido.

– Posso ver a lista? – o duque pediu.

– Mas é claro, Vossa Graça. – Snidling virou o livro diário para que o duque pudesse ler as anotações.

Griff passou o dedo pela lista, aprovando o que lia com movimentos de cabeça. Então segurou a folha e a arrancou do livro.

– Obrigado – ele disse, dobrando o papel ao meio e vincando a dobra. – Isto vai me ser muito útil quando eu fizer o pedido ao seu concorrente.

– Vossa Graça, não entendo. – O livreiro deu um sorriso nervoso.

– Mesmo? Não entende? Então permita-me esclarecer. – Ele se aproximou do homem até a diferença de alturas entre os dois ficar evidente. – Talvez a Srta. Simms consiga aceitar suas desculpas insinceras e insultuosas, mas eu não.

– M-mas, Vossa Graça...

– Eu lhe desejaria um bom dia, mas não gosto de falsidade. Na verdade, desejo-lhe um dia muito ruim.

Pauline quis aplaudir, dar vivas e beijá-lo na frente de todo mundo. Ou pelo menos ficar lá mais um pouco para saborear o momento. Mas Griff estava ansioso para ir embora e a conduziu até a porta.

– Não se preocupe, vamos encontrar outra loja.

– Não precisamos fazer isso agora.

– Precisamos, sim – ele retrucou. – Mandei a carruagem esperar na esquina. Você se incomoda de ir andando?

– Claro que não.

Ele mal esperou que ela concordasse antes de sair pisando duro a passos largos. As botas dele atingiam a calçada com baques ríspidos, enquanto as luvas que ele carregava na mão fechada eram abanadas comicamente.

– Desculpe – ele disse, e diminuiu o passo quando percebeu a dificuldade de Pauline em acompanhá-lo. – Estou furioso.

– Obrigada por estar furioso. E pelo que acabou de fazer. Foi maravilhoso o modo como você lidou com ele.

Griff olhou para longe e bateu as luvas na coxa.

– Griff, eu vou me esforçar muito pelo resto da semana – ela prometeu. – A começar pela festa em Vauxhall esta noite. Vou ser o melhor e maior fracasso que você possa imaginar.

Ele fez um gesto de pouco caso, dispensando a promessa dela.

– Não, eu falo sério. De verdade. Isso foi... – Não havia outra forma de dizer: – Foi a melhor coisa que já fizeram por mim.

Ele parou e se voltou para ela.

– E isso, Simms, me deixa mais furioso ainda.

A expressão ardente dos olhos dele... acabou com Pauline. Ela conhecia aquele olhar; espelhava o sentimento instantâneo de adoração e ódio que crescia dentro dela sempre que Daniela era magoada. Ela sabia bem como era – a fúria pura e irracional contra um mundo que permitia que essas coisas acontecessem, aliada à frustração que sentia por ser incapaz de evitar que ocorressem de novo.

Griff sentia essa mesma frustração no momento. Por causa *dela*. E ele nem se preocupava em tentar esconder.

Se Pauline ainda possuía alguma esperança de não se apaixonar por aquele homem, ela desapareceu naquele instante. Era só uma questão de tempo. Ela estaria amando Griff antes que a semana terminasse e isso seria magnificamente terrível, maravilhosamente sem esperança.

O coração dela estava parecendo uma moeda com dois lados conflitantes – alegria e pavor –, virando de lado a cada batida.

– Srta. Simms?

Pauline se espantou ao ser interpelada.

– Ora, é você. – Lady Harrowes apareceu na calçada diante deles. – E Vossa Graça. Que surpresa agradável. Nós acabamos de vir da sua casa.

– É mesmo? – Griff respondeu.

– Sim, fomos na esperança de uma visita social, para conhecermos melhor a Srta. Simms. Queríamos tanto saber mais a respeito dela e de sua família. Curiosamente, nossa cópia do guia da aristocracia *Debrett's* foi de pouca ajuda.

Pauline percebeu a insinuação nas palavras de Lady Harrowes: *Você não é uma de nós. Eu sei disso e vou descobrir a verdade.*

– Nós saímos – Griff disse.

– É óbvio – a mulher respondeu.

– Minhas desculpas pela inconveniência – ele disse, frio. – Talvez vocês possam nos fazer a gentileza de nos visitar outro dia.

– Sim, sim. E permita-me manifestar minha profunda preocupação com a saúde da duquesa, e meus votos para a pronta recuperação dela.

– O quê? – a voz dele mudou no mesmo instante.

Lady Harrowes arqueou a sobrancelha.

– Você não sabia? O mordomo nos informou. Sua mãe está gravemente enferma.

Capítulo quinze

Griff não via a hora de chegar em casa. A carruagem estava muito longe, o tráfego, congestionado demais. O tempo se arrastava da maneira mais impertinente.

– Tenho certeza de que ela está bem – Pauline tentou acalmá-lo. – Talvez a duquesa tenha dito que estava doente para não ter que aturar as Horrores.

Ele concordou, na esperança de que ela estivesse certa. Ainda assim, não ficaria tranquilo até confirmar tudo com os próprios olhos.

Quando chegaram à Casa Halford, ele subiu a escada pulando dois degraus de cada vez e atravessou o corredor até a suíte da duquesa correndo. Griff escancarou a porta do quarto e a viu deitada no centro da cama, com os olhos fechados e mãos unidas sobre as cobertas. Imóvel.

O sangue dele congelou. Aquilo não podia ter acontecido. Ainda não. Ele sabia que a mãe estava ficando velha e que, cedo ou tarde, sua saúde iria deteriorar-se. Mas ela continuava tão determinada, tão viva. Não podia fazer isso com ele agora. Ele não estava pronto para ficar sozinho.

– Mãe? – Quando a resposta não veio, um nó se formou na garganta dele. – *Mãe!*

Enfim, os olhos dela se abriram, com uma agitação inocente dos cílios. A voz dela estava fraca.

– Griffin? É você, meu menino querido?

Com todos os diabos. Ele soube, neste instante, que tudo aquilo era um truque. Em toda sua vida, a mãe nunca tinha se referido a ele como "menino querido". Ele não esqueceria.

A duquesa estava viva, em boa saúde e astuta como sempre. Ele quis esganá-la.

– Aproxime-se. – A mão pálida da duquesa agarrou o ar. – Eu quero ver seu rosto uma última vez.

O talento para atuação da mãe era impressionante. Ela deveria tentar ser atriz.

– Meu único arrependimento... – ela fingiu uma tosse patética – ...é a festa em Vauxhall esta noite.

– Não tem problema. Nós não iremos.

– Não! – o volume da negativa pareceu animá-la um pouco. – Não, você tem que ir. Todos esperam por você.

– Então por que está bancando a doente?

– Não estou bancando. – Ela alisou a coberta com a mão. – Só estou fraca demais para Vauxhall esta noite. As correntes de ar, a névoa junto ao rio, todos aqueles degraus. Só de pensar, sinto um resfriado se aproximando. Vocês dois devem ir sem mim. Não quero estragar a noite.

– Acho difícil de acreditar. Você fez o possível para arruinar nossa tarde.

Mulher diabólica. Será que ela não entendia o pânico pelo qual o fez passar? Isso foi mil vezes pior do que tentar casá-lo, pior até do que drogá-lo e sequestrá-lo. Griff não a perdoaria por isso.

– Você não está doente – ele disse. – Eu ordeno que se levante dessa cama e fique bem.

Ela o encarou com um olhar divertido.

– Griffin, você é um duque e não São Tiago curando os leprosos.

– Diga-me, qual santo é o patrono dos filhos atormentados? – Ele fitou um volume misterioso debaixo da colcha. – O que você está escondendo aí?

– Nada. – As mãos dela cobriram o volume.

– Não é "nada". Eu posso ver que você está escondendo alguma coisa debaixo da colcha. O que é? – Ele fez menção de puxar as cobertas da cama, mas a mãe as segurou com firmeza.

– Deixe-me em paz.

– Eu quero saber o que você está escondendo.

Eles puxaram para lá e para cá durante vários segundos, até que algo afiado o espetou no punho.

– *Ai.*

Griff tirou a mão. Incrédulo, ele massageou a pequena ferida redonda. Ela iria atacá-lo com alfinetes, agora? Bom Deus. A mãe seria um terror com um sabre.

– Vou reformular minha declaração anterior – ele disse. – Você *está* doente. Gravemente. E quando esta semana terminar, vamos discutir onde você vai morar durante seu declínio. Ouvi dizer que existem asilos encantadores na Irlanda.

Pauline fez um gesto, chamando-o de lado.

– Está tudo bem – a moça sussurrou. – É melhor assim. Se é para eu ser um desastre social, vai ser muito mais fácil sem ela por perto.

Griff não tinha tanta certeza. Ele sabia exatamente o que a mãe estava tramando. Ela queria fazer com que os dois ficassem sozinhos. Assim passariam a noite toda juntos, em um ambiente perdidamente romântico, e então...

– Não é uma boa ideia – ele disse.

– Só vou ficar em Londres esta semana. – Ela o encarou com os olhos suplicantes. – É provável que eu nunca mais volte. Estava ansiosa para conhecer Vauxhall. E, enfim, fazer por merecer meu salário.

Ele suspirou e apontou o dedo para o nariz dela.

– É melhor que seu comportamento seja pavoroso.

Ela levantou a mão, prestando uma continência. Mas o sorriso cativante dela o deixou inseguro. Logo, logo Griff não conseguiria lhe negar nada.

Ao sair do quarto, ele se dirigiu ao mordomo vigilante:

– Higgs, não deixe que minha mãe saia dessa cama. E chame o médico. Não aquele gentil. O outro, que trata os pacientes com sanguessugas.

Depois que o duque saiu do quarto, Pauline se aproximou da cama da duquesa.

– Ora, Vossa Graça. Isso não foi gentil da sua parte. Ele ficou muito preocupado.

Ele tinha ficado mais do que preocupado. Ela testemunhou o rosto dele ficar pálido como papel e as juntas das mãos ficarem brancas de tanto que ele apertou os punhos. Eles não percebiam como eram sortudos por ter um ao outro? Pauline nunca tinha conhecido duas pessoas que se amassem tanto e gastassem tanto tempo e tanta energia tentando negar. Uma coisa era fleuma, outra era pura teimosia.

– Muito bem – ela estalou a língua –, eu admito. Não estou doente de verdade. Estou desesperada. Veja.

A duquesa jogou as cobertas de lado, revelando um cobertor de bebê malfeito, grande o bastante para envolver um bezerro. Talvez não só um bezerro, mas um filhote de elefante. A lã tinha sido trocada duas vezes durante o trabalho. Assim, um terço do cobertor era cor-de-pêssego, outro terço era lavanda, e agora ela trabalhava com um novelo cor-de-rosa. Meadas de lã branca, verde e azul, ominosas, jaziam por perto.

– Isso *é* medonho. – Pauline assobiou ao ver o trabalho.

– Eu sei. E está ficando pior a cada minuto. Esta noite é a chance que estávamos esperando. Você vai ver.

– Não, Vossa Graça. Eu vou ser um desastre. Tenho que ser. Elegância, comportamento, talento, dicção... em tudo. Não possuo qualquer qualidade de que uma duquesa precise.

A mulher mais velha fez um gesto de pouco caso.

– Esqueça tudo isso. Existe apenas *uma* qualidade, tão somente única, que transforma uma mulher em duquesa.

– E qual é?

– Casar-se com um duque.

Pauline meneou a cabeça.

– Isso não vai acontecer.

– Garota, eu conheço meu filho. Ele já está se apaixonando por você. Começou logo no primeiro dia, e então, esta manhã...? – Ela bufou. – Um empurrão na direção certa e ele vai estar caindo de amores. E nem tente me dizer que você não está sentindo algo por ele.

Ela suspirou, sem saber como contestar a duquesa. Ele tinha se recusado a levá-la para cama, mas depois do episódio da livraria, ela passou a acreditar que Griff realmente gostava dela. Pelo menos um pouco. E Pauline sabia que estava perigosamente perto de se apaixonar por ele.

Mas por que isso importava? Não significava que ele queria se *casar* com ela, ou que ela poderia se casar com ele.

– Vou deixá-la descansar – Pauline disse e se levantou da borda da cama.

– Só mais uma coisa – a duquesa disse quando Pauline chegou à porta. – Você vai usar as ametistas esta noite. Vou avisar Fleur.

As *ametistas*? Pauline ficou perplexa.

– Mas, Vossa Graça, eu não poderia...

– Você está pronta para usá-las. E o mais importante, ele está pronto para ver você com elas. – Pauline saía do quarto quando a duquesa disse, às suas costas: – Estou contando com você, garota.

Parecia que gente demais estava contando com ela. As lealdades de Pauline ficavam cada vez mais divididas. O duque a tinha contratado para que ela o salvasse de ter que se casar. A duquesa queria ser resgatada de um enrosco de lã. Pauline começava a gostar dos dois e sabia que ambos precisavam de algo mais. Mas em algum lugar muito distante, havia a pobre

Daniela, recolhendo fielmente seus ovos e contando os dias até sábado. A irmã era quem mais precisava dela.

Pauline parou de repente, no corredor, e lançou um olhar para a pastorinha de porcelana que quase tinha esmigalhado alguns dias atrás.

O que eu estou fazendo aqui? Para aquelas pessoas, a vida no campo servia para compor figuras decorativas, mas Pauline sabia que essa vida era composta de trabalho árduo e incessante. Não importavam as alucinações que a duquesa estivesse sofrendo, o lugar de Pauline jamais seria no mundo aristocrático.

Tudo que ela queria era uma lojinha em Spindle Cove e uma biblioteca circulante de livros obscenos. Não para *fazer o possível*, mas para ter sucesso – por si mesma e pela irmã. Ela não podia começar a sonhar com o conto de fadas errado.

Ela era uma garota trabalhadora e tinha sido contratada com um objetivo. Ser uma catástrofe completa.

– Colin. *Colin*, algo terrível aconteceu.

Colin Sandhurst, Lorde Payne, levantou os olhos da carta que estava escrevendo. Sua esposa estava parada à porta do escritório dele – como sempre, uma visão sedutora, com os cabelos morenos e os lábios carnudos que ele adorava beijar.

Mas os belos olhos estavam tristes por trás dos óculos. No mesmo instante, ele se levantou da escrivaninha.

– Bom Deus, Minerva. O que foi?

– Nós precisamos fazer algo! – ela disse.

– É claro que vamos, querida. – Ele atravessou o escritório para se aproximar dela. – É claro que vamos. Eu posso atravessar aquela janela neste instante, se você pedir. Ou escrever uma carta enérgica para o *The Times*. Mas as ações que tomarmos vão ser mais eficientes se você, primeiro, me explicar o que está acontecendo.

Ele a pegou pelos ombros e a guiou até o divã.

– É aquele seu amigo horrível e devasso – ela disse. – De antes de nos casarmos.

Ele riu.

– Receio que essa descrição se aplica a um número chocante de pessoas. Você vai ter que descrevê-lo melhor, amor.

– O duque. Aquele duque asqueroso e nojento de Winterset Grange.

– Halford?

– Isso, esse mesmo. Ele pegou Pauline Simms. Nossa Pauline, da Touro & Flor, e a está mantendo refém aqui em Londres. – Ela estremeceu. – Deus sabe o que ele fez com a pobrezinha. Talvez a tenha transformado em uma sórdida escrava sexual.

Colin se esforçou para não rir.

– Minerva, eu quero entender a situação, mas você está tornando isso bem difícil. Não quer começar do início e me contar o quê, de fato, aconteceu hoje?

– Eu os vi juntos, estava indo à livraria para... – ela corou um pouco – ...para saber se mais exemplares do meu livro foram vendidos. Não consigo evitar.

– E foram?

– Sim – ela disse, orgulhosa. – Três.

– Excelente, Min. É maravilhoso. – O próprio Colin tinha comprado dois. Ele sabia que ela o esganaria por isso, mas não podia evitar. O mercado para tratados geológicos não era muito forte, mas ela ficava tão encantadora quando satisfeita consigo mesma – e também muito criativa na cama. Os motivos dele eram puramente egoístas.

– Enfim, eu estava me aproximando da livraria quando vi os dois saindo. Claros como o dia. O Nojento Duque de Halford e Pauline Simms.

Colin suspirou. Ele odiava cutucar a ferida, mas aquilo era demais para ele acreditar.

– Você estava de óculos?

– É claro que sim. – Ela lhe deu um olhar ofendido.

– Ainda assim, acredito que você deve ter se enganado.

– Não me enganei. Eu sei que não, Colin. Você não acredita em mim?

– Eu acredito, sem dúvidas, que *você* acredita ter visto os dois. – Ele segurou uma das lindas mãos dela e a acariciou, tentando acalmá-la. – Mas continuo pensando que é muito improvável.

– É verdade que nunca existiram duas pessoas mais diferentes – Minerva concordou. – O duque é depravado e mau, e Pauline é muito bem-intencionada.

– Ora. Os opostos às vezes se atraem, e mulheres de Spindle Cove "sequestradas" por libertinos nem sempre o são contra sua vontade, como o observador desavisado pode suspeitar.

– Acho que isso é verdade... – Ela sorriu.

– Antes que nos lancemos em uma missão de resgate, vamos refletir sobre alguns pontos. Por tudo que sabemos, Pauline não possui meios de viajar para Londres. Depois, eu conheço Halford, e ele nunca chegaria perto de uma livraria. E, finalmente – ele tocou de leve, com afeto, o nariz dela –, você *tem* reclamado que seus óculos precisam de lentes novas. Um engano parece a explicação mais provável.

– Colin...

– Contudo – ele acrescentou –, vou fazer tudo que posso para tranquilizá-la. Vou perguntar nos clubes e ver que fofocas estão circulando sobre Halford.

– Essa é uma boa ideia. E eu vou visitar Susanna e Lorde Rycliff. Se houver algo de errado em Spindle Cove, eles vão saber.

– Ótimo. E se nossas investigações não revelarem nada, vamos fazer uma experiência. Vamos visitar a Casa Halford amanhã.

Ela concordou, com os olhos marejados de lágrimas.

– Min, querida. – Ele acariciou o rosto dela. – Você está tão preocupada assim?

– Não – ela respondeu. – Oh, Colin, estou tão orgulhosa. – Ela apertou a mão dele. – Você está usando o método científico.

Capítulo dezesseis

Griff se manteve ocupado pelo restante do dia. Ele estava com a agenda repleta de compromissos naquela tarde, todos relacionados à administração de suas propriedades.

Mas isso não foi o bastante. Todas as suas reuniões com advogados, capatazes e secretários foram como balas de canhão guardadas em uma caixa – eram pesadas, ocupavam o espaço... mas não deixavam a caixa cheia de verdade. Pensamentos sobre Pauline surgiam para ocupar cada espaço vazio, como um milhão de grãos de areia. Ou talvez fosse mais apropriado dizer cristais de açúcar.

De algum modo, o fim da tarde chegou enquanto ele se rendia às atenções de seu criado pessoal. Griff surgiu uma hora depois, barbeado, vestido e completamente despreparado para a visão que descia pela escadaria.

Bom Deus. Bastou um olhar para ela e Griff soube que tinha acabado. A noite era um fracasso antes mesmo de começar. Ninguém acreditaria que ela era uma trabalhadora comum. Não nessa noite, não com aquela aparência.

Ela envergava um vestido rosa exuberante, com camadas translúcidas de saias que desciam, ondulantes, do corpete tomara-que-caia justo. Luvas até os cotovelos que compunham com o vestido. O cabelo estava encaracolado, fazendo voltas, e preso, mas de um modo que conseguia ser, sem esforço, encantador e elegante. Um feito e tanto. Fleur merecia um aumento de salário.

A postura de Pauline também estava ótima. O pescoço era como uma coluna clara e esguia, e os ombros nus... ah, os ombros pareciam uma escultura feita com o luar. Delicada e serena, misteriosa e feminina.

Um colar de ametistas claras mergulhava sensualmente no decote dela, refletindo a luz em mil facetas.

Griff se lembrou de que era um duque e um libertino. Ele tinha visto muitas mulheres lindas em sua vida. Já viu vestidos mais refinados do que aquele e joias mais exuberantes. Racionalmente, ele sabia que Pauline Simms não poderia eclipsar tudo e todas que vieram antes dela. Mas, de algum modo, ela conseguia esse feito.

Não havia um ponto que ele conseguia destacar, nem qualquer gesto em particular. Era apenas... *Ela. Eu fico com ela.*

– Então? – ela disse.

Afinal, ele encarou aqueles olhos verdes, brilhantes, felinos, inteligentes, encaixados no rosto em forma de coração. Nessa noite estavam ansiosos e vulneráveis.

Bom senhor. Ela não fazia ideia. Pauline o tinha arrebatado ao ponto de fazê-lo babar, mas não fazia nenhuma ideia disso.

Pauline levantou uma sobrancelha. *Ela está esperando sua reação. Reaja. Mas não demais. Só a medida certa. Uma ou duas palavras bem escolhidas.*

– Bã – foi o que ele disse.

Oh, diabos. Aquela sílaba malformada tinha mesmo escapado de sua garganta?

– O que foi? – Pauline arregalou os olhos para ele.

Parecia que sim. Ele limpou a garganta com um pigarro alto, depois procurou um modo de emendar o que disse.

– Bom – ele pronunciou, pigarreando de novo. – Eu disse "bom".

Uma cor encantadora tingiu as faces de Pauline. Ainda assim, ela mordeu o lábio, parecendo insegura.

– Que tipo de "bom"? – ela perguntou. – "Bom" no sentido de "muito ruim", o que ajuda nosso objetivo? Ou "bom" no sentido de "bom de verdade", o que o desagrada?

Griff suspirou por dentro. O que ele iria dizer? "Bom" no sentido de *"Bom Deus, você é a coisa mais linda e radiante que já vi em toda minha vida. Estou sem fala, tremendo como um pateta diante de você"*. Isso esclarece a situação?

– Bom no sentido de "bom" – ele disse. – Não me desagradou.

Ela torceu o canto da boca.

– Então isso é... bom.

Aquela era, oficialmente, a conversa mais estúpida da qual Griff tinha participado, e isso incluía um debate com Del, ambos bêbados, sobre corrida de avestruzes.

– A cor não é pavorosa? – Ela segurou uma prega da saia. – O vendedor de tecidos a chamou de "pétala com orvalho", mas sua mãe disse que o tom era mais de "framboesa congelada". O que você me diz?

– Sou homem, Simms. A menos que estejamos discutindo mamilos de mulheres, não vejo motivo para procurar diferenças de tons.

Ela apertou a boca em uma expressão de reprovação.

– Seja que cor for, fica bem em você. – *Bem demais.* Ele ajeitou suas luvas de noite pretas e pegou o chapéu com Higgs. – Vamos indo.

A carruagem estava pronta e à espera. Ele se voltou para Pauline. Era óbvio que ela precisava de ajuda com aquelas saias volumosas. Sem hesitar, ela aceitou a mão que ele lhe oferecia e a apertou com força, pegando emprestada a força dele. O aperto quente dos dedos recobertos de cetim quase acabou com Griff. Ele próprio estava desequilibrado quando subiu na carruagem e se sentou de frente para ela.

Ele olhou pela janela, precisava recuperar o autocontrole. Ainda estavam saindo de casa, tinham a noite toda pela frente.

Quando chegaram ao local em que deveriam atravessar o rio e desceram da carruagem, o sol já estava se pondo. O ar estava pesado com neblina e sombras. Havia um clima romântico de mistério, apesar das tentativas de Griff dispersá-lo.

– Nós vamos cruzar o rio usando os barcos? – ela perguntou, olhando para o barco com a expressão de medo. Ela apertou o braço dele com mais força.

– É o único modo de se chegar a Vauxhall – ele concordou. – Estão construindo uma ponte, mas ainda não está pronta.

– Eu nunca estive em um barco em toda minha vida.

– Nunca? Mas você vive no litoral.

– Eu sei. É absurdo, não é? Às vezes as ladies vão passear de barco, mas nunca tive motivo para ir junto.

– Não tenha medo. – Ele estendeu a mão. – Aqui.

Ajudá-la a embarcar foi ainda mais perigoso do que ajudá-la a subir na carruagem. Griff entrou primeiro e apoiou as botas entre as tábuas do piso para se equilibrar.

Pauline aceitou a mão dele e deu um passo cauteloso para chegar a um assento perto da proa. Mas nesse momento o barqueiro lançou o barco. Ela cambaleou e Griff teve que amparála com os dois braços enquanto ela caía de encontro ao peito dele.

– Oh, saco. – Ela lutou para se endireitar e o barco balançou.

O estômago dele quase virou. Ele teve uma visão – um breve pesadelo acordado – em que ela cambaleava e caía nas águas escuras, e aquelas saias pesadas e volumosas a puxavam para as profundezas.

– Não se mexa – ele disse, apertando mais a mão. – Ainda não.

Ele a manteve perto, com firmeza. Durante longos momentos os dois ficaram absolutamente imóveis, balançando um nos braços do outro enquanto o barco parava de balançar.

– Você está bem? – ele sussurrou.

Ela concordou.

– Seu coração está disparado – ele disse.

– O seu também.

– É verdade. – Ele sorriu.

Quando o barco parou de oscilar, enfim, ele a ajudou a sentar e gesticulou para o barqueiro que os transportava até o outro lado do Tâmisa com movimentos suaves e equilibrados.

– Está vendo? – ele murmurou, mantendo-a perto. – Não há nada que temer. Só imagine que você está viajando através da caixa de ouro, pérolas e cristal do poema que citou. Imagine que está viajando de um mundo para outro. Outra Inglaterra. Outra Londres com sua Torre. Outro Tâmisa, com outras colinas.

Ela relaxou no ombro dele.

– Uma linda noite enluarada.

– Isso mesmo. – E ela começou, de novo, a encantá-lo.

Griff nunca foi do tipo sonhador, nem mesmo quando garoto. Quando ele estava com Pauline, contudo, o mundo era diferente. Ela o forçava a ver as coisas com novos olhos. De repente, a biblioteca dele era a oitava maravilha do mundo, e pinturas de barcos pareciam obscenidades. Um barco os transportava pelo Tâmisa em uma jornada épica, e um beijo... um beijo era tudo.

Bem no fundo, por baixo da atendente de taverna que trabalhava demais e tinha língua afiada, havia uma mulher que ansiava por poesia em sua vida. Nunca tinham dado nada a ela – nem mesmo uma chance. Mas havia uma vivacidade no espírito dela que se alimentava de possibilidades – que Pauline absorvia como o pavio de uma lamparina, brilhando mais forte dessa forma.

E esta noite? Griff inclinou a cabeça para oeste e observou o sol poente. Dali a menos de uma hora o mundo dela explodiria com possibilidades brilhantes. Ele não queria outra coisa que não estar perto dela quando isso acontecesse.

Pauline achou Vauxhall bem impressionante. E isso antes mesmo de entrar no local.

Quando eles desembarcaram no outro lado do rio, o estômago dela precisou de vários momentos para parar de balançar. Eles subiram um grande lance de escada, que subia da margem do rio até um grandioso portão de entrada. Quanto mais eles subiam, mais alta a música ficava.

UAU!, ela pensou. Mas não disse em voz alta. E esse foi o pensamento constante dela enquanto passavam pelo portão e entravam nos jardins.

Uau, uau, uau, uau!

Ela não entendia como a natureza podia ser domesticada àquele ponto. A grama era perfeita em sua retidão. Os arbustos estavam podados em formas exatas. As árvores, plantadas em linhas retas.

Colunatas majestosas seguiam em várias direções, marcando caminhos cobertos. Ao fim de cada corredor, várias pinturas estavam expostas. Daquela distância, Pauline não conseguiu distingui-las. Ela viu o pavilhão branco da orquestra, na forma de uma concha marinha gigantesca, com esculturas e todo tipo de decoração.

De repente, ela se deu conta que estava com a boca aberta há vários minutos, e o duque tinha reparado.

Ele lhe deu um olhar divertido.

– Está escurecendo – ela disse. – Não deveríamos ir para o pavilhão?

– Ainda não – ele disse, segurando o braço dela. Ele a conduziu para fora do caminho principal, para um bosque destacado das colunatas.

– Por quê?

– Vai acontecer uma coisa que eu quero que você veja. E quero estar com você quando acontecer.

Ela ficou na ponta dos pés e esticou o pescoço para olhar em todas as direções.

– O que nós estamos esperando para ver?

– Está começando – ele disse, virando a cabeça dela. – Veja.

Pauline olhou. Ela viu uma esfera brilhar. Uma única bola de luz, pendurada à distância. Ela piscou e apareceram duas, depois dez. E então... milhares.

Um brilho quente se espalhou pelos jardins como uma onda de luz, tocando aqui uma lamparina vermelha, ali uma azul ou verde. Sem fôlego, de tão encantada, ela inclinou a cabeça para trás. As árvores acima deles sustentavam lamparinas em todos os galhos. O brilho corria de uma para outra e não demorou para que o bosque todo ficasse iluminado. O efeito era semelhante a ficar debaixo de um vitral de igreja durante a hora mais ensolarada do dia. Só que era noite e todas as cores possuíam uma riqueza luminosa. As lamparinas eram como milhares de joias penduradas em todas as árvores e em todos os arcos de pedra.

Pauline não conseguiu encontrar palavras. Ela riu e levou a mão ao rosto.

– Como eles fazem isso? – ela perguntou. – Como acendem todas ao mesmo tempo?

– Há um sistema de estopins – ele explicou. – Só precisam acender uns poucos e a chama corre até todas as lamparinas.

– É mágico – ela disse.

– É... – ele confirmou, a voz suave. – Acho que é mesmo.

Ela se virou para o duque, sentindo-se tonta com a beleza daquilo. Ele não estava olhando para os milhares de globos iluminados e pendurados nas árvores. Ele olhava para ela.

Um arrepio passou pelos ombros nus de Pauline, que cruzou os braços para se aquecer.

– Permita-me – ele disse, colocando as mãos enluvadas sobre os braços dela, para depois massageá-los.

O couro quente e macio deslizou pelos braços nus dela. Foi um gesto encantador, mas não ajudaria em nada para controlar seus arrepios.

Com o olhar, ele acariciou a boca de Pauline.

– Talvez tenha sido um erro vir até aqui.

– Não – ela insistiu, esperando que suas palavras não fossem abafadas pelo martelar enlouquecido de seu coração. – Não, eu prometo que consigo fazer isto.

– Halford! – a voz chegou até eles através do arvoredo. Ela se virou e avistou Lorde Delacre acenando da colunata. – Venham logo. Nós temos um reservado logo ali.

– Essa é a minha deixa – ela disse, dando uma piscada para Griff. – Está na hora de eu fazer por merecer minhas mil libras. Prepare-se para o desastre.

Eles caminharam até o conjunto de colunas e encontraram o reservado de Del. Pauline escapuliu para se misturar com o grupo. Griff a observou rir e fazer piada, beber champanhe e devorar fatia após fatia de presunto fino.

Por sua vez, Griff ficou de lado, bebericando conhaque em sua garrafa de bolso e aceitando, enfim, uma verdade dolorosa: ele precisava encontrar novos amigos.

Martin estava com sua cantora boêmia a reboque e Delacre estava de novo com aquela viúva. Algumas prostitutas bem-vestidas aguardavam por perto, esperando que enchessem seus copos para poderem seguir em frente. Mesmo sem se esforçar, Pauline era a mulher mais refinada do local. Se ela fizesse alguma observação inoportuna sobre a Lei dos Cereais, ninguém se importaria.

Todos os camaradas mais ou menos decentes que faziam parte do círculo de amizades de Griff tinham se afastado nos últimos anos – casando, assumindo seu título, acomodando-se. Griff também teria gostado de se afastar – sem ter que se casar –, mas é mais difícil deixar um círculo quando se é o centro dele.

– Quando você vai abrir Winterset Grange este ano, Halford? – Martin perguntou. Estava com um braço jogado sobre os ombros empoados de sua amante. – A Ruby aqui gosta de uma temporada no campo. Ela vai levar amigas. Amigas muito amistosas.

A loira cheia de ruge lhe deu um sorrisinho tímido.

Nos últimos anos, Griff passou os meses mais frios em Winterset Grange. Essa casa foi a primeira coisa que ele comprou após atingir a maioridade. Mesmo com seis propriedades de família, ele sentiu a necessidade de ter um lugar só seu. Homens comuns tinham apartamentos de solteiro. Mas ele era um duque, então possuía um sítio de solteiro. Ali, durante vários anos após sair da faculdade, Griff e seus colegas de Oxford levaram a tradição de festas no campo a novas alturas – ou baixezas – de libertinagem.

Sempre um anfitrião generoso, Griff era famoso por abrir sua porta para qualquer convidado – principalmente quando se tratava de mulheres bonitas. Os dias eram para se dormir, as noites eram para jogatina, bebedeira e outros vícios carnais.

Winterset Grange tinha se tornado uma tradição tão grande que, quando Griff não abriu a casa no último inverno, circularam boatos de sua falência. Ele não estava quebrado, é claro. Apenas despedaçado.

– Você *vai* abrir o sítio este ano, não vai? – Martin perguntou.

– Não decidi ainda – Griff respondeu. – Talvez não.

– Oh, vamos lá, Halford. Você *tem* que abrir. No inverno passado fui obrigado a ir para casa, em Shropshire. Um tédio sem fim, se quer saber. O velho ficou insistindo para que eu entrasse para a Igreja.

– Segundos filhos e seus problemas – Griff suspirou.

Griff não estava interessado em abrir sua casa para que Martin, Delacre e todos os outros adultos imaturos da Inglaterra pudessem vadiar à vontade em seus móveis e, bêbados, organizar torneios de bilhar que duravam três dias e três noites seguidos. Aquilo foi divertido quando eles eram jovens, mas agora... ele acreditava que suas paciência e generosidade tinham acabado. Ou foram redirecionadas.

Ele só conseguia enxergar uma razão para abrir essa propriedade – e o nome dela era Pauline.

Assim que a ideia pipocou na cabeça dele, sua mente a agarrou. Ele sabia que Pauline sonhava em abrir uma livraria em Spindle Cove, mas talvez ela sonhasse com isso apenas porque não conseguia conceber algo maior. *Ele* podia dar algo maior para ela.

Pauline se virou para ele, então, como se pudesse sentir essas intenções novas, viscerais. Esgueirando-se em meio à multidão que lotava o reservado, ela chegou ao lado dele.

– Lorde Delacre me convidou para dançar – ela sussurrou. – Não tenho a menor ideia de como se faz. Se eu acertar o momento certo para tropeçar, acho que consigo jogar nós dois dentro da tigela de ponche. Você me dá um bônus de dez libras?

– Vinte. – Ele sorriu, apesar do que sentia.

Griff a observou se afastar de braço dado com Del, a caminho do redemoinho colorido de dançarinos.

Oh, ele não podia se casar com ela. Não podia se casar com ninguém. Mas ele podia cuidar dela, ter certeza de que Pauline nunca mais passasse dificuldade. Com apenas 23 anos, ela tinha trabalhado o bastante para uma vida. Não deveria mais se matar de trabalhar. Pauline merecia ser alimentada com as melhores iguarias, mimada com os lençóis mais macios, atendida por dezenas de criadas e lavada em banheiras profundas de cobre.

Delacre a conduziu na dança. Com aquele vestido rosa-corado, a figura esguia dela era um sonho. Griff desejou que ela estivesse se divertindo, pelo menos um pouco. Em um mundo mais justo, ela teria tido seu próprio baile de debutante, com dezenas de admiradores fazendo fila para pedir sua mão. Mas ele próprio poderia admirá-la o bastante por dezenas de homens. Ele não conseguia tirar os olhos dela.

Os dançarinos fizeram uma volta e Griff viu o rosto dela de relance. Droga. Ele reconheceu aquela expressão. E não gostou.

Antes mesmo que decidisse o que fazer, seus pés entraram em movimento. Ele tinha que chegar até ela, imediatamente.

Algo estava errado.

~~ *Capítulo dezessete* ~~

— Há quanto tempo você conhece o duque? — Lorde Delacre a conduzia habilmente pela pista de dança. Ele era um dançarino tão elegante que ela não tinha a oportunidade de errar o passo.

— Há uma semana, apenas — Pauline respondeu, sincera. — E você, meu lorde?

— Fomos colegas em Eton. Somos amigos íntimos desde então. — Ele a encarou com um olhar impenetrável. — Nós temos um pacto, sabe.

— Um pacto?

— Sim. Um pacto, jurado com sangue em nossas espadas cruzadas. Para proteger um ao outro de todas as ameaças: traição, deslealdade...

— Morte? — Pauline concluiu.

— Não, pior. Casamento.

Pauline riu. Não pôde evitar.

— Quantos anos vocês tinham quando juraram esse pacto?

— Dezenove. Mas ele nunca expira. É renovado automaticamente.

— Entendo. — Ela se esforçou para parecer pensativa. — Lorde Delacre, se um duque deseja evitar o matrimônio, ele não é capaz de se proteger sozinho?

Ele meneou a cabeça.

— Você é mesmo nova em Londres, não é? Um homem como Halford precisa de um amigo de confiança para cuidar dele o tempo todo. A Sociedade está cheia de caçadoras de fortuna. E no que se trata de caça à fortuna, a dele é tão difícil como a pele do tigre branco; o maior prêmio para a caçadora. Existem mulheres nesta cidade que recorreriam a armadilhas e até dardos envenenados para caçá-lo. — Delacre arqueou uma sobrancelha e deu um olhar divertido para a multidão.

– Nunca se sabe quando elas vão atacar – ele disse voltando-se para ela.

– Então você acha que sou uma dessas mulheres – Pauline concluiu. – Uma caçadora de fortuna como as outras. Meu lorde, eu posso lhe garantir: não tenho segundas intenções com o duque. Não trouxe flechas afiadas nem estilingues na minha bolsa. Não possuo qualidades que pudessem tentar um homem como Halford a se casar.

Onde ficava a tigela do ponche, mesmo? Pauline não estava com vontade de explicar para Delacre seu acordo com Griff, mas fazer uma demonstração poderia ser suficiente. Com toda certeza, ele não a veria como uma ameaça matrimonial quando estivesse banhado em ponche.

– Imagino que você conheça a reputação de Halford – Delacre disse. – Pode banhá-lo com seus favores o quanto quiser, mas ele não se casará com você.

– O que o faz pensar que eu "banharia com meus favores" qualquer homem?

– Perdão, Srta. Simms – ele disse, sério. – Não pretendia insinuar nada disso.

Mentiroso. Ele pretendia dizer exatamente o que disse. Como se ele pudesse saber, só de olhar para ela – sem ter qualquer conhecimento de suas origens humildes –, que Pauline era *aquele* tipo de garota.

O pior era que ele tinha razão, até certo ponto. Em sua juventude, ela não tinha guardado seus "favores" como devia. Mas Griff sabia e não a fazia se sentir diminuída por causa disso.

Pauline olhou ao redor, desesperada para acabar com aquilo. Ela queria voltar para Griff.

Arrá. Lá estava, uma imensa tigela de prata cheia de ponche, com o formato de uma concha aberta. Assim que eles chegassem do outro lado da pista de dança, ela pediria uma bebida a Lorde Delacre. Eles se aproximariam da tigela... ele se inclinaria para servir...

A essa altura, um bom empurrão resolveria tudo.

– Lorde Delacre, seu amigo não corre nenhum perigo em minhas mãos. – Mentalmente, ela acrescentou, *você, por outro lado...*

– Eu gostaria de acreditar na sua palavra, Srta. Simms. – Os olhos de Delacre se desviaram para um ponto além do ombro dela. – Se o próprio Halford não estivesse prestes a provar que você está errada.

– O quê?

– Agora chega. – Griff apareceu do nada e os deteve no meio da dança. – Eu continuo.

– Ora essa, Halford. – Delacre resistiu. – Deixe-nos terminar a dança. Estamos conversando.

Griff agarrou o amigo pela lapela e o afastou de Pauline, baixando a voz para um rugido.

– Eu disse que ela é minha.

– Está bem. – Delacre levantou as mãos. – Ela é sua.

Com uma pequena reverência – e um olhar desconfiado para Pauline –, Delacre desapareceu.

Conforme Griff a pegava nos braços e entrava na dança, Pauline o encarou, estupefata.

– Por que você nos interrompeu? Eu estava a ponto de provocar um desastre fantástico!

Ele deu de ombros.

– Decidi que não quero vê-la mergulhar na tigela de ponche. Alguém deu duro para fazer esse vestido que está usando. E para preparar o ponche. Para não mencionar a brisa desta noite. Você pode pegar um resfriado.

Pegar um resfriado?

– Você entende – ela sussurrou – que para nosso acordo dar certo, cedo ou tarde você *vai ter* que me deixar cair.

– Bem, não vai ser esta noite, porque hoje vou cuidar de você. Não vou deixá-la cair. – Ele se inclinou para perto dela e sussurrou junto a sua orelha: – Eu vi que você estava chateada, Pauline.

Ela sentiu um aperto no coração. O fato de ele perceber isso, àquela distância – e não perder tempo para ir até ela –, aqueceu o coração dela. Pauline não se importava com o que pudessem dizer sobre o passado ou a reputação dele. Ela sabia que ele era um homem bom.

Ela apertou o ombro dele.

– Está tudo bem. – Ele firmou a mão nas costas dela. – Deixe que eu conduzo.

Ele dançou com ela até a lateral do pavilhão – o lado mais distante do reservado de seus amigos. Em vez de voltar à festa, ele a afastou da orquestra e a conduziu por um caminho mal iluminado. Depois que deixaram a multidão para trás, ele a virou para si.

– O que aconteceu? – Griff perguntou, segurando-a pelos ombros e analisando seu rosto. – Foi algo que Del disse? Eu o mataria facilmente por você.

Pauline abriu um sorriso singelo.

– Não faça isso, por favor. – Embora Delacre a tivesse ofendido, ela sabia que ele estava tentando, a seu modo distorcido, ser um bom amigo para Griff. Ela não queria se colocar entre os dois.

– Alguém a insultou? Você está doente?

– Não. Não é nada disso.

– Está com saudade de casa, então.

– Estou com saudade. – Isso era verdade. – Este lugar me deixou maravilhada. Para todo lugar que me volto, penso "A Daniela ia adorar ver isso". Então...

– Você ficou triste – ele concluiu, puxando-a para perto.

– Já vai passar. Uma caminhada pode ajudar.

Griff ofereceu o braço a ela, que o aceitou. Juntos, eles se afastaram da orquestra e entraram em um arvoredo escuro. Mais uma vez, ela se viu pensando sobre como ele compreendia tão bem seus sentimentos. Quase como se fossem dele próprio.

– Posso perguntar uma coisa? – ela disse.

– Apenas se não for a respeito da fundição cataclísmica.

Ela sorriu.

– É sobre minha irmã. Você foi maravilhoso com ela. Simplesmente perfeito. Tem alguém como Daniela na sua família?

– Não – ele respondeu. – Não tenho nenhum irmão. Não mais.

Então ele *tinha* perdido alguém. Ela apertou o braço dele.

– Griff. Eu sinto muito. Não fazia ideia.

– Não é como você está pensando. Quero dizer... é, mas não. Minha mãe teve quatro filhos, mas eu fui o único que viveu mais do que uma semana. Não tenho nenhuma lembrança dos meus irmãos e irmã. – Ele afastou um galho do caminho de Pauline e ela passou por baixo. – Daniela é encantadora. Você tem sorte de tê-la como irmã.

– Eu sei. Nem sempre eu tive essa consciência, mas eu sei.

Pauline não era santa, nem Daniela. Como quaisquer irmãs, elas tinham seus momentos de brigas e ressentimento. E teve aquele dia constrangedor, na infância, quando elas foram até o mercado com o pai. Pauline, então com cerca de 8 anos, saiu correndo para fazer novas amigas, tomar emprestada um pouco da alegria da vida de alguém. E quando Daniela encontrou a irmã com seu novo grupo, Pauline ficou envergonhada.

– Essa boba é sua irmã? – um garoto escarneceu.

– Céus, não – ela respondeu. – Nunca a vi em toda minha vida. Mande ela para longe daqui.

Ainda hoje, Pauline podia se lembrar do rosto horrorizado da irmã. A culpa a tinha esmagado como uma pedra de moinho. Ela soube, naquele instante, que tinha negado a pessoa que mais a amava no mundo. E para quê? Para impressionar algumas crianças? Ela saiu correndo atrás de Daniela, implorando perdão. Elas se abraçaram apertado e choraram... choraram. Era uma lembrança dolorosa que ela não ousava esquecer.

Ela nunca mais deixaria que alguém a constrangesse. E nunca mais trairia a irmã.

– Tenho muita sorte de ter Daniela – Pauline repetiu. – E ninguém entende isso. Ninguém.

– Talvez essas pessoas tenham irmãos de sobra. Nem todos têm essa sorte.

Com isso, ele ficou quieto.

Pauline o fitou, memorizando suas belas feições na escuridão iluminada por lamparinas. Ele era um homem complexo, com um rico legado familiar e responsabilidades que ela nem podia imaginar. Quem era ela – uma atendente de taverna de Sussex – para lhe dizer qualquer coisa? Mas Pauline tinha que tentar. Não havia mais ninguém que pudesse. Ela se virou para ele, colocando a mão em seu antebraço.

– Griff...

– Não. – Ao perceber o tom na voz dela, Griff estreitou os olhos e se afastou, apoiando-se em uma árvore próxima. – Não, Simms. Não comece com isso.

– Não comece com o quê? Eu só disse seu nome.

– Mas eu conheço bem esse tom de voz. Você está querendo embarcar em alguma tentativa inútil de me restaurar, de consertar o que está errado na minha vida... Seja qual for a ideia feminina que você está acalentando, abandone-a agora mesmo, pois só vai conseguir ficar envergonhada.

Céus. O homem tinha uma personalidade tão transparente que era como se ela pudesse olhar para o colete dele e ver o tronco de árvore no qual estava encostado. Se ele achava que algumas palavras grosseiras bastavam para assustá-la, depois do modo como ele a abraçou na noite passada... Depois das palavras doces que sussurrou...

– Você está sendo ridículo – ela disse, calma. – Tão ridículo que eu nem consigo ficar brava com você, então não pense que está me afastando, Griff. Eu sei que você sofre por alguma coisa. Eu sei. Eu senti, no primeiro dia, e...

Ele desviou o olhar.

– Não quero ter esta conversa.

– Ótimo. Pode negar, eu não me importo. Não sei se isso é orgulho masculino ou fleuma aristocrática. Seja qual qualidade for, eu não a possuo. Você pode fingir que não está sofrendo. Eu não consigo fingir que não ligo. – Ela reuniu coragem para continuar. – Não estou pedindo para que confie em mim. Eu consigo entender por que você não contaria seus problemas para uma garota como eu, mas... talvez você não devesse rejeitar, por completo, a ideia de casamento. Odeio pensar em você sozinho.

– Quem disse que estou sozinho? – Ele bufou. – Não me falta companhia, se eu quiser.

– Sei, sei. Você é um grande devasso e libertino. Pelo menos foi o que eu ouvi dizer. Mas não vi provas disso. Pelo que observei, você é apenas um homem impulsivo e generoso, às vezes decente, que vaga pela casa à noite, sozinho, e mexe com relógios velhos.

De repente, ele estendeu o braço e a puxou para o peito.

– Não se iluda pensando que sou um homem decente.

Com um movimento rápido, ele inverteu as posições deles, pressionando-a com o peito largo contra o tronco da árvore. Ela se debateu um pouco e o tecido leve do vestido prendeu na casaca da árvore.

Pauline não queria que ele percebesse seu tremor.

– Você recusou me possuir ontem à noite – ela disse. – Não pode estar esperando que eu tenha medo disso agora.

– Medo? Não. – Ele se inclinou para frente, até estarem com os rostos quase colados. – Espero que tenha prazer.

Ele tomou a boca de Pauline em um beijo profundo e exigente. Sua língua envolveu a dela, e ele inclinou a cabeça para mergulhar ainda mais fundo. Explorando-a, possuindo-a de forma implacável. E ele não ficou nisso. Sua mão deslizou até o corpete dela, envolvendo seu seio. *Oh, céus.*

Ele apertou o volume aumentado com enchimento, levantando-o e acariciando-o. O polegar dele foi para frente e para trás, procurando o mamilo. O enchimento o frustrou. Ele desistiu, praguejando, e puxou o decote para baixo, tentando fazê-lo descer.

Ela prendeu a respiração. Ele não podia estar querendo fazer isso *ali...* Ou talvez pudesse.

Com um movimento firme e decidido, ele pegou o que tanto queria e levantou, colocando o seio acima do limite do corpete, expondo-o ao ar frio da noite. Estava escuro, mas ela se sentiu como que jogada em uma vitrine, vulnerável e trêmula.

Ele a beijou de novo, explorando sua boca com passadas possessivas da língua. Enquanto isso, acariciava o mamilo com o polegar. As carícias habilidosas destruíram toda determinação e bom senso dela. De algum modo, em meio às fagulhas deliciosas e aos arrepios de êxtase, um objetivo simples começou a se formar dentro de Pauline: dessa vez ela também queria tocá-lo.

Pauline deslizou as mãos enluvadas por dentro do casaco dele, sentindo os músculos definidos e duros do tronco. Mesmo por cima do casaco, a força daquele corpo era palpável.

Ela puxou a camisa para fora da faixa na cintura e colocou as mãos por baixo. Ele grunhiu, encorajando-a, enquanto ela passava as mãos pelos músculos abdominais e pela leve trilha de pelos no centro. Então ela subiu com as mãos, roçando o mamilo de Griff e parando sobre o coração impetuoso dele.

Bum. Alguma coisa explodiu. Ela sentiu a onda de choque no peito dele e pensou que pudesse ser seu próprio coração. Então, clarões no céu iluminaram o espaço entre eles. Ela riu de si mesma quando entendeu o que acontecia.

– Fogos de artifício.

Claro. Com uma última passada de seus lábios nos dela, ele levantou a cabeça. Ela segurou a respiração, esperando que ele falasse, mas Griff não disse nada, só ficou olhando para ela, do mesmo modo que naquele primeiro dia em Spindle Cove – como se ela fosse a coisa mais maravilhosa, terrível, intrigante e perfeita que ele já tinha contemplado.

Não, não. Aquilo era demais.

Pauline sentiu as batidas do coração dele na palma da mão. Ele conservou o seio pequeno dela na sua. E acima deles, os malditos fogos de artifício explodiam em fragmentos de ouro e prata.

A força daquele momento foi estarrecedora. Sem a proteção de um beijo, ela não podia esconder seus sentimentos. Não havia para onde olhar, a não ser diretamente nos olhos dele.

O pulso dela palpitava incoerente, mas não havia hesitação no ritmo sob sua mão. Nenhuma dúvida. Apenas uma batida forte e insistente de desejo.

Pauline, ela podia imaginar o coração dele dizendo. *Pauline, Pauline, Pauline.*

Aquilo não devia estar certo. Tinha que ser outra coisa.

O mais provável era: *Tonta, tonta, tonta.*

Ali perto, amor era um buraco nefasto que se abria na terra, ficando maior a cada instante. A menos que ela tomasse muito cuidado, com certeza cairia dentro dele.

– Griff – ela sussurrou. – Você precisa de alguém. Todo mundo precisa.

Com um movimento impaciente, ele subiu o corpete dela, cobrindo o seio, então, se afastou.

– Você não entende disso. – As palavras dele soaram sombrias e irritadas. – Não me diga que eu preciso de alguém. Minha vida toda foi uma coleção interminável de alguéns. Outro "alguém" é exatamente o que eu *não* preciso. O que eu menos quero é ficar em uma sala cheia de mulheres patéticas, sem graça, e escutar, "é seu dever casar, Halford. Escolha *alguém*".

Ela se afastou dele, ferida.

– Oh. Entendo.

Griff praguejou.

– Não foi isso que eu...

– Não, você tem razão. – Ela se afastou com passos pequenos e apressados. – Escolher uma garota sem graça em um salão lotado. Que pesadelo. Nada de bom poderia sair de uma cena como *essa*.

– Pauline, espere.

Ela se virou e correu, deixando-o no bosque sombrio e emergindo em uma clareira onde uma multidão tinha se reunido para assistir aos fogos. Pauline parou, de repente, com dificuldade para respirar. À volta dela, as pessoas riam, aplaudiam e soltavam exclamações de alegria.

Um homem trombou nela, com força. A antiga Pauline teria reagido com uma cotovelada, mas nesse momento ela não teve disposição para tanto. Apenas se virou para encará-lo, levando a mão ao pescoço com o susto. *Oh, Deus. Oh, não.* Ele tinha sumido. Tudo tinha sumido.

Griff saiu do bosque à procura dela. Enfim avistou o vestido de Pauline no outro lado do gramado lotado. O inconfundível borrão rosado, iluminado pelos clarões dourados dos fogos acima. Ele sentiu como se estivesse assistindo ao próprio coração sendo separado de seu corpo.

Então um homem emergiu das sombras, e o coração de Griff baqueou.

– Pauline! – ele gritou.

Ela não o ouviu – ou não se virou, caso tenha ouvido. Apenas parou por um instante, então levantou as saias e partiu em disparada na escuridão da noite. Pauline estava perseguindo alguém.

– Pare! Pare, seu maldito ladrão! – ele a ouviu gritar.

Ladrão? Griff correu atrás dela, mas ainda precisava desviar da multidão, e ela tinha uma vantagem e tanto. Ele ficou espantado com a velocidade que ela conseguia alcançar usando todas aquelas saias. Pauline estava fazendo o bandido – ou quem quer que fosse – correr bastante entre às colunatas e através dos bosques iluminados.

Enquanto ela corria, deixava xingamentos para trás, como seus próprios fogos de artifício. Qualquer progresso que ela tivesse feito em dicção nesta semana, desapareceram num instante.

– Vagabundo! – ela gritou, passando apressada por um atônito cavalheiro que Griff reconheceu como sendo o embaixador austríaco. – Pare, seu maldito canalha!

Bem, se um espetáculo desastroso era o que ela queria, aí estava. Não foi necessária nenhuma tigela de ponche.

– Vou acabar com você, seu nojento filho de uma prostituta!

Griff fez uma expressão de "Não, você não" na direção do reservado real, como que pedindo desculpas, sem vontade de parar para dar explicações. Ele estaria rindo se não estivesse tão ofegante – e preocupado com Pauline.

Eles chegaram aos limites de Vauxhall e mergulharam no bairro vizinho – uma mistura de fábricas, casas e apartamentos de comerciantes. Nenhuma das ruas era iluminada. Só Deus sabia que perigos se escondiam naqueles becos. Ainda assim, Pauline foi em frente. O que ela estava pensando? O que quer que o bandido tivesse roubado, não valia colocar a vida dela em risco. Ela estava perdendo para o ladrão, mas Griff se aproximava dela.

– Pauline! – ele gritou, buscando fôlego no fundo dos pulmões. – Deixe-o ir!

– Não posso!

Ela dobrou uma esquina, firme na perseguição, e Griff a perdeu de vista por alguns segundos assustadores e intermináveis. Ele aumentou o ritmo, rezando para que ela ainda estivesse inteira e ilesa – para que pudesse segurá-la e fazê-la recuperar o juízo.

Quando Griff se aproximava da mesma esquina, um grito curto e penetrante cortou o ar. *Santo Deus. Por favor.* Ele virou na esquina e lá estava ela – jogada no chão, no meio do caminho.

– Pauline! Pauline, você está ferida?

– Não pare por minha causa! – ela exclamou. – Corra atrás dele.

– Ele já foi. – Griff nem se preocupou em olhar. – Já foi. E mesmo que eu pudesse alcançá-lo, não iria abandonar você aqui.

As pessoas começavam a sair das moradias próximas, observando com interesse o cavalheiro e a dama que estavam parados no meio da rua. Griff adotou uma postura forte e olhou em todas as direções, alerta, fazendo quaisquer rufiões saberem que era melhor não se arriscarem com ele.

– O que aconteceu? – ele murmurou, agachando-se diante de Pauline. – Ele a machucou? Bateu em você com alguma coisa? – Griff começou a procurar manchas de sangue. – Ele tinha uma pistola ou uma faca?

– Não... – Ela soluçou.

Ele conseguiu respirar de novo. Graças a Deus.

– Nada disso. O problema foi essa droga de sapato. Prendi o salto alto entre duas pedras da rua e torci o tornozelo.

Ela levantou a saia e Griff pôde ver o tornozelo sob a meia, virado em um ângulo assustador.

Primeiro ele soltou o pé dela, depois o sapato. Com dedos cuidadosos, ele explorou o pé que começava a inchar.

– Está doendo muito? Pode ter quebrado.

– Não quebrou. – Ela sacudiu a cabeça. – E a dor não é tão forte. É só que...

– O que foi? – ele perguntou, preocupado. – O que esse vagabundo fez com você?

– Oh, Deus. Você vai me odiar.

– Nunca.

Ela deixou o corpo cair contra o dele, como se toda a disposição para lutar tivesse se esvaído dela.

– Griff, ele levou o colar. As ametistas da sua mãe. Valiam milhares de libras. E agora se foram.

Capítulo dezoito

Era isso, então. Pauline desistiu. Ela se entregou aos cuidados dele, sem saber o que mais poderia fazer. Sempre se considerou uma pessoa resiliente, mas nessa noite ela foi derrotada.

Londres 1, Pauline 0.

Menos que zero. Ainda que levasse em conta as mil libras de pagamento que Griff tinha lhe prometido, ela agora devia milhares de libras para ele! A duquesa nunca a perdoaria. Como ela faria para lhes pagar tamanha dívida?

O duque continuava agachado ao lado dela.

– Passe os braços em volta do meu pescoço – ele disse.

Ela obedeceu, colocando as mãos, desanimada, nos ombros dele.

– Segure-se com firmeza – ele reclamou, praguejando. – Você é filha de um fazendeiro e atendente de taverna. Eu sei que pode fazer melhor do que isso.

Ela fez um esforço consciente para retesar os músculos. Ele tinha razão, ela possuía um corpo forte, o que significava que não era leve como uma pena. Ela precisava ajudar. Devia isso a ele.

Griff a ergueu, soltando um grunhido de esforço, ajeitando os braços até apoiar o peso dela em seu peito musculoso.

– O sapato – ela disse, com a voz fraca.

– Dane-se o sapato.

Ela lhe deu razão. Que diferença fazia um sapato, quando ela tinha acabado de perder um colar que valia milhares de libras?

Griff a carregou até o fim da rua, por um caminho diferente daquele que percorreram durante a perseguição do ladrão. Pauline pensou em mencionar essa discrepância, mas decidiu que ele devia saber aonde estava indo. O rosto dele, quando ela conseguia ver, com ajuda de uma luz fraca projetada por alguma janela, era uma máscara de determinação férrea.

– Eu sinto tanto – ela disse.

Ele meneou a cabeça de modo firme e contido.

– Não sinta.

Griff não falou mais com ela no caminho todo até a Casa Halford. Não falou no barco que os carregou através do Tâmisa, nem na carruagem até Mayfair.

Quando chegaram, ela o ouviu dar ordens aos empregados em voz baixa, mas firme. Foi levada até o Salão Rosa e colocada sobre o maior divã.

– Vou chamar um médico – Griff anunciou.

– Eu realmente não preciso disso... – ela protestou.

Ele saiu da sala e esse foi o fim da discussão.

Quando o médico chegou, Pauline ficou sentada no Salão Rosa enquanto o doutor apalpava seu tornozelo e a examinava. O inchaço parecia já estar melhorando. Nenhum dano sério no tornozelo, pelo menos. Outras partes dela talvez nunca se recuperassem.

Pauline se levantou da cadeira e foi mancando até ele, no meio da sala.

– Bem – ela disse –, afinal, provei que sou uma catástrofe. Devo ter parecido uma megera de boca suja, correndo daquele jeito pelos jardins tão bem cuidados.

Ele pareceu não achar graça no que ela disse.

– Venha, vou ajudá-la a subir a escada.

– A lesão não foi séria. – Ela fez um gesto com a mão dispensando a ajuda. – O médico disse que logo vai melhorar.

Griff insistiu em colocar o braço ao redor da cintura dela, conduzindo-a até a escada. Pauline não soube como recusar. A justaposição da expressão furiosa de Griff com aquela atitude solícita fez tudo parecer pior.

Ela subiu o primeiro degrau com o pé bom.

– Você está bravo comigo.

– Estou bravo – ele confirmou. – Não posso negar. Mas estou me esforçando para não direcionar minha raiva contra você.

Ela coxeou para subir o próximo degrau.

– Eu sinto muito. Vou pagar de algum modo. Começando com as mil libras, é claro. Quanto ao resto... – Ela parou e olhou para ele. – Não sei como fazer. Mas eu juro que vou pagar tudo.

Ele a encarou com uma expressão de total perplexidade.

– Do que você está falando?

– Do colar. Eu vou pagar para vocês de algum jeito. – Ela segurou no corrimão e deu outro passo.

Ele não a acompanhou.

– Isso é absurdo – Griff murmurou.

Abaixando-se, ele passou um braço por baixo das coxas dela e a levantou, carregando-a pelo restante dos degraus. No alto da escadaria, ele não continuou por mais um lance, até o quarto dela, mas virou na direção de sua suíte particular.

Equilibrando o peso de Pauline em um braço, Griff abriu a porta, carregou-a para dentro, e fechou a porta com o pé. Depois de atravessar uma sala de estar, ele a colocou sobre uma cama. A cama *dele*.

Era um leito enorme, com dossel em mogno e cortinas de veludo em todos os lados.

Ela tentou se apoiar nos cotovelos, mas o vestido pesado a atrapalhou. Antes que conseguisse se levantar, ele a prendeu, ajoelhando-se sobre as coxas dela.

Então ele segurou o rosto de Pauline com aquelas mãos fortes, proibindo-a de olhar para qualquer coisa que não seu rosto. Os olhos dele estavam ferozes. O coração dela martelou de encontro ao dele.

– Estou bravo, Pauline. Sinto uma raiva imensa daquele bandido que ousou tocá-la. Estou furioso por você ter se machucado. E estou bravo com você, sim, por ter ido atrás dele. Por ter se colocado em risco. Você sabe que tipo de gente se esconde naqueles becos e vielas?

– Eu não sabia o que mais podia fazer. Ele tinha levado o colar da sua mãe e...

– E daí? Ela tem dezenas!

– Mas aquele era muito valioso. Ela gostava dele. Foi por isso que ela quis que eu o usasse esta noite, porque...

Porque então você poderia me enxergar como uma dama de verdade. Assim você se apaixonaria por mim e desejaria que eu fosse sua noiva. Que piada.

– Você achou que eu daria mais valor a um punhado de joias do que à sua vida? Eu sei que às vezes nos desentendemos, Simms, mas isso é demais. Você pensa tão mal assim de mim?

– Eu... Não. Eu penso muito bem de você.

– Acontece que eu também penso muito bem de você.

Eram palavras gentis, mas ele as pronunciou com malícia.

– Eu posso comprar outro colar para minha mãe amanhã – ele disse. – Um colar melhor. Meia-dúzia de colares, se ela quiser. Joias podem ser substituídas.

– Atendentes de taverna também.

– Não. Não faça esse jogo. – Ele encostou a testa na dela. – Quando ouvi você gritar... foi como se uma espada me atravessasse. Eu quis morrer.

Eu quis morrer. Aquelas palavras confundiram Pauline e causaram dúvida. Ele não podia estar falando sério. Com certeza estava exagerando.

– Pensei que a encontraria ferida ou sangrando, ou... – Ele ficou sem voz. – Ou coisa pior. Não venha me dizer que eu estava preocupado com pedras presas em uma corrente. Eu quero acreditar que você me conhece melhor do que isso.

– Eu conheço.

– E ainda assim pensou que eu ficaria tão bravo com um colar que a mandaria embora?

Ela deu de ombros.

– Você tinha acabado de falar que não me queria, de jeito nenhum.

– Eu não falei nada disso. Você saiu correndo sem me deixar terminar. – Ele deslizou a mão pelo corpo dela. – Eu disse que não precisava de "alguém". Porque você não é apenas "alguém" para mim. Você é admirável, teimosa, linda e corajosa demais para seu próprio bem. – A mão dele se fechou, segurando o tecido do vestido dela. – Você é você. Eu quero *você*. Desde o momento em que entrou apressada pela porta da taverna, é *você* quem eu quero.

Ela levou a mão à boca, tentando conter a emoção.

– Não. – Ele tirou a mão dela da boca. – Não se esconda. Nunca mais fuja de mim.

Ele a beijou, faminto, desesperado, e ela se abriu para aquela invasão sensual, recebendo a língua dele com a sua, ansiando abraçá-lo apertado. E então ele se afastou, com a respiração difícil devido ao esforço.

– Se eu pedisse para você ficar comigo...

– Eu não posso. – Aturdida, ela ficou paralisada nos braços dele. – Você sabe que eu não posso. Tenho que voltar para casa. Para Daniela. Eu prometi e você nos deu sua palavra.

– Eu poderia lhe oferecer uma casa. Uma casa no campo, com tudo que você e sua irmã precisarem.

– Eu nunca poderia ser sustentada como amante. Nem mesmo sua. Eu perderia o respeito por mim e por você.

O olhar dele ficou nublado.

– Não posso me casar com você – Griff disse.

– Eu sei. – A tristeza pesou no coração dela. – Não tem nenhuma maneira disto durar mais do que uma semana.

Ele aninhou o rosto dela na palma da mão e passou o polegar pela bochecha.

– Bem, saiba de uma coisa: esta noite eu vou fazer amor com você.

Uma onda de empolgação a sacudiu. *Sim.*

– Sim, Griff. Por favor.

Ele pegou a barra das saias dela e levantou. Depois, curvou os dedos ao redor da coxa, deslizando para cima e para baixo.

– Mas você está bem? Não está machucada ou com dor debaixo de toda esta seda?

O coração de Pauline se aqueceu com a preocupação dele com seu bem-estar.

– Estou bem, eu juro.

– Eu mesmo vou avaliar isso. – Griff a virou de bruços e começou a soltar os laços e fechos. – Vamos tirar tudo isso. Estou louco para vê-la nua de novo.

De novo?

– Quando foi que você já me viu nua antes?

– Na primeira noite, na biblioteca.

– Mas... eu estava vestindo minha camisola o tempo todo.

– Eu sei. – Ele puxou o vestido para baixo dos quadris, então começou a soltar as anáguas. – Mas o tecido da camisola era deliciosamente fino. Quando você ficou na frente da lamparina, a luz desenhou seu corpo e eu pude ver tudo.

– Tudo?

– Tudo.

Pauline não sabia como reagir a isso. Ela ficou imóvel enquanto ele desamarrava o espartilho e o jogava de lado. Então, colocando-a meio sentada, Griff puxou a *chemise* por sobre a cabeça dela e Pauline se deixou cair na cama, completamente nua, a não ser pelas meias.

Ele se sentou e começou a tirar suas roupas. Colete, gravata, camisa. Ela o observou remover camada após camada de elegância, até chegar ao homem debaixo de tudo aquilo.

– Céus – ela suspirou.

Ele era perfeito. Largo nos ombros, magro na cintura e musculoso em tudo, com alguns pelos escuros no peito. Ele se virou de lado, sentando na beirada da cama para retirar as botas e desabotoar as calças, dando a Pauline bastante tempo para parar e admirar os músculos esculpidos das costas nuas de Griff.

– Pronto – ele disse, jogando de lado a última peça de roupa.

Ele se deitou ao lado dela e, de repente, Pauline ficou envergonhada. Ele era tão perfeito em tudo. A forma ideal de homem. E ela não era a forma ideal de mulher. Nem de longe. Pela primeira vez, ela não se sentiu à altura dele.

O olhar dele passeou pelo corpo dela primeiro, mas as carícias logo se seguiram. Ele segurou o seio dela e Pauline começou a esperar, tola que era, que ele dissesse que estava gostando do que via. Ela não precisava ouvir que era "linda", "maravilhosa" ou "perfeita". Algo como o "bom" tenso que ele tinha dito antes já servia.

Quando o polegar dele encontrou o mamilo teso dela, Griff fez algo muito melhor. Ele soltou um grunhido baixo de satisfação, do fundo da garganta. O som foi tão primitivo e masculino que não deixou dúvida, e despertou tudo de feminino nela. A resposta que veio do cerne de Pauline foi um gemido fraco de alívio.

– Tão excitante quanto eu me lembrava – ele murmurou. – Mais, até. Você não acredita como me deixou duro naquela primeira noite. E em todas as noites desde então.

Ela deixou escapar uma risada constrangida.

– Eu tenho o corpo de um garoto de 14 anos.

– Bobagem. Eu já fui um garoto de 14 anos e posso lhe dizer que eu não tinha peitos assim, tão provocantes. – Ele passou o dedo ao redor da aréola, depois pela curva debaixo do seio.

Ela se contorceu, perdida sob sensações intensas.

– Então você é um desses homens que realmente gosta de mulheres com seios pequenos?

As amigas carnudas dela sempre a consolaram com a promessa de que esses homens existiam, mas Pauline ainda tinha que encontrar um pessoalmente. Ela começou a pensar que eram criaturas míticas, da mesma categoria de fadas e dragões.

– Eu nunca entendi esse modo de pensar. – Enquanto falava, ele beijava os seios dela e acariciava a barriga e as coxas. – Isso me lembra aqueles velhos que vão jantar no clube todas as noites e sempre comem a mesma coisa, sentados à mesma mesa. Como pode ser boa a vida de um homem que não sabe apreciar a diversidade? – Ele tomou um mamilo com a boca, circulando o bico teso com a língua.

Um suspiro de prazer escapou da garganta dela. Além disso, Pauline não sabia como reagir. Ela imaginou que um duque podia ter amplo acesso à "diversidade", se quisesse. Depois que ela voltasse a Spindle Cove, quem sabe ele não encontraria uma mulher carnuda, de cabelos claros, para comparar.

Como se pudesse sentir a inquietude dela, Griff mudou de atitude.

– Você é uma mulher extremamente atraente e sabe disso, certo? – Diante do silêncio dela, ele continuou: – Você acreditaria em mim, se pudesse se ver.

– Eu *já* me vi. Esse é o problema.

– Não, não. – Ele meneou a cabeça. – Não em um espelho. Eu sei como os espelhos funcionam. Eles conspiram com as empresas de cosméticos e juntos só dizem mentiras para a mulher. Levam o olhar dela de uma falha imaginária para outra, até que tudo que ela consegue ver é uma constelação de imperfeições. Se você pudesse sair de dentro de si mesma e pegar meus olhos emprestados por apenas um instante... Só veria beleza. – Ele levou a mão ao próprio coração. – Juro pelos sete Duques de Halford que me antecederam.

Vários momentos se passaram antes que ela pudesse falar:

– Bem, eu vi os retratos deles. Admito que sou mais bonita do que eles.

– Graças a Deus por isso. – Ele riu.

Griff acomodou o quadril entre as coxas dela, abrindo-a. A curva dura de sua ereção latejou, quente e urgente, contra o centro dela.

– Deixe acontecer – ele disse, enterrando o rosto no pescoço dela. – Da próxima vez, eu vou devagar. Vou beijá-la toda, tocá-la por horas. Mas não consigo mais ter paciência. Eu preciso... Deus, eu preciso de você. Eu preciso de você.

– Sim. – Ela o beijou, projetando o quadril, convidando-o. Ela também precisava dele. Desesperadamente.

Ele se colocou na entrada dela e a penetrou.

Quando seus corpos se uniram, Pauline gritou, mas não era um grito dor, apesar do início apressado, ela estava pronta para ele há dias, e esperava essa sensação há anos. O tamanho e o calor de Griff eram formidáveis, mas ela acolheu as duas sensações. A plenitude. O prazer escaldante.

Enfim, estava com Griff. Debaixo dele, ao redor dele, abraçando-o, beijando-o, tocando seu cabelo e seus ombros. Então era assim que um homem fazia amor – não um garoto atrapalhado, mas um homem de verdade. Um que sabia não só o que ele próprio queria, mas também o que ela queria. Griff a amou com um ritmo suave, poderoso, aprofundando-se com cada estocada. Quando Pauline pensava que não podia haver mais nada para sentir, ele mostrava que ela estava errada.

Enfim, as duas pelves se encontraram. Ele estava mergulhado por completo dentro dela. Pauline estava estendida ao limite. A tensão queimava como o fogo mais doce.

Ele baixou o corpo até o dela, achatando os seios de Pauline com seu peito. Os dois corações batiam juntos, harmoniosos, tocando como uma orquestra. Ele começou um movimento lento e contínuo com o quadril. Sua firmeza deslizava para fora e para dentro em um ritmo cuidadoso, provocando espirais de prazer e espalhando êxtase por todo o corpo dela.

Griff a fitou no fundo dos olhos, parecendo perplexo.

– Isto é... isto é bom, Simms. Eu conheço muito sobre o prazer, mas isto é... *bom.*

– Você disse que fazia muito tempo.

– Meses e meses. – Ele concordou. – E você?

– Oh, séculos. Anos.

– Deve ser por esse motivo... – Ele parou no meio do movimento e se inclinou para beijá-la, gemendo contra os lábios dela ao projetar com cuidado o quadril para frente. Pauline agarrou os ombros e as costas dele, querendo que se apressasse e fosse mais fundo, com mais gana. Ela estava certa que ele não era o tipo de homem que fazia amor de modo doce e cuidadoso.

– Griff – ela implorou.

Ele fez uma pausa.

– Não quero machucar você. Estou tentando ser delicado.

Ela o empurrou um pouco, só para conseguir encará-lo.

– Seja você mesmo. Eu quero você.

Algo feroz brilhou nos olhos dele. Griff se ergueu sobre os braços e firmou os joelhos no colchão, penetrando-a com vigor.

– Isso! – Ela arfou, empolgada com a força dele. – De novo. Mais.

E ele lhe deu o que ela pedia. E mais. Ele lhe deu investida após investida de êxtase vibrante, que acabou com ela por completo.

Aquilo era sensualidade crua, primitiva, mas foram as emoções que mais doeram. Ele podia ser provocador e frio com as palavras, mas cada estocada firme era uma confissão do quanto ele a desejava, do desespero com que a queria – com cada músculo de seu corpo, com cada pulsação de seu sangue.

Oh, e a intensidade nos olhos escuros e cativantes virou-a do avesso. Ela estava exposta, vulnerável frente a tanta determinação. Ele não guardaria nada em busca desse prazer, mas lhe daria o mesmo que estava obtendo.

Ela levantou os braços acima da cabeça e apoiou as mãos na cabeceira, empurrando o quadril contra Griff.

– Isso mesmo – ele grunhiu, sem perder o ritmo. – Mexa-se comigo.

Pauline arqueou o corpo acima da cama, indo de encontro às estocadas dele. O encontro dos corpos era quase doloroso, mas ela estava além desse tipo de preocupação. Parecia não conseguir recebê-lo fundo o bastante, abrir-se o bastante ao redor da curva lisa e dura do membro dele.

Os contrastes eram notáveis, os dois se possuíam como animais em meio aos travesseiros bordados e às nuvens de anáguas jogadas de lado. O desamparo da figura dela, toda aberta debaixo dele, só aumentava a tensão sensual que Pauline sentia. Quando enlaçou os quadris dele com as pernas ainda de meias, deslizando a seda pela coxa nua de Griff, este soltou um rugido feroz e primitivo.

Aquele homem era tão animal e, ao mesmo tempo, elegante... e tão excitante que ela não iria aguentar muito mais.

A cada estocada, o corpo dele massageava o dela bem no lugar certo. Pauline inclinou a cabeça para trás e fechou os olhos bem apertados, sentindo o prazer crescendo, retesando todo seu corpo. O êxtase estava tão perto.

Veio um grunhido do fundo do peito dele e o som a deixou preocupada. Talvez ele estava perto de terminar, também.

Eles não tinham conversado sobre o que aconteceria no final. A ansiedade foi suficiente para trazê-la de volta.

– Liberte-se – ele disse.

Ela abriu os olhos. Griff a estava encarando, o rosto, uma máscara de determinação. O ritmo dele não hesitou nem por um instante.

– Está tudo bem. Liberte-se.

E foi então que ela se deu conta... ele não iria parar até ela chegar ao clímax. De jeito nenhum. Ele continuaria. Sem parar. Por horas, se ela precisasse. Investindo sua ereção dentro dela uma vez após a outra, tantas vezes quantas fossem necessárias para reduzi-las a um êxtase trêmulo e confuso. Aquele homem não aceitaria outra coisa.

– Eu estou com você – as palavras suspiradas saíram roucas. – Estou com você.

Ele colocou as mãos sobre as dela, prendendo-as à cama, e ela se soltou. Seus braços ficaram moles e seus quadris enlouqueceram sob os dele. Pequenos soluços começaram a escapar dela, conforme cada investida a mandava mais para o alto.

Pauline o encarou o tempo todo, incapaz de desviar os olhos. Aqueles olhos escuros eram seu ponto de apoio.

– Goze. Pelo amor de Deus, goze, Pauline.

Ouvir seu nome saindo dos lábios dele acabou com ela, porque a fez saber que tudo aquilo era para ela. Todo aquele esforço erótico, heroico, era para ela.

O clímax veio, balançando-a com ondas do prazer mais agudo. E continuou, banhando-a, corpo e alma, com uma alegria violenta, incomparável.

Ele deslizou para trás, ficando ajoelhado, e a puxou pela cintura, levantando o corpo dela com aqueles braços poderosos.

– Griff... – ela sussurrou, esperando não ter que dizer mais nada.

– Eu sei. – O rosto dele se transfigurou de prazer. Com um grunhido e um movimento desesperado dos quadris, ele saiu de dentro dela e gozou em algum lugar naquelas nuvens de lençóis e anáguas.

Depois, ele desabou ao lado dela na cama, suando, com a respiração ofegante. Eles ficaram deitados assim por vários minutos, olhando, mudos, para o dossel da cama e lutando para respirar.

E agora?, ela se perguntou. Talvez, agora que o prazer de Griff estava saciado, ele iria se arrepender. Talvez as emoções que ele imaginava sentir por ela fossem destruídas pela força de seu clímax.

Quanto mais tempo ficassem ali, lado a lado, mas sem se abraçar, mais ansiosa ela se sentiria. Pauline sabia que aquilo não podia durar mais do que uma semana. Mas já teria terminado?

Enfim, com um grunhido suave, ele pôs o braço ao redor dela.

– Venha cá. – Ele a puxou para perto e deu um beijo carinhoso no alto da cabeça dela.

Pauline não conseguiu se segurar e chorou de alívio. Ele apertou o abraço, puxando a cabeça dela para seu peito e protegendo-a com o corpo. Não tentou fazer com que ela parasse de chorar, não a repreendeu pelas lágrimas bobas, apenas deixou que ela extravasasse seus sentimentos e a segurou o tempo todo – como se entendesse que todos os outros homens tinham falhado nesse ponto tão simples e estivesse determinado a acertar. Depois de algum tempo, ela deitou a cabeça no peito dele.

– Eu só estive com um outro homem antes de você. Errol Bright, filho mais velho do dono da loja de Spindle Cove. Ele disse que me amava. Disse um monte de coisas e fez muitas promessas que nunca cumpriu. – Ela franziu a testa, constrangida. – Só estou lhe contando isso porque não quero que você pense que espero algo mais. Não quero promessas de você, Griff. Mas espero que entenda que não faço isso com frequência, nem com qualquer homem. Mesmo que tenha sido só esta vez, significa algo para mim.

A cabeça dela levantou e desceu enquanto ele respirava fundo. A mão de Griff encontrou a dela e a segurou.

– Pauline? Por favor, acredite quando eu digo, com toda sinceridade, que estou honrado.

Ela soltou a respiração com um suspiro de alívio. Não sabia o que esperava ouvir, mas o que ele disse foi ainda melhor. Havia um ar de novidade nessas palavras: *estou honrado*. De algum modo, ela duvidava que ele já as tivesse dito para alguma mulher. Na cama, pelo menos.

Ela se virou nos braços dele, deslizando um toque possessivo pelo peito de Griff, que gemeu, encorajando-a. Ela adorou a liberdade de poder tocá-lo, explorar seu corpo. Os dedos dela encontraram o corte vermelho, ainda não cicatrizado, no bíceps dele.

– Está doendo?

– Não... pelo menos, não aí.

As palavras soaram profundas como uma confissão. Pauline adorou aquelas sílabas de sinceridade.

– E aqui? – ela perguntou, tocando o pequeno hematoma na face, onde ela o tinha socado no dia anterior.

– Não.

– Algum outro lugar, então. – Ela deixou a mão cair no peito nu dele, bem sobre o coração. – Dói em algum lugar aí dentro.

Ele concordou.

– Muito.

A curiosidade dela era intensa, mas Pauline resistiu ao impulso de lhe pedir mais explicações ou detalhes. Ele já tinha confiado nela um pouco. Talvez confiasse mais com o tempo.

– Será que pode abrandar essa dor? – Ela lhe deu um sorriso brincalhão.

– Acho que não. – Pensativo, ele afastou uma mecha de cabelo do rosto dela. O brilho nos olhos de Griff passou de ferido para malicioso. – Mas eu posso ser persuadido a ficar bem parado enquanto você tenta, até cansar.

⮑ *Capítulo dezenove* ⮑

Eles passaram mais uma hora empenhados em cansar um ao outro.

Griff acariciou o cabelo dela, obrigando-se a relaxar e a se entregar ao prazer simples de ser beijado. Os lábios dela tocaram seu peito, seus ombros... o pescoço, a barriga. Pauline foi tão minuciosa quanto carinhosa, cobrindo cada centímetro dele com toques macios de seus lábios. Ela não conseguiu curar as feridas mais profundas e sombrias com seus carinhos, mas fez com que a mente dele se esvaziasse, o que foi muito bom. E quando a língua dela começou a descer abaixo do umbigo, foi demais para ele.

– Eu preciso de você de novo. – Ele a pegou pela cintura e a colocou sobre ele, aprisionando seu pau duro e latejante junto à entrada dela. – Pegue-o com a sua mão e coloque-o para dentro.

Se Pauline sentiu alguma hesitação diante do pedido ousado, não demonstrou. Um rubor rosado surgiu no peito dela enquanto colocava a mão entre eles. Pauline o colocou no lugar enquanto Griff a descia devagar, fazendo o calor dela envolver toda sua extensão. Ela se encaixou nele como uma luva sob medida, prendendo-o apertado enquanto ele a ensinava como cavalgá-lo, subindo e descendo.

Garota inteligente que era, logo pegou o espírito e o ritmo da coisa. Com as mãos espalmadas sobre o peito dele, prendendo-o na cama, contraindo as coxas enquanto ela subia e descia. Aqueles seios empinados, deliciosos, balançavam e oscilavam. Se ele, algum dia, teve uma visão mais erótica, não conseguia se lembrar.

– Simms.

Ela gemeu, perdida de prazer.

– Simms – ele repetiu.

Ela abriu os olhos, as pálpebras pesadas, parecendo sonolenta ao fitá-lo.

– Quanto tempo faz desde a última vez em que você fez amor? – ele perguntou.

– Vinte minutos? – Ela mordeu o lábio.

– Certo. Eu também. Trinta segundos para mais ou para menos.

Rindo, ela deslizou as mãos pelo peito dele.

– Por que você pergunta?

– Porque da primeira vez foi extremamente bom. – Ele a fez subir e descer de novo. – Mas isto... está demais. Ainda melhor. Estou tentando entender... Não pode ser apenas minha longa abstinência, pode?

– Você sempre fala tanto assim quando está fazendo amor?

– Não. – Ele negou com a cabeça. – Isso também é diferente. Tudo é diferente com você.

Mais apertado, mais suave, quente, molhado, gostoso. Não era perfeito nem parecia um sonho, era apenas mais real. E tão bom que ele temia machucar os dois naquela corrida frenética até o fim.

Ele se esforçou para ficar sentado. Não bastava apenas ver, ele queria sentir a maciez e o calor dos seios dela acariciando seu peito nu, amortecendo o tropel enlouquecido de seu coração. Griff queria beijá-la enquanto fazia amor com ela.

Ele a aproximou, fazendo-a passar as pernas ao redor de seus quadris, entrelaçando os pés às costas dele. Com um braço envolvendo a cintura dela, ele a colocou em um ritmo rápido. A outra mão, ele pôs entre os dois, levando o polegar à pérola dela, massageando o montículo com círculos pequenos e tesos, até ela ter uma comoção, estremecendo em seus braços. E ele não parou. Nada de preguiça com ela, nada pela metade. Essa mulher teria o melhor dele. Griff continuou com as mesmas ações, beijando o pescoço dela e murmurando palavras de estímulo junto à orelha, até ela alcançar outro êxtase, mais devastador.

– Oh – ela gemeu depois, segurando no pescoço dele. – Oh, Griff. Oh, céus.

As palavras dela fizeram com que ele se sentisse um deus. Ou, pelo menos, um semideus. Uma divindade pagã, imortal, sexual, dedicada ao prazer.

Ele teria tentando levá-la a um terceiro clímax, mas o aperto quente do sexo dela o deixou à beira do precipício. Ele a levantou, tirando-a de seu pau, e ela estendeu a mão pequena e delicada para segurar a ereção dele.

– Assim – ele disse, demonstrando.

Ela seguiu a orientação.

– Assim?

– Ah. Isso.

A mão dela era delicada, mas firme. O polegar dela massageava com perfeição o sensível lado de baixo do pau dele, e com cada movimento a glande roçava a curva sedosa do abdome dela. Griff jogou a cabeça para trás, rendendo-se, agarrando os lençóis revirados. Em poucos momentos ela o fez arfar, rugir e se derramar sobre os dedos dela em jatos quentes e vigorosos.

Pauline sorriu, parecendo muito satisfeita consigo mesma. Ele também estava satisfeito com ela. Tão satisfeito que não parecia haver espaço para outra emoção em seu coração. Em sua vida. E isso não podia durar. Não podia durar. Deus, ele não sabia como faria para deixá-la ir.

Então, Griff apenas a beijou, envolvendo-a com os braços para aproximá-la. Usando a proximidade para esconder sua fraqueza.

Depois de minutos preguiçosos e lindos de beijos lânguidos, ela suspirou junto aos lábios dele.

– Eu preciso ir.

– Não. – Ele a segurou apertado. – Não, não, não. Ainda não.

– Não posso me arriscar a dormir. Você sabe que preciso ir para o meu quarto. Não podemos ser encontrados juntos. Os criados...

– Os criados são apenas criados. – Ele meneou a cabeça. – Quem se importa com o que eles pensam?

Pauline se afastou e arregalou os olhos para ele, que retribuiu com uma careta.

– Eu lhe imploro, finja que eu não disse isso. Ou, pelo menos, finja que não ouviu.

– Tudo bem. – Saindo do colo dele, ela pegou a *chemise* jogada de lado. Depois de desembaraçar a peça, ela a vestiu pela cabeça e enfiou os braços nas mangas. – Não quero brigar.

– Bem, isso é uma novidade. – Ele coçou a orelha.

– Não quero desperdiçar o que nós temos.

– E o que nós temos?

Ela o encarou.

– Alguns dias – Pauline disse em voz baixa. – E mais algumas noites juntos. Isto é, desde que não sejamos descobertos *esta* noite.

Ele teria gostado de discutir isso, mas no fim, não conseguiu.

– Vou acompanhá-la até seu quarto.

– Não, fique. Descanse. – Ela o manteve na cama com a mão no ombro e um beijo firme na testa. – Não vou me perder nos corredores desta vez.

Ela recolheu o vestido e o espartilho e se encaminhou até a porta lateral – a que se abria para o quarto de vestir.

– Estes quartos são todos interligados? – ela perguntou. – Se eu passar de um para outro, não vou ficar tão exposta no corredor. Vou correr menos risco de ser vista.

Ele concordou, sentindo-se sonolento, de repente. Ela tinha lhe tirado todo o vigor.

– Sim, são interligados.

Ela pegou uma vela da mesinha de cabeceira e foi na direção do quarto de vestir.

Griff se recostou, ouvindo-a sair. Ele ouviu quando ela abriu a porta do quarto de vestir para sua sala de estar pessoal. Dali ela poderia sair para o corredor ou entrar no...

Oh, Cristo.

– Espere! – Ele se jogou da cama, vestindo as calças e cambaleando atrás de Pauline. Enquanto atravessava o quarto de vestir, ele pegou uma camisa limpa de um gancho. – Espere, Pauline, não...

Tarde demais.

– Eu não queria – ela disse, parada no centro da sala. A *sala*.

– Me desculpe. Eu não queria invadir sua... – ela engoliu em seco. – ...sua privacidade.

Ele massageou o próprio pescoço. Não havia como evitar aquilo. Ele teria que encarar a verdade, afinal. Foi tomado pela terrível leveza do inevitável. A sensação de ter acabado de pular em um precipício.

– Você pintou todos eles? – ela perguntou, iluminando-os com a vela. – Eles são... ahn, são lindos.

– Não, eu não os pintei.

– Oh. Ótimo. Quero dizer, não que haja algo de errado em um homem adulto pintando um quarto com arco-íris e pôneis. São arco-íris e pôneis adoráveis.

– Você acha mesmo? – Ele cruzou os braços e encostou na parede.

– Ah, sim. Como não poderia achá-los lindos? Eles... ora, nesta parede estão brincando, não é? Olhe só para eles, brincando e... – ela engoliu em seco – ...e pulando.

Bom Deus. Ela estava completamente desconcertada, tentando encontrar um modo de não o ofender. Sem nenhum motivo em particular, ela tentava proteger os sentimentos dele e não estava conseguindo, mas a tentativa era admirável.

– Eu acho lindo o modo como a crina deste ondula na brisa. Bem majestoso. – Ela inclinou a cabeça para o lado. – São ranúnculos na campina?

Ele não conseguiu mais se segurar... e riu. A sensação de rir naquele quarto foi muito boa. Aquele era um lugar que ele tinha planejado encher de sorrisos e risadas, mas Deus tinha rasgado em pedaços seus planos tão cuidadosos.

– Os pôneis são ridículos – ele admitiu. – O artista que os pintou era especialista em retratos de cavalos de corrida árabes. O patrono dele tinha uma dívida de jogo comigo, então eu contratei os serviços do pintor para este quarto. E ele se deixou levar.

– E o que você faz aqui? – ela perguntou.

– Não muita coisa. Ele nunca foi terminado, como pode ver. – Griff acenou para a parede em branco. – A decoração não foi feita para me agradar, mas sim para agradar ao gosto feminino.

– Ah, entendo. – A expressão dela ficou séria. – Então você planejava trazer uma mulher para sua casa. Para seus aposentos. Uma mulher que gosta de arco-íris e pôneis.

Ele gostou do tom claro de ciúme na voz dela, e poderia ter se divertido com isso um pouco, se a verdade fosse diferente.

– Não uma mulher, Pauline. Uma garotinha. – Um nó se formou na garganta dele e Griff o limpou com um pigarro impaciente. – Minha garotinha.

👑

Pauline o observou com atenção, tentando encontrar algum sinal de brincadeira, mas não encontrou nenhum.

– Você tem uma filha? – ela perguntou.

– Não. Sim.

– Sim ou não?

– Eu... *tinha* uma filha. Ela morreu na infância.

Pauline ficou sem ar. Ela sempre soube que algo o assombrava, mas nunca teria imaginado isso. Ele tinha perdido uma criança? No outro dia, no Hospital dos Abandonados... é claro que a atmosfera o abalou. Não é de admirar que ele queria ir embora. E então, ter aquele bebê colocado em seus braços... Pobre homem. Como aquilo deve tê-lo sufocado. Pauline se sentiu tão insensível por não perceber.

– Oh, Griff. Sinto muito. Muito mesmo.

– Essas coisas acontecem. – Ele deu de ombros.

– Sim, mas não quer dizer que sejam menos tristes.

Ela quis se aproximar dele, mas quando deu um passo em sua direção, ele começou a andar pelo quarto, evasivo.

– De qualquer modo, é por isso que o quarto nunca foi terminado. – Griff caminhava, observando as paredes, e parou junto à janela. – Não cheguei a instalar as grades. Não foi necessário.

– Sua mãe não sabe de nada?

Ele meneou a cabeça.

– Ela estava no interior, nessa época. Eu mantive este quarto trancado desde que... bem, desde que passou a não ter mais utilidade.

– Você precisa contar a verdade para sua mãe. A duquesa notou que algo está acontecendo aqui. Ela pensa que você está sacrificando gatinhos ou realizando fantasias perversas.

Ele riu.

– Não é de admirar que você tenha ficado tão chocada com as pinturas. Não consigo imaginar o que pensou.

– E eu não quero admitir o que pensei. – Ela deu outra olhada no quarto. – Então a mãe da sua garotinha era...

– Minha amante – ele confirmou. – Ex-amante.

Ex-amante. Por mais que tentasse, Pauline não conseguiu expressar sua tristeza com essa parte.

– Você a amava?

– Não, não. Era apenas algo físico. – Ele passou a mão pelo cabelo. – Ela era cantora de ópera e nós... É vergonhoso, eu sei. Mas é muito fácil, para homens na minha posição social, fazerem esse tipo de arranjo. É o costume.

– Você não precisa de desculpas, Griff – ela disse. – Não para mim.

– Se eu tivesse alguma desculpa, seria, em primeiro lugar, para você. Mas não tenho. Nós não éramos próximos. Eu a vi cada vez menos com o passar do tempo e estava a ponto de terminar com ela de uma vez por todas. Foi quando me disse que estava grávida.

– Você ficou feliz?

– Eu fiquei furioso. Sempre tomei tanto cuidado, e ela me garantia que também tomava. – Ele voltou a andar pelo quarto. – Mas aceitei minha responsabilidade. Eu a coloquei em uma casa no interior, perto daqui, onde ela poderia ficar durante a gravidez. Providenciei uma empregada e uma parteira, e reservei dinheiro para cuidar da criança. Porque é isso que homens da minha posição fazem quando engravidam a amante.

– É o costume – ela completou.

Ele concordou com a cabeça.

– Eu fui visitá-la na casa nova para ver se estava bem instalada e lhe garantir que iria sustentá-la. E quando eu estava para ir embora, ela agarrou minha mão... – Ele olhou para a parede vazia, como se a lembrança distante estivesse pintada ali. – Só isso já foi um choque, porque nós nunca demos as mãos. Mas, de qualquer modo, ela segurou minha mão e a colocou em sua barriga. – Ele estendeu a mão espalmada, demonstrando. – E a criança... *minha* filha... me deu um chute.

Lentamente, ele levou aquela mão ao peito.

– Tão forte. Uma vida tão pequena, uma vida que eu ajudei a criar, declarando-se em termos tão intensos, ainda que silenciosos. Eu juro, aquele chute abriu meu coração. Fez com que eu passasse dias emocionado.

Pauline sorriu para si mesma.

– Depois disso, não consegui ficar longe, eu voltava todo dia. Visitei-a mais do que quando ela estava em Londres, só para pôr minhas mãos na barriga dela. Você sabia que bebês podem soluçar, ainda no útero?

Pauline negou com a cabeça.

– Eu também não. Mas eles podem. Eu ficava encantado com cada movimento. Nem consigo explicar. Pela primeira vez na vida eu estava...

Estava se apaixonando, ela concluiu em pensamento. Porque ele nunca diria isso em voz alta, mas a verdade era evidente. Ele tinha se apaixonado perdidamente pela filha e pela ideia de ser pai. A alegria maluca daquilo estava escrita no rosto dele – e nas paredes divertidas daquele quarto.

– A família dela estava na Áustria. Com a guerra terminada, afinal, ela queria voltar para casa, mas achava que não a aceitariam com uma filha ilegítima. Então me pediu para encontrar uma família para adotar a criança, e eu disse que não.

– Não?

– Eu decidi que eu mesmo criaria minha filha. Na minha casa, com meu nome.

Pauline olhou para ele, admirada. Um duque criando um filho bastardo em sua própria casa, com o nome de sua família... isso seria extraordinário. E esse, com toda certeza, *não* era o costume.

– Foi quando eu desocupei este quarto e trouxe o artista. – Ele parou no centro do quarto e olhou para o teto. – Eu sei que geralmente os berçários ficam em quartos no sótão, mas não gostei dessa ideia. Eu a queria perto de mim.

Griff encarou a única parede em branco do quarto durante vários segundos.

– Eu não tive chance de trazê-la. Ela teve febre na primeira semana. Já faz meses. Eu deveria repintar tudo, mas não encontro disposição para isso.

– E ninguém sabe da sua perda? Nem mesmo seus amigos?

Ele negou com a cabeça.

Ela sentiu um aperto no coração por ele. Era natural que Griff tivesse se recolhido nos últimos meses. Estava de luto. E o pior, sozinho. A duquesa pensava que ele relutava em ter filhos, mas a verdade era o oposto disso. Ele esteve pronto para receber a filha de coração aberto, e então todos os seus sonhos foram desfeitos.

Ela teve vontade de levá-lo para a cama e abraçá-lo durante dias e dias.

– Como você vê – ele disse –, eu não preciso de uma mulher para me ensinar o que é o amor, para me fazer querer ser um homem melhor. Eu já encontrei essa garota. Ela tinha este tamanho – ele afastou uma mão da outra, cerca de trinta centímetros –, pouco cabelo e nenhum dente. Ela me ensinou exatamente o que poderia me dar a verdadeira felicidade nesta vida, e me ensinou também que eu nunca poderei tê-la.

– Mas isso não é verdade. Com o tempo você...

– Não. Eu não posso. Você não entende. Meu pai era filho único. Minha mãe teve três filhos depois de mim. Nenhum sobreviveu mais do que uma semana. Eu era pequeno, mas lembro da casa toda de luto. Foi por isso que demorei até a tentar começar uma família, até surgir a questão do herdeiro – exatamente porque sou o último da linhagem. Todas essas gerações tendo dificuldade para ter filhos não melhoraram minhas chances. Mas então, quando eu senti aquele chute, tão frágil e poderoso... tive esperança de que as coisas pudessem ser diferentes.

Ela foi até o lado dele e tocou seu braço. Griff firmou o maxilar.

– Não posso passar por isso de novo. A linhagem Halford termina comigo.

– Você parece muito decidido.

– E estou. – Ele passou os olhos pelo quarto. – Espero que você não conte a ninguém sobre isso.

Pauline sabia que ele não estava preocupado com "ninguém". Ele não queria que a mãe soubesse.

– Eu lhe dou minha palavra, não vou contar para ela. Mas acho que você deveria.

– Não – ele disse com firmeza. – Ela não pode saber disso. Nunca. Estou falando sério, Pauline. Esse é o motivo pelo qual...

– O motivo pelo qual você me trouxe aqui. Eu sei. Estou vendo.

Ela entendeu, afinal. Ele não era um libertino devasso, relutante em casar. Estava decidido que não podia casar e não sabia como contar o porquê. A duquesa estava tão desesperada para ter netos que ele não conseguia contar que ela já *teve* uma neta e a perdeu, e agora nunca teria outra. Ele sabia que isso partiria o coração da mãe.

Griff tinha mantido seu luto em segredo, corajosamente determinado a aguentar sozinho toda a tristeza.

– Griff, você não precisa passar por isso sozinho. Se não quer contar para a duquesa, pelo menos converse comigo. Estarei aqui por mais alguns dias.

– Não foi o que eu acabei de fazer? Conversar com você?

Na verdade, não.

Durante toda a conversa, o tom dele foi calmo, assombrosamente prático. Ela sabia que era só uma fachada. Ele não tinha conseguido externar toda sua tristeza. Não era possível fazer isso em um quarto frio e secreto. Ele precisava falar, gritar, chorar, lembrar. Precisava de um amigo.

– Você tem reprimido toda sua tristeza há meses e meses. Pode tentar mantê-la em segredo, mas não fingir que não existe. Até que você decida abrir seu coração, arejá-lo... o sol não vai poderá entrar. – Ela pegou a mão dele. – Você não quer me contar mais sobre ela? Se puxou mais à sua família ou à da mãe? Ela sorriu para você? Qual era o nome dela?

Ele permaneceu em silêncio.

– Você deve tê-la amado muito.

Ele pigarreou e se afastou.

– É melhor você ir. Os criados logo vão aparecer para acender as lareiras.

Então seria assim... Por mais que eles tivessem se aproximado, por mais que tivessem compartilhado muitas coisas... ainda não era o bastante.

Ela concordou, então se dirigiu à saída do quarto.

– Como quiser.

Capítulo vinte

— Bom Senhor. Este é o pior de todos.

No dia seguinte, na sala matinal, Sua Graça estava muito descontente.

— Deixe-me ver. — Pauline se inclinou para frente, na cadeira listrada de amarelo.

A duquesa levantou as agulhas de tricô. Em uma delas estava pendurada uma coisa disforme sem nenhuma função concebível. Aquilo não parecia nada além de uma ratazana morta.

— É bastante horrendo — Pauline teve que admitir.

— Errado. É completamente horrendo. — A duquesa estalou a língua. — *Horrendo*. Precisa voltar aos seus exercícios de dicção, garota. Fizemos grandes progressos, mas você precisa parar de comer o fim das palavras até a noite de amanhã. Afinal, nós não vamos nos curvar perante "Su Altez Real", não é?

— Eu não deveria nem me aproximar do Príncipe Regente.

Só de pensar nisso, Pauline sentia seu estômago revirar. Haveria um baile na Casa Carlton, residência do Príncipe Regente, amanhã. A duquesa encarou o convite como a última e melhor chance de Pauline "acontecer" na Sociedade londrina.

— Mesmo se eu conseguir pronunciar todas as palavras direito, meu lugar não é em um castelo. Vossa Graça, eu gostaria que desistisse da ideia.

— Não vou desistir de nada. É nossa última chance, depois da noite passada.

Quando Pauline apareceu para o café da manhã sem a presença de Griff, a duquesa concluiu que suas esperanças na festa de Vauxhall tinham sido em vão. Embora suas suposições quanto ao que tinha acontecido pudessem estar erradas, ela acertou no resultado final.

– Não diga que eu não lhe avisei – Pauline disse. – Eu já lhe disse e repito, ele não vai casar comigo.

– Talvez não por vontade própria. – A duquesa voltou ao seu lugar e recomeçou a tricotar furiosamente. – Mas ele vai ser obrigado a pedir sua mão amanhã. Esse foi o acordo. Se eu fizer de você o assunto de Londres, ele prometeu se casar.

Pauline meneou a cabeça.

– Vossa Graça precisa aceitar a realidade. Isso não é possível.

– Mas *é*. Eu sei que parece improvável, mas esse é o momento de fazermos um esforço para uma conclusão triunfante. Dicção pela manhã. E um professor de dança vem à tarde. Vamos praticar sua mesura e seus cumprimentos, também. Comprei um carrilhão encantador para substituir suas taças de água. E, é claro, encomendamos o mais belo vestido que havia. Não vou me render. – Ela mostrou o tricô horrendo. – Não posso.

Com um suspiro resignado, Pauline abriu a Bíblia.

– Sagrad*a* – ela leu em voz alta. – Abençoado. Todo-poderoso.

Com o canto do olho, ela notou uma figura familiar entrando na sala.

– Oh, inferno.

Griff. Tantos impulsos a tomaram. Ela queria voar até ele, abraçá-lo, sacudi-lo, beijá-lo, derrubá-lo no tapete. Não sabia nem como olhar para ele sem revelar tudo. Mas ela não precisava se preocupar, a duquesa ficou muito assustada para reparar na reação de Pauline.

A mulher se colocou de pé num salto. Aquela ratazana cinza horrenda continuava pendurada nas agulhas de tricô, e ela não tinha onde escondê-la.

O duque franziu a testa para a mãe, depois baixou os olhos para o tricô.

– O que diabos é *isso*?

Uma pergunta muito boa – que, Pauline esperava, a duquesa finalmente respondesse com sinceridade.

– Isto? – a duquesa perguntou.

– Sim. Isso.

– Vou lhe dizer exatamente o que é. – Ela levantou o queixo e se virou para Pauline. – É um trabalho manual indesculpavelmente ruim. Muito ruim mesmo, Srta. Simms. Eu esperava mais de você! – Ela jogou o bolo inteiro de lã dentro do fogareiro.

Pauline revirou os olhos e se voltou para a Bíblia.

– Hipócrit*a* – ela pronunciou com dicção perfeita.

Ignorando-a, a duquesa alisou o vestido com as mãos.

– Bem, o que você quer? – ela perguntou ao filho.

– Eu preciso lhe contar uma coisa.

O peito de Pauline se encheu de esperança. Talvez ele tivesse mudado de ideia, ao entender o benefício de revelar seus segredos dolorosos e aliviar assim o coração. Ela levantou o rosto da Bíblia e deu um olhar encorajador para ele. *Por favor. Você vai se sentir tão mais leve.*

Mas ele nem se virou para ela.

– Eu mandei suas ametistas para o joalheiro consertar – ele disse, calmo, para a mãe. – O fecho quebrou enquanto a Srta. Simms estava usando, noite passada.

Pauline soltou a respiração, frustrada. Lá se ia a esperança de sinceridade.

A duquesa apertou os olhos, que se transformaram em duas fendas de desconfiança.

– Quebrou?

– Sim. – Ele virou um botão no punho do casaco. A calma ducal estava em ótima forma nesta manhã. – Você o terá de volta em alguns dias.

Claro que sim, Pauline pensou. Tão logo o joalheiro tivesse tempo de recriar a peça inteira, nos mínimos detalhes, para que a duquesa não percebesse nenhuma diferença. Todo aquele esforço era absurdo. Por que ele não contava de uma que as joias tinham sido roubadas? Pauline se sentiria muito melhor.

– Você tem certeza de que o colar pode ser consertado? – a duquesa perguntou. – Não era melhor eu dar uma olhada?

– Não precisa. É apenas um pequeno conserto no fecho.

– Pecado – Pauline exclamou.

Quando o duque e a duquesa viraram os olhos curiosos para ela, Pauline apontou um dedo para a Bíblia e acrescentou:

– Aleluia.

Por que ninguém naquela família conseguia conversar? Durante toda a temporada eles moraram na mesma casa, jantaram na mesma mesa... mantendo todos aqueles segredos. A duquesa estava desesperada para reconfortar alguém. Enquanto isso, seu próprio filho precisava de uma boa dose de conforto. Pauline foi pega no meio disso, tornando-se confidente de todos, mas obrigada, por eles, a jurar segredo. Aquilo era um sofrimento.

Eles eram privilegiados de tantas formas – ricos, poderosos, admirados por seus pares. Mas, principalmente, eles tinham muita sorte apenas por terem um ao outro. A única coisa que atrapalhava era aquela fleuma aristocrática.

– Lorota – ela murmurou.

Griff estalou os dedos para ela.

– Versículo.

– Hein?

– Capítulo e versículo. – Ele esticou o pescoço, olhando por cima do ombro dela. – Eu gostaria de saber onde, exatamente, na carta de São Paulo aos Efésios, ele usa a palavra "lorota".

Ela se virou na cadeira, escondendo a Bíblia dele.

– Está anotada na margem. – Ele não era o único que sabia desconversar.

– Alguém escreveu na Bíblia da família?! – A duquesa arqueou uma sobrancelha para Griff.

– O quê?! – ele exclamou. – Não fui eu. Você sabe que eu nunca leio isso.

– Humpf. – A duquesa tocou a sineta e, quando a criada apareceu, instruiu-a a trazer todos os empregados até a sala matinal.

Depois que todos estavam alinhados em uma fila perfeita, de Higgs, o mordomo, até Margaret, a copeira, Sua Graça se dirigiu a eles.

– Alguém vandalizou as Sagradas Escrituras. Que o vândalo se apresente.

Ninguém se manifestou, claro. Então Pauline falou:

– Eu inventei isso – ela disse, levantando-se da cadeira. – E tem mais uma coisa que Vossa Graça deveria saber. O duque está escondendo algo de você.

A sala ficou em silêncio absoluto, e o olhar que Griff deu para ela... oh, gelou-a até a medula. Ele a encarou de forma dura, transbordando raiva e ressentimento. *Não ouse*, dizia o olhar.

Ela soube, naquele instante, que se quebrasse sua promessa e revelasse a verdade da filha dele, Griff jamais a perdoaria. Não faria diferença o fato de ele gostar dela, nem o prazer que sentiram na noite passada. Ele a removeria por completo de sua vida, mesmo que a sensação fosse de amputar um braço.

Ela engoliu em seco.

– As ametistas – ela sussurrou. – O duque foi bondoso ao tentar me proteger, mas ele não está contando toda a verdade, Vossa Graça. O fecho não quebrou sozinho, um ladrão arrancou o colar do meu pescoço.

Os criados reunidos soltaram uma exclamação.

– Oh, Srta. Simms – disse a governanta. – Você se machucou?

– Não – ela os tranquilizou, grata pela preocupação que manifestaram. – Não, eu estou bem. Mas minha reputação sofreu um tanto. Eu corri atrás do ladrão, esbravejando palavrões através dos pavilhões de Vauxhall. E o colar foi perdido. – Ela se virou para a duquesa. – Sinto muito, Vossa Graça. Mas me sinto muito melhor contando a verdade. Como é costume dizer, a confissão faz bem para a alma. Enquanto estamos reunidos aqui, talvez haja outros segredos pesando em nossas almas, questões que precisam ser contempladas pelo ar fresco e luz do sol.

Ela olhou de Griff para a duquesa, e de volta para ele. *Pelo amor de Deus, falem um com o outro.*

– Você está certa – alguém disse. – A Srta. Simms tem razão. Eu fiz algo errado e preciso confessar.

No canto, a cozinheira retorcia o avental. Lágrimas corriam por suas faces enfarinhadas.

– Mês passado, Sua Graça pediu linguado para o jantar. Bem, eu procurei em todo o mercado e ninguém tinha linguado para vender. – Ela escondeu o rosto no avental. – Então, eu lhe servi bacalhau fresco. *Bacalhau.* E temperei bastante, para que ninguém percebesse a diferença. Mas tenho me sentido péssima desde então.

Pauline foi até a mulher que chorava e lhe deu tapinhas nas costas, dizendo:

– Pronto, pronto. Estou certa de que Sua Graça a perdoará.

– Eu deixei uma brasa cair no tapete da sala de estar – soltou uma das criadas. – Fez um furo.

– Mas você não se sente melhor agora, por ter contado a verdade? – Pauline perguntou.

A criada fungou e levantou a cabeça.

– Sim, Srta. Simms. De verdade. É como se um peso tivesse sido tirado de mim.

– Fico tão feliz. Ninguém deveria viver sob o fardo de segredos.

A jovem Margaret falou, ansiosa por participar:

– Eu vi Lawrence na copa, se divertindo com uma criada!

A duquesa endireitou as costas.

– *Lawrence!*

O criado em questão empalideceu. A duquesa se dirigiu, severa, às criadas.

– Qual de vocês fez parte disso? Apresente-se agora.

Três delas deram um passo à frente ao mesmo tempo. Quando viram que não estavam sozinhas, todas se voltaram para Lawrence, dirigindo-lhe olhares assassinos.

Sentindo-se o foco da raiva delas, Lawrence se remexeu.

– Eu... eu... – Ele empinou o queixo. – Higgs usa espartilho!

Se ele queria desviar a atenção de si, deu certo. Pauline pôde ver sobrancelhas arqueadas de surpresa em toda a sala. Pobre Higgs. Suas bochechas ficaram vermelhas como beterrabas.

– Não é espartilho de *mulher*. Um mordomo precisa ter uma figura respeitável.

Durante um momento longo e constrangedor, ninguém disse nada. Até que...

– Eu não sou francesa.

Isso veio de Fleur.

– O quê?! – a duquesa exclamou. – Impossível.

– Não sou. Eu n-não sou – a camareira da duquesa fez sua confissão em um inglês hesitante e mal pronunciado. Seu sotaque era ainda mais vulgar do que o de Pauline, e ela ainda gaguejava. – Eu sabia que n-nunca c-conseguiria emprego de c-camareira falando deste modo. E-então eu d-disse que era francesa para não ter que conversar. Meu n-nome verdadeiro é F-Flora. Perdão, Vossa Graça. Vou f-fazer minhas malas.

Ela saiu da sala em lágrimas e a duquesa foi atrás dela.

– Fleur... ou, Flora... Quem quer que você seja, espere!

Assim que elas saíram, um silêncio perplexo tomou conta da sala matinal.

Griff juntou as mãos.

– Bem, muito obrigado, Srta. Simms. Esta foi uma manhã esclarecedora.

Pauline levou a mão à cabeça. Oh, Deus.

A campainha tocou, mas ninguém se mexeu.

– Tive uma ideia – Griff disse. – Por que *eu* não atendo a porta?

Higgs chacoalhou a cabeça e entrou em ação.

– Vossa Graça, permita-me.

Griff levantou a mão.

– Não, não. Eu confesso que há muito tempo tinha um desejo profundo, secreto, de atender minha própria porta.

Quando ele saiu da sala, Pauline correu atrás dele.

– Sinto muito. Eu não fazia ideia de que iria acontecer tudo isso. Mas você não vê? Esta casa é cheia de segredos que estão fazendo todos infelizes. E você, mais que ninguém, precisa revelar o que lhe causa tormenta, precisa abrir o coração.

– A única coisa que vou abrir agora é a porta da frente. – Ele andou até a entrada e puxou a maçaneta da porta. Quando viu os visitantes do lado de fora, murmurou: – Maravilha. Era tudo que esta manhã precisava.

Pauline congelou, sem acreditar. Junto à entrada havia não apenas uma, mas duas pessoas conhecidas: Srta. Minerva Highwood, uma lady que ela conheceu em Spindle Cove, e o marido da Srta. Minerva, Colin Sandhurst, o Lorde Payne.

– Eu sabia! – disse Minerva, empurrando o duque de lado para dar um abraço desesperado em Pauline. – Não tema, Pauline. Nós viemos salvá-la.

♕

Tendo aberto a porta, Griff aceitou o dever de fechá-la. Mas se arrependeu em seguida, ao sentir que o casal estava do lado errado.

– Faz muito tempo, Halford. – Payne lhe ofereceu a mão e um sorriso amistoso.

Não tempo suficiente. A ausência poderia ter durado mais uma ou duas semanas.

Lady Payne o encarou, os olhos dela ardiam, violentos, por trás dos óculos.

– Seu trilobita asqueroso!

Encantadora. E Griff ainda se perguntava o que Payne teria visto nessa garota.

– Se eu não tivesse deixado minha bolsa em casa... – ela disse, ameaçadora.

Ele não fazia ideia do que aquilo significava, mas imaginou que não era uma conversa apropriada para se ter no hall de entrada.

Griff os conduziu até o escritório – uma sala que, ele acreditava, não estaria ocupada por uma criada aos prantos. Tocar a sineta para pedir chá pareceu inútil, então serviu conhaque para Payne e ofereceu licor para as mulheres. Mais um episódio das aventuras de autossuficiência daquele dia.

– Pauline, o que aconteceu? – perguntou a agitada esposa de Payne. – O que ele fez com você?

– Minha lady, ele apenas me ofereceu um emprego. Estou trabalhando como dama de companhia da duquesa.

– Oh, mesmo? – a voz de Lady Payne soou carregada de ceticismo. – E onde está a duquesa agora?

– Ela está no andar de cima – Griff disse. – Lidando com uma pequena crise entre os criados desta casa.

– Então – Lady Payne bufou –, os empregados desta casa estão infelizes... – Ela olhou de Pauline para Griff e vice-versa. – E eu devo acreditar que nada de impróprio aconteceu entre vocês.

– Você deve acreditar que não é da sua conta – Griff respondeu. – Por que está tão desconfiada de mim?

– Eu não *desconfio.* Minha repulsa a você é formada por ampla evidência. Eu estive naquele horrendo "palácio dos prazeres" que você mantém. – Ela se virou para Pauline. – Você sabia que ele possui um antro de perversidades no interior?

– Não, minha lady. – Pauline negou com a cabeça. – Eu não teria por que saber disso.

Griff franziu a testa. Por que ela tinha se tornado tão dócil e colaborativa de repente? Aquela não era a mesma Pauline que ele conhecia. Com certeza não era a Pauline que se deitou sobre ele e passou a língua por cada centímetro do seu peito.

– Chama-se Winterset Grange. Eu estive lá, no ano passado – a inquisidora de óculos prosseguiu, falando com Pauline. – Colin e eu passamos a noite lá, em nossa viagem até a Escócia. Oh, foi revoltante. – Ela estremeceu.

– Não tão revoltante a ponto de você recusar minha hospitalidade – Griff disse, encostando-se na escrivaninha e cruzando os braços. – E, se me perdoa por dizer, Lady Payne, não tenho certeza de que você tenha moral o bastante para falar dessa história em particular.

– O que quer dizer?!

– A senhora mesma admitiu que fugiu da sua família com um libertino escandaloso. E, posso acrescentar, mentiu na minha cara quanto à sua identidade. Acontece que eu me lembro de Payne tê-la apresentado como Melissande, um tipo de princesa alpina há muito desaparecida, além de assassina fria, que não falava uma palavra de inglês. Uma princesa exilada e assassina fria. E *você* me chama de depravado?

Ela se endireitou, indignada.

– Você fez insinuações impróprias quanto a mim. E sugeriu que Colin apostasse meus favores em um jogo de cartas. O que me diz sobre isso?

Ele abriu os braços.

– Princesa. Assassina. Fria.

Ela o fuzilou com os olhos.

– Admito que a cena que encontrou na minha propriedade era de depravação. Só estou dizendo que você não era exatamente uma santa na cova do leão. Não é concebível que todos nós tenhamos mudado nesse ano que se passou?

– As pessoas não mudam *tanto* assim – ela disse. – Não no que é essencial.

– Bem, é aí que você está errada – ele respondeu, irritado. – No essencial.

Griff andou até a janela. Aquela conversa o estava deixando bravo e um pouco temeroso. Fazia um ano que ele não se envolvia em nada parecido com o que Lady Payne tinha descrito. Seu coração e sua vida tinham mudado em sua essência. E ninguém testemunhou. Nem mesmo Payne, que um dia Griff pensou ser seu amigo mais íntimo. Nem mesmo sua mãe. A Sociedade ainda o ligava à devassidão opulenta, e essa suposição mancharia o modo como perceberiam qualquer um ligado a ele, incluindo Pauline.

Então esse era o preço a se pagar por uma juventude desregrada. No outono passado, ele não queria outra coisa a não ser dar uma vida respeitável a sua filha. Talvez fosse melhor que ela não tivesse sobrevivido, para não ter que sentir o peso do fracasso do pai. Ela teria vergonha de ser filha dele.

Griff tomou um grande gole de conhaque, sentindo-o queimar a garganta toda. Payne se aproximou dele e falou em tom de confidência:

— Escute, Halford. Minha mulher pode ser superprotetora, mas não estamos aqui para repreendê-lo pelas escolhas que faz na vida, só estamos preocupados com Pauline. Eu passei muitas noites sombrias na taverna daquela vila. Não é exagero dizer que o sorriso amistoso de Pauline e sua rapidez em encher meu copo salvaram minha vida uma ou duas vezes. Ela é uma garota doce, com boas intenções.

Griff conteve uma imprecação.

— Você não a conhece. Nunca perdeu tempo para saber nada sobre ela.

— Eu sei qual é a situação da família da Srta. Simms. E sei que ela não tem ninguém para cuidar dela.

— Agora tem — Griff disse. As palavras vieram de suas vísceras.

Payne arqueou as sobrancelhas, parecendo entender a situação.

— Oh, tem mesmo?

— Sim.

— E você tem certeza de que é isso que ela quer?

— Ela é uma mulher adulta e inteligente, capaz de tomar suas próprias decisões. Pergunte a ela. — Com um suspiro aborrecido, Griff se distanciou de Payne. — Srta. Simms, se está preocupada com minha história pessoal ou infeliz com os termos do nosso acordo — se gostaria de ir embora desta casa por qualquer razão —, eu posso assinar um cheque neste momento, e poderá ir embora com Lorde e Lady Payne.

O olhar dela foi de Griff até os visitantes e voltou para ele. Como se ela estivesse pensando muito na proposta. Bom Deus. Talvez ela quisesse mesmo ir embora.

— Então? — ele insistiu, um pouco mais rude dessa vez. — Você quer ir?

~~ Capítulo vinte e um ~~

Pauline desejou que tivesse a força para dizer "sim". Seria a saída mais fácil. Ela e Griff acabariam tendo que se separar, e a separação só seria mais dolorosa. Mas ela não podia ir embora nesta manhã... Porque ela o amava... Ela o *amava*, e ainda não estava pronta para deixá-lo.

– Não, Vossa Graça – ela disse. – Eu quero ficar.

– Muito bem, então. – Ele se virou para Minerva. – Imagino que esteja satisfeita.

Lady Payne não respondeu, apenas se aproximou de Pauline e colocou um papel quadrado na mão da moça.

– Este é nosso cartão de visita. Escrevi nosso endereço no verso, e também o de Lady Rycliff. Se precisar de algo – qualquer coisa –, pode nos procurar. Dia e noite, está me entendendo?

Pauline concordou.

– Vocês dois são muito bons. Sou grata por sua preocupação.

Mesmo que não precisasse deles, era bom saber que se importavam com ela.

Griff acompanhou-os até a porta. Quando voltou, ele estava espumando.

– O que foi isso? – ele perguntou.

– Não sei. Eles parecem ter tido uma ideia errada sobre nós.

– Bem, você não se apressou em corrigi-los. Você mal falou, a não ser por todos os "Vossa Graça isso", "meu lorde e minha lady aquilo".

Ele estava bravo com ela?

– O que mais eu deveria dizer? Ele *é* um lorde e ela *é* uma lady. E você *é* um duque.

– Mas em inteligência e personalidade, você é igual a todos os presentes. Por que foi tão apática com eles, quando não é outra coisa que não impertinente comigo?

– É diferente com você... *Tudo* é diferente com você. Mas não pode pôr toda a culpa disso em mim. Você também permaneceu bem distante. Não se apressou a dizer a eles que estamos tendo um *caso* profundamente passional.

Ele acenou para a porta.

– Porque eu sabia como eles receberiam essa notícia.

– Exatamente. Do mesmo modo com que todos receberiam. Como uma impossibilidade, no melhor dos casos. No pior, como algo vergonhoso e sórdido.

Pauline entendia por que ele estava irritado. Ela se sentia do mesmo modo. As pessoas que tinham acabado de visitá-los eram a coisa mais próxima de "amigos em comum" que eles possuíam, e se *eles* não podiam acreditar em um relacionamento entre Griff e ela, então era um caso perdido. Ninguém os aceitaria juntos. Ninguém.

Ela suspirou. Não devia ser uma surpresa. Não importava o que os poemas diziam. Não existia outra Inglaterra, nem outra Londres com sua Torre. Havia apenas o mundo em que eles viviam, intransigente em questões de classe social.

– Existem 33 degraus de diferença entre uma criada e uma duquesa – ela disse em voz baixa. – Você sabia disso? O gráfico ocupa três páginas de *A sabedoria da Sra. Worthington para Jovens*. Eu decorei a coisa toda. Duquesas estão bem no topo, depois da rainha e das princesas, é claro. A ordem decrescente é: duquesas, marquesas, condessas...

Enquanto recitava os títulos, ela os ia contando nos dedos.

– ...então as esposas dos filhos mais velhos dos marqueses, as esposas dos filhos mais jovens de duques. Então vêm as filhas. Filhas de duques, marqueses. Depois, as viscondessas, então as mulheres dos filhos mais velhos dos condes. Filhas dos condes...

– Pauline.

– ...já são dez degraus, e ainda nem cheguei nas baronesas. Ou nas ordens de cavalaria e nas patentes militares. Abaixo dessas, existem...

Ele se aproximou dela e virou seu rosto, obrigando-a a encará-lo.

– Pauline.

– Eu nem estou no gráfico! – Ela arregalou os olhos. – Uma garota como eu, Griff... está tão abaixo de você. Quando estamos juntos, nós podemos nos esquecer. Mas ninguém mais esquecerá.

– *Esquecer?* Você acha que eu esqueço quem você é quando estamos juntos?

Ela se remexeu. Ele tinha que esquecer, pelo menos um pouco. Desde o primeiro encontro deles, Griff tinha lhe dado mais atenção e respeito do que qualquer nobre daria, intencionalmente, a uma atendente de taverna.

– O importante é que nós *temos* que nos lembrar. Caso contrário, a Sociedade irá nos lembrar.

Ele a encarou por um longo momento.

– Talvez você tenha razão. Devemos nos lembrar.

– Fico feliz que concorde.

Ele atravessou a sala e fechou a porta do escritório com a chave. A lingueta deu um estalo ominoso.

– Limpe a escrivaninha, Simms.

– O quê? Não entendo...

– Não discuta – ele a cortou. – Você é uma atendente de taverna e quer que eu me lembre disso. Eu sou o duque aqui, e mandei você limpar a escrivaninha. É isso o que você faz, não? Limpar mesas?

Era isso o que ele estava fazendo, então? Interpretando papéis? O duque libertino e a atendente inapropriada?

Bem... Depois de pensar por dois segundos, Pauline decidiu que podia fazer esse papel. Pegou o tinteiro e o colocou, com cuidado, em uma mesa de canto, onde não viraria. Então passou o braço por cima do tampo da escrivaninha, jogando ao chão borrador, papéis, cera de lacre e outras coisas.

– Pronto.

– Que impertinência.

– Você gosta disso.

Ele puxou a gravata, soltando-a, enquanto atravessava a sala.

– Você precisa aprender qual é o seu lugar.

– Meu lugar é este, Vossa Graça? – Ela se sentou sobre a escrivaninha, balançando as pernas no ar.

– Por enquanto. – Ele sentou na cadeira diante de Pauline, um pé de cada lado das pernas dela, e a fitou com o olhar sombrio, superior.

O momento se esticou até a tensão sexual se tornar palpável. Pauline ficou completamente imóvel, esperando.

– Levante a saia – ele disse.

Bam! As palavras de Griff foram como uma pistola de corrida, porque o pulso dela disparou.

Depois de chutar um sapato, tirou o outro. Os dois caíram no chão. Ela colocou o pé com meia na coxa dele e puxou lentamente para cima a bainha rendada do vestido, revelando a perna até o joelho.

– Assim?

– Mais alto.

Ela arrastou ainda mais a bainha rendada, fazendo-a subir pela coxa. Sua liga apareceu na borda da anágua – uma impertinente fita cor-de-lavanda.

– Mais.

Pauline deslizou o pé até o púbis dele, cobrindo o volume crescente em suas calças. Com movimentos lentos, ela o fez ficar mais duro, esfregando a sola delicada do pé ao longo da ereção longa e firme. Não demorou para que o ar ficasse carregado com o som da respiração forçada dos dois. A fricção suave no sensível arco do pé era uma surpreendente fonte de prazer. E o modo como ele a encarava... sem sentir vergonha de sua violenta excitação, penetrando-a com o olhar intenso, deixou-a ofegante e molhada sem nem mesmo um beijo.

– Mais alto – ele exigiu, segurando o tornozelo dela com a mão firme.

– Até a cintura. Mostre-me tudo.

A ordem sensual na voz dele a empolgou. Ela se contorceu na escrivaninha, para conseguir subir a saia, até o ar frio soprar em sua abertura exposta e excitada.

– Isso mesmo – ele disse, sentando-se mais à frente na cadeira. – Isso.

Ele acariciou a perna dela, passando a mão para cima e para baixo na panturrilha coberta por seda. Com o polegar, apertou o lado interno do joelho, e as coxas dela se abriram, como se ele tivesse encontrado um botão secreto.

Griff a agarrou pelos quadris, arrastando-a para a borda da escrivaninha. Então, seus dedos desenharam as dobras úmidas do sexo dela, deslizando pela carne excitada. Que tortura, doce tortura.

– Me possua – ela pediu.

Ele estalou a língua.

– Eu vou fazer o que eu quero. E eu quero prová-la.

Quando Griff baixou a cabeça, ela recuou, interrompendo a cena que eles interpretavam.

– Griff, espere. Ninguém... – Ela lambeu os lábios, nervosa. – Ninguém nunca fez isso comigo.

Ele levantou a cabeça, revelando um sorriso lento e abertamente malicioso.

– Se você pretendia me fazer parar, disse a coisa errada.

Ele a segurou pelos quadris e a puxou para frente, encostando a boca no centro dela. Como prometido, ele a beijou. *Lá*. Tão chocante. Tão excitante.

Ela estremeceu nos braços dele, mas as mãos de Griff em seu corpo pareciam de ferro. Ele não iria deixar que ela escapasse daquele abraço erótico. Então Pauline se reclinou, impotente, na superfície de mogno, entregando-se ao beijo inescapável. Ela abriu os braços, cobrindo toda a escrivaninha. Todos os papéis e as correspondências estavam no chão. Naquele instante, ela era o trabalho dele. E ele se dedicava por completo a essa tarefa. Com exclusividade. Magistralmente.

A língua de Griff explorava os lugares mais femininos e íntimos de Pauline, com audácia e dedicação. Ela relaxou as coxas, abrindo-se para o beijo dele, confiando que Griff soubesse o que estava fazendo.

E ele sabia. Oh, ele era bom nisso. Um verdadeiro campeão. Ela não tinha como comparar, mas apostaria todas as suas mil libras nisso. Se houvesse uma ordem de cavalaria concedida por proficiência em dar prazer às mulheres, Griff teria recebido o grau máximo.

Ele lambeu sua abertura para cima e para baixo, saboreando-a como se fosse o prato mais delicioso de um banquete real. Quando ele se dedicou àquele feixe de nervos, inchado, no alto do sexo dela, Pauline não pôde evitar de gemer. Então ele a abriu com os polegares, usando a língua para penetrá-la. Moveu a língua para dentro e para fora, imitando a relação sexual em estocadas curtas.

– Griff. – Ela se contorceu sobre a escrivaninha.

Ele não parou para responder, mas reagiu estendendo a mão até o seio dela, apertando-o e acariciando-o através do tecido.

Pauline agarrou a cabeça de Griff, afastando, impaciente, camadas de anáguas para entrelaçar os dedos nos fios escuros do cabelo dele, que agarrou com força. Ela o manteve próximo, mexendo-se de encontro àquela boca quente, molhada e talentosa.

– Isso – ela ofegou. – Por favor, não pare.

Ele não iria parar. Não mostrou nenhum sinal de cansaço. Cada lambida e estocada a levava mais alto. Pauline começou a choramingar, implorando-lhe sem palavras pelo alívio. Ele movia a cabeça para frente e para trás, acariciando sua pérola.

– Oh. *Oh.*

Um espasmo fez com que ela arqueasse as costas sobre a escrivaninha, lançando-a em um clímax intenso, altaneiro. Griff colocou a mão na boca de Pauline, dando-lhe o que ela precisava; algo para morder e abafar seus gritos e gemidos.

Enfim, os tremores do êxtase diminuíram e ele deixou a mão deslizar até o seio dela novamente. Por vários momentos, ela fitou o teto, em silêncio, enquanto Griff acariciava seus seios e dava beijos preguiçosos em suas coxas. Não havia nenhuma palavra que ela pudesse pronunciar. Nenhuma.

– Você gostou?

– Sim – ela conseguiu dizer. Não havia palavras além dessa. – Sim, sim, sim.

– Você acredita que eu adoro cada centímetro deste corpo macio e delicioso? Você entende que eu prefiro que me furem o rim com um sabre, a deixar que algo de mau lhe aconteça?

Ela concordou, ofegante.

– Ótimo. – A expressão dele ficou sombria. – Porque agora vou lhe ensinar uma lição.

Ele a puxou e colocou de pé, virou-a, e então a debruçou sobre a escrivaninha, dobrando-a na cintura. Ela ficou sem fôlego quando seus seios tocaram a superfície dura do tampo.

Atrás dela, Griff levantou suas saias com movimentos rápidos, pegando todo o tecido pesado do vestido e das anáguas e levantando-o acima dos quadris de Pauline. As mãos dele agarraram seu traseiro e, com o joelho, ele afastou as coxas dela.

– Isso é o que acontece com atendentes de taverna que se esquecem de que estão na presença de um duque. Recebem um lembrete duro.

Ao ouvir a severidade brincalhona na voz dele, Pauline sentiu a pele da parte de dentro de suas coxas arrepiar. Seus mamilos endureceram contra a superfície fria da madeira encerada.

– Fedelha impertinente.

Ele deu um tapa leve no traseiro dela e Pauline soltou uma exclamação que era parte risada, parte excitação. Não houve dor, apenas uma ardência gostosa e sensual.

– Sirigaita atrevida.

Outro tapa delicioso.

Ela sabia que ele não a machucaria – aquilo era uma fantasia para ele. Se ela podia brincar de ser uma mulher sedutora, ele também podia interpretar um papel. Pauline gostou que ele quisesse brincar. Significava que se sentia à vontade com ela.

Griff se dobrou sobre ela, prendendo-a na escrivaninha com o peso do corpo. Ela sentiu a respiração quente dele em seu pescoço.

– Você é uma garota muito danada.

Enquanto ele sussurrava com a voz áspera, carente, sua mão trabalhava entre as pernas dela, massageando o sexo excitado e sensível de Pauline.

– Você gosta disso – ele disse. – Gosta de imaginar que me deixa louco de desejo, até que eu só consiga pensar com meu pau, me esquecendo de quem sou por completo.

– Eu... – a voz dela falhou quando a ponta do dedo dele roçou a pérola dela.

– Responda-me – ele exigiu e enfiou um dedo dentro dela.

– Sim.

– Sim, o quê? – Ele enfiou o dedo mais fundo.

Pauline gemeu.

– Sim, Vossa Graça.

– Saiba disso – ele disse –, eu não me esqueço do meu lugar. E você também não vai esquecer do seu.

Oh, como ela esperava que o lugar dele fosse bem dentro dela. Ela o queria tanto, que teria dito qualquer coisa que o agradasse. Teria chamado Griff por qualquer nome que ele quisesse.

Ele tirou o dedo de dentro dela quase por completo, e então o enfiou de novo.

– Quem sou eu?

– O duque – ela conseguiu dizer.

– E o que você quer de mim? – Ele retirou o dedo, deixando-a ansiando por mais.

– Eu... – Ela se contorceu na escrivaninha. – Eu quero que você me coma.

Ao usar um linguajar tão rude, ela sentiu o pau dele pulsar em sua coxa. Apesar de todas as correções, sabia que seu jeito de falar o excitava. A linguagem representava quem ela era, afinal. Comum. Plebeia.

– Comporte-se. – Ele deu outro tapa no traseiro dela. – Lembre-se de com quem está falando.

– Por favor, Vossa Graça. – A essa altura, Pauline estava desesperada por ele. Ela fez a voz mais sedutora e passional que conseguiu: – Possua esta sua humilde criada, eu imploro.

– Assim é melhor.

Ele levantou o quadril dela e entrou de uma vez, uma investida suave e profunda. O gemido de satisfação dela ecoou o dele.

Ela já estava molhada e pronta há um tempo. Ele não precisava ir devagar. Então não perdeu tempo para estabelecer um ritmo forte, indo cada vez mais fundo.

Pauline agarrou as bordas do tampo da escrivaninha para não ser lançada ao chão. O calor e o tamanho dele a empolgavam. Ele estava alcançando lugares inexplorados dentro dela, mostrando-lhes novas e sensuais facetas de seu corpo. O prazer a consumia.

– Mais forte – ela arfou. – Mais forte, se for do gosto de Vossa Graça.

– Oh, como é! – ele rugiu.

Ele a levantou pela cintura, fazendo os pés dela saírem do tapete, segurando-a enquanto investia mais forte e mais rápido com os quadris. Pauline mordeu a carne macia de seu antebraço para não gritar. Ela estava nos ares, totalmente à mercê dele, que a cavalgava na posição e no ritmo que desejasse. Ele a usava para seu próprio prazer, e usava muito bem.

Então Griff a baixou, até ela colocar os pés no chão, e se dobrou para frente, pairando sobre ela em cima da escrivaninha. As mãos dele cobriram as dela nas bordas do tampo. Ela sentiu uma gota do suor dele cair em seu ombro exposto.

– Quem sou eu? – A voz dele estava tão perto... tão gutural. Os lugares íntimos dela pulsaram como resposta.

– Um duque.

– Que duque?

– O 8º Duque de Halford... Vossa Graça.

O corpo todo de Pauline latejava, pedindo alívio. O membro rijo dele estava tão longo e duro dentro dela... Por que ele tinha parado? Ela movimentou os quadris, tentando fazê-lo voltar a se mexer.

Ele continuou imóvel, firme.

– Os títulos de cortesia. Recite-os também.

Oh, Deus.

– Eu não me lembro.

– Eu lembro. Nunca esqueço de quem eu sou. Nem mesmo quando estou dentro de você, e tão desesperado para gozar que poderia explodir. – Ele contraiu os quadris de novo. – Entendeu?

O duque recomeçou a se mexer. Dessa vez o ritmo estava lento, mas implacável. Ele a penetrava com tanta força que um soluço seco escapava da garganta dela a cada estocada.

– Griff – ela implorou.

A "lição" dele era ao mesmo tempo excitante e devastadora. Quando os dois estavam juntos, a sós, Pauline queria que Griff se esquecesse dos 33 degraus que existiam entre eles na escada da Sociedade inglesa. Mas ele não conseguia. Nem ela. A verdade nunca desaparecia.

– Eu sou o Duque de Halford – ele disse, penetrando fundo.

Ela fechou os olhos, tentando não chorar. Era tudo demais – a emoção, o prazer... a desesperança.

– Eu sou o Marquês de Westmore.

Estocada.

– Sou também o Conde de Ridingham. Visconde Newthorpe. Lorde Hartford-on-Trent.

Estocada. Estocada. Estocada.

– E também sou seu escravo, Pauline.

Oh, misericórdia.

Ela soluçou para valer dessa vez. Não conseguiu evitar.

Ele parou, inteiramente enterrado dentro dela. Preenchendo-a, levantando-a, moldando-a a seu prazer. Quando se separassem, ela sofreria para sempre com o vazio causado pela ausência dele.

– Está me ouvindo? – a voz dele estava marcada pelo desejo. – Acredita em mim agora? Podem existir mil degraus entre nós. Eu não dou a mínima. Cada gota do sangue azul deste corpo ferve de desejo por você.

Ele passou um braço por baixo do tronco dela, levantando-a ao mesmo tempo em que se erguia, ficando ereto. As costas dela apoiadas no peito dele. Ele a manteve junto a si com aquele braço forte, poderoso, enquanto a outra mão se esgueirou por baixo das anáguas amontoadas até a ponta dos dedos encontrar a pérola dela. Um estremecimento de êxtase agitou Pauline.

– Olhe para mim – ele grunhiu. – Me beije.

Ela fez o que ele pediu, muito feliz, virando a cabeça e esticando o pescoço para encostar os lábios nos dele. A língua dele tomou sua boca, o pau preenchia seu sexo e os dedos acariciavam bem o lugar que ela precisava. Pauline estava envolta por força e adoração.

Ela não queria gozar. Queria que aquilo nunca acabasse. Aquela era a felicidade mais pura que já tinha conhecido. Mas ele era sensual, habilidoso e tão eficiente. Dentro de instantes todo o corpo dela foi sacudido por ondas de prazer.

As investidas dele ficaram mais rápidas, perderam a elegância. De novo, a força retesada naquelas coxas másculas a ergueram do chão. Ele interrompeu o beijo e enterrou o rosto no cabelo dela. Murmúrios desarticulados, mundanos, choveram no ouvido de Pauline, fazendo seu pulso bater ainda mais forte.

– Eu não me esqueço de quem você é – ele sussurrou. – E é você quem eu quero. E... quero... demais.

Ele saiu de dentro dela, terminando com mais algumas estocadas entre as coxas da amante. O rugido primitivo dele provocou um arrepio de satisfação nela. Então ele a segurou tão apertado que ficou difícil respirar. Mas Pauline não se importou.

– Bem – ele disse, afinal, com a voz rouca. – Espero ter esclarecido.

– Esclareceu.

Griff desabou na poltrona e a puxou para o colo. Eles ficaram jogados ali, enroscados e suados, preenchendo o silêncio com a respiração ofegante. Ele acariciou, preguiçoso, o cabelo de Pauline. E ela encostou o rosto no peito dele.

– Griff, isso foi...

– Eu sei – ele disse. – Eu sei. Foi mesmo. Não tenho receio de dizer que fiquei muito orgulhoso disso.

– E deve ficar mesmo.

O peito dele subiu e desceu com um suspiro profundo de satisfação.

– Minha vontade é de ir até Piccadilly, para esperar que alguém que esteja passando por ali me pergunte, "Tudo bem?", apenas para que eu possa responder, "Acabei de ter a melhor relação sexual da minha vida, obrigado por perguntar".

Ela riu, imaginando o diálogo.

– A melhor da sua vida? – Pauline teve que perguntar. – Sério?

– Pelo menos até hoje à noite. – Ele encostou o rosto no pescoço dela. – Pauline. Cada vez com você é a melhor da minha vida.

E quantas vezes mais eles teriam? Muito poucas. Pouquíssimas.

Dingue-dongue... dingue-dongue...

Como se fosse um sinal de que o tempo deles estava acabando, um relógio próximo badalou. Pauline olhou para a mesa de canto. Ela reconheceu o relógio que ele tinha mexido a semana toda.

– Você conseguiu consertar – ela disse.

Ele pôs o dedo sobre os lábios de Pauline e, quando falou, seu hálito aqueceu a orelha dela.

– Observe.

De uma janelinha na frente do relógio, um casal em miniatura apareceu. Um soldado e uma lady. Em movimentos hesitantes, mecânicos, eles fizeram reverência um para o outro, rodopiaram em uma valsa curta, então se separaram e voltaram para dentro do relógio.

– Oh, que amor!

– Eu adorava ver isso quando era garoto.

Um toque de melancolia embargou a voz dele. Sem dúvida ele esperava que, um dia, seus filhos também gostariam de ver aquilo. Mas ele acreditava que nunca teria alguém com quem compartilhar o sentimento.

Pelo menos Pauline podia compartilhar com ele agora. Ela passou um braço pelas costas dele, abraçando-o apertado, escutando os últimos badalos do relógio e as batidas firmes do coração dele.

– Estava pensando em doar o relógio para o Hospital dos Abandonados – ele disse. – Achei que as crianças na enfermaria se divertiriam com ele.

– Tenho certeza de que sim.

– Muito bem, então. Pedirei para que minha mãe o leve da próxima em vez que for até lá.

Ela se virou, ainda sentada no colo dele, e olhou para cima.

– Tenho uma ideia melhor.

⁓Capítulo vinte e dois⁓

A ideia pode ter sido de Pauline, mas Griff logo assumiu o controle. Aquela visita à instituição não seria no estilo pretensioso e piegas das Ladies Auxiliadoras. Se ele tinha que visitar um lar de abandonados, iria fazê-lo à sua maneira. Como um duque dissoluto. Com autoridade, extravagância e intenção descaradamente má.

A chegada dele não foi anunciada – tanto melhor; as entradas mais dramáticas não costumam ser. Ele conduziu um desfile de criados através do portão, cada um carregado de pequenos tesouros: doces, laranjas, brinquedos, gorros tricotados com competência e, por sugestão de Pauline, livros infantis.

Quando eles chegaram ao pátio central com esse tesouro, o lugar todo já estava em alvoroço, com crianças vestidas de marrom saindo de todas as salas de aula e de todos os dormitórios.

As responsáveis não gostaram disso. Suas expressões, normalmente azedas, atingiram níveis excessivos de severidade – muitas rugas novas surgiriam nesse dia. Mas elas não podiam fazer nada, a menos que desejassem recusar as milhares de libras que ele doava por ano... Como é bom ser duque.

Depois que todas as crianças estavam reunidas, Griff chamou:

– Onde está Hubert Terrapin?

O menino veio para frente. Era fácil encontrá-lo – o menor da fila.

– Hubert, estou designando você como meu intendente – ele anunciou.

– O que isso quer dizer, Vossa Graça?

– Você dever supervisionar a distribuição de tudo isto. É uma responsabilidade e tanto. Acha que consegue?

O garoto se empertigou todo.

– Sim, Vossa Graça.

– Ótimo. O resto de vocês, façam fila. Os mais novos primeiro.

A fila começou a andar em velocidade dolorosamente lenta. Como crianças de boa índole e menosprezadas costumam ser, Hubert foi muito justo em sua divisão, contando com precisão os doces e pedaços de laranja que distribuía.

– Ele é tão zeloso – Griff sussurrou para Pauline. – Vamos ficar aqui até amanhã.

– É lindo, não? Mas isso não me surpreende. Lutar por pouco faz parte da natureza humana. Mas o que uma pessoa faz com a abundância diz bastante a respeito de seu caráter. – Ela pôs um doce na mão de Griff. – Algo para mastigar.

Ele sorriu para si mesmo quando ela se afastou. Parecia que ela tinha encontrado tempo, nessa semana, para lições ducais de sutileza – ou falta dela. Mas Pauline estava enganada se pensava que essas poucas horas de generosidade espontânea eram algum tipo de exercício de benevolência da parte dele. Quer entregasse para caridade ou perdesse na mesa de carteado, separar-se de dinheiro nunca foi problema para ele.

Separar-se dela, por outro lado... Deus, ele ainda nem conseguia pensar nisso. As horas que restavam até a partida inevitável dela estavam contadas. Ele precisava de algo com que se ocupar ou ficaria louco.

– Hubert – ele disse. – Passe-me algumas dessas laranjas. Vou ajudar você.

Algum tempo depois, Griff parabenizou o garoto pelo trabalho bem executado, saiu do pátio coberto de cascas de laranja e foi procurar Pauline. Enfim, a encontrou na enfermaria.

Que cena acolhedora. O relógio que ele tinha consertado ocupava o centro da cornija da lareira. No tapete, diante do fogo, Pauline estava com três pequeninos, amontoados em seu colo como gatinhos, enquanto uma garota mais velha lia para eles um livro de contos de fada.

A ironia rasgou o peito dele e penetrou em seu coração. A cena diante dele – Pauline, crianças, toda aquela doçura, o final de conto de fadas – era tudo que podia querer da vida. E tudo que ele nunca poderia ter.

Não queria ter se apaixonado por ela. Deus sabia que ele tinha feito seu melhor para evitar. Mas era tarde demais. Ele não podia nem mesmo usar seu truque de jovem – convencer-se de que não sentia aquela emoção, fingir que era coisa sem importância. Talvez seu coração jazesse no fundo de um poço escuro e sem fundo, onde conseguiu ignorá-lo durante anos. Mas ele cavou muito enquanto esperava sua filha. E o coração tinha recebido luz.

Ele sabia o que era amar. Era isto. Que Deus o ajudasse.

Griff permaneceu em silêncio à porta, sem querer interromper. Sem saber o que dizer, se ousasse se manifestar. Era provável que soltasse uma torrente desesperada de súplicas. *Não me deixe, eu te amo, eu não posso viver sem você.* Ele faria as crianças gritar. Elas teriam pesadelos durante semanas.

Então Griff ficou parado ali, contemplando em silêncio a desolação que seria sua vida.

Até que um som estridente o despertou.

Pauline apertou os pequenos junto de si. Beth tinha chegado à parte mais deliciosamente sanguinolenta da história – a parte com o dragão que arrancava corações impuros com sua garra. Mas bem quando a heroína da história se preparava para encarar seu último teste, eles foram interrompidos pelo choro alto e sofrido de um bebê.

– Oh, é aquele menino novo – Beth exclamou. – Sempre chorando. Espero que mandem logo esse bebê para o interior.

– Pobrezinho – Pauline disse. – Eu não sabia que estávamos tão perto do berçário.

– Fica do outro lado do corredor. – Beth virou a página.

Ela levantou os olhos na direção do corredor em questão.

Oh, não. Griff estava parado à porta, um pouco desalinhado e diabolicamente lindo, como sempre. Mas o rosto dele... Oh, estava da cor de papel. Pauline soube, assim que olhou para o rosto dele, que Griff estava sofrendo.

– Preciso ir, meus queridos. Beth vai terminar a história.

Os pequenos se agitaram e choramingaram, puxando as saias dela.

– Você vai voltar, Srta. Simms?

– Receio que não... Retorno para casa amanhã à noite. Eu tenho uma irmã que está com saudade de mim. E eu estou com saudade dela. – Pauline deu um sorriso cauteloso para Griff. – Talvez Sua Graça possa vir visitar vocês outro dia.

– Eu... – ele começou, e o bebê uivou de novo. Griff se encolheu.

– Eu sei – ela disse para ele e se apressou para pegar sua touca e seu xale. – Vamos agora mesmo.

Eles avançaram a passos largos até o portão da frente. Pauline se esforçava para acompanhar o ritmo dele. Sabia que Griff queria ser mais rápido que as próprias emoções, determinado que estava a não ser alcançado pela crise emocional que aqueles gritos tinham iniciado.

Mas ele não conseguiria ficar à frente de suas emoções para sempre. A tristeza acabaria por alcançá-lo, entretanto, Pauline não queria vê-lo deprimido ali. Não com tanta gente em volta.

Ela se apressou na direção da entrada. Mas então, sem dizer palavra, ele virou e passou por uma porta lateral. Pauline mudou de direção e foi atrás dele, e os dois chegaram à rua. O rosto dele carregava a mesma expressão vazia, sem foco, do outro dia – quando ele vagou pelas ruas de Londres durante toda a noite.

– Griff, espere! – ela chamou. – Você não pode me deixar para trás.

– A carruagem está na frente. O cocheiro pode levar você para casa.

– Mas e você?

Ele gesticulou, a esmo, para as ruas anônimas e movimentadas.

– Preciso caminhar por um tempo. Vai passar se eu puder... – a voz dele falhou.

Ela sentiu um aperto no coração. Talvez ele estivesse conseguindo ser mais rápido do que suas emoções há meses. Mas essa era uma corrida que ele iria perder.

– Só me deixe – ele pediu.

– Não – ela disse quando chegaram ao meio-fio. – Não desta vez. Não vou deixar você sozinho.

Com um gesto ágil, Pauline chamou um carro de aluguel.

– Qual é o nome daquela igreja? – ela perguntou ao condutor. – Aquela do outro lado de Londres?

O condutor, todo vestido de preto, virou seu nariz pontudo para ela.

– Está falando de St. Paul?

– Isso. Nós vamos até lá. – Ela entrou na carruagem, sabendo que Griff teria que a acompanhar. Ele não a deixaria ir sozinha.

– Eu não quero ir para a droga de uma igreja. – Ele se deixou cair no assento à frente dela, dobrando as pernas na cabine apertada e escura.

– Eu também não, na verdade. Eu só queria um destino que fosse bem distante. Eu sei que você precisa de um tempo, mas também precisa estar com alg...

Ela mordeu o lábio. Ele não precisava de *alguém*, Griff precisava dela.

– Não vou deixar você sozinho agora – ela disse. – É isso.

Griff puxou uma garrafa prateada do bolso interno do casaco e começou a girar a tampa, mas seus dedos estavam trêmulos demais para isso. Com uma imprecação, ele jogou a garrafa no canto da cabine.

Pauline se inclinou para pegá-la, desenroscou a tampa e entregou a garrafa para ele.

– Pronto.

– Você precisa me deixar sozinho. – As mãos dele formavam punhos sobre os joelhos. – Não estou no controle de mim mesmo. Eu... eu posso ser agressivo.

– Eu me escondo – ela prometeu. Como se ele fosse capaz de machucá-la.

– Acho que vou chorar.

– Eu já estou chorando. – Ela enxugou os olhos com o dorso da mão.

– Eu... – Ele se curvou, apoiando os cotovelos nos joelhos. – Jesus. Acho que vou vomitar.

– Aqui. – Ela estendeu sua touca para ele. – Use isto.

Griff apenas olhou para a peça.

– Sério. É muito feia. Não fará diferença.

Ele a encarou, ferido e sombrio.

– Não vou conseguir fazer com que você me deixe sozinho?

– Não.

– Droga, Simms. – Ele olhou para o lado e levou o punho fechado à boca, como se tentasse conter uma torrente de emoções. Mas ela percebeu que havia rachaduras na represa.

Pauline deslizou para frente no assento até os joelhos dos dois se tocarem.

– Você está em segurança – ela sussurrou. – Neste espaço, comigo... você está em segurança. Qualquer coisa que acontecer nesta carruagem não vai sair daqui. Eu vou para casa amanhã à noite. Ninguém vai ficar sabendo.

Soltando uma imprecação, e com a urgência do desespero, ele estendeu os braços para ela, enlaçando sua cintura e baixando a cabeça sobre as pernas dela. Com as mãos, ele agarrou as dobras do vestido.

Finalmente, com o rosto enterrado nas saias de Pauline, Griff soltou um som. Um uivo sofrido, cortante, de raiva e angústia. Aquilo vinha das entranhas dele e irrompia por todo o corpo. Ela sentiu a força da emoção extravasando, enviando tremores para todas as articulações dele – e dela. Griff a puxou para mais perto, segurando-a apertado.

Cada pelo do corpo dela pareceu eriçar. A pura violência das emoções dele a aterrorizou. Seu instinto foi de se encolher, mas ela dominou o próprio medo.

Pauline pôs uma das mãos nas costas arfantes e a outra no cabelo dele. Embora desejasse acalmá-lo com palavras doces, resistiu ao impulso. Não adiantava ela lhe dizer que o compreendia ou que tudo ficaria bem. Não era verdade. Ela não tinha como entender a perda dele – a pura agonia que sacudia o corpo de Griff estava além de sua compreensão –, e tudo *não* ficaria bem. Ele tinha perdido alguém que não podia ser substituído, e fazia tempo demais que guardava aquela tristeza.

– Deus. – A voz saiu abafada pelas saias dela. – Maldição. Maldição.

Ela abraçou os ombros trêmulos dele e deu um beijo no alto de sua cabeça, apertando-o o máximo que conseguiu. Eles ficaram assim enquanto a carruagem sacolejava por ruas e bairros que Pauline nunca tinha visto e que jamais visitaria outra vez.

Pauline nunca sonhou que um pai pudesse amar assim seu filho – a criação dela própria não lhe deu nenhum indício nesse sentido. Mas, nesse dia, Griff lhe mostrou a dimensão desse amor. Se alguém pegasse toda esperança esmagada do coração de um pai em luto e a espalhasse pelas ruas, poderia cobrir toda Londres. Quilômetro após quilômetro após quilômetro.

Algum tempo mais tarde, esvaziado de toda aquela emoção reprimida, ele jazia esparramado no assento dela.

– Fale dela – Pauline pediu. – Conte-me tudo.

– Ela era exatamente deste tamanho. – Ele tocou a ponta do dedo mais longo, depois a dobra do cotovelo. – E o cabelinho parecia feito de fios de cobre.

– Ela deve ter puxado isso de você.

– Meu cabelo é moreno.

– Mas quando sua barba está por fazer dá para ver que é ruiva. – Ela passou a ponta dos dedos pelo rosto dele. – Eu notei isso no primeiro dia. Ela também tinha seus belos olhos castanhos?

– Não sei. Eram daquele cinza-azulado dos recém-nascidos, mas a parteira disse que ficariam mais escuros. – Ele esfregou o rosto com a mão. – Ela quase não abria os olhos quando eu a segurava. Acho que nunca me viu.

– Ela sabia que você estava lá. – Pauline pôs a mão no peito dele. – Ela podia sentir os braços fortes que a seguravam. Ela ouviu sua voz. E sentiu seu cheiro. Você tem o cheiro mais maravilhosamente reconfortante que existe. Acho que eu nunca teria saído de Spindle Cove com você se não fosse seu cheiro tão maravilhoso. Ela deve ter ficado de olhos fechados porque se sentia em segurança.

Ele soltou um suspiro doloroso.

– Eu fiquei tão feliz quando soube que era uma menina.

– Mesmo? Sempre pensei que os pais quisessem filhos homens.

O pai de Pauline queria homens. Quando soube que teria filhas, a decepção foi tanta que nunca se recuperou. Ele até mesmo se recusou a lhes dar outros nomes que não os que tinha escolhido para os garotos. Foi só por graça do velho vigário que ela e Daniela não foram batizadas como Paulo e Daniel.

– Eu queria uma garota – ele disse. – Um filho ilegítimo teria sofrido muito. Ele nunca poderia ser meu herdeiro, e eu me preocupava que ele pudesse se sentir diminuído, não importava o que eu fizesse para ser um bom pai. Mas com uma filha... com uma filha eu estaria à vontade para mimar e brincar. Eu tinha tantos planos. Você não imagina.

Ela mordeu o lábio, arrasada por ele.

– Oh, eu posso imaginar.

– Não era só o quarto dela. Eu tinha planejado aniversários, feriados, passeios. Já tinha contratado babás.

– Você já tinha escolhido a escola dela?

Um leve sorriso torceu a boca dele.

– Eu estava estudando as possibilidades.

– Aposto que sim. – Ela sentiu um alívio no coração ao vê-lo sorrindo. Ainda que só um pouco.

Ele fechou os olhos.

– Ela viveu menos do que uma semana. Já faz quase um ano. Como é possível que eu ainda esteja sofrendo tanto por ela?

– Não posso fazer de conta que compreendo como o amor funciona – ela disse. Pauline passou os dedos pelo cabelo dele, depois fazendo-lhe um carinho na testa. – Há quantos dias eu conheço você? Não mais do que uma semana. E duvido que eu vá passar um único dia sem pensar em você, mesmo que viva até os 90 anos. Eu... – Ela não conseguiu evitar. – Eu te amo.

Ele abriu os olhos.

– Me desculpe... – ela pediu. – É um momento ruim para dizer isso?

– Que momento seria melhor? – Ele se endireitou, ficando sentado ao lado dela.

– Não sei. – Ela entrelaçou os dedos sobre as pernas. – É provável que nunca... Mas não sou boa em esconder esse tipo de coisa, e você merece saber. Eu me apaixonei perdidamente por você esta semana.

Ele passou a mão pelo cabelo.

– Não entendo. Nós tínhamos um acordo, Simms. Como isso foi acontecer?

– Não sei. – Ela suspirou. – Vauxhall, os livros, aqueles primeiros beijos na sua biblioteca... Quando eu tento entender como isso começou, eu vou voltando no tempo... Não sei como foi, só que eu... – Ela se obrigou a olhar para ele. – Eu só tenho certeza de que nunca vai acabar. Nunca.

– Pauline. – Ele levou as mãos ao rosto dela.

– Seja como for, não me arrependo. Nunca vou me arrepender. Eu sei que temos que nos separar e que vou ficar com o coração em pedaços. Mas mesmo sofrendo, pelo menos eu vou saber que o sentimento está lá. – Ela deu um sorriso sem graça para ele. – E os livros obscenos vão fazer muito mais sentido.

Griff apertou a boca, transformando-a em uma linha solene. Ele inalou lentamente. Então levantou o punho e bateu no teto da carruagem para chamar o condutor.

– É isso. Nós vamos para casa.

– Por que você está triste?

– Não. – Ele lhe deu um olhar que dizia, *Não é óbvio?* – Porque fazer amor em uma carruagem em movimento não é tão bom quanto dizem.

– Oh.

Ele a puxou para o colo e a tomou em um beijo apaixonado.

– Pauline. – A voz dele era um sussurro sensual que soprava nos lábios dela. – Meu coração, meu amor mais querido. Estou farto desta carruagem. Para fazer todas as coisas deliciosas e obscenas que quero fazer com você, preciso de uma cama. E algumas horas.

Capítulo vinte e três

Não havia como negar. Apesar de uma semana de treinamento para duquesa, no fundo Pauline continuava sendo uma garota da fazenda. Mais uma vez, ela acordou antes da alvorada.

Griff jazia enrolado nela, roncando suavemente. A cabeça morena dele descansava sobre o peito de Pauline. Ela desejou poder deixá-lo dormindo a manhã toda. Depois de todo esforço na cama durante a noite passada, ele merecia o descanso. Mas logo estava amanhecendo. Ela podia ouvir os criados em movimento no andar mais baixo da casa.

– Griff – ela sussurrou, passando os dedos pelos fios revoltos do cabelo escuro. – Griff, eu preciso ir. Está quase de manhã.

Ele a abraçou com firmeza.

– Não pode ser de manhã. Eu não permito que seja de manhã.

Ela sorriu.

– Acho que nem mesmo o Duque de Halford pode fazer o tempo parar.

– Ele pode tentar.

Griff a puxou para baixo e estendeu o lençol por cima deles, fazendo uma espécie de tenda. A luz matinal brilhou através do tecido, pintando os corpos nus com um brilho quente, cor de mel.

Pauline parou de se preocupar com o que aconteceria mais tarde, e com o resto da sua vida. Ela estava ali agora. Nos braços dele. O toque de Griff podia fazer com que se esquecesse de tudo.

A não ser com os ruídos das grelhas sendo limpas lá embaixo. Isso era difícil de ignorar.

– A porta está trancada? – ela perguntou.

Ele confirmou com a cabeça, enquanto passava a língua pelo mamilo dela.

– Está.

– Tem certeza?

– Tenho. – A mão dele mergulhou entre as coxas dela.

Ela pôs a mão no peito dele, detendo-o.

– Por favor, veja se está. Vou me sentir mais segura.

Ele a encarou por um instante.

– Muito bem, então. – Griff ficou de cócoras. – Não quero que você se sinta insegura na minha cama.

Com um beijo rápido na testa dela, ele levantou e caminhou até a porta. Pauline deitou de lado, observando-o.

Enquanto ele atravessava o quarto em passadas tranquilas, ela admirou os músculos longos e definidos de suas panturrilhas, o tônus esculpido de seus ombros e costas. E a bunda... Meu Deus. O mundo não via uma bunda desenhada com tanta perfeição desde o sexto dia da Criação. As nádegas dele eram orbes redondas, tesas, de puro músculo. Enquanto caminhava, covinhas hipnotizantes apareciam em cada uma das metades, alternando-se a cada passo. Direita, esquerda, direita...

Ele chegou à porta e virou a maçaneta.

– Trancada – ele confirmou em voz alta. Então se virou – louvado seja – e começou a voltar.

Se era excitante vê-lo de costas, era devastador observá-lo de frente.

– Espere – ela pediu. – Pare aí.

Ele fez o que ela pedia.

– Algo errado?

– É só que... eu menti para você sobre uma coisa.

As sobrancelhas escuras dele se juntaram como nuvens de tempestade.

– O quê?

– Eu não estava tão preocupada com a porta – ela confessou. – Eu só queria ver você andando pelo quarto.

Ele riu, perplexo, e seus músculos abdominais se contraíram de maneira deliciosa.

Ela se reclinou sobre o cotovelo e suspirou, lânguida.

– Você é lindo. Se é que "lindo" é uma palavra adequada para se elogiar um homem.

– Não sei dizer. Não costumo elogiar homens nus. – Ele coçou a orelha, um gesto de constrangimento. – Estou começando a me sentir como se estivesse em exposição no Museu Britânico.

– Você merecia estar em um museu. – Ela meneou a cabeça, pasma. – Como você mantém a forma? Você é um nobre, mas esse corpo faz trabalhadores braçais passarem vergonha.

Ele passou a mão pela barriga que parecia uma tábua de lavar.

– Eu me mantenho em atividade. É importante para mim. Durante um inverno em Oxford, eu peguei pneumonia. Fiquei doente, de cama, durante meses e quase morri. Foi uma época difícil.

Pauline podia imaginar o quanto. Não só por ele, mas por seus pais. Griff era o único filho remanescente de quatro, e se algo acontecesse com ele...

Griff confirmou suas suspeitas.

– Eu já era uma decepção para eles, mas parecia que o mínimo que eu podia fazer era permanecer vivo, entende? Assim que possível, comecei a dar duro para recuperar minha força. – Ele esticou e flexionou um braço. – Não só força, mas também equilíbrio, reflexos. E tenho tentado me manter em forma desde então. Ultimamente tenho praticado esgrima.

– Todas aquelas estocadas lhe fizeram bem. – Ela sorriu.

– Esgrima não é só dar estocadas. – Ele se aproximou. – Também envolve agilidade da mente e do corpo. Flexibilidade. Concentração. Estratégia.

A sensualidade na voz de Griff fez com que lugares íntimos dela começassem a inchar e latejar. O olhar dela desceu para a ereção faminta dele. Ver a força do desejo dele fazia com que Pauline o desejasse ainda mais. Só para provocá-lo, ela voltou para o meio da cama.

– Por favor, deixe que eu o admire um pouco mais. Pode ser minha última chance.

O colchão afundou quando Griff se juntou a Pauline. Então ele rolou para cima dela e se acomodou entre suas coxas. Devido à breve saída da cama, o corpo dele estava frio. Frio e sólido como mármore.

– Não vai ser sua última vez – ele sussurrou e entrou nela com um movimento longo e poderoso. – Não pode ser a última vez.

Pauline enrolou as pernas nas de Griff, que entrava e saía dela, apoiando-se nas mãos e fitando-a no fundo dos olhos. A intensidade era penetrante. Ela se sentiu tão exposta, tão vulnerável. As mãos dela começaram a tremer quando ele tocou seus braços. Ela desejou que ele não notasse. Parou, mantendo-se imóvel dentro dela. Uma pequena ruga se formou na testa dele.

– O que houve? – ela perguntou.

– Nada – ele respondeu. – Eu não mudaria nada. Você é perfeita.

Ela sentiu o coração apertar dentro do peito. Aquela palavra de novo. E não tinha surgido com ela usando um vestido de seda e ostentando joias, mas bem ali, onde Pauline jazia nua debaixo dele, completamente iluminada pela luz da manhã. Nada escondido, nada disfarçado. Nada entre os corpos deles, a não ser suor e desejo.

A semana inteira valeu por aquele momento.

Ela deslizou as mãos até as costas dele e arqueou os quadris, puxando-o mais para o fundo.

– Quero que você me possua por completo. Não se contenha. Eu quero ficar dolorida. Quero sentir você durante dias.

Ela não precisou insistir. Ele fez o que Pauline pediu, levantando as pernas dela e passando-as ao redor dos quadris, para que pudesse cavalgá-la bem, com força. Os seios dela dançavam ao ritmo dele. As coxas de Griff batiam nas dela a cada estocada penetrante, profunda.

Pauline arrastou as unhas pelas costas dele, marcando sua pele – para que ele também a sentisse por dias –, enquanto navegava na onda de investidas vigorosas de Griff.

– Eu não quero tirar. – Ele encostou a testa na dela. – Quero estar bem dentro de você quando gozar.

Ela ficou perplexa.

– Griff, não. O risco é grande demais.

– Eu quero o risco. – Ele beijou seus lábios. – Nunca pensei que fosse dizer isso de novo, mas eu quero. Quero você, sempre.

Ele estava falando bobagem. O desejo tinha afetado seu cérebro. Ela precisava ir embora, ele tinha que ficar. Os dois estavam completamente despreparados para lidar com as consequências. Mas uma parte enlouquecida, irracional dela queria o mesmo. A decisão tinha que ser tomada. Não haveria como voltar atrás. Ele não podia excluí-la de sua vida. E como seria maravilhoso, um dia colocar um bebê saudável, balbuciando, nos braços dele. O coração de Pauline derreteu com essa ideia. Ela poderia fazê-lo tão feliz.

Ele parou em cima dela, contraindo todos os músculos. E quando ele recomeçou a se movimentar, ela sentiu uma conhecida mudança no ritmo dele. Griff estava chegando ao clímax.

– Não me impeça. – Ele começou a movimentar os quadris com vigor e rapidez. – Não posso deixar que vá.

– Griff...

– Aceite-me – ele sussurrou, indo fundo. – Aceite tudo. Apenas me ame.

– Sim. – O clímax dela também veio, jogando-a em um lugar além do raciocínio ou da razão. – *Sim*.

A porta do quarto se abriu com um estrondo. Pauline gritou. Eles se separaram com um salto, e ela se enfiou debaixo das cobertas, ainda estremecendo com as últimas ondas do orgasmo. *Oh, meu Deus. Oh, meu Deus. Oh, meu Deus.*

Griff praguejou e deitou de costas, puxando-a para seu abraço protetor. Seu pênis duro e frustrado latejava de encontro ao quadril dela.

– O que diabos...?

Lorde Delacre estava parado à porta. Ele levantou a mão para cobrir os olhos.

– É pior do que eu pensava. Meus olhos.

– Eu pensei que a porta estava trancada – Pauline sussurrou, segurando os lençóis sobre o peito.

– *Estava* trancada – Griff disse por entre os dentes cerrados.

– Eu a arrombei – Delacre disse. – Isto é urgente, Halford. Você sabia que essa garota com quem tem desfilado por toda a Sociedade é uma maldita garçonete?

Oh, Senhor. O rosto de Pauline queimou com a humilhação.

O braço de Griff caiu da atitude protetora ao redor dos ombros dela. Pauline sentiu a ereção dele murchar. Lentamente, ele se sentou na cama, esfregando o rosto com as duas mãos.

– Como você soube? – ela perguntou.

– Todo mundo sabe – Delacre respondeu. – Eugenia Harrowes desenterrou a verdade e a espalhou pela cidade.

Ela deveria ter imaginado. Aquelas malditas Horríveis.

– Não tenho dúvida de que esta semana foi uma diversão e tanto para você, Srta. Simms. Mas acabou. – Ele deu alguns passos quarto adentro, pegou as calças de Griff no chão e as jogou para ele. – Você escapou por pouco algumas vezes, Halford. E já vi alguns esquemas ousados de caçadoras de fortuna. Mas esta supera todas. Seduzido por uma garçonete na cama dos seus ancestrais.

Calmo e em silêncio, Griff pegou as calças. Ele se virou de lado – para longe de Pauline – e enfiou as pernas nelas, uma de cada vez. Ficou de costas para ela enquanto puxava as calças até a cintura.

Adeus, ela pensou, melancólica. *Adeus, mais bela bunda da Criação.*

Era isso, então. Ela sabia que aquelas eram as últimas horas de felicidade, mas não contava com esse final humilhante.

Pauline quis sumir sob o colchão.

– Pelo menos ninguém espera que você case com essa garota – Delacre continuou. – A fofoca vai fazer dela apenas mais uma de suas aventuras de libertino. Dê-lhe algum dinheiro e mande-a embora. Mas espero que tenha sido cuidadoso para não deixar um fedelho nela. É provável que ela tenha escondido de você, mas tem imbecilidade na família.

Griff parou no ato de abotoar o fecho de suas calças. Ele olhou para Delacre por um breve instante.

– Del – ele disse com a voz calma e baixa –, vou precisar de uns dez segundos para terminar de abotoar. Esse é o tempo que você tem para fugir.

Delacre sacudiu a cabeça.

– Não vou a lugar nenhum até ter certeza de que...

– *Fuja.* – Griff prendeu o último botão. Ele sacudiu os braços dos lados do corpo, soltando os músculos. A expressão no rosto dele era assassina. – Estou falando sério, Del. É melhor você fugir. Porque tenho a intenção de matá-lo.

Griff percebeu, pela expressão no rosto de Del, que seu "amigo" mais antigo não acreditava nele.

– Vamos lá, Halford. – Ele levantou as mãos. – Você não pode estar falando sério.

Griff recuou o braço direito e enterrou um soco com toda força no estômago de Del.

– Acredita, agora?

Del se dobrou, os olhos arregalados com o susto.

– Jesus – ele disse.

– Isso mesmo, comece a rezar. Você vai precisar. – Ele deu outro soco, dessa vez acertando o queixo de Del.

Percebendo estar em desvantagem, Del cambaleou até o corredor.

– Pare e pense nisso, Griff! – ele gritou. – Nós tínhamos um pacto, lembra? Estou tentando ser seu amigo. Resgatando você de uma armadilha. Salvando-o de um escândalo maior.

– É melhor salvar a si mesmo.

Os dois correram para o salão, onde tinham começado tantos dias juntos. Só que hoje eles não usariam espadas de treino, sem ponta. Griff puxou uma espada curta do suporte na parede e a agitou, aquecendo o braço.

– Tenho que lhe contar uma coisa, Delacre. Todos esses anos em que fomos oponentes do mesmo nível em esgrima? – Ele levantou a lâmina. – Eu sempre me segurei.

Assim que Del se armou, Griff partiu para o ataque, desferindo golpes selvagens, fazendo o oponente recuar até encurralá-lo contra a parede. Griff deixou a lâmina encostar de leve no rosto de Del, até um fio de sangue aparecer.

– Oh, que pena. Isso vai deixar cicatriz.

– Mulheres adoram cicatrizes. Ainda sou muito mais bonito que você – Del debochou. – Acho que garçonetes não são muito exigentes.

– Seu verme. Ela não é uma garçonete, e nunca mais vai voltar a ser.

– Quer dizer que você *sabia*? – Del levantou uma perna e chutou Griff no peito, fazendo-o recuar um passo.

Griff logo se recuperou, mas o breve recuou deu tempo suficiente a Del para que levantasse a espada e se defendesse.

– Espere, espere, espere – Delacre disse, ofegante. – Você está... Deus, você não pode achar que está amando essa garota.

Griff sacudiu a cabeça, mas não para negar. Amor era uma palavra muito pequena para o que ele sentia. Instantes atrás, enquanto ela estava debaixo dele... Griff nunca pensou que se sentiria desse modo outra vez. Pronto para enfrentar qualquer dificuldade só para mantê-la a seu lado. Talvez o impulso não fosse lógico nem sensato, mas era real e sincero. Era escolher a esperança em vez do desespero. Agarrar a única possibilidade brilhante em uma sala cheia de alguéns.

Era ela. Só ela. Ele tinha estado morto por dentro. Ela o trouxe de volta à vida.

– Eu morreria por ela – ele disse. – E mataria por ela. O resto não é da sua conta neste momento.

– Que o diabo me carregue. Você a ama *mesmo*. – Del se abaixou, evitando uma investida furiosa de Griff. – Oh, isso é ainda pior. O que você está esperando que saia disso? Vai torná-la sua amante?

– Tente de novo.

– Bem, eu sei que você não pretende casar com ela. – Delacre riu. – Seria o máximo. Posso ver as manchetes nos jornais de fofocas: "A Duquesa Garçonete".

Eles travaram as espadas. Griff forçou o braço, empurrando as lâminas cruzadas para frente, até o fio da sua encostar na garganta de Del.

– Acho que os jornais vão trazer uma história diferente amanhã. A respeito do falecido Lorde Delacre.

Ele reuniu toda sua força naquele braço e se preparou para o golpe.

– Griff! Não, Griff!

⌒⌒ *Capítulo vinte e quatro* ⌒⌒

Pauline parou de repente, junto à porta, após ter se vestido às pressas com o vestido descartado na noite anterior.

– Não faça isso – ela pediu. – Ele é seu amigo mais antigo. Você não quer machucá-lo.

– Ah, eu quero – Griff disse lentamente. – Eu quero, e muito, machucá-lo.

Era justo. Ela não podia negar que, depois de ouvir suas palavras cruéis, ver Lorde Delacre sofrer lhe dava um tipo especial de prazer. Mas isso tinha que parar ali.

– Griff, por favor. – Com passos cautelosos, ela se aproximou dos dois. – A vida dele não vale um décimo da sua. A duquesa está em algum lugar desta casa. Você não quer que ela veja isso. E se nada disso o demover, pense nos criados. A sujeira pavorosa que vão ter que limpar.

– Está ouvindo isso, Del? A garçonete está pedindo por sua vida. A mulher que você insultou, suplicando para eu poupar sua pele nojenta. Eu acredito que você deve lhe agradecer. – Por dentre os dentes rilhados, ele acrescentou: – Agora!

Nervoso, Delacre pigarreou.

– Obrigado.

– "Obrigado, Srta. Simms" – Griff exigiu. – E faça com que eu acredite em você.

– Obrigado, Srta. Simms. Eu lhe devo minha pele nojenta.

Griff inspirou fundo, então expirou. Depois de um longo momento, ele se afastou e as duas espadas caíram no chão.

Delacre desabou, aliviado. Pauline teve vontade de fazer o mesmo.

– Da próxima vez que você a encontrar – Griff disse, dando um leve chute nas costelas de Delacre –, vai cumprimentá-la com respeito, dirigindo-se a ela através do nome legítimo. Sua Graça, Duquesa de Halford.

Então os joelhos de Pauline fraquejaram.

– O quê?

– O quê? – Delacre repetiu. – Halford, nós tínhamos um pacto.

– Pelo amor de Deus. Esqueça esse pacto idiota. Nós tínhamos 19 anos. Com essa idade, também achávamos boa ideia sair para caçar faisão à meia-noite.

Griff caminhou até Pauline e pegou suas mãos.

– Não posso deixar que você vá embora hoje.

Ela sacudiu a cabeça com vigor.

– Não, não. Griff, não posso ficar. Minha irmã. Eu prometi a ela.

– Eu vou cuidar dela – ele prometeu. – Vou cuidar de vocês duas. Sempre. Deste momento em diante, vocês nunca mais vão precisar trabalhar. Nunca mais vão ter que ficar angustiadas ou com medo. Vou cuidar de tudo.

Oh, Senhor.

– Mas você precisa ficar comigo até o fim. Se for embora hoje, as fofoqueiras vão se achar vitoriosas. – Ele acariciou a mão dela com o polegar. – Nós podemos ter um futuro juntos, mas precisamos começá-lo agora. Nós podemos nos casar hoje.

– *Hoje?* Ficou louco?

– De jeito nenhum. São raros os homens na Inglaterra que podem conseguir uma licença especial em tão pouco tempo. Eu sou um deles. Vamos nos casar hoje, e esta noite você aparecerá em público como a Duquesa de Halford. Ninguém vai ousar tratá-la mal, com base apenas em um boato nos jornais de fofocas. Você é linda, elegante e inteligente, e memorizou todo aquele livro bobo de etiqueta. Vamos mostrar para todos, esta noite. Nós podemos fazer isso.

Ela queria acreditar nele. E muito. Mas como poderia, quando viu a reação do suposto melhor amigo?

– Ela nunca vai ser uma de nós – Delacre disse. – Nem mesmo se você casar com ela. E você sabe disso, Halford. Seja honesto consigo mesmo, e com ela. A fofoca será selvagem. Você vai perder praticamente todas as suas relações sociais. – Ele se levantou com dificuldade. – Não sinto nenhum prazer em dizer isso. Só estou tentando ser seu amigo.

– Você não é meu amigo – Griff vociferou. – Saia daqui. E reze para que esta noite eu não mande meu padrinho visitá-lo com um desafio.

– *Eu* sou seu padrinho – Delacre disse enquanto saía da sala. – Você não tem mais ninguém.

Está vendo?, ela quis exclamar. Já estava acontecendo. Talvez Delacre não fosse uma grande perda, mas haveria outros. Ela não queria que Griff perdesse *todos* os seus amigos.

Quanto a ela, não havia dúvida. Pauline precisava voltar para casa esta noite. Se ela não voltasse como prometido, Daniela se sentiria traída e abandonada. Então Pauline não conseguiria viver consigo mesma. Ela tinha jurado nunca mais fazer a irmã se sentir dessa forma.

Ela tinha que acabar com isso naquele instante. De forma definitiva.

A duquesa entrou na sala, envergando um vestido discreto de seda cinza, realçado por um colar de safiras e diamantes.

– O que está acontecendo aqui? – ela quis saber, o olhar aguçado percorrendo o ambiente. – Griffin, explique esta bagunça.

– Delacre é um cretino. E eu amo Pauline.

– Bem – a duquesa disse depois de refletir um instante –, eu já sabia sobre essas duas coisas. Nenhuma delas explica o estado em que meu salão se encontra.

Os olhos de Griff nunca deixaram os de Pauline.

– Eu vou me casar com ela.

– Não, Vossa Graça – Pauline retrucou. – Ele não vai.

A duquesa arqueou a sobrancelha.

– Isso significa que o voto decisivo é meu?

– Não – Griff e Pauline disseram em uníssono.

– Veremos – a duquesa não pareceu se convencer.

Pauline puxou Griff de lado.

– Griff – ela sussurrou –, isso não pode acontecer.

– Por que não?

– Quantas vezes eu tenho que dizer o óbvio? Você é um duque e eu sou uma servente.

– Você não vai ser apenas uma atendente de taverna esta noite. Vai ser uma duquesa. Uma mulher linda, elegante, que sabe manter a atitude em qualquer lugar. E eu vou ser o homem mais orgulhoso que existe, por estar ao seu lado.

– Mas que orgulho *eu* vou ter, fingindo ser algo que não sou?

– Não estou pedindo que você finja.

– Claro que está – a voz dela falhou. – Você me disse que eu não era "alguém" para você. Me chamou de perfeita, disse que não mudaria nada em mim.

– Sim, mas...

– Mas o quê? Você não quer ficar diante de toda aristocracia de Londres para lhes dizer que *me* ama. Uma atendente de taverna com um pai que é um fazendeiro grosseiro e uma irmã com retardo mental. Quer?

Ele não disse nada, o que era resposta bastante.

– Não. Você quer que eu me arrume com um belo vestido e use seu nome como uma capa, fingindo que a garçonete sobre quem todos estão fofocando não existe. Como se sentisse vergonha de mim. – Ela levou a mão ao peito. – Não posso esconder a verdade de quem sou.

– Estou pedindo que você *viva* a verdade de quem é. Toda a verdade – o tom de voz dele estava impaciente. Ele a pegou pelos ombros e a sacudiu de leve. – Você é muito mais que uma simples atendente de taverna, Pauline. Dentro de você existe uma mulher notável, que absorveu poesia e decorou lições de etiqueta, que transformou crueldade em sonhos e planos, porque sabia que estava destinada a coisas melhores. Eu vi essa mulher no primeiro dia, quando nos conhecemos. Eu não sei por que você não quer deixar que o mundo também veja essa mulher.

– *Você* vai me repreender por esconder segredos? Por não viver a verdade? Você, com aquele quarto trancado lá em cima?

A cor sumiu do rosto dele. Griff disparou um olhar para a mãe, então baixou a voz.

– Isso não tem nada a ver com...

– É claro que tem. – Ela recuou um passo. – Você está me pedindo para acreditar que vai me amar abertamente. Que você nunca vai ficar constrangido nem ressentido com as minhas origens, minha família. Como eu posso acreditar nessas promessas se você nem mesmo conta dela para sua mãe?

– Griffin. – A duquesa se aproximou. – De quem ela está falando?

– Ninguém.

Pauline ficou boquiaberta, chocada.

– Você tem coragem de *negá-la*? Então ela nem é um "alguém", mas um "ninguém"?

Ele lhe deu um olhar penetrante.

– Você me deu sua palavra. Prometeu. Pare com isso agora, Pauline, ou nunca mais vou conseguir confiar em você.

Ela sentiu uma pontada de culpa. Ela *tinha* dado sua palavra, e sabia que estava seguindo por um caminho perigoso. Mas alguém tinha que fazer isso. Ela nunca mais teria outra chance.

– Você não contou para ninguém que ela existia, Griff. Então ela morreu e seu coração se desfez em milhares de pedaços, mas mesmo assim você não disse nada. Como posso acreditar que você não vai virar as costas para minha irmã e eu? Como posso acreditar que Daniela não vai ser escondida em algum quarto trancado?

– Como você ousa sugerir que eu teria vergonha dela?

– Prove que não, então! Pelo amor de Deus. Amor não deveria ser segredo. Você deu um nome para ela, um nome que não consegue falar.

Os olhos dele chisparam

– Você a amava? – Pauline perguntou.

– Você sabe que sim. É claro que amava.

– Então diga o nome dela – Pauline levantou a voz.

– *Maria* – o grito furioso dele ecoou pelo salão.

Pauline ficou imóvel, absorvendo a expansão silenciosa da fúria dele. Ela sabia que ele nunca iria perdoá-la por isso, mas, pelo menos, talvez assim Griff conseguisse assimilar sua perda.

– O nome dela era Maria – ele disse. – Maria Annabel York. Nasceu em 14 de outubro do ano passado e morreu uma semana depois. Ela viveu apenas seis dias, mas eu a amei mais do que minha própria vida. – Ele virou para o lado e destruiu uma mesinha com um chute selvagem. – Maldição.

– Oh. – A duquesa levou a mão à boca.

Pauline correu até ela, receando que a mulher pudesse desmaiar. Ela a ajudou a sentar na cadeira mais próxima.

– Eu sinto muito. Eu sinto tanto.

Pauline repetiu várias vezes. Pedidos de perdão, manifestações de arrependimento e pêsames. Mas ela sabia que nada disso seria suficiente.

– Eu sinto muito. Mas eu passei a gostar muito de vocês dois, e vejo com muita clareza o quanto se amam. Vocês estão magoando um ao outro. Por favor, vocês podem me odiar para sempre, mas conversem um com o outro.

Griff olhava fixamente pela janela, impassível.

– Vou mandar aprontarem a carruagem. Você pode partir dentro de uma hora.

– Eu não queria que acabasse assim. Tinha esperança de que pudéssemos nos despedir como...

– Como amigos? – Ele bateu um dedo no vidro da janela. – Se você não acredita que eu mudaria tudo, desistiria de tudo, moveria céus e terra para ficar com alguém que eu amo, mesmo que faça apenas uma semana...? Então você não me conhece de verdade. – Ele a fitou com olhos frios. – Parece que eu estava errado a seu respeito.

Cambaleando de costas, ela fugiu do salão. Então se virou e disparou pelo corredor, em direção ao hall de entrada.

– Pauline – a duquesa chamou às suas costas. – Espere.

Ela só correu mais rápido. O que mais havia para ser dito? Nada mudaria.

Quando chegou à porta da frente, ela a escancarou e saiu em disparada. Lá fora, uma multidão a recebeu com um rugido.

Bom Deus. A praça estava congestionada de carruagens, e pessoas se amontoavam nos degraus da Casa Halford, esticando o pescoço para dar uma olhada. Uma olhada *nela*, ao que parecia. Lorde Delacre não estava exagerando. A notícia tinha se espalhado por toda Londres, e agora a cidade toda aparecia diante da casa do duque.

– Lá está ela! É ela!

– Srta. Simms! – um homem gritou. – É verdade que você é uma garçonete?

– Cinco libras por uma entrevista para o *Tagarela*!

Pauline se encolheu na entrada. Ela não podia voltar para dentro e encarar Griff. Mas aquela multidão estava tão ávida que poderia pulverizá-la. Mesmo que conseguisse escapar dessas pessoas, para onde ela iria? Pauline não tinha dinheiro. Não tinha nada, a não ser a roupa do corpo. Ela nem estava de sapatos.

– Pauline! – uma voz conhecida se elevou acima da balbúrdia. – Pauline! Sou eu, Susanna.

O coração dela deu um salto. Fazendo sombra nos olhos com as duas mãos, ela vasculhou a multidão até ver o aceno amistoso de uma mão enluvada e um halo de cabelo ruivo. Uma amiga.

Enquanto Pauline avançava na direção dela, as pessoas agarravam suas roupas desgrenhadas e se acotovelavam para dar uma olhada nela. Ela foi sovada como massa de pão.

Enfim, ela e Susanna conseguiram se encontrar.

– Oh, Lady Rycliff. Eu não... não sei como... – Emocionada, ela cobriu a boca com a mão.

Susanna a envolveu com um abraço protetor.

– Está tudo bem, querida. Está tudo bem. Você vai para casa comigo.

Capítulo vinte e cinco

Abrigadas na Casa Rycliff, e a salvo das multidões, Lady Rycliff – que agora insistia com Pauline para que esta a chamasse de Susanna – serviu outra xícara de chá.

– Que semana você teve, querida.

Pauline observou o líquido aromático enchendo sua xícara de porcelana. Lady Rycliff servindo chá para *ela*. O mundo estava mesmo de cabeça para baixo.

– Foi uma semana cheia. – E foram necessárias quase duas horas para ela contar a história, desde o momento em que jogou o açúcar estragado para cima até o final amargo.

É claro que ela não contou *tudo*. Ela deixou os detalhes românticos de fora. E Griff merecia ter sua privacidade resguardada com relação a Maria Annabel. Ela nunca contaria sobre isso a qualquer outra pessoa.

– Eu sabia que Halford era um vilão – disse Lady Payne (que insistia com Pauline para que esta a chamasse de Minerva), pegando um biscoito da travessa e dando uma mordida raivosa.

– Você está enganada – replicou Pauline. – Ele é um bom homem. Do melhor tipo.

Ainda assim, ela o magoou. Sempre que Pauline fechava os olhos, enxergava a expressão furiosa e atraiçoada dele. A imagem estava gravada em sua memória, entalhada em culpa. Talvez ela não devesse o ter forçado, mas estava tão preocupada com ele... E tão temerosa. Griff tinha razão. Ela sentia medo por si mesma.

– Ele a pediu em casamento mesmo? – Lady Rycliff perguntou.

Pauline assentiu.

– E você recusou?

Ela concordou com a cabeça novamente.

– Você deve achar que sou uma boba.

– Você não é boba. – Susanna deu um leve aperto na mão dela.

Não. Pauline chegou à conclusão de que não era. Na verdade, ela era uma covarde. Entrou em pânico e o afastou de sua vida.

As sugestões dele eram malucas. Os dois, casarem? Ela, tornando-se uma duquesa? Uma mulher elegante, admirada pela elite de Londres?

Isso nunca aconteceria. A multidão do lado de fora da Casa Halford sabia da verdade. Ela ainda podia senti-la puxando suas roupas, gritando em suas orelhas.

Griff podia afirmar que não ligava para fofoca, mas isso é fácil para um duque dizer. Ele nunca seria objeto de deboche e escárnio. Ele não sabia qual era a sensação de estar na parte mais baixa da cadeia alimentar, que era onde Pauline estaria, se tentasse viver no mundo dele. Sempre. Mesmo que pudesse aguentar uma vida de zombarias e crueldade sutil, não teria coragem de expor Daniela a esse tratamento.

– Você fez bem em rejeitá-lo – Minerva disse. – Mas nós não podemos deixar que acabe desse modo.

Nós? Por que essas ladies se importavam com o que estava acontecendo com ela nesta semana? Pauline já se julgava com sorte bastante por terem lhe oferecido um lugar para se recompor e por a ajudarem a encontrar transporte de volta a Spindle Cove.

– O baile desta noite – Minerva disse, ajustando os óculos. – Você tem que ir.

– Por que eu iria? Duvido que o duque vá.

– Mesmo que ele não vá. Vá por você mesma. Só para deixar que as fofoqueiras e os bisbilhoteiros a vejam, invencível e altiva. Só para provar que você pode.

Para provar que você pode. Mas será que ela podia mesmo?

Pauline sacudiu a cabeça. Em Spindle Cove ela tinha escutado Minerva discursar para as outras ladies sobre os tópicos mais impossíveis – grandes cavernas submarinas e gigantescos lagartos pré-históricos. Essa última sugestão não parecia muito diferente.

– Não posso ir a esse baile – ela respondeu. – Eu nem saberia aonde ir, ou como chegar lá. Não tenho nada para vestir.

– Deixe tudo isso conosco – Minerva disse, pondo a mão no braço de Susanna. – Vamos tomar as providências. Você só precisa de coragem. Nós, ladies de Spindle Cove, somos unidas.

– Eu não sou uma lady, minha lady.

– Ficaríamos do seu lado mesmo que fosse apenas uma atendente de taverna – Susanna disse. – Mas você sempre foi algo mais.

Pauline se animou um pouco. De fato, ela possuía algo mais dentro de si, e talvez Griff não fosse o único a notar. Era óbvio que não era uma duquesa e não atendia aos padrões de Lady Harrowes e sua turma. Mas Susanna e Minerva também não, assim como nenhuma das ladies que buscavam refúgio em Spindle Cove.

O lugar dela era lá. Seu coração cresceu com a sensação de certeza. Ela sabia qual era seu lugar no mundo. Ela iria ter sua biblioteca acolhedora, aconchegante, com o maravilhoso cheiro de livros, que seria um lar para qualquer garota que precisasse. E com ela estaria sua irmã – a única outra pessoa que a amava integralmente, sem vergonha nem reservas. Isso era algo que nem a quarta maior fortuna da Inglaterra podia comprar.

– Eu quero ir para casa – ela disse. – O quanto antes for possível.

– Vá ao baile primeiro – Minerva pediu.

Pauline meneou a cabeça.

– Eu tenho que estar de volta a Spindle Cove amanhã. Eu prometi para minha irmã.

– Você pode fazer as duas coisas. A carruagem do correio é o modo mais rápido de viajar, e só parte de Londres depois da meia-noite. Não é isso, Susanna?

– Acredito que sim – Lady Rycliff respondeu. – Pauline, se você quiser ficar no baile por uma ou duas horas, ainda poderemos colocá-la na carruagem a tempo.

Pauline hesitou.

– Minha lady? – Uma criada entrou na sala, parecendo constrangida. – Peço perdão, mas tem uma pessoa solicitando a presença da Srta. Simms.

O coração de Pauline palpitou.

– Se for o duque, eu...

A criada pareceu confusa.

– Não vi nenhum duque, madame. É uma mulher. Ela trouxe um monte de pacotes.

Uma jovem entrou na sala de estar carregando uma torre de caixas.

– Srta. Simms, s-sou eu.

– Flora? – Pauline levantou. – O que está fazendo aqui? – Ela ajudou a descarregar os pacotes dos braços da empregada.

Aliviada de sua carga, Flora baixou os olhos.

– Eles me de-despediram.

– *Despediram* você? Ah, não!

– Foi o que eu mereci. Sua Graça me mandou embora sem referências, e não t-tenho como conseguir outro emprego. P-pensei, talvez, que se a arrumasse para o baile desta noite – e todo mundo ficasse tão espantado com sua beleza que isso fosse parar nos jornais –, quem sabe assim alguém me co-contratasse. – Ela agarrou o braço de Pauline. – P-por favor, Srta. Simms. Estaria me f-fazendo um f-favor.

– Flora, eu gostaria de ajudar, mas não sei como. Talvez você pudesse arrumar Lady Rycliff ou Lady Payne.

Flora sacudiu a cabeça.

– T-tem que ser você. Eu quero vê-la f-fazendo isso, Srta. Simms. Você trabalhou tanto, a semana toda. T-todas nós t-trabalhamos. E depois tem isto. – Ela fez um gesto para as caixas. – Foi feito sob medida. Não vai servir em mais ninguém.

Da caixa maior, ela retirou uma nuvem prateada deslumbrante. *Oh, meu Deus.* Parecia que a saia era três quartos do vestido. O corpete era pequeno e justo, com talas para mantê-lo firme e mangas bufantes muito curtas. As saias eram uma nuvem. Uma grande, cintilante e fofa nuvem de tule sobre cetim. Havia milhares de coisinhas brilhantes presas ao tule. O vestido era realmente uma maravilha.

– Oh, Pauline – Susanna exclamou. – Se um homem conseguir olhar para você dentro disso e não cair de joelhos à sua frente... – a voz dela foi sumindo.

– Ele vai ficar pasmo. – Minerva bateu palmas de alegria. – Faça isso. Por todas as moças que se sentiram desprezadas ou ignoradas. Esta é sua chance, Pauline.

Pauline passou a mão pelo lindo tecido prateado, cravejado de pérolas minúsculas e cristaizinhos. Ela *não* precisava provar seu valor para ninguém. Ela *não* precisava de um guarda-roupa suntuoso, nem da riqueza que acompanhava o título de duquesa. Mas precisava usar aquele vestido, só dessa vez. Tinha sido feito para ela. Literalmente.

– Muito bem – ela disse. – Vamos fazer isso.

– Uma pergunta – Susanna interveio. – Vamos contar aos homens sobre isso?

– Não – Minerva declarou, resoluta. – Colin vai querer todos os créditos para ele. Esse vai ser o *nosso* grande sucesso. Vamos mostrar para todo mundo o que as mulheres de Spindle Cove podem fazer.

Pauline não estava tão segura quanto ao "sucesso". Ela ainda duvidava que pudesse participar de um evento desses.

Mas depois dessa noite, ela poderia voltar para casa com seu orgulho. Ninguém diria que ela não teve coragem de tentar.

– Maldição. – A palavra simplesmente escapou da boca de Pauline quando a carruagem parou diante da grandiosa residência do Príncipe Regente.

– O quê, Pauline?

– As colunas no pórtico. São de mármore – ela disfarçou.

Espantoso. Aquela semana em Londres tinha lhe ensinado as coisas mais estranhas. Que conjunto de ensinamentos mais variado ela levaria para casa.

Contudo, Pauline ainda não tinha aprendido a esconder sua ansiedade. Ajudava o fato de Susanna e Minerva também estarem visivelmente nervosas.

– Também não somos muito boas em bailes – Minerva confessou. – Talvez devêssemos ter lhe contado isso antes.

– Está tudo bem – disse Susanna. – Vamos entrar juntas.

Enquanto seguiam até o hall de entrada, Susanna – a mais alta das três – esticou o pescoço para olhar por cima da multidão.

– Oh, droga – ela disse. – Estão checando os nomes em uma lista.

Aquela notícia não era boa. Pauline sabia que estava nessa lista no começo da semana, mas com a fofoca de hoje, sem dúvida tinha sido removida. Ou talvez tivessem a colocado em outra lista – uma escrita em vermelho, debaixo do título *Não permitir a entrada de nenhum modo*.

– Você pode dar outro nome – Minerva sugeriu. – Que tal usar o meu? Não me importo. Todo mundo vai deduzir que tirei os óculos, para variar, e passei por uma transformação surpreendente.

– Não. – Pauline sorriu. – É gentil da sua parte, mas não posso. Tenho que entrar como eu mesma ou não entrarei.

Quando a multidão se mexeu, ela ficou parada, quieta, e deixou que suas amigas se distanciassem. Se a noite se provasse o desastre que ela imaginava, Pauline não queria que a reputação de Lady Rycliff e Lady Payne fosse atingida por associação. Elas a tinham levado até ali, mas Pauline precisava enfrentar o resto sozinha.

Com certeza devia existir outra entrada para a festa, um corredor menor, de serviço. Ela passou perto de um lugar barulhento e fumegante, que devia ser a cozinha do palácio. Quando avistou um criado voltando com uma bandeja cheia de copos vazios, ela soube que precisava seguir na direção da qual ele tinha vindo.

Pauline atravessou o corredor e subiu alguns degraus. No alto, ela apurou os ouvidos e escutou conversa e música. Virando-se na direção do barulho, dobrou uma esquina e... Parou de repente, quando quase trombou com um homem vestido com elegância.

– Sinto muito – ela começou a se desculpar. – Eu...

Ah, saco. Casaca bem ajustada. Luvas brancas. Uma linha vermelha descendo pela bochecha esquerda...

– Lorde Delacre.

Griff estava certo, era provável que aquela ferida deixasse cicatriz. Mas não o deixaria desfigurado. Serviria, apenas, como um lembrete indelével. Ótimo.

– Eu sabia que a tinha visto – ele disse.

– Com licença, por favor.

Quando Pauline tentou passar por ele, Delacre agarrou seu braço.

– Não vou deixá-la fazer isso. Conheço Halford desde sempre e sei o que é melhor para ele, mesmo que ele não saiba.

O coração dela deu um salto. Isso queria dizer que Griff estava presente? Ela puxou o braço.

– Solte-me.

Delacre não a assustava, mas ele era um homem, muito maior e mais forte que ela. Além do mais, ele estava em seu ambiente natural. Devia ter centenas de amigos no local. Ela podia contar suas amigas com uma das mãos, e ainda teria dedos sobrando.

Ele a vencia em tamanho, classe social e números. E a menos que desse um jeito de passar por ele, Pauline nunca entraria no salão de festas.

– É dinheiro o que você quer? – Ele soltou o braço dela e tirou uma nota de dinheiro do bolso do casaco. Ela conseguiu ver o valor.

Ele acenou cinco libras para ela.

– Pegue, então. E use a saída de serviço. Este lugar não é para você.

Isto não é para você, garota.

Pauline sentiu as faces queimando. Com aquelas palavras, ele não era mais Lorde Delacre. Ele era todos os livros que foram arrancados de suas mãos. Todas as portas fechadas na sua cara.

Ela queria lutar, jogar alguma coisa nele. Cuspir em seu rosto. Mas aquela situação exigia um tipo diferente de fleuma. Ela endireitou a coluna, ergueu o queixo e o encarou com um olhar firme e frio.

– Vá para o inferno – Pauline disse a palavra completa, sem comer nenhuma letra.

Enquanto o homem ficava boquiaberto, Pauline passou por ele e se juntou à multidão perto da entrada do salão. Antes que perdesse a coragem, ela furou a fila de convidados. Indelicada, talvez, mas as fofoqueiras já sabiam que ela era uma garçonete – não tinha como a julgarem pior.

Ela deu o nome para o mordomo, que anunciou:

– Srta. Simms, de Sussex.

O salão de festas ficou em silêncio absoluto, a não ser pelo tamborilar do coração dela. Suas mãos tremiam, caídas aos lados de seu corpo.

Respire, ela disse para si mesma. E então: *Vá.*

Ela deixou que aquele cordão transparente, que saía de seu umbigo, a puxasse para frente, guiando-a enquanto descia o breve lance de escada. Enquanto se movia, seu vestido captou a luz de centenas de velas e luminárias, enviando flechas de luz em todas as direções.

Depois que chegou ao fim da escada, ela se refugiou atrás de um grupo de palmeiras e procurou um rosto conhecido na multidão. Onde estavam Minerva e Susanna? Ela sabia que tinha decidido fazer aquilo sozinha, mas já não se sentia tão corajosa. E então... *Griff.*

Ele caminhava na direção dela, vestindo uma casaca preta imaculada e portando um brilho cruel no olhar. Tão decidido, tão lindo.

Oh, as palpitações. Ela sentiu palpitações em todo o corpo. Foram tão fortes que a fizeram falar.

– Não pensei que você viesse – ela murmurou. – Eu esperava que sim, é claro. Queria ver você de novo. Dizer que sinto muito, e que você estava certo. Eu estava com medo. *Continuo* com medo, para dizer a verdade. E não acho que consiga fazer isto. Mas se você...

Ele não a deixou terminar.

– Você não deveria estar aqui.

Ela foi tomada por uma onda de puro terror. Não importava para ela que toda a festa a desprezasse. Mas se até Griff a expulsasse...

Mas ele não a expulsou. Ele pegou a mão dela.

– Você não deveria estar aqui – ele disse, mais delicado dessa vez. – A mulher mais bonita da festa não deve ficar no canto, com as palmeiras. Você precisa sair daí. Ou então Flora teve todo esse trabalho à toa.

Ela parou, de repente, e o encarou.

– *Você.* Foi você quem enviou Flora. E o vestido. Você não a demitiu.

Um sorrisinho brincou nos lábios dele.

– Você não teria vindo se eu *pedisse.*

De todos os truques... Pauline não conseguia acreditar.

– Pensei que você estivesse furioso comigo.

– Eu *fiquei* furioso com você. Por cerca de... dez minutos. Talvez quinze. Então recuperei o bom senso. – Ele a puxou para frente. – Venha. Nós temos que fazer algo. Preciso apresentar você corretamente para uma pessoa.

Não para o Príncipe Regente, ela pensou.

Pior. Ele a conduziu diretamente para as Harrowes. Todas as três – mãe e duas filhas – ostentavam a mesma expressão de desgosto e se recusaram a sequer olhar para Pauline. O que Griff estava tentando fazer?

– Lady Harrowes. – Ele fez uma reverência. – Que coincidência feliz. Eu sei que você desejava conhecer melhor a Srta. Simms. E aqui está ela.

O rosto empoado de Lady Harrowes mostrou verdadeiro horror.

– Eu acho que não...

– Mas é ideal. Existe lugar ou ocasião melhor? Na verdade... – Ele pegou a caderneta de danças com lápis da mão da filha mais velha de Lady Harrowes. – Deixe-me escrever os detalhes principais. Para que amanhã não haja erros nos jornais de fofocas. A Srta. Simms vem de Spindle Cove, uma vila encantadora em Sussex. O pai dela é um fazendeiro com doze hectares de terra e alguns animais.

Enquanto Pauline assistia, estupefata, ele narrou toda a história para as três. Seu sequestro pela mãe, a chegada a Spindle Cove. O aparecimento de Pauline na Touro & Flor, coberta de açúcar e com a barra do vestido suja de lama. A visita de Griff à casa da família e o acordo que fizeram. Ele não omitiu nenhum detalhe, contando a história com bom humor. De vez em quando, ele anotava um fato importante na caderneta de danças:

Touro & Flor.
Doze hectares.
Mil libras.

– Veja – ele disse –, eu trouxe a Srta. Simms até Londres para frustrar os planos casamenteiros da minha mãe. Ela deveria ser um fracasso ridículo. Uma piada hilariante.

Uma das Srtas. Harrowes começou a rir. A mãe lhe bateu no pulso com o leque fechado.

– Não, não – Griff disse. – Pode rir, por favor. É muito engraçado. Uma garçonete recebendo lições de duquesa. Dá para imaginar? A melhor parte foram as aulas de dicção. Minha mãe estava sempre implicando com a Srta. Simms para que ela não comesse o final das palavras.

– É mesmo? – Lady Harrowes arqueou a sobrancelha. – Imagino que não tenha feito muito progresso.

– Oh, mas ela fez. Mostre-lhes, Srta. Simms.

Pauline sorriu.

– Horren*da*. Cara de por*ca*. Bru*xa*. – Ela olhou para Griff. – Pronto. Como me saí?

– Você foi brilhante. – Ele a fitou com orgulho.

– Vai escrever? – ela perguntou.

– Mas é claro. – Enquanto Griff anotava as alcunhas na caderneta de dança da Srta. Harrowes, continuou falando. – Mas você não ouviu a parte mais engraçada, Lady Harrowes. Sabe, eu pensei que estava fazendo graça com a minha mãe – e toda Londres –, mas acontece que eu acabei virando a piada.

A mulher ficou rígida.

– Por que perdeu o que restava da honra de sua família e o respeito da Sociedade?

– Não. Porque eu me apaixonei perdidamente por esta garçonete e agora não consigo imaginar como ser feliz sem ela. – Ele levantou os olhos da caderneta e deu de ombros. – Foi mal.

Todas as três Harrowes o encaravam boquiabertas, horrorizadas. Pauline desejou ter uma miniatura da expressão delas para guardar em uma gaveta para sempre, de onde pudesse tirar nos dias chuvosos e aborrecidos.

Griff afiou a ponta do lápis com a unha.

– Não vamos deixar de anotar isso. É importante. – Ele falou as palavras devagar, enquanto as escrevia. – Perdidamente... apaixonado.

– Não esqueça o "foi mal" – Pauline disse, olhando por cima do braço dele. – Foi a melhor parte.

– Sim. – Ele ergueu o olhar para ela. – Foi mesmo.

Eles ficaram se encarando, absorvidos em no afeto mútuo e no riso silencioso. O momento foi perfeito. *Ele* foi perfeito. Homem provocador, maravilhoso.

– É uma valsa que estão tocando? – Griff perguntou, de repente. Ele olhou para a caderneta toda escrita que segurava, antes de devolvê-la. – É uma pena que sua caderneta esteja cheia, Srta. Harrowes. Acho que vou ter que dançar com a Srta. Simms, então.

Ele a conduziu até o centro da pista de dança e deslizou o braço pelas costas dela, colocando a mão entre as escápulas. Juntos, começaram a valsar.

Quase no mesmo instante, os outros casais começaram a sumir. Um a um, no começo. Depois dois ou três ao mesmo tempo. Quanto mais sozinhos eles ficavam, mais constrangida ela se sentia. Logo aquilo pareceu mágico. Ali estavam eles, dançando sob a total desaprovação da Sociedade.

Parecia que a orquestra, o salão de bailes e todo aquele luxo do ambiente tinha sido preparado só para os dois.

– Acredito ter cumprido minha parte do acordo – ela disse. – Não vou ser celebrada por Londres esta noite. Nem em qualquer outra.

– Não vai mesmo.

Com isso, ela pensou que Griff interromperia a dança, mas não. Ele a fez rodopiar uma vez após a outra.

– Acho que já fizemos o bastante – ela sussurrou. – Sou um verdadeiro desastre.

– Ah, sim. Uma catástrofe completa. Um fracasso perfeito e lindo. – Ele se afastou para admirá-la. – E eu não poderia estar mais orgulhoso.

As palavras dele a envolveram como um abraço. Os dois sabiam que ela nunca teria sustentado a pretensão de ter uma criação aristocrática. Famílias como a Harrowes não se deixariam enganar. Em vez disso, ele acolheu Pauline por quem realmente era – de maneira pública e total, o que garantia que a sociedade nunca a aceitaria.

Mas ao deixá-la fracassar, ele a tornou um sucesso. Finalmente, ela teve seu triunfo. A atendente de taverna não tinha conquistado a Sociedade, mas capturou seu duque mais esquivo. Uma caçadora vestindo a pele do raro tigre branco. Só esta noite.

Ele a admirou com um olhar de adoração.

– Radiante. Do mesmo modo que estava naquele primeiro dia.

Ela rio.

– Tenho certeza de que não estou nada parecida com aquele primeiro.

– Está sim. Você brilhava.

– Era o açúcar.

– Não me convenceu. Acho que era você mesma. – A voz dele ficou suave, uma carícia. – Sempre foi você.

Ela sentiu um caroço na garganta e engoliu em seco.

Com o canto do olho, Pauline viu alguns dos guardas do Príncipe Regente confabulando em um canto, com as mãos nos sabres. Se os dois não saíssem logo da pista de dança, talvez fossem expulsos por guardas armados. *Essa* seria uma noite inesquecível.

– Acho que só temos alguns minutos.

– Então vamos deixar que eles contem o tempo – Griff disse. – Aqui estou eu, um duque, valsando com uma atendente de taverna e segurando-a indecentemente perto, para que todos vejam. – Ele estremeceu, para aumentar o efeito. – O que é isso que estou sentindo? Seria o tecido da Sociedade se rasgando?

Pauline torceu a boca, esforçando-se para não rir.

– Deve ser apenas a gota. Ouvi dizer que duques sofrem de gota.

– Bem, ouvi dizer que garçonetes têm gosto de framboesas maduras. – Ele encostou os lábios nos dela.

– Griff! – ela exclamou, boquiaberta.

– Pronto. Agora beijei você, na frente de todos. Chocante. E, veja, vou beijar de novo.

Ele parou de dançar e usou aqueles braços fortes para aproximá-la, tomando sua boca com um beijo apaixonado.

Quando se separaram, ele ostentava um sorriso malicioso.

– O que a Sra. Worthington diria?

Ela não sabia da Sra. Worthington, mas em algum lugar, um relógio começou a badalar. O coração de Pauline falseou. *A carruagem do correio.*

– Eu tenho que ir – ela disse. – Preciso ir, ou não vou chegar à tempo em casa. – Ela se soltou dos braços dele. – Sinto muito. Prometi para minha irmã. Você também prometeu.

Ela se afastou apressada, atravessando a pista de dança, voltando pelas antecâmaras congestionadas, chegando ao vestíbulo e descendo os degraus o mais rápido que seus sapatos permitiam.

– Espere – ele chamou do alto da escada.

– Não – ela gritou por cima do ombro. – Não torne isto mais difícil, Griff.

– Pauline, você não pode ir agora. Não assim.

Ela tentou se apressar, mas os passos dele eram maiores que o dela, e muito. Aqueles malditos sapatos. Quando tropeçou de novo, ela chutou um para longe e jogou o outro por sobre o ombro.

Griff se esquivou do sapato voador e a pegou pelo braço.

– Espere.

– Me deixe ir.

– Não estou tentando detê-la – ele disse.

Ela perdeu toda vontade de resistir e arregalou os olhos para ele.

– Não está?

– Não. – A expressão dele ficou séria. – Você precisa voltar para sua irmã e abrir a biblioteca circulante. É o seu sonho e você fez por merecer. Quanto a mim... também tenho trabalho a fazer. Acho que está na hora de eu me colocar à altura do tal legado Halford.

– Sério?

Ele concordou, solene.

– Para começar, vou cumprir minha palavra. Prometi que a levaria para casa no sábado e é o que vou fazer.

Era isso, Pauline se deu conta. Ele ia mesmo deixá-la ir. Ela voltaria para Spindle Cove e seria uma comerciante, enquanto ele se tornava um duque respeitável. Eles ficariam mais distantes do que nunca. Oh, Deus. Talvez nunca mais se encontrassem.

– Mandei preparar minha carruagem e meus cavalos mais velozes para levar você para casa. Mas primeiro, eu lhe devo algo. – Ele remexeu no bolso.

A ideia de Griff lhe pagando fez o estômago de Pauline revirar.

– Não posso – as palavras escaparam de seus lábios. – Não posso aceitar seu dinheiro.

– Mas nós combinamos.

– Eu sei. Mas isso foi antes, e agora... – Ela estremeceu, pensando em Delacre com a nota de cinco libras. – Isso faria eu me sentir vulgar. Não posso aceitar.

– Bem. Você tem que aceitar pelo menos isto. – Ele tirou uma moeda do bolso e a colocou na mão dela. Ele dobrou os dedos dela ao redor da moeda, respirando com dificuldade. – Para Daniela. Não tenho de menor valor.

Oh, Griff.

– Espero excelentes coisas de você, Pauline. – Ele tocou o rosto dela. – Faça-me um favor e espere o mesmo de mim? Deus sabe que ninguém mais espera.

Enquanto ele retornava para seu brilhante mundo aristocrático, Pauline abriu os dedos e fitou o soberano de ouro em sua palma.

Duques e seus problemas.

~~ *Capítulo vinte e seis* ~~

Griff observou a mãe atentamente enquanto ela se virava, assimilando as paredes pintadas com arco-íris e pôneis saltitantes.

– Eu queria lhe contar. – Ele sentou em uma banqueta de madeira coberta com uma manta. – Eu só não sabia como. Ela se foi tão rápido, e então...

A voz dele sumiu e a duquesa ergueu a mão; um gesto firme, discreto, que o fez saber que não eram necessárias mais explicações. Ela sabia o que era sofrer em silêncio, mantendo a elegância aristocrática em todo tipo de provação. Griff sabia que aquilo iria magoá-la profundamente – e por isso mesmo não queria lhe contar. Mas ela *era* a duquesa. Se ele conhecia bem a mãe, devia saber que ela manteria a compostura. Suportaria a pressão e nunca cederia. Mas talvez não conhecesse assim tão bem.

Ela se voltou para ele com lágrimas nos olhos.

– Oh, Griffin. Eu andei tão preocupada com você. Eu sabia que estava sofrendo, e sabia que a causa deveria ser algo terrível. Sua aparência estava péssima.

Griff esfregou o rosto com as duas mãos.

– Não, eu falo sério. Totalmente acabado.

Ele fez um gesto de impotência.

– Desculpe-me.

– Eu esperava que não precisássemos chegar a isto. – Ela suspirou. – Espere aí.

Ela saiu e voltou em menos de um minuto, aproximando-se dele no centro do quarto. Nos braços, a mãe carregava o cachecol mais feio e malformado que ele já tinha visto. Ela o enrolou uma, duas, três vezes no pescoço do filho.

Aquele era o abraço mais quente e apertado que Griff já tinha recebido. Ele a encarou, perplexo.

– De onde isto veio?

– O tricô? Ou o afeto que representa? Prefiro não falar do tricô. Quanto ao amor... sempre esteve aqui. Mesmo quando não falamos dele.

Griff se levantou e a beijou no rosto.

– Eu sei.

Há muitos anos eles eram a única família que tinham. Griff desconfiava que os dois evitavam admitir o quanto significavam um para o outro pelo simples receio de reconhecerem o quão perto estavam de ficarem completamente sós.

Ela levou uma de suas mãos frias e delicadas ao rosto dele.

– Meu garoto querido. Eu sinto tanto.

– Como você aguentou? – ele perguntou. – Como suportou isso três vezes?

– Não com a mesma coragem que você. E nunca sozinha. – Ela olhou para as paredes pintadas. – A perda foi dura. No meu coração, tenho um quarto parecido com este para cada um deles. Mas mesmo nas horas mais sombrias, eu e seu pai nos reconfortamos um com o outro. E com você.

– Comigo? Deus. Eu nunca me senti bom o bastante para ser filho de vocês. Quanto mais para tomar o lugar de quatro.

– É uma pena que tenha se sentido assim. Olhando para trás, percebo que devíamos ter sido mais carinhosos. Mas receávamos mimá-lo, pois sabíamos que você precisaria se tornar um homem forte. Se fosse como eu queria, teria mantido você, abraçadinho junto ao meu peito, até fazer 16 anos.

– Bem. – Ele torceu o canto da boca. – Acho que estou feliz por ter resistido a esse impulso.

Ela deu um tapinha na bochecha do filho.

– Griffin, sempre que olhava para você eu via um homem generoso, de bom coração. Eu só estava impaciente, esperando que você próprio visse o mesmo.

– Eu quis me tornar melhor por ela. – Ele levantou os olhos para o teto. – Eu não escondi tudo isto por ter vergonha de Maria Annabel. Eu só estava com vergonha de mim mesmo, da minha vida dissoluta. Eu tinha decidido me transformar em um homem melhor. Não queria que olhassem para minha filha como se fosse um dos meus erros.

Erros que ele continuava a cometer, ao que parecia.

– Ela estava certa – Griff disse. – Pauline tinha razão quanto às nossas chances, mas errou quanto ao culpado. Se a Sociedade não a aceita, não é culpa dela, mas minha. Um nobre do tipo sério, aborrecido, poderia se apaixonar por uma plebeia, e talvez a Sociedade lhe desse o benefício da dúvida. Uma chance para ela, ao menos, provar seu valor. Mas com minha história de vida sórdida, as pessoas sempre vão pensar que ela é apenas o escândalo mais recente do duque devasso. Pauline merece mais do que isso. *Eu* quero mais para ela.

– Não é tarde demais – a mãe dele disse. – Traga-a de volta. Não por apenas uma semana, mas por meses. Você pode assumir seu lugar na Câmara dos Lordes, e nós a apresentaremos à Sociedade com calma, no ano que vem. Você vai ver, as pessoas vão acabar...

– Não. Ela não quer essa vida e eu não a culpo. Eu também não quero, mas agora sei que é meu dever. – Ele suspirou. – Talvez nunca haja um 9º Duque de Halford, mas quero que o 8º seja bem lembrado. Pela minha filha.

– E quanto a Pauline?

Pauline, Pauline, Pauline. Ela tinha saído de sua vida há poucas horas e ele já sentia uma falta enorme dela. Ele passaria a vida tentando se recuperar.

– Eu só quero que os sonhos dela se tornem realidade.

Sua casa sempre foi assim pequena?

Parada na rua, olhando, Pauline hesitava ao entrar na própria casa. Major, o ganso de guarda, veio grasnando na direção dela, alertando os moradores.

– Pauline? – O rosto da mãe apareceu na janela. – Pauline, é você?

Ela enxugou as lágrimas que afloravam em seus olhos.

– Sim, mamãe. Sou eu. Voltei para casa.

Mais tarde, deitadas no mezanino, Pauline e Daniela se abraçaram e choraram. Então as duas escovaram e trançaram o cabelo uma da outra, e depois arrumaram os vestidos de domingo para a manhã seguinte.

Como sempre, o soberano de Griff foi direto para a caixa de esmolas.

Durante a missa, Pauline podia sentir toda a curiosidade de Spindle Cove concentrada nela. Ela sabia que teria que responder a muitas perguntas, mas ainda não estava pronta. E embora tivesse conseguido retardar em vários dias sua ida à loja Tem de Tudo, ainda não se sentia preparada para respondê-las.

Sally Bright pulou nela assim que Pauline entrou pela porta. Embora fosse sua amiga mais antiga e querida, Sally era a pessoa mais curiosa e fofoqueira de Spindle Cove. Pauline sabia que a curiosidade devia estar devorando a amiga com centenas de dentes.

– Você... – Sally levantou e sacudiu uma pilha de jornais – Você tem que me explicar muita coisa. Você foi mesmo a um baile? E fez um duque se apaixonar perdidamente?

– Sally, ainda não quero falar disso. Eu não consigo. Tudo é tão... – ela perdeu a voz.

Sally não a pressionou. Ela saiu correndo de trás do balcão e envolveu Pauline em um abraço apertado.

– Pronto, pronto. Vamos ter anos para falar disso, não vamos?

Pauline assentiu.

– Infelizmente, acho que vamos.

A princípio ela nutria a esperança absurda de que Griff viria atrás dela, talvez aparecendo na fazenda uma bela manhã, com a barba por fazer e cheirando a colônia. Mas conforme os dias foram passando, sua esperança começou a parecer cada vez mais um sonho maluco. Aquele não era o conto de fadas que Griff tinha lhe prometido.

– Tenho uma notícia que vai animar você – Sally disse.

– Oh. O que é?

– A velha é horrível Sra. Whittlecombe mudou-se para Dorset, para morar com o sobrinho.

– Mesmo? É uma boa notícia, eu acho. Para todo mundo, menos para o sobrinho. Pensei que ela nunca fosse abandonar aquela casa caindo aos pedaços.

Sally deu de ombros.

– Bem, ela abandonou. E foi rápida para ir embora. Agora estou com um encalhe de meia dúzia de garrafas daquele "tônico" nojento que ela tomava. Acho que ninguém mais vai querer aquilo. – Ela arqueou as sobrancelhas. – E tem mais uma coisa. Algo para você.

– O que é?

– Venha ver.

Sally a puxou até o depósito. No meio da sala, sobre o chão, havia uma imensa caixa de madeira com o nome de Pauline.

– Um homem trouxe ontem. Entrega especial – Sally explicou. – Não veio com o correio normal. Mas ele me disse que não era para entregar na sua casa. Eu devia esperar a Srta. Simms vir à loja e não podia falar sobre isso com ninguém. É tudo tão misterioso. – Ela pegou no braço de Pauline e o sacudiu, impaciente. – Podemos abrir agora? É pesado como nunca vi. Estou morrendo para saber o que tem dentro. *Morrendo*.

– É claro – Pauline concordou.

Sally deu um gritinho de empolgação. Com a ajuda de um pé de cabra, ela tirou a tampa da caixa e enfiou a mão na camada de palha.

– Oh – ela disse, murcha. – Bem, é uma decepção. Tomara que você não estivesse esperando muita coisa. São só livros. – Ela tirou um volume vermelho de cima e olhou dentro da caixa. – Sim. Só livros, até lá embaixo.

– Deixe-me ver – Pauline pediu, pegando o livro das mãos de Sally.

Ela deslizou a palma pela encadernação de couro vermelho, tirando de cima um pouco de palha para poder ler o título: *Fanny Hill: Memórias de uma mulher de prazer.*

– Quem é essa tal de Sra. Radcliffe? – Sally pegou um punhado de livros da caixa. – Ela escreveu um monte de livros.

– Cuidado com eles, por favor. – Pauline se aproximou dela e começou a examinar os volumes. Radcliffe, Johnson, Wollstonecraft, Fielding. Defoe. Todos os livros da lista que Griff tinha ditado aquele dia, na livraria do Snidling.

Ele tinha se lembrado. E soube que não devia mandá-los para sua casa, por receio que o pai dela os jogasse no fogo. Pauline levou o livro até o nariz e inspirou aquele aroma – seu segundo cheiro favorito – antes de colocá-lo de lado para examinar o restante.

No meio da caixa, Pauline encontrou um volume não encadernado em couro vermelho, mas com a pelica bege mais inviável. *Poemas reunidos de William Blake.*

Lágrimas encheram-lhe os olhos quando ela virou a capa. Dentro, afixado na guarda marmorizada, estava o ex-líbris:

DA BIBLIOTECA DA SRTA. PAULINE SIMMS

– Oh, Griff.

A caixa não estava apenas cheia de livros. Estava repleta de significado. Mensagens complicadas demais para serem explicadas, ou arriscadas demais para enviar em uma carta.

Ele a conhecia, era o que aquela caixa de livros dizia. Ele conhecia os lugares mais profundos e ocultos de sua alma. Ele a respeitava como uma pessoa pensante, com sonhos e desejos.

Ele a amava. De verdade.

E a mensagem mais pungente de todas, que aquela caixa de livros trazia, era clara e inegável:

Adeus.

~~Capítulo vinte e sete~~

Alguns meses depois

Se existe algo melhor que o cheiro de livros, é esse cheiro misturado aos aromas de chá forte e biscoitos de especiarias – e tudo isso em uma tarde chuvosa.

Uma comemoração era necessária. A biblioteca circulante Duas Irmãs fazia aniversário de um mês nesse dia.

Todas as mulheres de Spindle Cove tinham comparecido à festa delas. O pequeno estabelecimento estava lotado de jovens debruçadas sobre livros escandalosos e molhavam seus biscoitos em xícaras de chá com leite.

Pauline amava esse lugar, como nunca pensou que pudesse amar algo que poderia dar certo. E como ela trabalhou duro – todos os dias, da alvorada ao crepúsculo. Mas o trabalho era um tipo fatigante de alegria. Spindle Cove estava fervendo com uma nova safra de mulheres de férias, todas ávidas por encontrar novo material de leitura.

Alguns dias uma jovem entrava pela porta parecendo perdida, e então encontrava um velho amigo em uma das prateleiras, encadernado em Marrocos vermelho. Ou talvez fizesse uma nova e empolgante amizade. Então ela saía com um livro na mão e um sorriso no rosto. Esses dias faziam valer a pena todo o trabalho duro.

Pauline nunca trabalhava sozinha. Daniela estava sempre com ela. Ela e a irmã tinham trocado um quarto no mezanino por outro. Moravam em cima da loja, agora. A não ser por visitas à mãe nos domingos, elas mesmas determinavam seus horários, faziam sua comida e limpavam (ou não) a casa quando queriam. Elas esbanjavam muito com velas, queimando-as até tarde da noite enquanto liam poesia uma para a outra.

Esse lugar era realmente um lar.

– Quem é aquele atravessando a praça? – uma mulher perguntou, espiando pela janela. – Nós o conhecemos?

– Acho que sim. – Outra jovem riu.

– Oh, minha nossa – disse Charlotte Highwood. – Ele de novo, não.

Não podia ser. Ele não podia ter vindo. Mas no fim, a curiosidade venceu. Pauline foi até a janela e olhou através da chuva.

Oh, Senhor. Oh, Senhor. Era ele. Mesmo com a chuva, ela reconheceria as feições marcantes e os ombros largos em qualquer lugar. O Duque de Halford estava caminhando diretamente para a biblioteca. *Griff.*

O pulso dela acelerou. Por que ele tinha aparecido, depois que meses se passaram sem nenhuma mensagem? Bem quando ela tinha reunido os pedaços do coração e construído uma casa nova e mais segura.

– Não se preocupe, Srta. Simms – Charlotte disse. – Vou espantá-lo antes que ele a atormente.

Pauline foi para os fundos da loja, tentando se preparar.

Ele abriu a porta, baixando a cabeça ao entrar.

– Esta é a...

– Alto lá. – Charlotte bloqueou a passagem com uma vassoura. – Está procurando alguém?

– Não – ecoou a voz grave dele. – Com toda certeza não estou procurando "alguém". Estou procurando Pauline Simms e ninguém mais.

O coração de Pauline falhou uma batida. Charlotte se manteve firme.

– O preço da entrada é uma poesia. Sem exceções.

Griff olhou por cima dela, vasculhando o estabelecimento lotado até que seus olhos encontraram os de Pauline. Santa Misericórdia. Ele era mais bonito do que ela se lembrava.

– Srta. Simms – ele disse. – Eu posso...

– Sem exceções – Charlotte repetiu. – Uma poesia.

– Não sei nenhuma poesia.

– Crie uma.

– Muito bem, muito bem. – Ele passou a mão pelo cabelo moreno e úmido. – Era uma vez um duque libertino. Ele... ele... não era matutino. E deixou seu amor escapar, mas quer que ela saiba...

Pauline lhe deu as costas, incapaz de continuar olhando para ele.

– Eu não parei de pensar em você desde aquela noite, Pauline – Griff gritou para ela. – Nem por um instante.

– Essa poesia é terrível – disse Charlotte, mantendo o cabo de vassoura à frente dele. – Não tem rima.

– Eu não sei o que pode rimar com "escapar".

As mulheres murmuraram entre si, debatendo as possibilidades.

– Eu sei – a voz de Charlotte se elevou acima das demais. – Vomitar! "Ele deixou seu amor escapar, mas quer que ela saiba... que pensar em seu rosto o faz vomitar."

– Não serve – Griff disse. – Isso não é verdade.

– Pelo menos rima – Charlotte resmungou.

– Apanhar – Pauline declarou, exasperada. – Ele merece apanhar.

– Excelente – Griff disse. – Fico com essa. Posso passar agora.

Daniela jogou um biscoito, que acertou a testa do duque.

– Vá embora, duque. Deixe minha irmã em paz.

– Daniela tem razão – Pauline disse. – É melhor você ir embora. Não consigo imaginar o que você quer depois de tantos meses.

– Eu queria ver você, ver o que tem feito. – Ele passou os olhos pela biblioteca. – Isto é genial, Pauline. Eu sabia que você conseguiria.

Era só isso? Griff tinha feito a viagem de Londres até Spindle Cove só para ver o investimento dele, por assim dizer.

– Bem, agora você já me viu – ela disse. – Pode ir.

As outras mulheres presentes concordaram, juntando suas vozes ao coro que pedia a saída de Griff.

– Escutem, se vocês me derem um momento a sós com a Srta. Simms, eu...

– Vá embora! – ela gritou, os nervos em frangalhos. O aroma nefasto da colônia dele começou a chegar até Pauline, e logo ela estaria reduzida a uma poça de emoções no chão recém-pintado. – Você pode ser um duque, mas não pode transformar isso em hábito; aparecer no meu local de trabalho sem aviso para virar minha vida de cabeça para baixo. Eu não aceito isso. Não consigo. Então a menos que tenha vindo até aqui para cair de joelhos, suplicar por perdão e implorar para que eu me case com você, pode ir embora agora mesmo e nunca mais voltar.

Ele não foi embora. Griff apenas ficou parado ali, olhando para ela. Então ele se ajoelhou.

– Oh, não. – Pauline levou as duas mãos ao rosto. – Griff, não.

– Você não pode recusar antes que eu peça. – Ele passou a mão pelo cabelo. – Por que isto tudo está acontecendo de trás para frente? Eu sabia que você ficaria surpresa em me ver, e, sem dúvida, brava por eu ter demorado tanto tempo. Mas achei que, pelo menos, você me deixaria dizer algumas palavras. Eu até preparei um discurso, sabia? E era bom. Mas agora que você arruinou a surpresa...

Ele enfiou a mão no bolso e pegou uma bolsinha de veludo.

Pauline espiou por entre os dedos trêmulos. A essa altura ela chorava para valer. Impaciente, limpou as lágrimas com as duas mãos, esforçando-se para ver o anel que Griff despejou na própria palma. Uma esmeralda sobre um anel grosso de ouro, cravejado de pequenos diamantes.

Bem, pelo menos ela sabia que ele mesmo tinha escolhido. Era lindo.

Ela se virou para o lado, enterrando o rosto no avental. Griffin Eliot York, 8º Duque de Halford, estava ali, de joelhos, por ela. Havia um anel na mão dele e toda vila assistia. Era demais. Impossível demais para ela aceitar. Alegria demais para entender.

– Eu te amo, Pauline Simms. Amo você desde o dia em que nos conhecemos. Na verdade, desconfio que uma parte do meu coração a amava muito antes disso. Não havia mulher que servisse para mim antes de você, e se me rejeitar, não haverá depois. Eu sei que não sou bom partido, mas...

Ela o interrompeu com uma gargalhada indelicada.

– Não é um bom partido? – Virando-se, ela enxugou os olhos. – Griff, você é um duque.

– Sim, eu percebi. E daí?

– E daí... que nós já chegamos à conclusão de que um duque não pode se casar com uma atendente de taverna. Nem com uma comerciante.

– Você tem razão. Nossas vidas *eram* muito diferentes. Para que nós dois pudéssemos dar certo, algo tinha que mudar. Eu não podia mudar o mundo. E não queria mudar nada em *você*. Parecia evidente, contudo, que já era tempo de eu melhorar.

– Melhorar?

– Você conhece o legado Halford. Eu venho de uma longa linhagem de intelectuais, exploradores, generais. Eles acumularam uma série de realizações e uma fortuna imensa. E eu, finalmente, me dei conta de que existe uma coisa que eu tenho coragem de fazer, mas que nenhum deles faria.

– E o que é?

– Doar tudo.

A biblioteca ficou muito silenciosa.

– Tudo? – Pauline repetiu a última palavra dele.

– Oh, não – Charlotte gemeu. – Agora ele é pior que um duque devasso e arrogante. É um duque *pobre*.

– Não estou pobre – ele disse. – Vocês não precisam ficar tão aflitas. Um duque não pode abrir mão do título. Existem propriedades vinculadas, fundos. Essa parte é assunto entediante para advogados. Talvez eu deixe de ser o quarto duque mais rico da Inglaterra para cerca de décimo-quarto.

Mesmo assim, eu tive liberdade para me livrar de uma boa quantia de dinheiro. E isso foi fácil, depois que me dediquei à tarefa.

Pauline o observava, cautelosa.

– Não entendo. O que você está me contando?

– Descobri meu talento natural. Nasci para dar dinheiro. Mas não aquela bobagem de "esbanjar alguns milhares de libras aqui ou ali". O que estou fazendo é uma doação sistemática da parte dispensável do dinheiro da família. O 8º Duque de Halford vai ser lembrado como o maior doador beneficente da história da Inglaterra. Esse vai ser meu legado.

Ela o encarava, chocada. Mas ele parecia feliz. Totalmente em paz consigo mesmo e com seu lugar no mundo. Ele não estava humilde, de fato. Pauline imaginou que aquela arrogância jovial nunca sumiria – não que ela quisesse isso. Mas ele parecia um homem com objetivo e direção na vida.

E a melhor parte era que ela sabia que Griff não tinha feito nada disso por ela. Ele fez para si mesmo.

– Confesso, contudo, que fiz uma última compra egoísta. – Um sorrisinho matreiro entortou a boca dele. – Uma casa de fazenda caindo aos pedaços. No fim do mundo, em Sussex.

– *Você* comprou a casa Whittlecombe? Foi você?

– Era a única propriedade à venda na paróquia. – Murmurando uma imprecação, ele jogou o peso de um joelho para outro. – Você vai dizer "sim" logo? Este maldito chão é muito duro, e você está muito longe.

Ela se aproximou.

– Não lembro de ter ouvido uma pergunta.

– Eu não sei bem o que perguntar, na verdade. "Quer ser minha esposa?", ou "Seja minha duquesa", ou apenas "Seja minha"... tudo isso soa perigoso. Não quero pôr nomes ou títulos nisso, porque você vai encontrar um motivo para discutir. Nem mesmo me importa que você use a droga do anel. – Ele jogou o saquinho de veludo no chão.

– Eu uso o anel – Charlotte se prontificou.

Pauline deu-lhe um olhar ameaçador. *Não toque nisso.*

Griff estendeu a mão vazia.

– Pauline, estou aqui lhe pedindo, implorando, se for necessário, que você aceite a minha mão. Apenas aceite minha mão, e prometa diante de Deus que nunca irá soltá-la. Eu vou jurar o mesmo. Podemos providenciar para que isso aconteça logo? Em uma igreja? – Depois de um instante, ele acrescentou, em voz baixa: – Por favor?

Ela pôs a mão na dele e Griff curvou os dedos ao redor dos dela, um aperto que foi tão emocionante quanto um abraço, quanto uma promessa forjada em ferro. Ela soube, em seu coração, que os votos na igreja seriam meras formalidades.

Esse foi o momento. A partir de então, o mundo só ficou mais quente.

Griff levou a mão dela até os lábios e a beijou.

– Diga-me que isso quer dizer sim – ele pediu.

– Sim – ela disse. – Sim para todas as perguntas. Para cada uma delas. E vou ficar honrada em usar seu anel.

A não ser Charlotte, que murmurou "droga", todas deram calorosos vivas.

Horas mais tarde, depois que todos os biscoitos foram comidos e a chaleira esvaziada, depois que Daniela foi dormir no quarto, os dois estavam em lados opostos do balcão da biblioteca, de mãos dadas, trocando olhares carinhosos.

– Acabei de notar uma coisa – Pauline disse. – Eu sempre me sinto mais apaixonada por você quando estamos rodeados de livros.

– Muito bem. Então preciso falar com o arquiteto que está projetando nossa casa nova. Vou dizer para ele instalar estantes de livros do chão ao teto em todas as paredes do nosso quarto.

– Basta que você esteja comigo. – Ela sorriu. – Confesso que tinha perdido a esperança. Eu li no jornal que você estava em sua casa, em Cumberland.

– Eu fui para lá. Com minha mãe. Acertei as coisas com meu administrador, de modo que eu não precise voltar por algum tempo. E também colocamos uma lápide para Maria Annabel no cemitério da família.

– Oh, Griff. Fico feliz que vocês tenham conseguido fazer isso juntos.

– Eu também. – Ele pigarreou e olhou ao redor, para a biblioteca. – Como você conseguiu fazer isso tudo sem dinheiro?

– Eu comecei com os livros que você me enviou, é claro. As mulheres daqui me ajudaram a conseguir mais. E para alugar a loja, peguei um empréstimo com Errol Bright.

Ciúme queimou nos olhos dele.

– Errol Bright emprestou dinheiro para você?

Ela concordou com a cabeça.

– Um empréstimo de amigo. Só isso. Já paguei metade do que devo para ele.

– Aposto que sim. – Ele beijou a mão dela e a acariciou. – Vou ter que me dividir, sabe. Spindle Cove agora é meu lar, mas tenho outras responsabilidades que precisam de atenção em Londres também. Sou o mantenedor de várias organizações beneficentes. E desconfio que os próximos anos vão nos mostrar quem são nossos verdadeiros amigos. Se formos convidados para um baile ou evento, gostaria de ir e exibir minha bela esposa.

– Eu também gostaria disso.

Ele franziu a testa enquanto observava o espaço entre o segundo e o terceiro dedos dela.

– Não posso lhe prometer filhos, você sabe disso. Não tem nada que eu queira mais do que uma família com você, mas... não posso garantir.

– Eu sei.

– Tudo que posso lhe oferecer com certeza é um marido apaixonado e uma sogra conspiradora. Será que é o bastante?

Ela riu.

– É mais do que o bastante.

– Bem, e não podemos nos esquecer de Daniela. Ela também vai nos acompanhar. Eu sei que mudanças são difíceis para ela, mas pensei bastante nisso. Vamos providenciar para que ela tenha um quarto em cada uma de nossas residências, todos decorados exatamente do mesmo modo. Assim ela sempre vai se sentir em casa. E nós poderemos contratar uma acompanhante para ela, se você quiser. Uma que seja excelente. Você sabe que só contrato os melhores funcionários.

Pauline sentiu a garganta apertar tanto que só conseguiu soltar um:

– Obrigada.

– Não precisa me agradecer. Você sabe que sou filho único. A alegria vai ser minha de ganhar uma irmã, se puder dividi-la comigo.

Não havia nada – *nada* – que ele pudesse ter dito que a emocionasse mais. Griff era o melhor dos homens. Ela nunca deveria ter duvidado dele, nem por um momento. Nunca duvidaria de novo.

– Desconfio que Daniela e minha mãe vão se entender muito bem, como criminosas – ele disse.

A imagem fez Pauline sorrir em meio às lágrimas.

– Nossa. Imagine quando forem às compras.

– As compras serão o de menos. Imagine o tricô.

Eles riram juntos.

Pauline levou a mão ao rosto dele.

– É demais. Você está sendo perfeito demais. Rápido, diga algo horrível para que eu saiba que isto não é um sonho.

– Muito bem. Eu tenho um problema de pele nojento e uivo feito uma coruja quando chego ao orgasmo.

Ela riu.

– Mas eu sei muito bem que nada disso é verdade.

– Não era verdade meses atrás. Acho melhor você tirar toda minha roupa e verificar se nada mudou.

– Hum. Acho que eu conheço um mezanino sossegado.

Ele se debruçou sobre o balcão e a beijou. Um beijo caloroso, descontraído. Foi, talvez, o melhor beijo de todos. Foi um beijo cotidiano.

– Eu te amo – ele disse.

– Tudo vai mesmo dar certo – ela disse. – Não é?

Ele torceu os lábios e apertou a mão dela.

– De vez em quando tudo vai estar bem. Mas a maior parte do tempo, vai ser maravilhoso.

E foi.

Epílogo

Cinco anos depois

– Vocês já escolheram um nome para ela? – perguntou Victor Bramwell, Lorde Rycliff, reclinado em sua cadeira na Touro & Flor, cruzando os braços sobre o peito.

– Ela? – Colin repetiu. – Como você sabe que o bebê vai ser uma menina?

– Só pode ser garota – Bram disse. – Susanna chama isso de "Efeito Spindle Cove". Nós temos a Victoria. Thorne ganhou a pequena Bryony. Susanna recebeu uma carta de Violet Winterbottom – gêmeas. Todos nós tivemos garotas como primogênitas. – Ele inclinou a cabeça na direção de Griff. – A não ser por Halford, claro.

Griff poderia corrigi-lo, mencionando Mary Annabel, mas o momento não era propício. Ainda assim, tomou um gole de sua bebida pensando nela.

– Eu não apostaria meu dinheiro nisso – Colin disse. – Nada disso está acontecendo de acordo com o esperado ou a lógica. Minerva só deveria dar à luz dentro de um mês. Do contrário não teríamos vindo incomodar Halford com nossa visita.

– Que bom que vocês estão aqui, e não em Londres – Griff disse. – Em Spindle Cove ela vai estar rodeada pelas amigas. E com certeza temos espaço suficiente na casa.

Anos atrás, eles tinham demolido a velha casa da fazenda Whittlecombe, substituindo-a por uma casa grandiosa o bastante para um duque e sua duquesa, mas não opressiva demais para Daniela, nem pomposa demais para o entorno. Ele e Pauline pensavam no lugar como seu chalé de lua de mel, se comparado às casas maiores em Cumberland e Londres. Essa era a residência deles, não habitada pela história de gerações passadas.

Durante a maior parte do ano, era o lar da família.

Mas embora a casa tivesse 24 quartos e fosse construída com o que havia de melhor das técnicas modernas de construção, não era à prova de som, nem grande o bastante para manter longe três nobres ansiosos enquanto uma mulher sofria durante o trabalho de parto.

Susanna, exausta por auxiliar a parteira *e* responder constantemente aos pedidos de notícias, expulsou os homens de casa, mandando-os ir beber na vila. Ela prometeu informá-los assim que houvesse algo para contar.

Ainda que essa retirada pudesse ser vista como covardia, os três aceitaram a oportunidade de bom grado. Griff pagou rodada após rodada de cerveja na taverna familiar e aconchegante, enquanto as horas se alongavam. Se aquilo se arrastasse até de noite, ele desconfiou que os três precisariam de algo mais forte. Conhaque ou uísque, talvez.

– Você vai ter uma garota – Bram insistiu. – Então escolha logo um nome.

– Minerva quer escolher o nome ela mesma. – Colin esvaziou a caneca. – Ela disse não ter dúvida de que vou chamar a criança de tudo, menos do verdadeiro nome. – Ele suspirou fundo e tamborilou os dedos na mesa. – Quantas horas isso vai demorar? Eu e Minerva já esperamos bastante para começar uma família. Minha paciência está esgotada. Isto é tortura.

– Pense em como sua mulher está se sentindo, meu lorde – disse Becky Willet, servindo-lhes mais uma rodada. Fosbury não tinha perdido o gosto por garçonetes com opinião.

– Ele *está* pensando na mulher – Griff disse, tranquilo. – Por isso é uma tortura.

Se alguém pensasse que Colin estava reclamando demais, deveria ter visto Griff na primeira vez que Pauline entrou em trabalho de parto. Ele foi um verdadeiro cretino, chamando os médicos aos gritos, berrando com as empregadas, andando de um lado para outro nos corredores. Precisou bancar o valente, para que ninguém percebesse o verdadeiro pavor que o devorava por dentro. Se alguma coisa acontecesse com ela...

– Acredite em mim – Bram disse para Colin –, quando tudo acabar, depois que você souber que Minerva está bem, e a parteira colocar *sua filha* vermelha e enrugada nos seus braços... toda essa preocupação estará esquecida.

Griff esperava que fosse assim com seu velho amigo. Foi diferente com ele próprio. Griff não dormiu durante os quinze dias que antecederam o nascimento do filho. Ele ficou de guarda sobre o berço, andava pelos corredores com o pequenino nos braços. Até que Pauline o encontrou na biblioteca certa manhã.

Ele tinha adormecido em uma poltrona, com o pequeno Jonathan acomodado no antebraço. Quando ele acordou, foi com a visão de sua linda esposa, o cabelo solto e emoldurado por um halo de luz solar. Tão linda que parecia um anjo.

Ela não disse nenhuma palavra, só pegou o bebê, beijou Griff no rosto que ele não barbeava há dias, e sorriu.

Nesse momento, uma sensação de paz tomou conta dele. Pela primeira vez desde que soube que Pauline estava grávida, ele parou de se preocupar, achando que tudo daria errado, e começou a esperar que tudo desse certo.

Isso fazia quase quatro anos, e ele não olhou mais para trás.

Ele tinha certeza de que seus pares considerariam sua vida em Spindle Cove muito estranha. A duquesa mantinha uma biblioteca circulante e era amiga íntima da dona do armazém. Seus filhos vestiam jaquetas mal tricotadas e tortas, e brincavam com os filhos de agricultores e pescadores. Para contrabalançar seu trabalho beneficente na escola local e na paróquia de Santa Úrsula, Griff promovia um jogo de cartas semanal que tinha se tornado legendário.

Talvez essa fosse uma vida pouco convencional para um duque. Mas era, sem dúvida, muito feliz.

– Ora, se não é o jovem Lorde Westmore – a voz de Fosbury trovejou na cozinha. – E Vossa Graça e a pequena Lady Rose com ele.

– Nada de doces, por favor, Sr. Fosbury. – Essa foi a voz de Pauline. – A avó deles já mima demais os dois. Não, Rose. Não pode tocar.

Griff sorriu para si mesmo. Tantos anos desde que sua mulher – sua *duquesa* – trabalhou na taverna e ela ainda entrava pela porta dos fundos.

Mesmo com duas crianças e o cabelo desalinhado, ela ainda o deixava sem fôlego. Todas as vezes.

Colin se levantou em um salto.

– Como ela está?

– Qual "ela"? – Pauline trazia Jonathan pela mão e Rose apoiada no quadril oposto. – Está falando da sua mulher ou da sua filha?

Bram bateu na mesa, triunfante.

– Eu lhe disse que seria uma menina.

– As duas estão bem – Pauline se apressou em dizer. – Com ótima saúde e desfrutando de um merecido descanso.

– Eu... isso é... – Colin empalideceu e se deixou cair novamente na cadeira, pois seus joelhos não aguentaram. – Oh, Deus.

Pauline se aproximou de Griff e inclinou a cabeça na direção de Colin.

– Isso é efeito da bebida ou do choque da paternidade?

– Desconfio que das duas coisas. Dê-lhe um instante, ele vai se recuperar.

Ela soltou a mão de Jonathan e trocou Rose de lado.

– Você fica com eles enquanto vou ver a Sally? Estou esperando um novo pacote de livros para a biblioteca.

– É claro. Mas espero uma recompensa pelo trabalho.

Ela o beijou no rosto e sussurrou, com a voz sensual:

– Mais tarde.

– Vou cobrar a promessa. – Ele pegou Rose nos braços e mexeu no narizinho dela. – Olhe para você, querida, está toda brilhando de açúcar.

Nota da autora

O poema que Pauline cita é "O armário de cristal", de William Blake.

O Hospital dos Abandonados era uma instituição real em Londres. Embora hoje nós usemos a palavra "hospital" para lugares que tratam de doentes, na época a palavra se referia apenas a um lugar seguro. Era um lar para crianças abandonadas por mães solteiras. Visitar o Hospital dos Abandonados era uma forma de caridade popular para cavalheiros e ladies da época; contudo, essas visitas normalmente se limitavam a observar as crianças no refeitório e, às vezes, dar-lhes doces.

Algumas leitoras podem estar imaginando qual seria a explicação médica por trás de partes da história. Por que todos os irmãos de Griff morreram bebês? Seria algum tipo de doença hereditária? Em caso positivo, ele e Pauline não estariam arriscando uma série de tragédias em seu futuro?

Embora o ambiente histórico não me permita inserir a explicação médica na história, eu a escrevo com a ciência em mente.

O problema com os pais de Griff era a incompatibilidade de Rh. A complicação ocorre em mulheres que têm sangue Rh-negativo, mas que concebem crianças com um parceiro Rh-positivo. O primogênito (Griff, neste caso) pode nascer com a saúde perfeita, mas o corpo da mãe fica "sensibilizado" para futuras gestações e irá tratar o feto Rh-positivo como uma ameaça. Essas gestações podem resultar em abortos, natimortos ou bebês que nascem muito fracos para sobreviver.

Felizmente, a medicina moderna compreende esse problema. Os médicos pedem exames de sangue dos futuros pais para determinar seu Rh e, assim, prevenir a incompatibilidade. Quanto a esta história, as leitoras podem ficar tranquilas de que, como Pauline é Rh-positivo (assim como a grande maioria das mulheres), não existe motivo pelo qual ela e Griff não possam ter tantos filhos saudáveis e felizes quanto quiserem.

Agradecimentos

Como sempre, sou profundamente grata a Tessa Woodward, Helen Breitwieser, Jessie Edwards, Pam Spengler-Jaffee e todos da Avon Books/HarperCollins.

A Courtney, Carey, Leigh, Bren, Laura, Kara, Susan e O Círculo Inominável: todo meu amor e toda minha gratidão. Eu não conseguiria escrever um livro sem sua amizade e seu apoio. Eu seria uma boba só de tentar.

Por último, gratidão infinita ao meu marido amoroso, meus filhos, pais e família, que tornam abençoadamente tão difícil, para mim, criar personagens menos incríveis.

Uma noite para se entregar
Tessa Dare
Tradução de A C Reis

Uma semana para se perder
Tessa Dare
Tradução de A C Reis

A dama da meia-noite
Tessa Dare
Tradução de A C Reis

A Bela e o Ferreiro
Tessa Dare
Tradução de A C Reis

Este livro foi composto com tipografia Electra e impresso
em papel Off-White 70 g/m² na Assahi.